Anna Jansson

Mädchenfeuer

ANNA JANSSON

Mädchenfeuer

Ein Kommissar-Bark-Krimi

Deutsch von
Susanne Dahmann

blanvalet

Die Originalausgabe erschien 2022 unter dem Titel
»Tala med de döda« bei Norstedts, Stockholm.

MIX
Papier | Fördert
gute Waldnutzung
FSC® C014496

Penguin Random House Verlagsgruppe FSC® N001967

1. Auflage 2024

Redaktion: Julie Hübner
Umschlaggestaltung und -motiv: © Johannes Wiebel | punchdesign,
unter Verwendung von Motiven von stock.adobe.com
(Palsur, underworld, Nataliya Zotova)
JS · Herstellung: sam
Satz: KCFG – Medienagentur, Neuss
Druck und Bindung: GGP Media GmbH, Pößneck
Printed in Germany
ISBN 978-3-7341-1267-6

www.blanvalet.de

Prolog

Sommer 1970

Es ist Sommer, aber ich friere. Ich halte meine Schwester fest an der Hand, als wir zu dem fremden Haus im Wald kommen, wo die Schatten dicht sind und die Bäume bis zum Himmel hinaufreichen. Der Tannenwald verschlingt das Haus mit seinem finsteren Rachen. Das Sonnenlicht reicht nicht bis hierher. Ich will hier nicht sein. Ich will nach Hause. Tante Elvira sagt, dass das nicht geht. Sie hat kleine Schweißtropfen auf der Oberlippe und alte Schweißringe unter den Achseln auf ihrem Kleid, die aussehen wie die Jahresringe der Bäume.

Sie schaut uns mit traurigen Augen an und sagt, dass Mama und Papa tot sind. Tot bedeutet, dass das Blut nicht mehr fließt und das Gehirn nicht mehr denkt. Für einen toten Menschen bleibt die Zeit stehen, wie ein Zug an einem Bahnsteig, an dem die Toten aussteigen. Gott drückt auf den Halteknopf, wenn man stirbt. Wenn es Zeit ist, wiedergeboren zu werden, dann drückt er auf Start. Im Frühjahr sind massenhaft Vögel gestorben, weil sie vor Öland im Öl festgeklebt sind. Zweitausend Tonnen Vögel, stand in der Zeitung. Vielleicht weiß aber auch niemand, wie viele es wirklich waren. Niemand hatte Lust, jeden kleinen Vogel zu betrauern.

Einmal ist unsere Katze Missan mit einer Meise zwischen ihren spitzen Zähnen ins Haus gekommen. Die Katze hatte die Krallen ausgefahren und hat dem Vogel geholfen, durchs Zimmer zu fliegen wie ein Papierflugzeug, direkt ins Bücherregal. Mama hat gesagt, die Meise wäre tot, und dann hat die Katze sie aufgefressen und Federn und kaputt genagte Knochen ausgewürgt. Wir haben das, was vom Vogel übrig war, in einen Pappkarton gelegt und haben ihn begraben und ein Weilchen geweint. Aber es war ein gutes Weinen, nicht so wie das ängstliche und wütende, das wir jetzt weinen, meine Schwester und ich.

Im Haus riecht es widerlich nach gekochtem Blumenkohl. Wir setzen uns mit Konrad und Elvira an den Tisch. Sie sind unsere Pflegeeltern, und das bedeutet, dass sie sich jetzt um uns kümmern werden, weil Mama und Papa es nicht mehr können. Konrads Augen hinter der Brille sehen aus wie tote Fliegen. Tote, grünlich schimmernde Schmeißfliegen ohne Flügel, und sein Mund ist ein schwarzes Loch, aus dem redet und redet und redet er mit seiner knarzenden Stimme. Wir bekommen Orangensaft und Zimtschnecken. Der Saft ist zu sauer. Ich kann ihn nicht schlucken, denn das brennt im Hals, und ich muss weinen, obwohl ich nicht will. Elvira sieht mich an und lächelt, obwohl sie böse ist. Innen drin ist sie böse, denn sie will uns nicht hier haben. Keine von uns. Konrad ist der von beiden, der entschieden hat, dass wir Pflegekinder bei ihnen sein werden. Ich weiß es einfach.

»Jetzt trink mal aus, mein Liebes«, befiehlt sie und kommt mir so nahe, dass ihr Geruch mir in der Nase beißt.

Ich zwinge den Saft hinunter, ohne die Hand meiner Schwester loszulassen. Ich weine, und der Rotz vermischt sich mit dem Saft, den ich austrinken muss, denn sie schauen mich die ganze Zeit an. Ich wische mir unter der Nase durch, um den Rotz wegzukriegen. Da packt Elvira meinen Arm mit ihren Klauen, und ich denke: Wird sie mit mir spielen, so wie Missan mit dem Vogel? Denn vielleicht bin ich tot. In mir habe ich das Gefühl, dass ich zusammen mit Mama und Papa tot sein will.

Da sagt Konrad, dass es den Tod nicht gibt. Die Toten leben, obwohl wir sie nicht sehen können. Ihre Geister sind hier unter uns, sagt er. Sie sehen und hören alles. Also ist es am besten, wenn wir uns gut benehmen, denn sonst werden sie petzen. Danach gehen wir die knarrende Treppe zum Dachboden hinauf, um seine Großmutter zu begrüßen. Konrad geht vorneweg, mit einer Kerze in der Hand. Er ist groß wie ein Riese, und die Haare sind mit dem Bart zusammengewachsen, aber mitten auf dem Kopf hat er eine Glatze. »Meine Großmutter verträgt keine Elektrizität. Das Licht ist zu scharf für ihre empfindlichen Augen«, erklärt er und öffnet die Tür, die kreischt und quietscht, als wir in die Dunkelheit treten.

Dort, in einem Bett, um das dünne schwarze Gardinen hängen, sitzt eine sehr alte Frau in einem weißen Nachthemd. Ihre Haare sind weiß wie Mehl, und das Gesicht hat dieselbe gelblich weiße Farbe wie Eier-

schalen. Meine Schwester und ich legen die Arme umeinander. Die Alte sitzt mit geschlossenen Augen vollkommen still da. Ihre Füße, die unter der Decke herausschauen, sind nackt und die Zehennägel lang und gebogen. Sie bewegt sich nicht und sagt nichts, als Konrad erzählt, dass wir jetzt da sind. Dass die neuen Kinder gekommen sind. Und als ich gerade den Gedanken gedacht habe, dass die Alte tot ist, schlägt sie die Augen auf und schaut direkt durch mich hindurch – so, als würde es mich nicht geben. So, als wären wir tot und völlig durchsichtig, meine Schwester und ich.

»Kommt, Kinder, lasst euch berühren. Ich kann euch mit meinen Augen nicht sehen, nur mit meinen Händen.«

I

Örebro, 50 Jahre später

Die Gesichtslosen stiegen am Schloss aus dem Bus. Daniel kniff kurzsichtig die Augen zusammen und versuchte, die Gefahr einzuschätzen. Seine Brille war kaputtgegangen, als sie ihn das letzte Mal verprügelt hatten. Obwohl die Sommernacht warm war, spürte er die Furcht wie einen eiskalten Atemzug im Nacken. Jederzeit konnte die Polizei auftauchen, oder die anderen, die hinter ihm her waren. Einer jungen Frau mit Kinderwagen und einer älteren Dame mit Rollator schenkte er keine größere Aufmerksamkeit, als er aus dem Bus stieg. Doch dann kam ein Typ in seinem Alter, in schwarzem T-Shirt, schwarzen Jeans und sich darunter deutlich abzeichnenden Muskeln. Er trug eine dunkle Sonnenbrille und hatte spitze Zähne, die man sah, als er seinen Mund beim Gähnen weit aufriss. Sofort erkannte Daniel das fuchsartige Aussehen, und plötzlich fiel ihm das Atmen schwer. Die Beine trugen ihn kaum. Er zog die große Tasche auf Rollen näher zu sich, suchte Halt an der Wand der Bushaltestelle. Der Typ kam direkt auf ihn zu. Er hatte ein Messer in der Hand. Es sah aus wie ein Vorlegemesser, als es im Licht der Busscheinwerfer aufblitzte. Daniel würde es nie schaffen, dem schwarz gekleideten Mann davonzulaufen.

Keine Chance. Deshalb kroch er tiefer in das Haltestellenhäuschen hinein, schloss die Augen und wartete auf den Todesstoß. Er war gerade 24 Jahre alt geworden, und morgen würde sein Tod die wichtigste Schlagzeile in der Zeitung sein. Da würde von dem 24-Jährigen geschrieben werden, der das neueste Opfer der Gangkriminalität geworden war. Im besten Fall würden sie es unterlassen, seinen Vater zu interviewen. Wenn der Alte gut drauf war, dann erinnerte er sich vielleicht nicht einmal daran, dass er einen Sohn hatte. Daniel wartete. Doch nichts geschah. Vorsichtig öffnete er die Augen und sah den Rücken des Schwarzgekleideten. Der hielt kein Messer in der Hand, sondern ein silberfarbenes Handy. Das konnte Daniel jetzt sehen, als der Mann es ans Ohr hielt. Erleichtert sank er in sich zusammen, blieb mit dem Kopf zwischen den Knien hocken, während ihm das Blut in den Ohren rauschte und der Schwindel in Wellen kam und ging. Als er sich wieder erhob, war der Mann verschwunden. Hatte er überhaupt existiert? Es kam nur allzu oft vor, dass Leute durch sein Bewusstsein wanderten, die in Wirklichkeit gar nicht da waren. Er hatte ein paar Gedichte darüber auf Papierzettel geschrieben, die er ganz zuunterst in die Schublade gelegt hatte, in der er Socken, Unterhosen und seinen Snus-Tabak aufbewahrte. Sein Schwedisch- und Geschichtslehrer hatte einmal gesagt, in ihm würde ein Dichter wohnen. Das war ein Augenblick, an den er sich oft erinnerte. *Du kannst dich wirklich ausdrücken, Daniel, und du bist schlau. Kümmere dich um diese Fähigkeiten.*

Daniel begann Richtung Järntorget zu gehen. Er musste pinkeln und ging zügig in Richtung des bunten Pissoirs auf dem Platz, genau gegenüber. Hier versammelten sich alle knallbunten Farben in einer Kaskade, es war ein visuelles Chaos, wie der übelste Trip. Es sah aus, als wäre dem Eismännchen übel geworden, als hätte es auf die Fassade gekotzt. Weiter hinten beim Springbrunnen thronte eine gigantische Gummiente aus Autoreifen. »Rubber Duck« hatte während der Kunstausstellung Open Art auf dem Schild gestanden. Wie zum Teufel sollte man denn noch wissen, was real war und was nicht, wenn die Realität von Eismännchen, Gummienten und dem mit Taubenkacke verzierten Jean-Baptiste Bernadotte auf einem Pfeiler hoch über der Menschheit bevölkert wurde?

Vor dem Pissoir zögerte Daniel. Er erinnerte sich an ein übles Ereignis, über das viel geredet wurde. Da drinnen war ein Typ erstochen worden, und der Mörder hatte mit Blut Filmzitate an den Spiegel geschrieben. Er saß nun im Gefängnis, aber es gab noch andere drogenabhängige Verrückte, die frei herumliefen. Das Pissoir war kein angenehmer Ort, an dem man nachts Fremden begegnen wollte. Wenn seine Mutter noch am Leben wäre, hätte sie ihn davor gewarnt. Wenn er nur noch ein bisschen durchhielt, würde er ein Stück entfernt in einen Busch pissen können, also beeilte er sich und zog die Rolltasche schnell hinter sich her. Die Räder knatterten über das Kopfsteinpflaster. Rubber Duck glotzte ihn an. Der Schnabel sah aus, als hätte ihm jemand eine gigantische Überdosis Silikon gespritzt. Daniel dachte an Molly, ein Mädchen, das er vor fünf Jahren, als er gerade mit dem Gymnasium fertig war, gedatet hatte. Er war wahnsinnig verliebt gewesen, obwohl sie mit ihren Silikonlippen wie eine blassere Variante von Rubber Duck ausgesehen hatte. Um sie zu küssen, hatte er den Mund so weit aufreißen müssen wie beim Zahnarzt. Wenn die Ente nicht so verdammt groß gewesen wäre, dann hätte er sie klauen können, und alle seine Probleme wären aus der Welt geschafft. Zumindest fürs Erste. Drei Einbrüche hatte er heute erledigt. Jetzt blieb nur noch ein letzter übrig, ehe er das, was er zusammenbekommen hatte, zu seinem Dealer in Oxhagen bringen konnte – im Austausch gegen die Pillen, die er brauchte, um das Leben erträglich zu machen. Ein gewöhnlicher verdammter Einbruch ohne Theater – darum betete er zu den höheren Mächten. *Guter Gott, beschütze die Neugierigen vor ihrer schlimmsten Neugier, sodass es ihnen in dieser Nacht gut gehen möge.* Er wollte nicht, dass jemand Schaden nahm. Er wollte nicht einmal jemanden erschrecken.

Daniel passierte den Tunnel unter der Eisenbahn und hielt nach einem Busch Ausschau, wo er sich erleichtern könnte. Es sollte ein Menschenrecht sein, ins Grüne pinkeln zu dürfen, doch die Vegetation war keineswegs so dicht und einladend, wie er sie in Erinnerung hatte. Vor ihm türmte sich die Fassade von Radio Örebro auf. Da, wo er stand, gab es einen Parkplatz. Jetzt konnte er es nicht mehr zurückhalten und verschwand hinter einem Ticketautomaten. Eine Frau, die eben ihr Auto aufschließen wollte, starrte ihn erschrocken an, warf sich in den Wagen und schloss von innen ab, um dann ihr Handy herauszunehmen. Vielleicht, um die Polizei anzurufen und zu berichten, dass sie einen Flitzer gesehen hatte. Oder nur, um ein Foto zu machen und es als Trophäe einer nächtlichen Flitzersafari in den Sozialen Medien zu posten, dachte er grimmig und zog die Hose wieder hoch.

Der Reißverschluss schabte. So sollte es doch wirklich nicht sein. Wieso sollte es empörend sein, dass jemand pinkelte? Wenn niemand pinkelte, dann würde man die gesamte Menschheit an die Dialyse legen müssen, und eigentlich sollten die Leute darauf achten, ihr Revier zu markieren, um die wachsenden Wildschweinrotten davon abzuhalten, die Stadt zu belagern. Seit der letzten Eiszeit hatten Menschen im Freien gepinkelt. Das war nichts, worüber man die Polizei in Kenntnis setzen musste. Die wussten das eh schon. Und zeigten manchmal sogar ein gewisses Verständnis. Es machte schließlich keinen Sinn, 800 Kronen Strafe von jemandem zu kassieren, der von Stütze lebte und ansonsten keine Öre besaß. Da erteilte man ihm eine Rüge und ließ ihn gratis pinkeln.

Der letzte Einbruch für heute sollte in einem Mietshaus ein paar Blocks entfernt stattfinden. Am Tag zuvor hatte Daniel einer alten Frau die Tür zu ihrem Wohnhaus aufgehalten. Aus Höflichkeit und ohne Hintergedanken – zumindest zuerst. Er mochte alte Damen, denn sie erinnerten ihn an seine Großmutter. Die Alte hatte den Code zur Eingangstür so langsam eingetippt, dass er beim besten Willen nicht hatte vermeiden können, ihn zu sehen. Ebenso wenig konnte er widerstehen, den Token aus ihrer halb geöffneten Handtasche zu stehlen, der wahrscheinlich für den Wäscheraum und Keller war. War das nicht ein Zeichen von oben? Wenn er fertig war, würde er den Token in den Briefkasten der alten Dame werfen, die im Erdgeschoss wohnte. Im Keller würde er im besten Fall ein teures Fahrrad finden oder eine neuere Bohrmaschine oder anderes Werkzeug, Wein oder altes Silberbesteck mit einem Edel-Stempel, der wie ein Katzenfuß aussah.

Daniel sah sich um und tippte dann den Code ein. Die Eingangstür öffnete sich mit einem Klicken. Er ging an der Wohnungstür vorbei, hinter der die alte Dame verschwunden war, und benutzte den Token, um in den Keller zu kommen. Als er die schwere Tür aufschob, traf er auf einen langen, dunklen Korridor. Er nahm davon Abstand, das Licht einzuschalten, als der rote Knopf ihn wie ein Teufelsauge anstarrte. Kälte schlug ihm entgegen. Er holte die Taschenlampe heraus, schaltete sie ein und richtete den Lichtkegel auf die Türen in dem Korridor. Die erste führte in Waschkeller und Trockenraum. Er trat ein. Nach einer raschen Kontrolle von Trocknern und Waschmaschinen erkannte er, dass hier keine Kleider lagen, und die Angst packte ihn. Er zitterte, und seine Zähne klapperten, Wellen der Übelkeit überkamen ihn. Er musste einfach etwas finden, das er gegen Benzo, Tramadol und Amphetamin tauschen konnte. In den Schatten ahnte er das Böse wie eine eisige Kälte. Er eilte durch die nächste Tür in den Teil des Kellers, in dem sich die Verschläge der Mieter befanden. Dort roch es nach einer Mischung aus Schimmel, Katzenpisse und einem Putzmittel mit erstickend süßem Kiefernnadelduft. Zu jeder Wohnung gehörte ein solcher Käfig, den die Mieter oft mit Vorhängeschlössern versehen hatten. Daniel holte den Bolzenschneider aus der Tasche und drehte eine Runde, um zu sehen, wo er am leichtesten einbrechen konnte. Es fühlte sich fast an wie in *Storage Wars*, einer amerikanischen Dokusoap, in der professionelle Käufer fünf Minuten bekommen, um einander bei Verschlägen voller übrig gelassenem Kram zu überbieten, ehe alles zur Auktion freigegeben wird. Nur konnten sie im Fernsehen die Sachen dann offen auf einem größeren Markt verkaufen, während es in Oxhagen viel schwerer war, etwas zu finden, womit man dealen konnte.

In dem ersten Verschlag waren nur olle Sachen wie Übertöpfe, Sitzkissen für die Gartenstühle und Kartons, auf denen stand: »Geschnittene und nicht geschnittene Flicken für Teppiche« und ein Transportkäfig für Katzen. Der nächste Verschlag gehörte höchstwahrscheinlich einer armen Familie mit Kindern. Plastikschlitten, ein kaputtes Puppenhaus und abgenutzte Ski mit altmodischen Bindungen lohnten keinen Einbruch. Der dritte Käfig war leer bis auf einen schwarzen Schaukelstuhl, dem eine Kufe fehlte, und ein kleines Häufchen Holzwurmmehl auf dem Betonfußboden. Daniel spürte, wie die Angst sich zur Panik steigerte. Doch als er in den vierten Keller leuchtete, stieg sein Mut wieder. Da stand ein Rennrad, für das er sicherlich einige Tausender würde kriegen können, und obendrein konnte er damit noch nach Oxhagen radeln und musste das Diebesgut nicht im Bus transportieren und unnötige Aufmerksamkeit erregen. Er brach ein. Das Fahrrad war nicht einmal abgeschlossen. Er verspürte eine pulsierende Freude über den Fund, und weil er schon mal in Schwung war, schnitt er auch noch das Schloss zum nächsten Käfig auf. Darin standen ein paar Kartons, die einer unregelmäßigen Handschrift zufolge Taschenbücher enthielten. Bücher, die man nicht einmal im eigenen Wohnzimmer haben wollte, waren sicherlich ausnehmend schwer zu verkaufen, dachte er. Und dann war da eine Kühltruhe. Daniel wischte sich den kalten Schweiß von der Stirn. Er war aufgedreht und erschöpft zugleich, und es fiel ihm schwer, den Blick zu fixieren.

Mit etwas Glück würde in der Kühltruhe Rinderfilet liegen. Das wurde man immer los. Er hatte ein paarmal bei ICA und bei Willys gefrorenes Rinderfilet geklaut, und das war verdammt kalt, wenn man es in die Jacke steckte, und man war höllisch nervös, wenn man an der Kasse vorbeimusste.

Daniel legte den Bolzenschneider weg und griff mit beiden Händen zu, um die Truhe zu öffnen. Als der Deckel offen stand, nahm er die Taschenlampe zur Hand, um den Inhalt zu inspizieren. Er erstarrte. Der Raum drehte sich. Unwillkürlich wich er einen Schritt zurück und wäre fast über die Kartons gestolpert.

Da saß jemand. In der Kühltruhe.

Ein zusammengekauertes Wesen mit geschlossenen Augen, mit Raureif im langen welligen Haar und blau gefrorenen Lippen. Sie trug ein weißes, dünnes Kleid. Wie eine kleine runzelige Elfe oder eine Eishexe, dachte er, ehe ihm aufging, dass sie tot sein musste. Er klappte den Deckel wieder zu, lud die Tasche aufs Fahrrad und eilte davon. Raus, er musste hier raus. Als er keuchend mit dem Fahrrad und der Tasche voll Diebesgut wieder auf der Straße stand, kniff er sich fest in den Arm und schlug sich auf die Wangen, um wieder klar zu werden. Das war nicht real, obwohl es so aussah. Das war diese verdammte Paranoia, die ihn wieder mal heimsuchte. Es gab keine Eishexen.

2

Kriminalinspektor Kristoffer Bark verließ das Turmzimmer und die Polizeizentrale. Es war Freitag, und er freute sich auf das Wochenende. Die Ferien waren zu Ende, aber das Wetter war immer noch fantastisch, obwohl es schon Herbst wurde. Er hatte mit seinem Vater verabredet, dass sie heute Abend am Ånnabodasjön grillen wollten. Seine kleine Schwester Kristina würde auch dabei sein, und wenn sie den Grill erst einmal angeworfen hatten, würden sie vom Steg aus eine Runde schwimmen gehen. Bei Kristoffer war kürzlich Epilepsie diagnostiziert worden, und er durfte für eine gewisse Zeit nicht Auto fahren. Deshalb würde Kristina ihn in der Drakenbergsgatan in Tybble abholen, wo er seit der Scheidung in einer Dreizimmerwohnung lebte. Es war eine ruhige Gegend gewesen – bis vorigen Herbst, als zwei Gewaltausbrüche und Schusswechsel das Viertel erschüttert hatten. Wahrscheinlich ein Bandenkrieg. Es war zwar niemand zu Schaden gekommen, doch begleitete die Bewohner des Stadtteils nun ein neues und fremdes Gefühl von Unsicherheit.

Kristoffer packte den Rucksack mit allem, was er für den Abend brauchte, und ging zum Parkplatz. Kristina war pünktlich. Er rutschte auf den Beifahrersitz ihres roten Mazda Miata. Es war immer noch ungewohnt und frustrierend, nicht selbst fahren zu dürfen.

»Pünktlich wie immer!«, sagte Kristina lachend. Sie wurde ihrer Mutter mit jedem Jahr ähnlicher. Das zum Pferdeschwanz gebundene dicke, blonde Haar und der schlanke Körper ließen sie jünger aussehen als die 46 Jahre, die sie zählte. Je nachdem wie das Licht fiel und welcher Laune sie war, waren ihre Augen mal blau und mal grün. Weil beide gern ihren jeweiligen Geburtsnamen – Bark und Löv – behalten wollten, hatten Kristina und ihr Mann als Kompromiss den Nachnamen Barklöv angenommen. Ihre Kinder waren inzwischen ausgeflogen und studierten in Umeå und Göteborg. Kristina hatte Kristoffer schon bei ihrem letzten Treffen anvertraut, dass sie es in dem Haus in Kumla viel zu still fand, seit Morgan und sie allein dort wohnten.

»Und wie steht's so um Leben und Liebe?«, fragte er, ohne eigentlich eine Antwort zu erwarten.

Kristina seufzte hörbar. »Morgan und ich sitzen am Küchentisch und haben nichts, worüber wir reden könnten. Es ist fast, als wären wir in der Gegenwart des anderen plötzlich schüchtern, obwohl wir doch mehr als ein halbes Leben zusammen verbracht haben. Ein Gefühl der Leere, wenn du verstehst, was ich meine«, erklärte sie. Und dann brach sie in Tränen aus.

»Was ist denn, Kristina?«, fragte Bark, legte den Arm um seine kleine Schwester und drückte sie an sich. Er konnte sich nicht erinnern, wann er sie das letzte Mal hatte weinen sehen. Da musste etwas Ernstes vorgefallen sein. Würden sie sich scheiden lassen? Hatte Morgan sie betrogen? Hatte jemand in der Familie eine Krebsdiagnose erhalten? Er strich ihr übers Haar, bis sie sich beruhigt hatte und erzählen konnte.

Kristina wischte sich mit dem Handrücken über die Augen. »Ich weiß gar nicht, wie ich dir das alles erklären soll, wo du doch allem gegenüber, was man nicht beweisen kann, so skeptisch bist«, sagte sie und ließ die Hand, die sie schon auf den Zündschlüssel gelegt hatte, wieder sinken. Sie standen immer noch auf dem Parkplatz.

»Versuch es«, ermunterte er sie und suchte den Blickkontakt zu ihr.

»Ich war gestern bei einem Medium«, sagte sie überraschenderweise und wandte sich ihm mit neuer Intensität zu. »Jetzt mach nicht so ein Gesicht, denn dann erzähle ich gar nichts. Es war so: Ich habe in der Zeitschrift *Grenzland* von dem neuen Medium Magdalena Fernåker gelesen, und das hat mich neugierig gemacht. Dann war ich voriges Wochenende auf diesem Kurs in Medialer Achtsamkeit. Das habe ich dir ja erzählt. Magdalena war eine der Seminarleiterinnen auf Himlagård.«

Kristoffer runzelte die Stirn und nickte, obwohl ihm das völlig entgangen war. Oder besser gesagt hatte er gedacht, dass es dabei um Medien und Journalistik ginge und nicht um ein »Medium«. Kristina war eigentlich ausgebildete Journalistin, doch dann hatte das Leben sie auf andere und verschlungenere Wege geführt. War es in dem Kurs wirklich um Spiritismus und Geisterwesen gegangen? Hatte sie vor, einen Artikel darüber zu schreiben?

Kristina sah ihn eindringlich an, um seine Aufmerksamkeit einzufangen. »Und weißt du, was Magdalena Fernåker zu mir gesagt hat?«

»Nein. Ich bin irgendwie nicht so hellseherisch veranlagt.« Er wollte nicht einmal einen Witz machen, sondern es rutschte ihm einfach so heraus. Doch Kristina hatte es offenbar überhört.

»Magdalena sagte zu mir, ich solle auf meinen Mann aufpassen. Sie habe Strömungen wahrgenommen, dass mir etwas Böses widerfahren würde. Eine Herzenstrauer.«

Bark konnte seine Reaktion nicht kontrollieren. »Was sind denn das für Dummheiten? Du wirst dich doch wohl nicht von einer alten Spökenkiekerin erschrecken lassen, die Unfug über deinen Mann erzählt? Sie hat gesehen, dass du einen Ehering trägst, und hat dir dann die Informationen entlockt, die sie brauchte. Diese Leute arbeiten mit *cold reading*, sie deutet also dein Mienenspiel und kleine Bewegungen. Wenn du wütend ausgesehen hast, als du deinen Mann erwähnt hast, war es nicht weiter schwer zu erraten, dass ihr Probleme habt. Ohne dass es dir bewusst war, hast du vielleicht genickt oder sahst bekümmert aus, und da ist sie weiter auf das eingegangen, was du sofort bestätigt hast. Wenn du das nächste Mal zum Pferderennen gehst, bitte sie vorher um ein paar Tipps.«

Jetzt bemerkte sie die Ironie. »Ich wusste schon, dass du so reagieren würdest! Warum kannst du nicht deine vorgefassten Meinungen einfach mal ablegen und mir die paar Minuten zuhören, die es dauert, etwas Wichtiges zu sagen? Für mich ist es jedenfalls wichtig«, fügte sie hinzu.

»Entschuldige. Ich höre zu.« Kristoffer richtete sich aus der unbequemen Haltung auf, in die er geraten war, als er versucht hatte, seine Schwester zu trösten. Es fiel ihm schwer, das kleine Lächeln zu unterdrücken, das sich breitmachen wollte, als ihm klar wurde, dass es um nichts Schlimmeres als die Verkündigungen einer Wahrsagerin ging.

Kristina blickte ihn enttäuscht an, aber das Bedürfnis zu erzählen siegte über die Lust, ihn mit Schweigen zu bestrafen. »Ich war zusammen mit meiner Nachbarin Nana bei dem Medium. Wir haben eine gemeinsame Stunde gebucht, weil das billiger ist, als einzeln zu gehen. Als Magdalena die Augen geschlossen hat, um sich in meine und Morgans Beziehung einzuschwingen, konnte sie alles wie Bruchstücke aus einem Film sehen und spüren. Sie sah, wie Morgan eine andere Frau küsste. Eine junge Frau mit schönen braunen Augen und langem blondem Haar.«

Kristina schüttelte sich und sah Kristoffer wachsam an, als würde sie nach Zeichen suchen, dass er ihr nicht glaubte. Dann fuhr sie fort. »Ich musste sofort an Jenny Lovik denken, das neue Mädchen, das in Morgans Firma Trainee ist. Sie hat langes, blondes Haar, und Morgan ist fasziniert von ihrer Energie und Kreativität, das hat er mir erzählt. Begreifst du, Kristoffer? Was sie gesagt hat, ist wahr! Da stimmen viel zu viele Details überein, als dass ich es einfach wegwischen könnte. Magdalena sieht in Bildern. Sie hat die altmodischen Möbel, das Kaminfeuer und die Jugendstil-Erkerfenster im Salon beschrieben und die Kristallkandelaber im Wellness-Bereich. Das gelbe Holzhaus mit Glockenturm, den See und das weiße Badehaus draußen auf dem Steg, auf dem Morgan die blonde Frau geküsst hat. Da wurde mir klar, dass das in Loka Brunn gewesen sein muss. Es war so deutlich, als würde ich es selbst sehen. Morgan war kurz zuvor dort auf einer Konferenz gewesen. In Loka. Was sagst du dazu?« Sie schüttelte den Kopf. »Ich habe es gespürt. Er war so ungewohnt fröhlich, ohne dass ich einen Grund dafür hätte erkennen können. Manchmal steht er seitdem am Fenster und lächelt über etwas, woran er denkt, oder über jemanden, an den er denkt. Und wenn ich frage, was los ist, dann sagt er, *nichts Besonderes*. Begreifst du jetzt, dass es stimmt, Kristoffer?«

»Aber hast du denn Morgan gefragt, was davon stimmt? Es ist ziemlich übel, wenn du ihm misstraust, ohne mit ihm darüber zu sprechen. Vor allem jetzt, wenn eure Beziehung nicht in Bestform ist. Daraus wird leicht eine Selffulfilling Prophecy. Du bist misstrauisch. Er fühlt sich infrage gestellt und wird sauer. Du findest, er geht auf Distanz, und wirst noch misstrauischer. Das klingt nach einer unheilvollen Spirale. Ich finde, du solltest mit ihm reden.«

Kristina sah ihren Bruder trotzig an und legte einen Kickstart mit dem Auto hin. »Das werde ich auch!«

Sie schwiegen, bis sie aus der Stadt heraus waren. Kristoffer war klar, dass sie wütend auf ihn war. Seine Erfahrung hatte ihn gelehrt, jetzt den Ball flach zu halten, bis der schlimmste Ärger verraucht war.

Als sie auf den Grävevägen Richtung Garphyttan gekommen waren, erzählte sie weiter, doch jetzt aus einer anderen Perspektive. »Bei dem Kurs auf Himlagård hat Magdalena, also das Medium, noch von einer anderen Sache erzählt, die dich eigentlich interessieren müsste. Es geht um einen Mord.«

»Okay«, sagte er in leichtem Ton, um die Stimmung nicht zu ruinieren, da sie gerade etwas aufgetaut war.

»Über den Mord hat auch was in *Grenzland* gestanden. In dieser Reportage hat sie erzählt, dass ein Kind von der anderen Seite versuchen würde, Kontakt zu ihr aufzunehmen. Ein kleines Waisenmädchen von neun Jahren. Das Mädchen könne keinen Seelenfrieden finden und nicht weiter ins ewige Licht gehen, weil sie so einen schrecklichen Zorn in sich habe. Sie müsse Gerechtigkeit erlangen.« Kristina sah ihn kurz an, bevor sie knapp jemanden überholte. Dann ging sie etwas mit dem Tempo runter, weil sie schon mit weit mehr als der zugelassenen Geschwindigkeit unterwegs war.

Kristoffer straffte den Sicherheitsgurt und hielt sich krampfhaft am Seitengriff fest. Er hasste es, Beifahrer zu sein und seiner impulsiven Schwester die Kontrolle überlassen zu müssen.

»Was hat sie denn noch gesagt? Ist jemand für den Mord verurteilt worden?«

Kristina warf ihm einen Seitenblick zu. »Nein, niemand, und das genau ist es, weshalb das unglückliche Kind Magdalena aufsucht und sie um Hilfe bittet. Die Seele des Mädchens befindet sich in einer Dimension, in der sie schlimm gequält wird. Sie muss Frieden finden.«

»Hat das Mädchen einen Namen? Wann ist der Mord geschehen, und wo liegt die Leiche?«

Kristina lächelte, und sogar von der Seite konnte er erkennen, wie sie glaubte, ihn am Haken zu haben. Dabei wollte er doch einfach nur Streit vermeiden.

»Ich weiß nicht, wie das Kind heißt, oder wann es gestorben ist. Aber auf Himlagård hat Magdalena erzählt, das Mädchen würde ganz hinten in einer Felsengrotte liegen, die von dunklen Tannen mit herabhängendem Moos umgeben sei. Sie könne das Plätschern eines Bachs hören, und außerdem würde sie gelbes Birkenlaub erkennen, das wie Goldtaler vom Himmel gefallen sei. Das Mädchen wagt sich nur nachts raus, dann pflückt es im Mondschein

Beeren. Die Kleine ist um ihr Leben gerannt. Als Magdalena die Gegend beschrieb, dachte ich an das Naturschutzgebiet Skärmarboda, wo wir früher mit Mama und Papa immer gewandert sind. Ich werde das mal überprüfen, denn sie hat es sehr deutlich beschrieben. Wenn wir die sterblichen Überreste des Mädchens finden, dann stimmt sicher auch das andere, was sie über Morgan gesagt hat. So denke ich. Aber ich will nicht alleine dorthin gehen. Das Gebiet da oben ist zum Teil unwegsam. Man rutscht leicht aus und verletzt sich, da kann man schon mal ein paar Meter tief fallen, es ist felsiger Untergrund. Kannst du morgen dorthin mitkommen?«

Kristoffer hatte keine Chance. Hier Ja zu sagen, wäre sicherlich das Einfachste, ein Nein würde ihm mehr abverlangen. Das war ein Kräftemessen, aus dem er gewiss nicht als Sieger hervorgehen würde, weil seine Schwester niemals klein beigab. Also sagte er widerwillig Ja.

3

Am nächsten Morgen würden sie bei den Steingrotten in Skärmarboda nach einem Kinderskelett suchen, doch trotz des Versprechens, das ihm im Grunde widerstrebte, war der Freitagabend am Ånnabodasjön wunderbar. Während Kristoffer am Grill stand, färbte sich der Himmel langsam rot und gelb und spiegelte sich im dunklen Wasser des Sees. Er war kurz vorher hineingesprungen und auf die andere Seite und zurück geschwommen. Die Temperatur war perfekt, das Wasser wie Samt auf der Haut. Vater Robert und Kristina waren noch im See. Obwohl sie sich ein paar hundert Meter entfernt befanden, trug der Wind ihre Stimmen über das Wasser, sodass alles, was sie sagten, deutlich und klar zu verstehen war. Sie redeten darüber, wie die Granitgrotten im Naturschutzgebiet Skärmarboda entstanden waren. Die wunderschöne Natur von Bergslagen gehörte zu den Lieblingsthemen ihres Vaters. Seit sie klein waren, hatte er sie mit auf seine Wanderungen genommen.

»Jahrtausendelang lag Skandinavien unter einer Eisdecke, die sich bewegte und große Steinquader mit sich führte. Als das Eis schmolz, bildete sich das Yoldia-Meer, ein offenes Gewässer, das bis nach Russland reichte. Die Uferlinien verliefen genau bei Skärmarboda. Bei Galtapussen kann man immer noch entlang der alten Uferlinie geschliffene kleine Steine finden.«

»Ich erinnere mich, dass wir die gesehen haben«, sagte Kristina. »Da war doch eine Feuerstelle, und wir haben in der Schutzhütte übernachtet, und du hast so schreckliche Schauergeschichten erzählt, dass Jan sich nicht getraut hat, einzuschlafen, solange du nicht seine Hand gehalten hast.«

»Ja, da habe ich vielleicht ein bisschen zu viel erzählt«, gab Robert zu, und in seiner Stimme klang Trauer an. »Ich hätte alle meine Kinder am liebsten an einem Ort versammelt und hoffe, dass Jan irgendwann wieder nach Schweden zurückkommen wird, sodass wir uns öfter sehen können.« Er wechselte das Thema, das ihm jetzt offenbar zu emotional wurde.

»Die großen Mengen Schmelzwasser rissen lose Steine und Kies mit sich, und die Grotten blieben übrig. Wie ich hörte, wollt ihr morgen dorthin. Ich würde ja gerne mitkommen, aber ich habe Berit und den anderen Damen aus der Straße ein Picknick versprochen, es muss also ein anderes Mal werden.« Jetzt nahm seine Stimme einen schwärmerischen Ton an. »Wenn ihr bis zur Dämmerung im Naturschutzgebiet bleibt, dann werdet ihr vielleicht den Ziegenmelker hören, und ich erinnere mich, dass es da auch viele Spechte gibt.«

»Läuft da was zwischen dir und Berit?«, fragte Kristina, die sich keinen Deut für Vögel interessierte.

Robert lachte, sodass es über den See hallte. »Du willst also einen Einblick in mein Privatleben? Berit und ich, wir treffen uns in gemäßigten Dosen. Wenn wir unsere Ruhe haben wollen, geht jeder zu sich nach Hause. Wir nehmen den Tag, wie er kommt.«

Kristoffer wusste, dass Kristina ihrem Vater Gesellschaft für den Herbst des Alters gönnte, obwohl sie als Teenager wie ein Geier darüber gewacht hatte, dass niemand den Platz ihrer Mutter einnahm. Kristoffer war in der Oberstufe auf dem Gymnasium gewesen, als ihre Mutter eine aggressive Form von Brustkrebs bekam, den man nicht heilen konnte. Sie wollte zu Hause sterben, und er hatte ein Sabbatjahr genommen, um sie die letzte Zeit begleiten zu können. Sein Vater hatte wie ein Wahnsinniger gearbeitet, um seine Trauer bewältigen zu können, und Kristina hatte mit Wut reagiert. Ihr kleiner Bruder Jan hatte alles schweigend und verbissen in sich getragen und sich geweigert, darüber zu reden. Nach dem Gymnasium hatte Jan im Ausland studiert und war dortgeblieben. Wahrscheinlich wählte man seine Reaktionen nicht selbst, man war einfach, wie man war, und tat sein Bestes, um dem schlimmsten Schmerz aus dem Weg zu gehen, dachte Kristoffer.

Sein Vater und Kristina kamen jetzt in Badelaken eingewickelt vom Steg. Die Abendsonne legte einen warmen, roten Filter über Erde, Bäume und See. Sie ließen sich im Gras auf einer Decke nieder, wo Kristoffer Tacos, Aioli, Mango Salsa und grünen Salat platziert hatte. Er legte den gegrillten Fisch auf eine Platte und servierte ihn, sodass sie ihre eigenen Fisch Tacos machen konnten. Dazu gab es eine Flasche Weißwein, die zum Kühlen im seichten Wasser am Seeufer gelegen hatte. Kristina war die Chauffeurin und musste sich mit Mineralwasser begnügen. Sie warf Kristoffer einen leidenden Blick zu, als er ihr einschenkte.

»Was wohl Mama sagen würde, wenn sie heute Abend mit uns hier sitzen und den Sonnenuntergang betrachten könnte«, sagte Robert gedankenverloren.

»Woher willst du wissen, dass sie das nicht tut?«, fragte Kristina mit einem rätselhaften Lächeln. »Vielleicht ist sie ganz in der Nähe, obwohl wir sie weder sehen noch hören können. Ich denke oft, dass sie es ist, die mir übers Haar streicht, obwohl ich das durchaus mit dem Wind, der vorbeizieht, wegerklären könnte. Und wenn der Wind stark von hinten weht, dann spüre ich ihre Hand im Rücken.«

Kristoffer wollte gerade bemerken, wie schön sie das ausgedrückt hatte, als sie fortfuhr: »Ich habe schon überlegt, Magdalena zu fragen, ob sie mir helfen kann, Kontakt zu bekommen.«

»Kontakt mit Mama?«, fragte Robert erstaunt.

»Ja«, sagte Kristina.

»Wer ist denn Magdalena?« Ihr Vater sah besorgt aus.

»Eine Wahrsagerin, bei der ich gewesen bin.«

Robert legte seine Hand schwer auf Kristinas Schulter und sah ihr in die Augen. »Einige Dinge sollte man für sich behalten und nicht mit Außenstehenden teilen. Für mich ist die Erinnerung an Mama heilig und kostbar. Ich möchte keine Interpretation von einer Fremden, die dafür Geld nimmt, Spekulationen anzustellen. Lass Mama in Frieden ruhen!«

Die Stimmung war daraufhin gedrückt, und sie versuchten, neutrale Gesprächsthemen zu finden. Doch der Zauber des Moments und die Ruhe des Abends waren verloren gegangen, und als die Sonnenscheibe im Westen hinter den Kronen der Kiefern versank, brachen sie auf. Kristina hatte ihrem Vater nicht von ihrem Verdacht gegen Morgan berichtet. Wahrscheinlich spürte sie, dass er genauso reagieren würde, wie Kristoffer es getan hatte.

Sie setzten sich ins Auto, um Richtung Stadt zu fahren, und ließen ihren Vater an seinem Haus in Garphyttan raus. Kristina sprach über dieses und jenes, aber Kristoffer hing den Gedanken an seine Mutter nach. Er dachte an die lichten Momente, an die Qualen ihrer letzten Wochen und an die Versuche, die er unternommen hatte, seinen Vater dazu zu bringen, sich einen Moment hinzusetzen und ihre Hand zu halten. Doch das war schwer gewesen, denn Robert glaubte, stark sein zu müssen und ihnen seine Verzweiflung nicht zeigen zu dürfen. Erst in der letzten Nacht hatten sie gemeinsam weinen können.

»Wir sehen uns morgen um zehn Uhr«, sagte Kristina, als sie Bark an der Drakenbergsgatan rausließ.

»Abgemacht!« Bark stieg die drei Treppen zu seiner Wohnung hinauf. Als er die Tür öffnete, war er wehrlos gegen die Einsamkeit, die ihm entgegenschlug. Er sank auf das Sofa und griff nach der Fernbedienung, damit es nicht so still war. Die letzte Sendung der Lokalnachrichten hatte gerade begonnen. Regina Zimmermann, Polizeichefin der Region Örebro und Barks Chefin, war zu sehen und sprach über Gangkriminalität, Drogenhandel und Einbrüche, die im Laufe des Sommers in der Region stark zugenommen hatten.

»Wir sind der Ansicht, dass die Einbrüche mit der Drogensucht zusammenhängen. Die Preise für Drogen sind gestiegen, und wer kein Geld hat, muss etwas stehlen, was er verkaufen kann, um die Drogen bezahlen zu können. Vor allem der partymäßige Konsum von Kokain in den entsprechenden Lokalitäten hat die Preise hochgetrieben. Das ist Geld, das direkt an das kriminelle Netzwerk geht.«

Der Reporter sah direkt in die Kamera, obwohl seine Worte an Regina Zimmermann gerichtet waren. »Was wollen Sie denn den Leuten sagen, die in einer Bar Kokain schnupfen? Laut einer Untersuchung von *Aftonbladet* sind in zwei von drei Lokalen in der Stadt Spuren von Kokain gefunden worden.«

»Ich will ihnen sagen, dass so was teurer ist, als sie glauben, weil es auch Steuergelder kostet – für polizeiliche Ermittlungen, Gerichtsverfahren, medizinische Betreuung der Drogenabhängigen und derjenigen, die in Bandenkriegen verletzt werden. Meine Ermahnung lautet also: Hört auf, Kokain zu kaufen, und sucht euch Hilfe, wenn ihr alleine nicht aus der Abhängigkeit herauskommt.«

Bark schaltete den Fernseher aus. Er hatte dieses Wochenende frei und musste sich ausruhen. Seit er aus dem Urlaub zurückgekommen war, hatte das Team im Turmzimmer daran gearbeitet, die Verantwortlichen für die Einbrüche in der Weststadt zu finden. Das Team, dessen Chef er war, bestand aus Kollegen, die versetzt worden waren, weil sie im normalen Polizeialltag nicht funktionierten. Da war Henrik Larsson, ein Vater von fünf Kindern und ein ausgezeichneter Ermittler, wenn er denn vor Ort war und sich auf die Arbeit konzentrieren konnte. Jetzt, in Corona-Zeiten, hatte er bis zu achtzig Prozent gefehlt, und seine leicht zu weckende Hypochondrie stand in voller Blüte. Nicht einmal seine Frau, die Ärztin war, hatte es geschafft, ihn zu beruhigen. Die von ihm persönlich georderten Mengen an Desinfektionsmittel hatten Zimmermann an die Decke gehen lassen, und das rigorose Regelwerk, das er auf das Whiteboard geschrieben hatte, ließ die Empfehlungen der staatlichen Gesundheitsbehörde wie Seifenblasen im Wind wirken. Henrik Larsson und Ingrid Johansson waren in den letzten Monaten immer öfter in Streit geraten. Sie hielt sich auf Abstand, indem sie in ihrer Abseite arbeitete, und hatte nicht vor, das Zimmerchen jede zweite Stunde zu desinfizieren, wenn sie doch allein dort saß. Ingrid hatte zuvor in der Asservatenkammer gearbeitet und dann beim Lager für Fahrrad-Fundsachen, wo sie gestohlene Fahrräder gelistet hatte. Angeblich war sie dort gelandet, weil sie den falschen Personen unbequeme Wahrheiten gesagt hatte – etwas, was sie trotz Ermahnungen weiter zu tun gedachte. Als das Team gebildet wurde, hatte Kristoffer verlangt, Ingrid als Hilfe zu bekommen, weil sie sich in den Registern der Polizei bestens auskannte und ansonsten die Informationen, die sie dort oder im Archiv nicht fand, über Bekannte von Bekannten herausbekam. In ihrer Freizeit betrieb sie ein kleines Bücher-Café im Folkets Hus von Vintrosa.

Dann war da noch Sara Bredow, eine fähige Polizistin, die wegen Burn-outs langzeitkrankgeschrieben war, nachdem ihr Mann ermordet und sie von einem Verrückten schikaniert worden war. Sie war alleinerziehend mit ihrer fünfjährigen Tochter Moa. Bark hatte sie während ihrer Krankheitszeit näher kennengelernt und versuchte seitdem, seiner Verantwortung als Chef gerecht zu werden und den Kontakt zu ihr zu halten. Sara war aus dem Krankengeld ausgesteuert worden, und sie bekam keine Unterstützung mehr von der Krankenkasse. Also hatte Bark, da sie selbst keine Kraft dazu hatte, sie vor dem Verwaltungsgericht vertreten und die Entscheidung der

Krankenkasse angefochten. Jetzt warteten sie auf das Urteil. Sara hatte große Angst vor der Zukunft. Ihre dringendsten Rechnungen hatte Bark vorerst bezahlt, und Sara wollte nichts lieber, als in ihren Job als Polizistin zurückkehren zu können, doch ihre Heilung brauchte Zeit. Der Plan war, dass sie zu fünfundzwanzig Prozent wieder arbeiten würde. Die Krankenkasse war der Ansicht, dass sie ihren Job bei der Polizei kündigen und eine »allgemein ausgeschriebene Tätigkeit« auf dem Arbeitsmarkt annehmen sollte. Das bedeutete in der Praxis einen Fake-Job, den sich die Krankenkasse ausgedacht hatte und den nun die Arbeitsvermittlung herbeizaubern sollte.

Als Letzter war Alex Berger ins Team gekommen, ein junger Polizeianwärter, der eine Festanstellung bekommen hatte, obwohl man ihn in schwierigen Situationen nicht einsetzen konnte. Wie er den psychologischen Test innerhalb der Ausbildung bestanden hatte, war ein Rätsel für alle Beteiligten, denn er besaß keinerlei Impulskontrolle. Seine Mutter, Mia Berger, war Ermittlerin, Psychologin und Täterprofilerin der Region Bergslagen. Sie hatten bei einigen Fällen zusammengearbeitet, und zuvor war Bark an sie als Therapeutin vermittelt worden, um zu lernen, mit seinen Dämonen umzugehen. Im Verlauf der Therapie hatte er sich in Mia verliebt, und das war er immer noch, obwohl sie sich nicht gesehen hatten, seit sie sich an Weihnachten bei einem Konzert in der Nikolaikirche in dem schüchternen Versuch, das Unmögliche zu wagen, an den kleinen Fingern gehalten hatten.

Kristoffer stand auf und schaltete den alten CD-Player an. Seine Tochter Vera hatte ihm eine CD mit ihren Lieblingssongs gebrannt. Im selben Jahr war sie auf ihrem

Junggesellinnenabschied spurlos verschwunden. Während man anfangs fürchtete, sie sei bei einem Bootsunfall ertrunken, hatte Bark fünf Jahre später ihre Leiche gefunden – Vera war ermordet worden. Die CD war sein kostbarster Besitz. Diese und der Bergkristall, den sie immer an einer Kette um den Hals getragen hatte. Jeden Abend, bevor Bark schlafen ging, zündete er im gusseisernen Halter auf dem Küchentisch eine Kerze an, um sich an Vera zu erinnern und den Tag Revue passieren zu lassen. Veras Stimme und ihre Gedanken waren in ihm. Er wusste, was ihre Reaktion gewesen wäre, wenn er ihr von dem Gespräch mit seiner Schwester erzählt hätte. »Kristina ist total durchgeknallt«, sagte er laut.

Und in seinem Kopf hörte er das Lachen in Veras Stimme: »Ich weiß, das war schon immer so, aber deshalb lieben wir sie doch, oder?«

4

Während der Nacht regnete es heftig. Kristoffer wachte auf und horchte auf die Trommelwirbel am Schlafzimmerfenster und dachte, dass sie wahrscheinlich die Wanderung am nächsten Tag würden absagen müssen. Wenn man nach einem Regen in den Bergen wanderte, bestand immer die Gefahr, wegzurutschen. Doch am Samstagmorgen hatte es aufgehört zu regnen, und als er die Vorhänge öffnete, blendete ihn die Sonne.

Als seine Schwester eine Stunde später an Kristoffers Tür klingelte, war sie nicht allein. Das war so typisch Kristina, dass ihre Freundinnen einfach unangemeldet dabei waren, als seien sie ein Teil der Familie. Das war schon immer so gewesen. Kristina konnte nicht allein sein, sie brauchte immer jemanden um sich.

»Das hier ist Nana Blymark, von der ich dir erzählt habe. Sie wird mit ins Naturschutzgebiet Skärmarboda kommen, denn sie möchte das ermordete Mädchen auch unbedingt finden. Magdalenas Geschichte hat sie genauso gepackt wie mich. Und vielleicht erinnert sie sich noch an Dinge, die ich nicht mitgekriegt habe.«

Kristina machte einen Schritt zur Seite. »Nana, das hier ist mein Bruder Kristoffer.«

»Wie schön, Kristinas Bruder zu treffen, von dem ich schon so viel gehört habe«, sagte die Freundin begeistert.

Nana sah aus, als wäre sie mindestens zehn Jahre älter als seine Schwester. Sie trug ein T-Shirt und Trainingshosen, die locker um den sehnigen Körper hingen. Ihre Haltung war gerade, die Haare waren kurz geschnitten und dunkel, die Augen wach und braun, die Lippen blass. Doch die Fingernägel waren auffällig lang und rot lackiert. Er dachte flüchtig, ob sie die vielleicht bei Kristina im Schönheitssalon in Kumla hatte machen lassen. Seine Schwester hatte ihren Salon *Ganz du* genannt und betrieb ihn seit Jahresbeginn, zusammen mit ein paar Freundinnen. Da konnte man sich die Haare schneiden und die Nägel machen lassen und außerdem massiert werden. Er war noch nicht dort gewesen, um es sich anzuschauen, obwohl Kristina ihm seit der Eröffnung damit in den Ohren lag. Sie hatten einen ziemlich knackigen Start hingelegt.

»Na, dann fahren wir doch mal, oder?«, sagte Kristina. »Bist du fertig?«

Kurz darauf saßen sie im Auto und fuhren auf der Landstraße Richtung Naturschutzgebiet Skärmarboda. Nana saß auf dem Rücksitz, Kristoffer vorne, damit er Platz für seine Beine hatte. Er war ein gutes Stück über eins neunzig und stieß in dem niedrigen Auto fast mit dem Kopf ans Dach.

Kristoffer hatte sich die Zeit genommen, etwas über das Naturschutzgebiet zu lesen. Insgesamt gab es dort einen ungefähr zehn Kilometer langen markierten Wanderweg. Die Strecke würden sie im Laufe des Tages gut schaffen, auch wenn das Terrain wegen großer Höhenunterschiede streckenweise anspruchsvoll war. Manchmal hatte sich der Boden auf der einen Seite gehoben und war auf der anderen sehr tief abgesunken, wie Treppenstufen. Als Kind hatte sich Kristoffer wie Liliput in der Welt der Riesen gefühlt. Man musste sich vor den steilen Felskanten in Acht nehmen, vor allen Dingen, wenn es geregnet hatte. Einmal, als er zu nah an die Kante gegangen und fast in die Schlucht gerutscht war, hatte seine Mutter vor Schreck aufgeschrien. Es war eine heftige Erinnerung, die da plötzlich in ihm auftauchte. Das war am Busberget gewesen, und er fand, es wäre trotz dieser Erinnerung schön, diesen Ort einmal wiederzusehen. Doch wahrscheinlich wollten seine beiden Begleiterinnen abseits der Wanderwege nach Höhlen suchen. Es gab ungefähr zweihundert solcher Grotten. Die meisten waren so groß, dass fünf Personen oder mehr darin Platz fanden, und es wurden immer noch neue entdeckt. Laut Magdalena Fernåker, dem Medium, das Kristina getroffen hatte, sollten also die sterblichen Überreste eines neunjährigen Mädchens in einer der Grotten zu finden sein. Kristoffer hatte kein Interesse, nach einem Skelett zu suchen, doch er hatte vor, die Wanderung und die Natur zu genießen.

Während der Fahrt diskutierten sie, wie sie die Wanderung angehen sollten. Vom südlichen Teil am Rastplatz Bergslagsporten könnten sie den Aussichtspunkt Süd erreichen. Doch Nana war der Meinung, das Medium habe mehr vom nördlichen Teil gesprochen.

»Das stimmt. Magdalena hat von den Berggipfeln Suggan und Galten gesprochen«, sagte Kristina. »Das ist der Name von zwei Aussichtsplätzen im Norden.«

Nana studierte die Karte und antwortete bedächtig. »Der Aussichtspunkt Suggan liegt 140 Meter über dem

Meeresspiegel. Von dort aus müsste man den spektakulären Flusslauf des Järleån sehen und das Torfmoor, falls du bei unserer Rast eine schöne Aussicht haben willst, Kristoffer. Im nördlichen Teil gibt es unter anderem die Mammutgrotte und die Kellerdieb-Grotte.«

»Papa hat von dem Kellerdieb erzählt«, sagte Kristina. »Das war ein Landstreicher, der sich auf die Wanderung begeben hat. Er hat Konserven aus Kellern gestohlen und sie in der Grotte versteckt. So hat sie ihren Namen bekommen.«

Kristina parkte, und sie stiegen aus. Die Luft war nach dem Regen frisch und kühl, doch sah es so aus, als würden sich die Wolken wieder verdichten. Über der Berglandschaft hing ein grauer Dunst. Sie zogen ihre Wanderschuhe an, setzten die Rucksäcke auf und begannen durch den uralten Wald in Richtung »Thron des Steinmanns« zu gehen. Als sie höher kamen, sahen sie glatte Felsen, und über den Tälern sammelte sich ein leichter Nebel. Ein Stück in den Tannenwald hinein konnten sie Überbleibsel aus der Zeit erkennen, als die Kohlenmeiler noch brannten und die Köhler, die auf sie aufpassten, hier in ihren Hütten wohnten. Ein riesiger Fels lag quer über dem Weg, als hätte ein Riese ihn erst kürzlich hierhergeworfen, und es sah aus, als würde der Stein sich noch hin und her wiegen.

Das Terrain war anstrengender, als Kristoffer erwartet hatte. Kristina keuchte und rang nach Atem, um mit Nana Schritt zu halten, die leicht wie eine Bergziege auf den Gipfel kletterte, wo der Boden aus rund geschliffenen Felsen bestand. Sie holten ihre Sitzunterlagen heraus und deckten auf, was sie an Kaffee, belegten Broten und Zimtschnecken dabeihatten. Nana vermittelte einen ruhelosen Eindruck und sah aus, als wolle sie weitergehen, noch ehe Kristoffer sein erstes Salamibrot gegessen hatte.

»Was arbeitest du?«, fragte er, um höflich zu sein. Nana war während der Wanderung sehr wortkarg gewesen.

»Ich bin Maklerin, aber im Moment hänge ich zwischen zwei verschiedenen Jobs«, antwortete sie fast ein wenig schüchtern.

Er hätte Krankengymnastin oder Sportlehrerin geraten.

»Wieso habt ihr an diesem Kurs über Mediale Achtsamkeit teilgenommen?«, fragte er die beiden.

Er konnte immer noch nicht begreifen, dass seine Schwester ihre medialen Fähigkeiten erforschen wollte. In ihrer Jugend hatte sie noch nicht einmal in ihrer eigenen Schublade ein paar saubere Strümpfe finden können.

»Der Kurs war preiswert«, sagte Nana, und zum ersten Mal sah er sie lächeln, sodass ihre Grübchen deutlich wurden. »Alles zusammen kostete nicht einmal vierhundert Kronen. Essen und Unterkunft und der Meditationskurs selbst. Also habe ich zugeschlagen. Schließlich lernt man so neue Leute kennen und was Neues über sich selbst und das Leben.«

»Ich bin hingefahren, weil ich neugierig auf Magdalena Fernåker war«, erwiderte Kristina. »Sie ist charismatisch und sehr sympathisch, und diese Reportage über das Mädchen, das Magdalena aufsucht, wenn sie meditiert, und das um ihre Hilfe bittet, hat mich zutiefst berührt. Ich glaube, dass sie wahr ist.«

»Und was denkst du?«, fragte Kristoffer und wandte sich an Nana.

»Früher einmal glaubte man, die Erde sei eine Scheibe,

weil man sie nicht ausreichend erforscht hatte. Es war sogar verboten, eine abweichende Meinung dazu zu haben. Also habe ich beschlossen, allen neuen Ideen mit offenen Sinnen zu begegnen.«

Kristoffer lächelte sie an, obwohl sein Inneres sich verkrampfte, wenn er an seine Tochter dachte. »Es ist nicht verboten, an Geisterwesen zu glauben und mit den Toten zu sprechen. Ich würde nur sagen, dass es Zeitverschwendung ist, wenn es doch so vieles in unserer gemeinsamen Wirklichkeit gibt, um das man sich kümmern muss. Menschen, denen es schlecht geht, die Umwelt …« Er selbst gönnte sich nur des Abends, an Vera zu denken. Aber von Zeit zu Zeit wurde er von der Erkenntnis heimgesucht, dass sie tot war, und dann fiel die Sinnlosigkeit wie ein Netz über das Leben, das er leben musste, und hielt ihn gefangen.

»Das eine muss das andere ja nicht notwendigerweise ausschließen. Und, sollen wir weitergehen?« Nana sammelte ihre Sachen in den Rucksack und stand auf.

»Ich musste an eine Sache denken, die in der Reportage über Magdalena stand«, sagte Kristina, die nach der Pause frischer wirkte. »Sie hat von einem Bart im Wald gesprochen, da sollte die Grotte sein.«

Das war eine überraschende Wendung. Kristoffer konnte sich das Lachen nicht verkneifen. Kristina sah gekränkt aus, aber das machte es nur schlimmer. Er konnte einfach nicht aufhören zu lachen.

Nana nahm Kristina in Schutz und erklärte: »Es gibt Flechten, die Bartflechten oder Baumbart genannt werden. Sie gehören zu den bedrohten Pflanzenarten. Diese Flechten leben in uralten Wäldern, wo die Luft sauber und feucht ist. *Ihr werdet die Grotte im Wald finden, wo Bärte wachsen*, hat Magdalena gesagt. An manchen Stellen ist der Urwald vierhundert Jahre alt oder noch älter, er wächst langsam und ist sehr dicht. Aber wie gesagt, hier gibt es über zweihundert Grotten, vielleicht noch mehr. Wir können sie sowieso nicht alle durchsuchen.«

Sie waren eine Zeit lang steil bergan gestiegen, und dann machten sie eine Pause, um etwas zu trinken. Kristina hatte von der Anstrengung rote Flecken im Gesicht. »Wir müssen das Mädchen finden, damit ihre Seele zur Ruhe kommen kann. Wenn wir ein Kinderskelett entdecken, dann heißt das, dass ich auf Magdalenas Fähigkeiten vertrauen kann. Dann ist sicher das andere, was sie über Morgan erzählt hat, auch wahr. Ich will ihn nicht mit seiner Untreue konfrontieren, ohne etwas mehr in der Hand zu haben.«

Kristoffer warf seiner Schwester einen wachsamen Blick zu. »Ich finde, es ist besser, wenn du das, was dir im Kopf herumgeht, direkt mit Morgan besprichst.«

»Ich brauche Beweise!« Kristina folgte Nana, die weitergegangen war. Kristoffer machte sich langsam Sorgen, dass Kristina es vielleicht nicht zum Auto zurückschaffen würde. Schon jetzt bemerkte er, wie unsicher sie auftrat, wenn sie steile Abschnitte hinunterkletterten. Als sie einmal fast ausrutschte, fing er sie in seinen Armen auf. »Sollen wir nicht umdrehen?«

»Auf keinen Fall!«, entgegnete seine Schwester und ging schneller.

Der Wald wurde tiefer und dichter, der Duft von Nadeln und Moos, die vom Regen aufgeweicht waren, wurde stärker. Verschlungene Wurzeln lagen wie Stolperfallen auf dem Weg, und Kristina wäre mehrere Male fast hingefallen, sodass er ihr die Hand reichen und ihr aufhelfen musste, doch sie gab nicht auf. Als sie die ersten Bartflechten von den Ästen hängen sahen, wollte Kristina den Pfad verlassen und weiter absteigen. »Wir müssen hier entlang. Ich weiß es. Magdalena hat gesagt, dass wir den Weg an der Stelle, wo er eine Biegung macht, verlassen und circa fünfhundert Meter weitergehen sollen. Seht ihr den Felsen da unten? Das ist ein Zeichen, seine Spitze weist zu der Grotte hin, genau wie Magdalena es gesagt hat.«

»Ich finde nicht, dass wir den Weg verlassen sollten«, entgegnete Kristoffer. Doch Kristina hörte nicht auf ihn. Sie hatte schon begonnen, den Abhang hinunterzugehen oder vielmehr zu springen, und Nana folgte ihr. Als Kristoffer die beiden einholte, stand Kristina mit einer Taschenlampe in der Hand unter einem großen Felsblock. »Es ist hier! Das stimmt genau mit Magdalenas Vision überein. Sie hat diese Formation aus drei Steinen beschrieben und auch den, der in die richtige Richtung zeigt. Ich sehe etwas, das eine Öffnung sein könnte, doch das ist weiter da unten.«

Sie blieb stehen und sah aus, als würde sie den Abstand nach unten abschätzen.

»Warte, mach langsam, Kristina!« Kristoffer fand, es sah aus, als ob der größte der Steine jederzeit herunterkrachen und seine kleine Schwester erschlagen könnte. Plötzlich rutschte sie ab, und einen kurzen Moment lang glaubte er, sie würde das Gleichgewicht verlieren und fallen.

»Alles gut?«, fragte er.

Kristina seufzte. »Ja, aber ich habe mein Handy verloren.« Sie setzte sich hin und begann Stück für Stück den Abhang hinunterzurutschen. Als sie unten ankam, dauerte es nicht lange, bis sie rief: »Ich habe das Handy gefunden! Es ist noch in Ordnung.«

Kristoffer beugte sich hinunter, um zu sehen, wohin sie verschwunden war, konnte sie aber nicht entdecken. Hatte sie die Öffnung zu der Grotte gefunden? Stück für Stück kletterte auch er nach unten. Das Moos war rutschig und glatt.

»Hier liegt etwas«, war Kristinas Stimme von weit entfernt zu hören.

Kristoffer ging in Richtung der Grottenöffnung, die zum Teil hinter einem Busch verborgen war. Dann hörte er den Schrei seiner Schwester zwischen den Felswänden widerhallen und sah das Licht ihrer Taschenlampe flackern.

»Mein Gott, es ist wahr! Hier liegt ein Skelett!«

Kristoffer lief zu ihr und sah, was sie auch gesehen hatte: ein menschliches Skelett, ein Kind von acht bis neun Jahren vielleicht. Die langen Haare bestanden aus verfilzten Locken und waren immer noch rot. Die Kleiderfetzen sahen aus, als wären sie einmal rot oder rosa gewesen. Neben dem Skelett lagen alte Konservendosen und ein Campingkocher. Wie lange hatte das Mädchen hier gelegen? Was war ihm zugestoßen? Er konnte nicht umhin, das Schlimmste anzunehmen. Im Laufe seiner Jahre als Polizist hatte er mehr menschliches Böses gesehen als die meisten. Jemand musste sie doch vermisst und sich gefragt haben, wo sie war.

Bark hob den Blick und sah Kristina, die dastand, die

sterblichen Überreste des Kindes betrachtete und hemmungslos weinte. »Wie lange kann sie schon tot sein?«, schluchzte sie und klammerte sich an seinen Arm.

5

Magdalena Fernåker verspürte eine mahlende Sorge, dass alles scheitern könnte. Diese ständige Sorge war ein Fluch, der sie schon ihr ganzes Leben lang verfolgte. Doch wer etwas gewinnen wollte, musste auch etwas wagen. Das hatte Lorentz Brunnberg, der Gründer und Guru von Himlagård zu ihr gesagt, als sie nach den Sitzungen, die ihrem Leben eine neue Wendung gegeben hatten, weinend zu seinen Füßen lag.

»Du wählst deinen Weg selbst. Warum willst du elend und unglücklich sein, wenn du Glück und Reichtum wählen kannst?«

»Weil ich nicht weiß, wie man das macht«, hatte sie in ihrer großen Verzweiflung darüber, so grau und unscheinbar zu sein, geklagt.

»Ich werde dir den Weg weisen. Aber dann musst du alles loslassen und es wagen, groß zu denken. Verstehen wir uns?«

»Ich möchte verstehen …«

Da hatte er sie vom Boden aufgehoben und in seinem Arm gewiegt, und seine Liebe war ihr entgegengestrahlt.

»Deinem Erfolg stehst nur du selbst im Weg. Du

musst anfangen, dich selbst als die Person zu sehen, welche die Gabe und die Fähigkeit besitzt, Dinge zu sehen, die andere nicht sehen, und zu verstehen, was andere nicht vernehmen können. Damit fängt es an. In den Gedanken. Leg die Kontrolle über deine innere Kraft ab und lass mich dein Führer sein. Aber ich kann dich nicht vorwärtsführen, wenn du nicht gehst, nicht wahr? Die ersten unsicheren Schritte musst du selbst tun.«

»Verzeih, wenn ich es nicht verstehe, aber was soll ich wagen?«

»Für den Anfang kündige deinen Job und miete dich auf Himlagård ein.«

»Aber vielleicht besitze ich keine medialen Fähigkeiten«, hatte sie in all ihrer Mutlosigkeit gesagt.

Da hatte er sie mit seinen großen braunen Augen, die so unnatürlich weit auseinander saßen, angesehen und wie über ein ungehorsames Kind den Kopf geschüttelt.

»Dein Zögern zeigt, dass du mich infrage stellst. Oder wie soll ich das auffassen?«

»Verzeih, das war nicht meine Absicht. Ich werde es versuchen, ich werde wirklich mein Bestes tun, meine Fähigkeiten zu entdecken.«

Das letzte halbe Jahr war eine Zeit der Veränderung gewesen. Sie hatte die Rolle einer Angestellten im Pflegedienst verlassen und war in die eines zertifizierten Mediums und einer Unternehmerin geschlüpft. Lorentz hatte Kontakte bei der Zeitschrift *Grenzland* und denen von ihr erzählt. Sie hatte die gesamte Mittelseite und einen kleinen Hinweis auf der Titelseite bekommen. Dem Journalisten hatte sie die sensationelle Geschichte des Kindes erzählt. Des kleinen Mädchens, das sie vernehmen konnte, wenn sie ihre Sinne herunterfuhr und auf die richtige Frequenz einstimmte, sodass sie den Hilferuf von der anderen Seite hören konnte. Lorentz war mit dem Interview sehr zufrieden gewesen, und Magdalenas Herz war vor Dankbarkeit und Freude übergeflossen, weil er sie sah, wirklich sah, wie niemand je zuvor. Wenn er ihr seine Aufmerksamkeit schenkte, wurde sie zu einem ganz neuen Menschen, einer besseren Version ihrer selbst mit neuen Möglichkeiten.

Magdalena ließ die Gedanken an Lorentz Brunnberg los und schaute sich in dem kleinen Raum um, den sie für ihre Sitzungen auf Himlagård gemietet hatte, bei denen sie Menschen empfing, die jemanden brauchten, der sie durch ihr Leben führte. Die Tapeten waren dunkelrot, und der Raum hatte keine Fenster. Ein dunkelroter Vorhang versteckte die Tür, um es gemütlicher zu machen. Auf kleinen Regalen entlang der Wände hatte sie besonders ausgesuchte Steine platziert, die ihr Energie schenkten. Mitten im Raum stand ein kleiner Tisch, der mit einem Tuch aus glänzendem Stoff bedeckt war. Dort hatte sie einen silbernen Kandelaber mit Kerzen hingestellt. Um den Tisch herum standen ihr Sessel und zwei Stühle für Besucher. Sie zündete keine Räucherstäbchen oder Duftkerzen an, wie Lisette es immer tat. Das war in ihren Augen ein vulgäres Klischee und nichts für ein seriöses Medium. Außerdem könnte es allergische Klienten abhalten, zu ihr zu kommen. Lisette arbeitete seit einem

Jahr mit Lorentz Brunnberg. Magdalena spürte ihr Misstrauen und ihre Eifersucht deutlich, obwohl der Ton zwischen ihnen immer korrekt und freundlich war. Zu Anfang hatte sie gedacht, Lorentz und Lisette wären ein Paar. Doch im Laufe der Zeit war ihr klar geworden, dass Lorentz' Liebe für alle reichte. Außerdem gab es auf Himlagård noch Beatrice Vingård, die Hauswirtschafterin, eine Frau in Lorentz' Alter, die ihr Leben ihm und seiner Arbeit gewidmet hatte. Was Bea fühlte und dachte, war schwerer zu erraten.

Magdalena machte sich bereit, Jenny Lovik, ihre nächste Klientin zu empfangen. Sie hatten sich am Wochenende zuvor kennengelernt, als Magdalena und ihr Mann im Wellnesshotel Loka Brunn ihren Hochzeitstag gefeiert und dort auch übernachtet hatten. Jenny und sie waren sich im Dampfbad begegnet und hatten begonnen, über die Rätsel des Lebens und darüber, was man alles voraussehen könne, zu sprechen. Jenny war innerhalb ihres neuen Jobs als Trainee in einem IT-Unternehmen auf einem Seminar gewesen. Als Magdalena erzählt hatte, dass sie als Medium arbeitete, hatte Jenny ohne Umschweife berichtet, dass sie in ihren Chef Morgan Barklöv verliebt war. Und da hatte eine Glocke geklingelt. Barklöv war ein ungewöhnlicher Name. Kürzlich hatte sie eine Sitzung mit einer Frau gehabt, die denselben Nachnamen trug. Kristina Barklöv. Später am Abend hatte sie Jenny und einen Mann, von dem sie vermutete, dass es sich um Morgan handelte, auf dem Steg vor dem Badehaus gesehen. Sie hatten gelacht und gescherzt, und Jenny hatte sich auf die Zehenspitzen gestellt und ihn geküsst. Magdalena hatte es nur aus der Ferne, aber doch deutlich genug gesehen. War es denn verboten, etwas, das sie in Wirklichkeit gesehen hatte, ihren Weissagungen hinzuzufügen? Bei einer weiteren Sitzung mit Kristina Barklöv am Donnerstag hatte sie ihre Klientin gewarnt und gesagt, sie solle auf ihren Mann aufpassen.

Ein plötzliches Klopfen an der Tür riss Magdalena aus ihren Gedanken. Sie öffnete, und da stand Jenny. Obwohl das Licht der Kerzen sehr gedämpft war, bemerkte Magdalena doch, dass sie stark geschminkt war, mit hellrotem Lippenstift und blitzendem blauem Lidschatten. Magdalena konnte ganz und gar verstehen, dass Morgan Barklöv sich von ihr angezogen fühlte. Das blonde Haar, die braunen Augen und der warme Braunton ihres Teints. Die Zähne im perfekten Lächeln waren kreideweiß, und das weiße, eng geschnittene Kleid stand ihr ausgezeichnet.

»Willkommen, Jenny. Kommen Sie rein.«

»Ich bin so nervös.« Jennys Blick flackerte durch den Raum, bevor er wieder zu Magdalenas Gesicht zurückkehrte.

»Was kann ich für Sie tun? Möchten Sie etwas Bestimmtes wissen?«, fragte sie, als Jenny sich schließlich gesetzt hatte.

»Ja, was fühlt Morgan für mich? Wird er seine Frau verlassen?«

»Lassen Sie uns mal sehen, was die Karten sagen.« Magdalena sprach bedächtig und breitete einen Kartenfächer mit den Bildern nach unten auf dem Tisch aus. Sie war noch dabei zu lernen, wie sie das Keltische Kreuz mit Tarotkarten legen musste, doch bis sie das korrekt beherrschte, begnügte sie sich mit einem einfacheren Ansatz. Eigentlich brauchte sie die Karten nicht, die Bilder stellten mehr eine Quelle der Inspiration dar und etwas, worauf die Kunden ihren Blick konzentrieren konnten, sodass sie nicht merkten, wie Magdalena sie beobachtete. Der erste Eindruck von Jenny war lässige Eleganz gewesen, doch einer näheren Betrachtung hielt das nicht stand. Ihre billigen künstlichen Nägel sahen alles andere als natürlich aus, und vom kleinen Finger war der Plastiknagel abgegangen. Das Kleid erkannte Magdalena aus dem H&M-Schlussverkauf des vorigen Jahres wieder und die Pumps mit Leopardenmuster aus einem Billigkaufhaus. Dennoch schien Jenny sehr auf ihr Aussehen bedacht. Als neue Angestellte bei einer renommierten IT-Firma sollte sie eigentlich ein anständiges Gehalt haben. Wofür gab sie ihr Geld aus? Spielte sie? Nahm sie Drogen?

»Ich muss erfahren, ob er interessiert ist, oder ob er nur mit mir spielt. Ich meine, er ist total nett, vermeidet es aber, mit mir allein zu sein.«

»Vielleicht hat er Angst vor seinen eigenen Gefühlen«, hakte Magdalena ein. »Der Altersunterschied zwischen Ihnen beiden ist ziemlich groß. Ich spüre, dass er eine lange Beziehung hinter sich hat und immer noch starke Bindungen verspürt. Und ich sehe, dass er eine Frau und zwei erwachsene Kinder hat … einen Sohn und eine Tochter. Seine Frau ist nicht bereit, ihn aufzugeben.«

Jenny nickte. Ihre großen Augen schienen noch größer, als sie ihren Mund erstaunt öffnete. »Stimmt genau, das hier ist ja richtig gruselig. Was soll ich tun? Wie kriege ich das heraus?«

»Ich möchte, dass Sie drei Karten aus dem Fächer aussuchen.«

Jenny warf sich nach vorn, um eine Karte aufzunehmen.

»Ganz ruhig – ich möchte, dass Sie langsam atmen, ehe Sie sich auf die Karten einschwingen, und erspüren, welche drei davon zu Ihnen sprechen. Kommen Ihnen einige davon deutlicher oder verlockender vor?« Schließlich sollte die Sitzung eine ganze Stunde lang interessant sein, da durfte man das Feuerwerk nicht zu früh anzünden.

Jenny zog ihre Hand zurück und verschränkte die Finger ineinander, während sie die Karten mit großer Intensität studierte. Die Flammen der fünf Kerzen im Kandelaber flackerten und warfen Licht und Schatten über die Karten.

»Die da – die Karte leuchtet etwas mehr, und dann diese hier und die dort ganz am Rand.«

»Dann wollen wir mal sehen, was die Karten sagen.« Magdalena wendete die erste Karte, auf die Jenny gezeigt hatte, vorsichtig um. Lorentz hatte ihr gesagt, es sei wichtig, dass allein das Medium selbst die Karten berührte. Wenn die Klienten die Karten kontaminierten, dann würden die Energien beeinträchtigt werden. »Kreuz Dame! Glückwunsch. Und was haben wir hier? Kreuz Ass! Das ist Geld. Sie brauchen keine Angst davor zu haben, Geld auszugeben. Hier sehe ich es. Das Geld wird im Überfluss zu Ihnen kommen. Man muss etwas wagen, um etwas zu gewinnen.«

»Meinen Sie das wirklich, dass ich Geld bekommen werde?«

»Jaa, so sieht es aus«, antwortete Magdalena lachend. »Ich sehe keine Sorgen in diesem Bereich.«

Sie stellte noch ein paar weitere Fragen, um die Zeit herumzubringen, und dann Folgefragen dazu.

»Und die dritte Karte?«, fragte Jenny ungeduldig.

»Dann wollen wir mal sehen, ob die Liebe heute mit uns ist.«

Jenny lehnte sich in angespannter Erwartung vor, als Magdalena die letzte Karte herumdrehte. »Pik Dame.«

»Was bedeutet das?« Jenny biss auf ihren Plastiknägeln herum und sah sie mit starrem Blick an. Magdalena schloss die Augen und überlegte, welche Formulierung sie benutzen sollte. Unter allen Umständen musste die Botschaft in zwei Richtungen interpretiert werden können: entweder dass Jenny verzweifelt war oder Kristina.

»Ich sehe eine Frau in Trauer.«

6

Kristoffer Bark hatte das Team im Turmzimmer versammelt. Der Raum mit seinen großen Fenstern nach drei Seiten wies über den Bahnhof im Westen, Svampen, den Wasserturm im Norden und über die nordöstlichen Teile der Stadt mit der Behrn Arena. Obwohl es erst acht Uhr morgens war, stieg die Temperatur bereits. Auch die vierte Wand des Raumes hatte Glasscheiben, ging aber zur Teeküche und auf den Flur hinaus. Gegenüber von der Teeküche befand sich die Abseite, die Ingrid als ihr privates Gebiet annektiert hatte. Das war eine gute Lösung für alle Beteiligten, denn mit Ingrids Laune stand es vor allem morgens nicht immer zum Besten. In letzter Zeit hatte sie offenbar Schlafstörungen, und erst gestern hatte sie einen Wahnsinnsausbruch gehabt, als sie über Corona und Blutgruppen gesprochen hatten. Bark hatte nur laut aus der Zeitung vorgelesen, dass alle mit Blutgruppe Null sich angesichts des Infektionsrisikos scheinbar am besten hielten, und Ingrid war darüber so wütend geworden, dass sie sich in ihre Bude einschloss und für den Rest des Tages nicht mehr auftauchte. Sie war nicht wiederzuerkennen. Normalerweise ging sie nicht wegen irgendwelcher Kleinigkeiten in die Luft. Was war nur mit ihrem Humor und ihrer Neugier geschehen? Er vermisste die netten Plaudereien am Kaffeetisch und die Diskussionen, die sie normalerweise mit Alex über Umwelt- und Klimafragen zu führen pflegte.

An diesem Montagmorgen saßen sie alle um den ovalen Tisch in der Mitte des Turmzimmers. Alle außer Sara Bredow. Bark hatte sie am Abend zuvor angerufen, und sie war völlig am Ende gewesen. Die Angst davor, dass sie ihre Wohnung und alles andere von Wert würde verkaufen müssen und dann Sozialhilfe beantragen, hatte ihr derart Stress verursacht, dass ihr schwindlig war und sie im Bett liegen musste, obwohl sie mit 25 Prozent wieder in ihrem Job hätte anfangen sollen. Ihre kleine Tochter Moa musste an Tagen, an denen Sara sich nicht um ihr Kind kümmern konnte, bei Saras Schwager Wilhelm und seiner Frau Antonia sein. Doch auch das war nicht unproblematisch. Sara hatte Angst, dass Antonia, die selbst keine Kinder bekommen konnte, ihre Rolle als Mutter übernehmen wollte. Die Schwägerin hatte nämlich schon einmal versucht, Moa dazu zu bringen, sie »Mama« zu nennen, und sich herausgenommen, einige von Saras Entscheidungen infrage zu stellen. Dazu kam, dass Wilhelm sich Sara früher schon einmal unpassend genähert hatte.

Ihre einzige verbliebene Hoffnung war jetzt, dass man ihr vor dem Verwaltungsgericht das Recht auf eine fortgesetzte Krankschreibung zuerkennen würde, sodass sie sich erholen und danach an ihren Arbeitsplatz bei der Polizei würde zurückkehren können.

Außer Ingrid, die in einer neuen Batik-Tunika und türkisfarbenen Caprihosen über ihrer Kaffeetasse hing, befanden sich noch Henrik und Alex im Raum. Henrik trug wie üblich ein braunes Cordjackett. Er sah aus, als hätte er eine weitere Nacht mit schreienden Kindern verbracht.

Und Alex, der nicht still sitzen konnte, hatte begonnen umherzuwandern und, zu Henriks wachsendem Ärger, alle Sachen anzufassen. Der war nämlich extra früher zur Arbeit gekommen, um alles zu desinfizieren. Bark warf Alex einen strengen Blick zu, woraufhin dieser sich wieder setzte.

Das Kinderskelett, das Kristoffer und seine Schwester in einer Grotte im Naturreservat gefunden hatten, war von Kriminaltechnikern untersucht und im Laufe des Wochenendes weggebracht worden. Nana, die konditionell am besten drauf gewesen war, hatte die Polizisten am Parkplatz erwartet und sie zu der Grotte gebracht, wo Bark und Kristina warteten. Kristina war außer sich gewesen. Vielleicht war das die natürlichste Reaktion auf den furchtbaren Anblick eines Kindes, das ganz allein tot im Wald gelegen haben musste.

Es war immer noch nicht klar, wie das Kind ums Leben gekommen war. Bereits am Samstag hatte Bark Kontakt zu Zimmermann aufgenommen und um grünes Licht dafür gebeten, die Ermittlungen fürs Erste zu leiten. Zurzeit wussten sie nicht viel mehr über den Fund. Das Team sollte sich parallel weiterhin um die Einbrüche in der Weststadt kümmern.

Bark schaute auf die Uhr. Sie warteten auf den Chef der Kriminaltechnik, Ali Kathami, und der kam wie immer pünktlich. Er begrüßte sie mit einem kurzen Nicken, stellte sich an das Whiteboard und las schweigend, was Henrik in Sachen Handhygiene und Corona-Abstände dorthin geschrieben hatte. In der neuen Pandemie-Situation waren Henriks Hypochondrie und Katastrophenangst von Vorteil. Während die Gesundheitsbehörden noch hinterherhinkten, hatte er von Tag eins an den vollständigen Überblick gehabt.

Ali wartete schweigend, bis er ihre ungeteilte Aufmerksamkeit hatte. Bark kannte ihn schon aus seiner Anfangszeit bei der Polizei in Örebro. Ali war in den Siebzigerjahren aus dem Iran nach Schweden gekommen. Er war inzwischen um die sechzig, extrem durchtrainiert und darauf bedacht, sich in Form zu halten. Immer im adretten Anzug und frisch rasiert. Er hatte sich während der frühen Morgenstunden bereits einen ersten Eindruck von dem Kinderskelett verschafft.

»Der Körper ist 1,24 Meter groß. Ein Kind, vermutlich zwischen acht und neun Jahren alt, wenn man bedenkt, dass acht Milchzähne fehlen und die zweiten Zähne schon im Begriff waren, nachzuwachsen. Zurzeit ist es noch nicht möglich zu sagen, ob die Leiche nur ein paar Jahre oder länger dort gelegen hat. Am linken Arm finden sich zwei Brüche, die zu unterschiedlichen Zeitpunkten geschehen sind. Auf derselben Seite kann man in mindestens drei der Rippenknochen Risse erkennen, dazu einen Bruch des rechten Ellenbogens, der schlecht verheilt ist. Meine Erfahrung ist, dass Ellenbogenbrüche bei Kindern nur schwer heilen. Es kann sich um Misshandlung handeln oder sogar um Mord. Eine Reihe von Unfällen, ohne dass jemand das Kind misshandelt hat, ist auch vorstellbar, ich betrachte das jedoch als kaum wahrscheinlich. Das Skelett ist für eine Untersuchung in die Gerichtsmedizin geschickt worden. Die Zähne des Kindes sind in schlechtem Zustand und mit Amalgam plombiert, was uns hoffen lässt, die Identität über eine Zahnkarte feststellen zu können.«

»Wir brauchen eine Liste aller Kinder, die im Landkreis vermisst gemeldet worden sind«, sagte Bark und sah zu Ingrid.

»Ich kümmere mich darum!« Ingrid sah aus, als wolle sie sofort aufspringen. Ihr Blick hatte etwas Gehetztes, wie immer, wenn sie von einem Kind hörte, dem es schlecht ergangen war. »Das Mädchen ist also wahrscheinlich misshandelt worden?«

»Wir wissen weder, ob es sich um Misshandlung handelt, noch, welches Geschlecht das Kind hatte. Möglicherweise war es ein Mädchen, doch sicher ist das nicht«, sagte Ali bedächtig. »Die Haare waren lang, und das, was von den Kleidern übrig war, schien rot-rosa, doch das sagt im Grunde nichts aus.«

Henrik sah nachdenklich aus. »Aber es war ein Skelett. Wir wissen nicht, wann das Kind gestorben ist. Ich habe kürzlich einen Zeitungsartikel über Kindesmisshandlung gelesen. In den 1940er-Jahren gab es einen Röntgenarzt, der eine Entdeckung gemacht hat. Kinder, die zuvor mit Blutarmut, schlechtem Allgemeinzustand und Spontanfrakturen zu ihm gekommen waren, hatten ihn erstaunt. Sie waren oft sehr schwach und mitgenommen, erholten sich aber, wenn sie gepflegt wurden und gute Ernährung bekamen, und konnten dann schnell wieder nach Hause. Doch da die Kinder wieder und wieder mit denselben Symptomen zurückkehrten, hatte er den Verdacht, dass sie zu Hause Gewalt erlitten. Mithilfe von Röntgenaufnahmen konnte er Blutungen im Gehirn und Skelettschäden feststellen. Der Gedanke allein, dass in angesehenen Familien lebensbedrohliche Misshandlungen vorkamen, war bis dato eine so erschreckende und unvorstellbare

Annahme gewesen, dass man eher davon ausging, das Kind müsse eine Krankheit haben.« Henrik machte eine kurze Pause, um seine Worte wirken zu lassen. »Und dennoch geschahen diese Misshandlungen in einer Zeit, als Gewalt in der Familie erlaubt war und sogar dazu ermuntert wurde, damit die Kinder lernten, zu gehorchen und in der Gesellschaft zu funktionieren.«

»1979 wurde Gewalt gegen Kinder in Schweden verboten«, schob Ali ein.

»Es könnte sich um das Münchhausen-Stellvertreter-Syndrom handeln …«, gab Henrik zu bedenken.

»Was ist das denn?«, fragte Alex.

»Das ist eine Art projizierter Hypochondrie, bei der der Pflegende Wertschätzung und Empathie für seine versorgenden Einsätze erhält, vielleicht auch das Gefühl, gebraucht zu werden«, erklärte Ali. »Ein Münchhausen-Stellvertreter-Syndrom kann sich zum Beispiel so äußern, dass ein Erwachsener das Essen des Kindes vergiftet oder die Urinprobe des Kindes kontaminiert, damit es aussieht, als habe das Kind eine Magen-Darm-Erkrankung oder eine Harnwegsinfektion, oder dass er von Symptomen für Epilepsie berichtet, die nicht existieren. Doch das, was wir bei dem in der Felsengrotte gefundenen Kind sehen, sind deutliche und brutale Frakturen.«

»Der Fund ist im Naturreservat gemacht worden«, erklärte Bark, »aber wir suchen verschwundene Kinder im ganzen Landkreis. Wie weit gehen wir zurück?«

»Schwer zu sagen«, antwortete Ali. »Es ist auf jeden Fall mindestens zehn Jahre her, dass man aufgehört hat, Zähne mit Amalgam zu füllen, und stattdessen ganz zu Kunststofffüllungen übergegangen ist …«

Sie wurden durch ein Geräusch aus dem Flur unterbrochen, wo jemand die Treppe hochstieg. Dann waren das Trommeln harter Absätze auf dem Boden zu hören und ein Klopfen an der Tür. Regina Zimmermann betrat das Turmzimmer. Das platinblonde Haar war zu einem strengen Pferdeschwanz zusammengebunden, und sie trug ein schlichtes ärmelloses, marineblaues Kleid. Die Lesebrille hing ihr an einer langen Goldkette um den Hals.

»Bark, ich habe versucht, dich auf dem Handy zu erreichen. Ich muss ein paar Worte mit dir unter vier Augen wechseln.«

»Bin gleich da«, sagte Kristoffer mit einem Blick auf die Kollegen. »Irgendwelche Vorschläge?«

»Sollen wir wirklich weiter an den Einbrüchen arbeiten?«, fragte Alex.

»Henrik arbeitet weiter damit, und Ingrid versucht rauszubekommen, welche Kinder im Alter von sieben bis neun Jahren im Landkreis verschwunden sind. Wenn wir eine Liste dazu haben, wird diese Aufgabe höchste Priorität bekommen. Alex, du checkst mal dieses Medium Magdalena Fernåker, von der die Information über das Kind in der Grotte gekommen ist. Ich habe am Wochenende versucht, sie zu erreichen, aber ohne Erfolg.«

Bark ging mit seiner Chefin in ihr Büro. Das war ein großer heller Raum mit einem modernen Schreibtisch in grau gebeizter Eiche und einer Ledersitzgruppe. Es duftete schwach nach Zimmermanns exklusivem Parfüm. Sie war sechzig Jahre alt geworden, sah aber jünger aus. Ihre gesamte Person strahlte Kraft und Energie aus, und genau wie Alex besaß sie die schlechte Angewohnheit, im Raum auf und ab zu wandern, wenn sie sprach, und das vor allem, wenn es um etwas Wichtiges ging, wofür sie ihre Gedanken sammeln und sich konzentrieren musste.

»Wer übernimmt die Leitung der Voruntersuchung?«, fragte Bark, als er sich in einen der weichen Sessel hatte sinken lassen, welche die Neigung hatten, ein peinliches Geräusch abzugeben, wenn die Luft in den Polstern zusammengedrückt wurde. Manchmal dachte Bark, dass Zimmermann diese Möbel mit Absicht ausgewählt hatte, um eine mentale Überlegenheit über ihr sich schämendes Opfer zu gewinnen.

Zimmermann war auf ihrer Wanderung zum Schreibtisch gekommen. Sie setzte sich halb auf die Tischplatte, stützte eine Hand in die Hüfte und sah ihn mit ihrem eisblauen Blick an: »Gaby Wide. Wie kommst du mit ihr zurecht?«

Bark fragte sich, wie viel Zimmermann wusste oder ahnte. Er und Gaby waren einmal miteinander im Bett gelandet, als sie sich an ihrem untreuen Mann hatte rächen wollen. Neun Monate später hatte sie ein kleines Mädchen geboren. Bark hatte eine Probe für einen Vaterschaftstest abgegeben, doch Gaby weigerte sich, die kleine Ruth testen zu lassen, und dann war sie überdies wieder mit ihrem Mann zusammengezogen. Das war nicht gerade unkompliziert. Bark wollte wirklich wissen, ob er Ruths Vater war. Er hatte bereits eine Tochter verloren und wusste nicht, ob er das noch einmal durchstehen würde, zumindest nicht mit Gaby, und schon gar nicht, wenn sich herausstellte, dass er nicht der biologische Vater des Kindes war. Doch Gaby war eine gute Staatsanwältin, und sie hatten noch nie Probleme gehabt, zusammenzuarbeiten.

»Kein Problem«, sagte er und meinte es auch.

Zimmermann warf ihm einen scharfen Blick zu. Hatte sie die Gerüchte gehört, dass Zigarren geraucht worden waren, um die Ankunft des Kindes zu feiern, und dass Bark Gaby geholfen hatte, ihr Baby auf dem Parkplatz vor dem Kreißsaal zu entbinden? Was hatte sie aufgeschnappt? Wenn Zimmermann das für ein Problem hielt, dann sollte sie es klar und deutlich sagen. Doch stattdessen gab sie ihm den Bescheid, auf den er gehofft hatte: »Ihr dürft die Einbrüche erst mal vernachlässigen, bis wir Klarheit darüber haben, wer das Kind ist und was da passiert ist. Es könnte sich um Mord handeln.« Zimmermann sah ihn wieder mit ihrem Laserblick an. »Was geht hier eigentlich vor, Bark?«

»Wie meinst du das?«, fragte er etwas unsicher darüber, was sie von ihm hören wollte.

»Ist das nicht ein wenig seltsam, dass ausgerechnet du im Wald auf ein Kinderskelett stößt? Ich habe das Gefühl, als würdest du mir hier eine Menge Informationen vorenthalten.«

Bark dachte nach und beschloss dann, die ganze Wahrheit zu sagen. »Meine Schwester hat in einer Zeitschrift über ein Medium gelesen, eine Frau, die sie dann auf Himlagård besucht hat. Das Medium, das Magdalena Fernåker heißt, hat von einem Kind in einer Felsengrotte gesprochen.«

»Hast du sie schon befragt?«

»Ich habe es versucht, aber …«

»Sie muss zum Verhör kommen«, unterbrach Zimmermann ihn. »Wenn sie den Ort nennen konnte, an dem das Kind gefunden wurde, dann könnte sie doch auch etwas mit der Sache zu tun haben, vielleicht sogar schuldig sein, oder?«

»Ja, natürlich.«

Zimmermann sah ihn weiter unverwandt an. »Ich möchte, dass ihr diesen Teil mit dem Medium innerhalb des Teams für euch behaltet. Das darf unter keinen Umständen an die Presse durchsickern.«

»Wir können schweigen, aber eine Zeitschrift mit Namen *Grenzland* hat bereits über Magdalena Fernåkers Hellsehereien und Wahrsagungen geschrieben. Wenn die Leute von dem Kinderskelett lesen und anfangen, eins und eins zusammenzuzählen, dann wird sich das bald verbreiten. Ist es da nicht besser, wenn es direkt von uns kommt, sodass wir von Anfang an dementieren können, dass die Polizei bei der Jagd nach einem Mörder die Hilfe einer Seherin in Anspruch nimmt? Wir vernehmen die Person Magdalena Fernåker im Zusammenhang mit dem Fund eines Kinderskeletts in einer Felsengrotte des Naturreservats.«

»Okay. Sorg dafür, dass ihr diese Wahrsagerin findet!«

7

Kristoffer Bark war zurück im Turmzimmer. Ingrid kam widerwillig aus ihrer Abseite und blickte mit zusammengekniffenen Lidern ins Licht. Ihre Augen sahen rot und klein aus, als hätte sie geweint. Bark warf ihr einen forschenden Blick zu, doch sie schüttelte den Kopf, weshalb er beschloss, nicht weiter in sie zu dringen.

»Wir werden die Einbrüche in der Weststadt fürs Erste ausklammern und uns auf das tote Kind konzentrieren. Gaby Wide wird die Voruntersuchung leiten«, sagte er, und wandte sich dann an Alex. »Hast du irgendetwas über das Medium herausgefunden?«

»Aber ja. Magdalena Fernåker ist 34 Jahre alt und in Lindesberg geboren, wo sie mit ihrem Mann in einem Haus in der Kungsgatan wohnt. Der Wert der Immobilie wird auf 1,3 Millionen geschätzt. Wir haben nichts über sie in unserem Vorstrafenregister. Sie war bei einem privaten Pflegedienst angestellt, bei dem sie allerdings kürzlich gekündigt hat. Ich habe dort angerufen, weil ich sie nicht erreichen konnte, und man sagte mir, dass sie nur noch wenige Schichten zu erledigen hat. Die Person, mit der ich sprach, war gerade bei einer alten Frau im Wald und hatte den Dienstplan nicht dabei. Magdalena hat mehrere ihrer Schichten getauscht, und niemand weiß mehr genau, wann sie kommt. Sonst hätten wir sie ja bei der Arbeit erreichen können. Womit sie jetzt ihr Geld verdienen wird, wusste ihre Chefin nicht. Aber ich habe auf Himlagård angerufen, wo deine Schwester sie ja wohl kennengelernt hat.«

»Ja, und?«, fragte Bark, als Alex seinen Bericht beendete und ihn mit einem verschmitzten Grinsen ansah.

»Eine Art Vorsteherin oder Hausmutter, Bea Vinberg, ging ran. Als ich ihr erzählte, dass wir versucht hätten, Magdalena übers Handy zu erreichen, meinte sie, Magdalena würde niemals ans Handy gehen. Sie habe aber eine Hotline-Nummer für ihre Wahrsage-Klienten. Die kostet 24,95 in der Minute, und ich wollte fragen, ob unsere Vorgesetzten meinen, dies sei eine Summe, die unser Budget verkraften kann.«

»Gib mir die Nummer, dann werde ich darüber nachdenken«, erwiderte Bark.

Alex brach in ein enervierendes Lachen aus. »Es schadet schon nichts, wenn du mal einen Blick in die Kristallkugel wirfst, Bark, und in deine Zukunft schaust. Vielleicht wirst du ja aufs Land ziehen und Weintrauben züchten? Wer weiß, vielleicht sieht sie den Acker, nach dem du suchst, die Traumfrau und die Katze dazu. Das wäre gut, denn dann müssten wir hier im Büro nicht mehr deinen halb verwelkten Traubenableger gießen. Der fängt langsam an, traurig auszusehen.«

Bark ignorierte ihn. »Ingrid, hast du etwas?«

»Ich bin noch nicht sehr weit gekommen. Ich habe angefangen, das Register über verschwundene Personen des letzten Jahres durchzuforsten und gehe jetzt in der Zeit zurück. In Schweden verschwinden ungefähr 7.000 Personen im Jahr, 1.500 davon sind Kinder. Meist Jugendliche. Schonen steht ganz oben auf der Liste mit circa 40 Prozent. Man nimmt an, dass die Nähe zu Dänemark und Christiania eine Ursache dafür sein könnte. Die allermeisten hauen nur für eine Weile von zu Hause ab und kommen dann zurück. Ungefähr 30 Personen tauchen nie wieder auf. Es kommt nicht oft vor, dass Kinder im Alter von sieben bis neun verschwinden. Da geht es dann meist um einen Sorgerechtsstreit, bei dem ein Elternteil sich mit dem Kind ins Ausland abgesetzt hat, um das Sorgerecht nicht teilen zu müssen. Ich gehe jetzt Jahr für Jahr zurück und arbeite mich weiter durch die Tabelle.«

Bark war ein wenig erstaunt. Normalerweise war Ingrid sehr schnell damit, handfeste Informationen zutage zu fördern. Das, was sie hier bot, war mehr eine allgemeine Betrachtung zum Thema vermisste Personen. Irgendetwas stimmte nicht mit ihr. Sie wirkte seltsam abgeschottet, wo sie sonst so schnell im Denken war.

»Was die Einbrüche in der Weststadt betrifft«, begann Henrik. »Wir haben noch einen Zeugen aus der Zeit um 23 Uhr am Donnerstag, und die Beschreibung passt: Ein Typ im Alter von ungefähr 25 Jahren, der irgendwie unter Drogen zu stehen schien. Er trug Mütze und dunkle Kleider und hatte eine Tasche auf Rollen …«

Bark unterbrach ihn. »Zimmermann hat gesagt, dass wir die Einbrüche bis auf Weiteres vernachlässigen sollen. Ich möchte, dass du Magdalena Fernåker schriftlich zum Verhör einbestellst. Ab jetzt arbeitest du mit Ingrid daran, Magdalena Fernåker zu erreichen und nach verschwundenen Kindern zu suchen. Alex, kannst du bitte versuchen, dieses Wahrsager-Telefon zu betätigen, und dann möchte ich, dass du mich nach Lindesberg fährst.«

»Und was ist mit Mittagessen?«, fragte Alex.

»Wir besorgen uns unterwegs etwas. Und wir fahren nicht mit deinem Auto. Du holst einen Automatikwagen aus der Garage. Ich weigere mich, noch einmal mit dir in einem Auto mit Schaltgetriebe zu fahren.«

Eine halbe Stunde später waren sie unterwegs nach Lindesberg, einer Stadt mit circa 10.000 Einwohnern, vierzig Kilometer nördlich von Örebro gelegen, deren Geschichte bis ins 14. Jahrhundert zurückreichte und die schon immer ein Zentrum für Bergbau gewesen war.

»Ich bin zum ersten Mal in Lindesberg.« Alex machte das Radio leiser.

»Schon vor deiner Ankunft heute war dies eine hart geprüfte Stadt«, erklärte Bark mit einem Lächeln. »Eine lange Zeit ist sie von schweren Bränden heimgesucht worden. König Karl XI. wollte im 17. Jahrhundert die Bürger daran hindern, sie wieder aufzubauen, und sie stattdessen zwingen, nach Örebro und Arboga zu ziehen. Doch sie weigerten sich. Dann gab es Überschwemmungen, obwohl man mit Dämmen versucht hatte, das Wasserniveau des Linnesjön zu regeln. Ich erinnere mich an die Bilder in den Zeitungen von 1977. Das waren mal echte Überschwemmungen. Das Wasser stieg fast zweieinhalb Meter über Normalniveau. Die Situation war katastrophal. Trotzdem wohnen die Menschen immer noch in Lindesberg. Sie geben nicht auf.«

Hitze schlug ihnen entgegen, als sie aus dem klimatisierten Auto stiegen. Alex hatte, ehe sie die Zentrale verließen, mehrmals versucht, Magdalena Fernåker über die Wahrsager-Hotline zu erreichen. Doch sowie er erwähnte, dass er von der Polizei war, hatte sie ihn einfach weggedrückt und war dann gar nicht mehr rangegangen. Nach ein paar weiteren Versuchen hatte er aufgegeben. Die ganze Autofahrt über war er verärgert darüber, wie sie ihn hatte auflaufen lassen. »Ich frage mich, ob jetzt jeder kleine Anruf 24,95 gekostet hat«, sagte er, als sie über den Rathausplatz gingen.

»Im besten Fall erreichen wir Magdalena Fernåker, ohne noch weitere Male diese Wahrsager-Telefonnummer anzurufen. Es ist doch bemerkenswert, dass sie dich weggedrückt hat und sich bedeckt hält. Offensichtlich weiß sie ja etwas über das Kind in der Grotte.«

Sie gingen an der Fontänenskulptur auf dem Platz vorbei, einer Darstellung der schönen Königin Leda mit dem Schwan. »Das ist Leda, die laut der griechischen Mythologie von Zeus in Schwanengestalt verführt wurde«, berichtete Bark, »woraufhin sie zweimal eineiige Zwillinge gebar«, fuhr er schulmeisterlich fort, als sie in Richtung Kungsgatan gingen. Doch er traf auf taube Ohren. Alex suchte im Handy nach dem nächsten Imbiss.

»Du hast gesagt, wir würden unterwegs was essen, und ich kann jetzt nicht mehr. Mir wird schwindlig vor Hunger.«

»Es ist ein Umweg, wenn wir erst noch zum Imbiss gehen.«

»Ja, aber ich bin von keinerlei Nutzen für dich, wenn mein Blutzucker im Keller ist und ich an nichts anderes als Essen denken kann.«

Erst nachdem Alex sich vier Hotdogs einverleibt hatte, legte sich der schlimmste Ärger, und er war wieder aufnahmebereit.

»Soll heißen, die Königin Leda in der griechischen

Mythologie hatte Sex mit einem Schwan? Das sollte man ja wohl Sodomie nennen. Das ist doch nicht normal.«

»Tierquälerei sollte man das nennen. Gibt maximal zwei Jahre Gefängnis. Aber das hier ist ein Mythos, also eine Sage, aus dem achten Jahrhundert«, erklärte Bark, der diese Art der Interpretation nicht erwartet hatte.

»Okay, aber wenn Leute sich nach 1300 Jahren immer noch an den Mythos erinnern, dann hat er ja wohl eine Botschaft, die einem irgendwie aktuell vorkommt. Oder erinnert man sich nur, weil es so seltsam krank ist? Was lernt man denn daraus? Was soll das Ganze? Und wie groß war die Wahrscheinlichkeit für Zeus, dass es ihm als Schwan verkleidet überhaupt gelingen würde, die Frau zu verführen?«

»Es gibt Dinge, über die sollte man nicht so viel nachdenken«, bestimmte Bark.

»Ich glaube, ich werde das bei meinem nächsten Date ausprobieren. Ich verkleide mich als Schwan. Die Erfolgsquote sieht dann auch nicht schlechter aus als sonst.«

»Ach, hör bloß auf«, sagte Bark, den Alex' Liebesqualen jetzt nicht interessierten, da sie sich darauf konzentrieren mussten, ein verschwundenes Medium zu finden, das vielleicht Informationen über einen Mord besaß.

Magdalena Fernåker wohnte mit ihrem Mann nicht weit vom Stadshotell in einem alten Holzhaus mit Blick über den Linnesjön und die Badestelle Loppholmarna.

»Ist ja schön hier«, sagte Alex und versuchte, durch das Fenster zu spähen, während Bark klingelte.

Die Tür wurde von einem Mann um die vierzig geöffnet. Er hatte einen dunklen Schnurrbart und Koteletten, wie sie seit den Siebzigerjahren nicht mehr modern waren. Trotz der Hitze trug er einen Overall und eine Kappe mit Firmenlogo. Er schien auf dem Sprung zu sein.

»Wir suchen Magdalena Fernåker.« Bark zeigte seinen Polizeiausweis.

»Wer zum Teufel tut das nicht? Worum geht es denn?«

Der Mann sah besorgt, aber auch verärgert aus. Er nahm die Kappe ab und kratzte sich den Nacken.

»Hat Magdalena mit Ihnen über die sterblichen Überreste eines Kindes in einer Felsengrotte gesprochen?«, fragte Bark.

»Nein, denn ich weigere mich, solche Dummheiten anzuhören. Sie macht uns hier im Ort völlig lächerlich. Das macht mich so wütend. Ich erkenne sie gar nicht wieder. Wir hatten es so gut, bevor sie anfing, mit diesen anderen verrückten alten Weibern auf Himlagård und mit Lorentz Brunnberg, diesem Idioten, herumzuhängen. Wir können gut von meinem Lohn und von dem, was sie im Pflegedienst verdient hat, leben. Sie muss so was nicht machen.«

»Hat Magdalena irgendein dienstliches Handy oder einen Pager?«, fragte Bark.

»Ja, aber damit kenne ich mich nicht aus. Wenn ich sie erreichen will, schicke ich ihr eine SMS auf ihr normales Handy.«

»Okay, können Sie das jetzt bitte tun und ganz genau fragen, wo sie ist? Denn sie wird ja bei der Arbeit sein, oder?«

»Ja, das wird sie wohl.«

Sommer 1970

Wenn es Abend wird, dürfen wir manchmal das Kinderprogramm im Fernsehen sehen. Da wird über Verkehrsregeln gesprochen, und manchmal schauen wir auch Tierfilme. Wir haben unsere Puppen Tess und Suss dabei, und wenn wir fernsehen, ist es immer ganz dunkel im Zimmer, weil es dann ein besseres Bild gibt. Annikas Puppe heißt Lovik, aber Sofia hat keine, denn die hat Konrad mit einem Hammer zerschlagen. Wenn wir ferngesehen haben, zündet Elvira im großen Raum, den sie »Saal« nennen, ein Kaminfeuer an. In den Ecken stehen Rattenfallen mit Käsestücken drin, und manchmal steckt in einer von ihnen eine tote Maus mit einem Eisendraht über dem Rücken und blutiger Nase. Vor den Fenstern des Saales liegt der grüne Schatten, der die Sonne daran hindert, hereinzuscheinen. Die Tannen drücken sich ans Haus wie die Hecke um das Schloss im Märchen von Dornröschen. Das grüne Licht färbt alles im Saal: die Tapete, den Fußboden, unsere Kleider und Gesichter, die dann krank und schimmelig graugrün aussehen. Wir sitzen auf Holzstühlen mit geraden Rückenlehnen um den Tisch. Meine Schwester und ich auf der einen Seite, Annika und Sofia auf der anderen, und an den kurzen Seiten haben Konrad und Elvira ihre festen Plätze. Wir sollen gerade sitzen, mit den Händen auf dem Tisch, und wir dürfen nicht miteinander sprechen, nur antworten, wenn die Erwachsenen etwas fragen. Konrad schläft tagsüber, weil er nachts arbeitet. Deshalb dürfen wir nur flüstern, und manchmal vergisst eines der Mädchen das und redet laut, und dann muss diejenige, die die Stille durchbrochen hat, zur Strafe in den Keller. In der Diele gibt es eine Tür und dahinter eine Treppe, die runter in einen großen, dunklen Raum ohne Fenster führt. Da hängt nur eine einsame Glühbirne an einem Kabel. Sofia sagt, sie hätte Angst, dass die Birne erlischt, wenn sie dort eingesperrt ist. Ich war einmal dort unten. Auf den Regalen entlang der Wände stehen alte Urnen, in denen früher die Asche von toten Menschen war, die verbrannt worden sind. Auf dem Boden stehen mit glänzendem Stoff ausgekleidete Särge mit schweren Deckeln. Früher war dieses Haus ein Bestattungsinstitut, das »Letzte Ruhe« hieß. Das hat Annika erzählt. Unten an der Straße steht immer noch ein verrostetes Schild mit den Worten »Letzte Ruhe«. Unten im Kellerraum hat man die Toten gewaschen, ihnen weiße Hemden angezogen und ihre Kiefer mit Gazebinden vom Kinn über den Kopf zugebunden, sodass sie ihre Münder nicht öffnen und schreien konnten. Die Toten geben einen leisen Schrei von sich, wenn die Seele den Körper verlässt. Das ist ein Schrei, den nur Hunde hören können, sagt Konrad.

Auf einem Regal stehen Gläser mit verschiedenen Körperteilen und Tieren. Die Flüssigkeit darin heißt Formalin. Es gibt da ein kleines Kaninchenjunges und eine Fledermaus und eine große Ratte mit gelben Zähnen. Auf dem Regalbrett darüber hocken ausgestopfte

Vögel mit bösen Augen. In einer Schublade habe ich Emaille-Augen gefunden, und in einer anderen liegen verschiedene krümelige Pudersorten und Lippenstifte. Annika hat sich einmal mit dieser Schminke angemalt. Sie hatte den Mund rot bemalt und die Augenlider blau und bekam eine Ohrfeige von Konrad, die so hart war, dass ihr ein Zahn ausgefallen ist. Der war schon vorher ein wenig locker gewesen, aber es hat doch ordentlich geblutet. Annika wohnt hier bei Konrad und Elvira, obwohl ihre Eltern noch leben, zumindest ihre Mutter, und sie hat vor abzuhauen. Annika und Sofia haben weiße Verbände um ihre Arme, aber sie erzählen nicht, wie sie sich da verletzt haben. Es ist schon seltsam, dass sie beide einen Verband am rechten Arm haben.

Wir sitzen am Tisch, und Elvira trägt das Essen rein. Ich hoffe, dass es Fleischbällchen gibt, aber es gibt Blutpudding mit Preiselbeerkompott. Ich mag Blutpudding nicht, weil im Blutpudding Blut ist, und das ist so eklig.

Konrad sieht mich mit den Fliegenaugen an und schmatzt mit seinen dicken Lippen, wenn er isst, und brummt mit seiner Hummelstimme. »Du musst dein Essen aufessen. Der Körper braucht Eisen, um rote Blutkörperchen zu bilden. In Blutpudding ist viel Eisen. Die Blutkörperchen transportieren den Sauerstoff durch den Körper. Sauerstoff braucht man, um zu leben. Du willst ja wohl leben!«, sagt er und sieht mich so streng an, dass ich nicht wage, etwas anderes als Ja zu sagen.

»Du bist dran, das Tablett zu Großmutter rauf-

zubringen und sie zu füttern«, sagt er und wischt sich den Mund mit der Stoffserviette, um zu signalisieren, dass das Abendessen beendet ist.

Ich finde es furchtbar, zu der Alten raufgehen zu müssen, und greife nach der Hand meiner Schwester, um zu fühlen, dass ich nicht alleine bin. »Dürfen wir zusammen gehen?«, frage ich, obwohl ich weiß, dass wir nicht reden dürfen.

Da bekomme ich eine Ohrfeige. Ich habe nicht damit gerechnet. Mein Kopf fährt zur Seite, und die Wange brennt. Ich sehe Tante Elvira an. Wird sie nicht etwas tun? Etwas dazu sagen, dass er mich geschlagen hat? Aber sie wendet nur den Blick ab und reicht mir dann das Tablett mit dem tiefen Teller, der mit braunrotem Glibber gefüllt ist, einem Glas Bier, einem Löffel und einer Kerze in einem Eisenhalter, damit ich meinen Weg beleuchten und die alte Frau da oben auf dem Dachboden erkennen kann.

Meine Schwester hat meine Hand losgelassen, und ich muss allein hinauf zu der Alten gehen. Meine Beine zittern, und ich habe Angst, das Tablett mit der brennenden Kerze fallen zu lassen. Wenn ich das tue, muss ich die ganze Nacht im Keller sitzen, das weiß ich. Denn das ist Sofia passiert, als sie gestern Leberstampf auf den Boden hat fallen lassen. Ich habe sie schreien und weinen hören, weil sie Angst hatte, doch ich habe mich nicht einmal getraut, durch die Tür mit ihr zu sprechen, weil Konrad so böse war. Hinterher hat sie erzählt, dass da unten noch die Geister der Toten sind, weil man vergessen hat, sie rauszulassen. Sie atmen und keuchen und fahren einem mit den Fingern in die

Haare, wenn sie an einen rankriechen, um sich zu wärmen.

Elvira geht vor mir die Treppe hoch und öffnet die Tür zum Dachboden. »So, rein mit dir.« Sie verschwindet wieder hinunter, macht die Tür hinter mir zu, und ich bin mit der Alten alleine. Die sieht aus, als wäre sie tot – und zwar richtig tot. Und ich soll sie mit Blutpudding füttern. Wenn ich nur daran denke, dreht sich mir der Magen um.

»Bist du da, mein Kind?«, sagt sie mit kratziger Stimme und dreht mir das Gesicht mit den Augen, die nichts sehen, zu. Sie fährt mit den Händen in die Luft und packt dann meinen Arm, sodass das Tablett ins Schwanken gerät.

»Ich bin hier. Sie bekommen jetzt Essen«, sage ich mit einer heiseren Stimme, die nicht wie meine eigene klingt. Ich fülle den Löffel … und der Pudding zittert … so wie meine Hand.

»Hör mir gut zu«, sagt sie und zieht mich zu sich, und ihr Atem ist wie ein Hauch aus dem Keller. »Du musst dich vor Konrad in Acht nehmen. Du musst hier weggehen und dich versteckt halten. Er ist gefährlich. Wenn er dich findet, wirst du wieder hierhergebracht und bestraft werden, so wie Sofia. Du musst dich irgendwo weit weg verstecken, sodass er dich nicht finden kann, mein kleines Vögelchen.«

8

Bark und Alex verließen Lindesberg, ohne Magdalena Fernåker getroffen zu haben. Anscheinend hatte sie eigenmächtig die Nachmittagsstunden mit einer Kollegin getauscht, für die sie zuvor einmal den Dienst übernommen hatte. Bark und Alex hatten sowohl mit der Chefin als auch mit den Kolleginnen aus derselben Schicht gesprochen. Niemand wusste, was sie nach der Arbeit vorgehabt hatte. Auf Himlagård hieß es, sie sei nicht dort. Bark erwog, dort vorbeizufahren und das zu kontrollieren, doch das hätte viele Kilometer Umweg bedeutet, und Alex hatte für den Abend andere Pläne.

»Ich dachte an die Königin und diesen Schwan«, sagte Alex, nachdem er eine Weile schweigend am Steuer gesessen hatte.

»Tu's nicht«, seufzte Bark in Gedanken versunken.

»Ich habe den Code geknackt und begreife die Geschichte jetzt, also, warum der Mythos über tausend Jahre funktioniert hat.«

»Okay, ich höre zu, wenn du die kurze Version wählst«, sagte Bark widerwillig.

»Es geht um Verliebtheit, darum, dass man nicht klar sieht, wenn man verliebt ist. Das ist ein psychotischer und manischer Zustand, in dem man nur das sieht, was man sehen will und nicht die Wirklichkeit. In der Fantasie erschafft man einen Menschen oder einen Schwan, wenn man nun darauf abfährt. Also ein Wesen, das zwar alle Träume erfüllt, das es aber nicht wirklich gibt. Das kann nur schiefgehen, oder? Das große Rätsel ist, warum es nicht *immer* schiefgeht, sobald Menschen aufhören, verliebt zu sein.«

»Und was hat das mit der Ermittlung zu tun?«

»Vielleicht ist ja dieser Lorentz Brunnberg der Schwan, der das schöne Medium verführt hat. Hast du nicht auch ein bisschen Eifersucht in der Stimme des Ehemanns mitschwingen hören?«

Als sie fast in Örebro angekommen waren, rief Kristina an. Sie war auf dem Weg in die Stadt und fragte, ob sie sich in der Freimaurerloge treffen und etwas zusammen essen könnten. Sie hatte bereits einen Tisch bestellt. Sie müssten reden, sagte sie, und der Abend sei schließlich so warm und schön. Das entschied die Sache.

Es war wirklich ein zauberhaft schöner Abend, als sie da draußen im Restaurantgarten am Fluss Svartån saßen und beide an einem Glas Rosé nippten. Vielleicht ja der letzte schöne Abend der Saison. Der Sonnenuntergang färbte den Fluss blutrot, und die schwarzen Schatten der Bäume auf dem Wasser waren lang und flossen gleichsam mit dem Strom zur Schleuse hinunter, bis sich das Bild auflöste. Von seinem Platz aus blickte Bark über das Schloss, das alte Theater und die Burg – ein schlossähnliches Gebäude mit Zinnen und Türmchen, das einmal Bank, dann Zeitungsredaktion gewesen und jetzt ein Hotel war. Hier im »Frimis«, wie man das Lokal nannte, hatte er an einem Karfreitag zum ersten Mal Mia Berger einsam an einem Tisch sitzen sehen und war völlig von ihr eingenommen gewesen. Sie hatte immer noch einen ganz besonderen Platz in seinem Herzen, und er hoffte jeden Tag, dass sie sich bald wiedersehen würden. Doch es war nicht an ihm, den ersten Schritt zu machen. Nicht nach allem, was passiert war, und dem ganzen Durcheinander mit Gaby. Mia war Alex' Mutter, und Bark hatte sich geschworen, ihn nicht um Informationen, wo sie sich befand und was sie tat, anzuzapfen. Trotzdem ergab sich hie und da manchmal etwas, das er sich dann merkte. Eigentlich wollte er nämlich alles über sie wissen. Sie gehörte zu dem Team, das in dem Fall der Schießerei im Tybble-Zentrum ermittelte. In ihrer Freizeit unterstützte sie das Frauenhaus bei der Suche nach sicheren Unterkünften für verfolgte Frauen. Kristoffer vermisste ihre Gespräche sehr. Alles war so leer geworden.

Kristinas Stimme holte ihn in die Gegenwart zurück. »Aber Kristoffer, du hörst ja überhaupt nicht zu. Ich habe dich gefragt, ob wir bestellen sollen. Die richtige Antwort lautet: Ja.« Kristina wedelte mit der Hand und zeigte auf die Karte, als sich ein junges Mädchen mit Block und Stift näherte.

Kristoffer war nach dem Hotdog-Gelage mit Alex in Lindesberg immer noch satt, bestellte aber Dorschrücken und ein Glas Weißwein. Kristina orderte Vorspeise und Hauptgericht gleichzeitig, um dann noch über ein Dessert nachzudenken, das sie nicht auslassen wollte.

»Habt ihr herausgefunden, wer das Mädchen in der Grotte ist?«, fragte sie, obwohl ihr klar sein musste, dass er dazu nicht viel sagen konnte.

»Wir wissen noch nicht einmal, ob es ein Mädchen ist.

Irgendjemand muss das Kind ja vermisst haben, und Angehörige müssen sich Sorgen gemacht und sich verzweifelt gefragt haben, was los ist …«

»Wenn einer das nachfühlen kann, dann du«, sagte Kristina und meinte die fünf Jahre, in denen Kristoffer nach seiner eigenen Tochter gesucht hatte.

»Die lange Ungewissheit war schlimmer als die Todesnachricht«, sagte er und nahm einen großen Schluck vom Wein. »Ich hoffc, dass wir das Kind bald identifizieren können, und dass es für jemanden, der sich Sorgen gemacht und es vermisst hat, dann besser wird.«

Kristina sah ihn abwartend und mit etwas ängstlichem Blick an, obwohl er sie anlächelte. Sie war nie gut darin gewesen, Trauer und Unglück anderer zu ertragen und dabei trotzdem eine Stütze zu sein. Sie war immer eine kleine Schwester gewesen, die selbst getröstet werden musste. Ihr Mann Morgan hatte die Rolle der Eltern oder des großen Bruders übernommen. Kristoffer fragte sich, ob sie ihm von ihrem Verdacht erzählt hatte, doch er wollte warten, bis sie das Thema von sich aus ansprach, wenn sie dafür bereit war.

»Ich habe die Reportage über Magdalena Fernåker mitgebracht.« Kristina reichte ihm die Zeitschrift *Grenzland*. Bark sah sofort, dass das Medium mit einem kleinen Bild in der rechten Ecke auf der Titelseite vertreten war. Er erkannte sie vom Passfoto. Die großen, dunkelgrauen Augen und das lange, hellbraune Haar, das wie ein Schal über ihren Schultern lag. Das Kleid, das sie trug, war aus langen, schmalen Stoffstücken genäht, wie für das Kostüm einer Waldhexe, vielleicht aber auch, um ein paar überzählige Kilos zu verstecken.

»Es sieht aus, als würde sie vor dem Eingang zum Naturreservat stehen«, sagte Kristina. »Ich erkenne das Schild. Wenn sie genau wusste, in welcher Grotte das Kind lag, dann hätte sie es denen von der Zeitschrift doch zeigen können, oder? Und hier steht es: Ich vernehme den Ruf des Mädchens um Hilfe von der anderen Seite. Ihr Zorn ist eine Urkraft, die Steinblöcke verschieben kann. Sie wird nicht zur Ruhe kommen und ins ewige Licht zurückkehren können, ehe die dunklen Geheimnisse nicht offenbart sind und sie Gerechtigkeit erfährt. Eines Tages, sehr bald, wenn die Kräfte im Gleichgewicht sind, wird die Öffnung der Grotte sichtbar werden und das Geheimnis aus der Dunkelheit ans Tageslicht dringen.«

»Und was sagt das Medium, was mit dem Kind geschehen ist?«, fragte Bark und dachte an das, was Ali über die Frakturen an den Armen und die Rippenbrüche unterschiedlichen Alters gesagt hatte.

»Das steht weiter unten im Text. Das Kind war weder physischer Gewalt noch sexuellen Übergriffen ausgesetzt. Das Böse kann sich auf so viele andere Arten ausdrücken.«

»Das sagt sie also. Dann denke ich, du solltest aufhören, ihr zu glauben. Das stimmt nämlich nicht.«

»Aber Magdalena wusste doch, wo die sterblichen Überreste des Kindes liegen, oder?«

Kristoffer empfand wachsenden Ärger darüber, wie leicht seine kleine Schwester zu manipulieren war. »Nur weil sie eine Sache gesagt hat, die stimmt, ist nicht alles wahr, was sie sagt. Hast du mit Morgan darüber gesprochen, wie sie versucht hat, dich einzulullen? Es fällt mir sehr schwer zu glauben, dass er dir untreu sein sollte.«

Jetzt war es gesagt, und er konnte Kristinas Reaktion überhaupt nicht einschätzen. Würde sie außer sich vor Wut sein oder anfangen schrecklich zu weinen oder im besten Fall sachlich argumentieren? Das war nicht vorhersehbar. Seine Schwester war, was Gefühle betraf, schon immer ein Zufallsgenerator gewesen.

»Nein, ich habe ihn nicht direkt gefragt. Noch nicht. Aber ich habe herausgefunden, wer diese Jenny in seinem Büro ist. Sie ist die Einzige, die lange blonde Haare hat, und sie ist sehr hübsch … und jung und Single.« Kristinas Augen wurden schmal vor Wut. »Ich habe sie gestern angerufen, und als sie ranging, habe ich aufgelegt. Ich wollte ihre Stimme hören und sie vielleicht ein bisschen erschrecken.«

»Du musst damit aufhören, Kristina, du quälst dich nur selbst mit Gedanken, die vielleicht völlig grundlos sind. Frag lieber Morgan geradeheraus. Wenn er es zugibt, dann müsst ihr von dort aus weitergehen, und wenn er es von sich weist, dann ist er vielleicht unschuldig. Aber lass nicht zu, dass sich Magdalena Fernåker in eure Beziehung einmischt.«

Kristina lächelte ihn von oben herab an, wie man es Unwissenden gegenüber tut. »Ich bin nicht die Einzige, die an ihre Fähigkeiten glaubt. Nana ist mehrmals dort gewesen, und Magdalena hat Dinge erzählt, die sie unmöglich wissen konnte.«

»Zum Beispiel?«

»Dass es Nana schwerfällt, mit dem Rauchen aufzuhören«, erklärte Kristina mit trotziger Stimme.

»Das sieht man an den nikotingelben Fingern und der Unruhe im Körper, wenn sie rausgehen und eine rauchen will. Ich muss keine Tarotkarten legen, um solche Wahrheiten zutage zu fördern.« Im selben Moment entdeckte er Mia Berger. Sie war es wirklich, und er hörte nicht länger zu, was Kristina antwortete, so erschüttert war er darüber, dass sie hier im Garten der Freimaurerloge auftauchte. Sie war in Begleitung eines Mannes, der ungefähr in ihrem Alter war, sonnengebräunt, groß und schick gekleidet in hellen Hosen und weißem Hemd. Mit seinen wohlproportionierten Muskeln sah der Mann aus wie ein Elitesportler. Er war von der höflichen Art, zog den Stuhl für sie heraus, ehe er sich auf der anderen Seite des Tisches niederließ. Und er schenkte ihr ein fantastisches Lächeln, als er ihr die Karte reichte. Im besten Fall war er ein Verkäufer, der dafür bezahlt wurde, nett zu sein, doch wahrscheinlich war das nicht der Fall. Wie lange kannten sie einander? Bark spürte, wie es in ihm vor Eifersucht brannte. Doch er hatte kein Recht, sich in ihre Lebensentscheidungen einzumischen. Mia hatte deutlich gesagt, dass sie nicht beabsichtige, wieder eine Beziehung zu einem Mann einzugehen, nachdem ein Wahnsinniger ihr das Leben zur Hölle gemacht hatte, ehe er festgenommen wurde und jetzt im Gefängnis saß. Wie viele Jahre würde er sitzen müssen? War er das vielleicht hier, der nach abgesessener Strafe wieder draußen war? Hatte sie vor, mit diesem Monster, das ihr und Alex' Leben zerstört hatte, neu anzufangen? Wie oft konnte man sich von jemandem reinlegen lassen, der die Kunst der Manipulation vollendet beherrschte? Er wusste nicht, was er glauben sollte.

»Wir sind hier übrigens fertig«, sagte Kristina. »Ich habe die Rechnung bezahlt, für den Fall, dass du es nicht gemerkt hast. Du kannst mir 600 Kronen schicken.« Sie stand auf und schob das Handy in die Handtasche. Er umarmte sie flüchtig, ohne den Blick von Mia Berger und ihrem Begleiter zu wenden. Jetzt sah sie auf, schaute ihn mit einer leichten Verwirrung im Blick an, dann lächelte sie, als ob sie ihn zuerst nicht wirklich erkannt hätte. Sie winkte diskret. Er winkte zurück, ehe Kristina ihn resolut unterhakte, um mit ihren hochhackigen Schuhen auf dem Kies besseren Halt zu haben. Sie gingen zur Bushaltestelle am Schloss. Es fühlte sich an, als würde ihm Mias Blick im Rücken brennen.

Während der Bus nach Tybble schaukelte, nahm Bark das Handy aus der Tasche und rief noch einmal das Wahrsager-Telefon von Magdalena Fernåker an, doch auch diesmal ging sie nicht ran. Dann rief er trotz der späten Stunde ihren Mann an. Offensichtlich hatte er ihn geweckt und wurde dafür beschimpft. Mal abgesehen von den Flüchen konnte er seiner Suada entnehmen, dass Magdalena nicht nach Hause gekommen war, und dass er auch nicht wusste, wo sie sich befand. Und dass er sich verdammt viele Sorgen um sie machte.

9

Es erstaunte Magdalena Fernåker, dass sie so spät einen Anruf auf ihrem Geschäftstelefon bekam. Es war keine Nummer, die sie kannte, und das fühlte sich nicht gut an. Am liebsten war es ihr, wenn die Kunden auf Himlagård einen Termin für eine richtige Sitzung buchten und eine Telefonnummer hinterließen, sodass sie sich im Vorhinein ein Bild von ihnen machen konnte, wo sie wohnten und mit wem. Das waren wertvolle Informationen, die leicht zugänglich waren, und im besten Fall konnte sie die Person in den sozialen Medien finden und noch mehr erfahren. Eine sorgfältige Vorarbeit verlieh ihr und ihren Vorhersagen ein solides Fundament. Doch vielleicht war dies hier ja ein ganz neuer Kunde. Sie rief zurück.

»Hier ist Magdalena, mit wem spreche ich?«

»Kristoffer Bark«, sagte jemand mit tiefer Stimme. Es klang, als wäre er draußen unterwegs. Vielleicht einer von diesen Männern, die ihrer Frau Dinge vorenthalten wollten. Es war nicht gerade häufig, dass Männer anriefen, und wenn sie es taten, dann waren sie oft verloren und unsicher.

»Was kann ich für Sie tun, Kristoffer?«

»Ich hätte gerne sobald es geht eine private Sitzung.«

»Ich habe sofort gespürt, dass es wichtig ist. Leider bin ich im Moment sehr ausgebucht. Könnten wir Montag in einer Woche sagen? Da habe ich eine Lücke zwischen …«

»Können wir uns jetzt sehen? Ich könnte ein Taxi nehmen und sofort kommen.«

Magdalena bekam es mit der Angst. War das hier ein Verrückter, der eigentlich auf etwas ganz anderes aus war? »Es tut mir leid, Sie enttäuschen zu müssen, Kristoffer. Doch so funktioniert das nicht. Ich mache immer Termine im Vorhinein aus. Sie haben schon verstanden, dass es hier um spirituelle Hilfe geht, oder?«

Lachte er, oder war das ein Schnauben?

»Was wissen Sie über das Kind in der Felsengrotte? Ich rufe von der Polizei an. Der Fall ist inzwischen eine Mordermittlung, und Sie wurden zum Verhör einbestellt.«

»Sie sind von der Polizei?« Der bewusst sanfte, leicht beruhigende Tonfall in ihrer Stimme wurde jetzt kantig und scharf. Dieses Gespräch hatte sich auf eine Weise entwickelt, die ihr gar nicht angenehm war. Sie hätte nie gedacht, dass ihre Geschichte von dem Mädchen in der Felsengrotte dazu führen würde, dass die Polizei das Ganze als einen Mordfall einstufte.

»Ich möchte, dass Sie morgen früh um acht Uhr zum Verhör in die Polizeizentrale kommen. Wenn Sie nicht erscheinen, dann werden wir Sie holen!«

Das war einfach zu viel. Mit zitternden Händen drückte Magdalena das Gespräch weg. Lorentz lag im Doppelbett und rauchte einen Joint. Er sah sie mit kaltem und unzufriedenem Blick an. Sie war dafür da, ihm die Entspannung und Ruhe zu schenken, die er so sehr brauchte. Eigentlich ging es nicht um Sex, nicht um gegenseitige Befriedigung, sondern darum, die Voraussetzungen für seine wichtige Arbeit zu schaffen. Dennoch hatte sie Enttäuschung verspürt, als er nicht für ihre Erfüllung sorgte, sondern sich nur selbst befriedigen ließ. Eine unwürdige Reaktion von ihr. Danach waren die Magie und die Nähe, die sie verspürt hatte, wie weggeblasen gewesen, und er hatte sie gebeten, das Bett zu verlassen und sich anzuziehen.

»Wer war das?«, fragte er, und seine Stimme klang hart und angespannt.

Zuerst wollte sie behaupten, es sei ein Verrückter gewesen, der meinte, es ginge hier um Sexy Talk, doch traute sie sich nicht, ihn anzulügen. »Die Polizei.«

Man konnte sehen, wie diese Information Lorentz irritierte. »Die Polizei? Was zum Teufel wollen die? Hast du etwas angestellt? Ich will diese misstrauischen und missgünstigen Idioten nicht hier haben. Sie ertragen den Erfolg anderer nicht, nur weil sie sich selbst sklavisch für ein paar Piepen abarbeiten. Jeder muss selbst für seinen Erfolg und sein eigenes Glück sorgen.«

»Ich weiß!« Sie warf ihm ein beruhigendes Lächeln zu und hoffte auf eine möglichst entspannte Wirkung. »Die wollen mir nur ein paar Fragen stellen.«

»Und worüber?«

»Sie haben das Mädchen in der Felsengrotte gefunden.«

Lorentz lächelte, und Magdalena war sofort erleichtert. »Aber das ist doch eine fantastische Neuigkeit! Das stärkt das Vertrauen der Leute in dich als Medium. Ich wusste, dass du diese Fähigkeit besitzt. Jetzt möchte ich, dass du gehst. Ich muss mich ausruhen. Danke für deine Dienste.«

Sie sah ihn an und suchte den Funken in seinem Blick, ein kleines Glimmen von Wärme oder Humor, ein Gefühl der Zusammengehörigkeit. Doch er hätte sich genauso gut für ein Stück Käse am Supermarkttresen bedanken können. Es war ihre eigene Schuld, dass sie sich selbst betrogen und sich eingebildet hatte, etwas Besonderes für ihn zu sein. Lorentz stand über allen Formen von Beziehungen und Bindungen. Er musste frei denken und seiner Intuition folgen können, wenn er sich aussuchte, mit wem er für einen Abend sein Bett und seine Gedanken teilte.

Als Magdalena die Tür öffnete und seine schicke Wohnung in unmittelbarer Nähe des Schlosses verließ, holte die Wirklichkeit sie ein. Morgen früh würde sie ihre letzte Schicht beim Pflegedienst ableisten, und zu Hause in Lindesberg erwartete Micke sie. Wenn er noch wach war, dann war er garantiert außer sich vor Wut, und sie würde eine sinnvolle Erklärung vorweisen müssen, wo sie den ganzen Abend gewesen und warum sie nicht ans Handy gegangen war. Er hatte vier SMS geschickt. Das war schlimm, richtig schlimm. Aber es war ja nicht so, dass sie wirklich untreu war oder so … alles hatte einen höheren Sinn. Das Problem war nur, wie sie Micke dazu bringen sollte, das zu verstehen. Eigentlich war er ein freundlicher und fürsorglicher Mann, der sie oft überraschte, doch ihm fehlte seelische Tiefe. Er begnügte sich mit Essen auf dem Tisch, einem Stündchen mit einem Bier vor dem Fernseher und am Samstagabend mit zwanzig Minuten Standardsex, wenn er nicht vorher schon vor dem Fernseher eingeschlafen war. Er hatte nie über das Leben, den Tod und den Sinn von allem nachgedacht.

Darüber, dass vielleicht alle während ihrer Zeit auf der Erde einen Auftrag hatten. Magdalena gehörte zu den Auserwählten, war eine Begleiterin für die Verirrten an den schwierigen Wegkreuzungen des Lebens. Micke würde niemals die Größe darin erkennen. Er schätzte daran nicht einmal, dass sie Geld damit verdiente. Wenn sie mehr verdiente als er, würde das Machtgleichgewicht ihrer Beziehung aus dem Lot geraten. Doch am schlimmsten war, dass er auf ihre Arbeit herabsah und es Humbug und Fake nannte, in das Verborgene schauen zu wollen. Gewiss trugen die Geschichten und die Prophezeiungen zum Teil auch Stoff aus der Wirklichkeit in sich, doch laut Lorentz war daran nichts Verwerfliches. Je mehr man als Medium von seinen Kunden wusste, desto deutlicher vermochte man eine Botschaft zu vermitteln.

Nun musste sie am späten Abend noch die vierzig Kilometer nach Lindesberg fahren. Magdalena war früh auf gewesen und hätte eigentlich müde sein müssen, doch ihre Sorgen hielten sie auf Trab. Was sollte sie der Polizei sagen? Würde es ihr gelingen, zu lügen und ihnen in die Augen zu sehen und zu sagen, dass sie Kontakt zu dem Mädchen bekommen hätte, als sie sich selbst in einen meditativen Zustand versetzt hatte? Das war die einzige Möglichkeit, wenn sie nicht Lorentz' Respekt verlieren wollte. Gleichzeitig würde es sie, falls das Kind ermordet worden war, zur Mordverdächtigen machen, zumindest bis die Untersuchungen der Polizei klarstellten, wann der Mord geschehen war. Es gab hier keinen einfachen Ausweg. Mit Lorentz' Unterstützung konnte sie nicht rechnen, das würde sein Gleichgewicht und seine Harmonie in diesem wichtigen Moment stören, da sie zum Wochenende neue Teilnehmer auf Himlagård aufnehmen wollten. Er musste sich auf seine Vorlesungen konzentrieren und auf die bedeutende Arbeit an seinem Buch.

Die Wahrheit über das Kind in der Felsengrotte war keineswegs bei einer Meditation über sie gekommen. Es war eine alte Frau gewesen, die von dem Kind erzählt hatte, als Magdalena bei ihr gewesen war, um sie zu pflegen und ihr im Haushalt zu helfen. Die Alte war sehr gebrechlich und dem Tod schon mehr als einmal sehr nahe gewesen. Bei diesen Gelegenheiten hatte sie jemanden gebraucht, dem sie sich anvertrauen konnte und der ihr für das, was sie getan hatte, Absolution erteilte oder auch nicht. Soweit Magdalena wusste, hatte sie mit niemandem sonst über ihre dunkelsten Geheimnisse gesprochen. Sie hatten eine sehr besondere Beziehung aufgebaut. Magdalena hatte der Alten versprochen, sie, auch wenn sie ihre Arbeit im Pflegedienst kündigte, um in Vollzeit als Medium tätig zu sein, weiter zu besuchen. Die Frau wohnte in Lindesberg auf der anderen Seite des Marktplatzes, nur fünf Minuten von Magdalena entfernt. Sie hatten sich darauf geeinigt, dass es ihr gemeinsames Geheimnis war und dass niemand anders davon wissen durfte. Die Alte war blind und halb taub. Es bestand so gut wie keine Gefahr, dass sie erfahren würde, dass Teile ihrer Geschichte als die Ahnungen und Eingebungen eines Mediums in der Zeitschrift *Grenzland* zu lesen gewesen waren.

10

Die Nacht war voller bizarrer Trugbilder gewesen. Im Traum hatte Kristoffer Bark genau wie am Abend zuvor im Garten des Restaurants Freimaurerloge gesessen. Der Sonnenuntergang war schmutzig gelb gewesen, und der Geruch von Schwefel war ihm in die Nase gedrungen. Ihm gegenüber am Tisch hatte nicht seine Schwester gesessen, sondern eine tote Frau. Eine ihm unbekannte Person in einem geblümten, vorn zugeknöpften Kittel und mit auf bunte Lockenwickler gedrehten Haaren. Ihre Augenhöhlen waren leer, die Bewegungen steif und mechanisch. Die Stimme war nur ein Flüstern: *Kümmere dich um mein Kind. Du musst mir helfen. Ich kann nicht mehr.*

Wo ist dein Kind?, hatte er sie gefragt, aber keine Antwort bekommen, und im selben Moment hatte er Ali gesehen, der über die sterblichen Überreste des Kindes aus der Grotte gebeugt stand. Dann hatte wieder seine Schwester ihm gegenübergesessen und noch mehr Wein bestellt. Schließlich musste er wie beim Blinde Kuh-Spiel mehrere Runden drehen, bis ihm schwindlig wurde und er den Boden unter den Füßen und die Orientierung verlor und sich nicht länger in seinem Körper befand. Am anderen Ende des Restaurantgartens hatte er einen Blick auf Mia Berger und ihren Begleiter erhascht. Die ursprünglich hellen Kleider des Mannes waren schwarz gewesen, und er war aufgestanden und hatte Mia ein Messer an die Kehle gehalten, hatte sie genötigt, sich hinzustellen und zum Fluss zu gehen, der unter der Brücke hindurch strömte. Bark hatte versucht, zu ihnen zu kommen, um die Frau zu retten, die er liebte. Doch sein Körper bewegte sich nicht, wie sehr er auch mit aller Kraft kämpfte, um es zu schaffen. Während der Zeit, die eine Ewigkeit währte, hatte sich Mias Körper in Asche verwandelt, die vom Wind und von dem schwarzen Wasser, das Richtung Schleuse floss, weggetrieben wurde.

Schweißgebadet war er zum Klingeln des Weckers aufgewacht und konnte die Gefühle der Ohnmacht, die der Traum geweckt hatte, nur mühsam abschütteln. Hatte er im Schlaf einen epileptischen Anfall gehabt? Er wusste es nicht. Die Medikamente lagen in ihrer Schachtel auf dem Nachttisch, und ihm wurde klar, dass er sie sowohl am Morgen zuvor als auch am Abend zu nehmen vergessen hatte.

Als Kristoffer Bark am Dienstagmorgen zur Arbeit kam, hatte er zuvor schon Sara Bredows Tochter in die Kita gebracht. Sara hatte keinen anderen Weg gesehen und ihn völlig aufgelöst angerufen. Moas Onkel war verreist, und ihre Tante Antonia, die Krankenschwester war, hatte Coronapatienten gepflegt und fühlte sich fiebrig. Am Nachmittag würde Moa von einer Nachbarin abgeholt werden, die das Mädchen kaum kannte. Es war erschreckend gewesen, Sara so erschöpft, ängstlich und verzweifelt zu sehen. Sie hatte Kontakt zum Sozialamt aufgenommen, wo man ihr einen Überbrückungskredit versprochen hatte, bis sie ihre Eigentumswohnung verkauft hatte und ihren Unterhalt von dem Geld bestreiten konnte. Doch dafür musste sie eine Mietwohnung finden. Und wie sollte man einen Mietvertrag bekommen, wenn man keinen Job hatte? Und wie sollte sie in dem Zustand, in dem sie sich befand, da sie kaum aus dem Bett kam, einen Umzug zustande bringen? Moa würde in eine neue Kita kommen und in einer neuen und fremden Umgebung landen, während es gleichzeitig ihrer Mutter schlecht ging. Würde Sara es nach einer solchen Herausforderung überhaupt schaffen, ihr eigenes Kind zu versorgen?

Es machte Bark wütend, dass die Politiker keine Verantwortung für Langzeitkranke übernahmen. Die Argumentation hier war geradezu debil: *Man darf nicht länger krankgeschrieben werden, weil einen das sozial isoliert.* So etwas wie Fürsorge für kranke Menschen klingen zu lassen, war reiner Hohn. Stattdessen sollten die Verantwortlichen vielleicht darüber nachdenken, warum Menschen überhaupt ein Burn-out erlitten. Lag das vielleicht an den finanziellen und personellen Kürzungen und den verschlechterten Arbeitsbedingungen in der Pflege, in den Schulen und im öffentlichen Sektor überhaupt und an den ungeregelten Arbeitszeiten für Angestellte in der freien Wirtschaft?

Bark war immer noch wütend, als er die wackelige Treppe zum Turmzimmer hinaufstieg, wo sein Team auf ihn wartete. Henrik und Alex waren vor Ort. Ingrid musste er aus der Abseite holen. Wieder hatte er das Gefühl, dass sie geweint hatte. Sie sah ihn nicht an und starrte nur mit versteinerter Miene zu Boden.

»Was ist denn los? Ist was passiert?«, fragte er. Sie schluckte die Antwort hinunter, schüttelte den Kopf und ging vor ihm ins Turmzimmer. Es sah nicht so aus, als hätte sie sich gekämmt, und die Kleider waren verknittert, als hätte sie darin geschlafen. Sonst sah Ingrid bei der Arbeit immer gepflegt und ordentlich aus.

»Hast du das Medium erreicht?«, fragte sie.

»Ja und nein«, antwortete er. »Ich habe sie über die Hotline erreicht und für heute um acht Uhr zum Verhör einbestellt.« Bark sah auf die Uhr. Es war Viertel nach acht. »Vom Empfang hat noch niemand angerufen, also ist sie nicht da. Wenn sie nicht freiwillig kommt, werden wir unsere Kollegen in Lindesberg bitten müssen, sie zu holen.«

Die anderen warteten um den ovalen Tisch herum. Ali wollte dazustoßen, denn er hatte Ihnen etwas Wichtiges mitzuteilen. Kurze Zeit später hörten sie seine schnellen Schritte auf der Treppe. Ali nahm niemals den Fahrstuhl, wenn es eine Treppe gab, denn er betrachtete jede Gelegenheit zur Bewegung als Vorteil. Voller Energie und mit einem zufriedenen Lächeln betrat er das Turmzimmer.

»Das Kind in der Felsengrotte hat einen Namen. Ein Zahnarzt hat es über eine Zahnkarte identifiziert. Es war ein Mädchen, hieß Sofia Arensjö und wäre heute 59 Jahre alt. Der Tod ist vor ungefähr 50 Jahren eingetreten, ich glaube also nicht, dass euer Medium etwas damit zu tun haben kann. Da war sie ja wahrscheinlich noch nicht einmal geboren.«

»Magdalena Fernåker hat gesagt, es sei ein Mädchen. Woher wusste sie das, wenn das alles vor fünfzig Jahren passiert ist?« Alex stand auf, ging zum Fenster und begann auf und ab zu wandern, um klarer denken zu können.

»Könntest du dich bitte setzen?«, bat Henrik müde. Er hatte weiße, undefinierbare Flecken auf dem Rücken seines schwarzen Hemdes, und sicherlich war es am Morgen wieder ein harter Kampf gewesen, die fünf Kinder in die Kita zu bringen. »Setz dich!«

Bark warf Alex einen auffordernden Blick zu, und der kehrte an seinen Platz zurück. »Es ist wirklich ein Durchbruch, dass wir jetzt einen Namen haben. Wer war Sofia, woher kam sie, und was ist passiert?« Bark sah Ingrid an, die sehr blass geworden war. »Ist alles in Ordnung?«, fragte er und ging zu ihr. »Bist du krank?«

»Ja, ich hätte nicht zur Arbeit kommen sollen. Es tut mir leid. Ich muss wohl nach Hause und mich hinlegen.« Sie schloss die Augen und strich sich das Haar aus der Stirn.

Henrik reagierte sofort. »Hast du Covid-Symptome? Halsschmerzen, Husten, Fieber? Es gibt auch Leute, die gar keine Symptome haben und trotzdem Superspreader sind.«

»Nein, nein. So etwas ist es nicht.« Ingrid machte eine abwehrende Geste mit den Händen und schüttelte den Kopf.

»Ist es etwas Ernstes? Etwas mit dem Herzen?«, fuhr Henrik fort. »Vielleicht solltest du ins Krankenhaus fahren?«

»Nein, ich weiß, was es ist. Das ist meine Privatsache. Lasst mich einfach in Ruhe.«

»Ich kann dich fahren«, bot Ali an.

»Nein, ich komme schon nach Hause. Kein Problem.« Sie erhob sich, doch da wich alle Farbe aus ihrem Gesicht, und sie schwankte und sackte wieder auf den Stuhl.

»Ich fahre dich«, sagte Ali mit einer Stimme, die keinen Widerspruch duldete. Er hakte sie unter und führte sie zum Fahrstuhl.

Bark war bekümmert. Es gab nichts, was er für Ingrid tun konnte, wenn sie keine Hilfe annehmen wollte. Und es war ein großer Verlust für die Ermittlung, dass es ihr nicht gut ging. Nun mussten sie ohne ihre Hilfe mehr über das Mädchen herausfinden, und das würde nicht einfach sein. Unterlagen, die vor dem Zeitalter der Computer erstellt worden waren, befanden sich im Archiv im zweiten Stock.

»Henrik, du kontrollierst das Einwohnermelderegister, mal sehen, was dabei herauskommt.« Bark wandte sich an Alex: »Bitte unsere Kollegen in Lindesberg, dafür zu sorgen, dass Magdalena Fernåker zum Verhör kommt. Offensichtlich hat sie ja irgendwelche Informationen, und ich wüsste gerne, woher sie die hat und ob sie mehr weiß, als sie in der Zeitschrift gesagt hat. Ich gehe rüber zu Zimmermann. Wenn sowohl Ingrid als auch Sara krankgeschrieben sind, brauchen wir Unterstützung. Auch wenn es sich hier um einen Cold Case handelt, ist es doch wahrscheinlich Mord.«

Bark betrat unangemeldet Regina Zimmermanns Büro und schilderte sein Anliegen. Die Chefin hörte aufmerksam zu.

»Ich kann im Moment keine Ressourcen für einen fünfzig Jahre alten Fall erübrigen. Nicht, wenn auf den Straßen ein Krieg zwischen kriminellen Gangs mit Schießereien und brennenden Autos tobt. Die Kollegen brauchen ihre Leute selbst. Die Welle von Einbrüchen in der

Weststadt gehört vermutlich dazu, und das Einzige, was ich zu eurer Entlastung tun konnte, war, euch diese Aufgabe abzunehmen.«

Bark wagte nicht einmal anzudeuten, ob er Mia Bergers Fähigkeiten in Anspruch nehmen durfte. So wie die Situation jetzt aussah, würde er sich definitiv ein Nein einhandeln. »Jemand muss doch vor fünfzig Jahren im Fall des verschwundenen Kindes ermittelt haben«, sagte er und musste im selben Moment an seinen guten Freund und Kollegen Börje Hansson denken, der einige Jahre zuvor in Rente gegangen war. Börje wurde jetzt 77 und hatte sein ganzes Berufsleben über bei der Polizei in Örebro gearbeitet. Möglicherweise wusste er etwas über das Mädchen namens Sofia Arensjö.

Auf dem Weg zurück ins Turmzimmer rief Bark bei Börje an. Man hörte dem alten Kollegen an, wie eifrig er wurde. »Das war mein erster Fall. Was habe ich nicht gegrübelt und nachgedacht. So ist es wohl mit allen ungelösten Fällen, aber dieser hier war ganz besonders. Dann habt ihr also die kleine Sofia gefunden?«

»Ja, so sieht es aus. Denkst du, du könntest herkommen und erzählen, woran du dich erinnerst?«

»Ich warte auf den Schornsteinfeger und kann das Haus nicht verlassen. Hast du vielleicht eine Möglichkeit, hierherzukommen? Ich muss alles wissen!« Börjes Stimme brach vor Rührung.

»Ja, ich muss nur dafür sorgen, dass mich jemand fährt, der nüchtern und vernünftig ist.« Es war schlimm, dass er wegen seiner Epilepsie nicht selbst fahren durfte und davon abhängig war, von Alex chauffiert zu werden.

Als Bark das Turmzimmer wieder betrat, saßen Henrik

und Alex zusammengesunken vor ihren Computern. »Habt ihr etwas herausgefunden?«

»Sofia Arensjö ist im Spätsommer 1970 vermisst gemeldet worden«, sagte Henrik. »Sie war in einer Pflegefamilie untergebracht worden, und zwar bei einem Paar auf einem Hof unweit des Naturreservats. Das ist, was ich bisher herausgefunden habe. Ich wollte gerade die Ermittlungsakte dazu aus dem Archiv bestellen.«

»Gut, mach damit weiter. Alex, du musst mich nach Hampetorp fahren. Wir müssen mit Börje Hansson sprechen, der war im Dienst, als Sofia verschwand.«

11

Kristoffer Bark spürte immer eine Schwere in der Brust, wenn er nach Hampetorp zurückkehrte, wo seine Tochter in einer Nacht zum Karfreitag in einem schwankenden Plastikboot in den Sturm hinausgefahren war, um nie wiederzukehren. Sein alter Kollege Börje war in den quälenden Jahren, als er auf der Suche nach Vera den See entlangwanderte, sein Freund und seine Stütze gewesen. Er konnte sich gut vorstellen, was die Eltern des kleinen, neunjährigen Mädchens mit all der Ungewissheit und Verzweiflung, nachdem es verschwunden war, durchgemacht haben mussten. Wenn sie überhaupt noch am Leben waren – Henrik hatte gesagt, das Mädchen habe in einer Pflegefamilie gelebt.

Alex schien Kristoffers Stimmung zu spüren und hielt sich erst einmal zurück, bis es ihm offenbar zu still wurde und er ruhelos das Radio einschaltete. Es liefen die Lokalnachrichten, in denen Regina Zimmermann über den Fund des Kinderskeletts im Naturschutzgebiet Skärmarboda interviewt wurde. Sie hatte sich entschieden, die Identität des Mädchens nicht preiszugeben.

»Es ist gut, wenn wir das noch ein wenig zurückhalten können«, sagte Bark. »Henrik soll erst mal rauskriegen, ob es noch irgendwelche Angehörigen gibt, die man informieren muss.«

»Nach fünfzig Jahren. Wenn von ihren Eltern noch jemand lebt, dann müssten sie mindestens um die achtzig Jahre alt sein, wenn nicht älter. Was für ein Schock, zu erfahren, dass ein Kind, das man fünfzig Jahre lang vermisst hat, als Skelett in einer Grotte wiedergefunden wurde.« Alex schaltete das Radio aus und trommelte mit der rechten Hand in einem Takt auf das Lenkrad, zu dem nur er selbst die Musik hören konnte.

»Ich habe von Mama gehört, dass du gestern mit einer schönen Blondine im Frimis warst.«

»Hat sie das gesagt?« Bark hatte Alex die ganze Autofahrt über schon fragen wollen, ob er wusste, mit wem Mia unterwegs gewesen war, hatte sich aber zurückgehalten, damit der Junge nicht merkte, wie sehr ihn das beschäftigte.

»Mama hat gesagt, sie sah aus wie Gaby, nur hübscher und besser durchtrainiert. Dein Typ, nicht wahr? Ist da irgendwas am Laufen?«, fragte Alex und grinste breit.

»Bitte schau auf die Straße, wenn du fährst. Ich war mit meiner Schwester im Frimis, und Gaby ist nicht mein Typ.« Jetzt fühlte es sich unmöglich an, zu fragen, mit wem denn Mia dort gewesen war, und dennoch wollte er seine schlimmsten Befürchtungen dementiert haben.

»Bitte sag mir Bescheid, wenn dieser Verrückte, der deine Mutter verfolgt hat, wieder auftauchen sollte, ja? Ich mache mir Sorgen um … euch.«

»Der Kerl sitzt noch. Mama müsste eine Nachricht bekommen, wenn er freigelassen wird. Das hat man ihr versprochen.«

»Okay. Ich wollte nur sagen, dass ich da bin, wenn es Schwierigkeiten geben sollte.«

Alex sah ihn an. Plötzlich ernst. »Danke! Vielleicht werde ich dich eines Tages um Hilfe bitten. Auch wenn er noch sitzt, ist es doch nicht vorbei. Für Mama wird es nie vorbei sein, obwohl wir unsere Namen geändert haben und umgezogen sind. Sie glaubt, er wird sie finden.«

Jetzt konnte er sich trotz aller guten Vorsätze nicht länger beherrschen. »Und mit wem war deine Mutter im Frimis?«

»Ein Kollege aus Stockholm. Ein Mann, der Männer mag.«

Bark hoffte, dass man seinem Gesicht nicht ansehen konnte, wie groß die Erleichterung war, die er empfand.

Sie kamen in Hampetorp an und parkten am Hafen. Die Sonne glitzerte auf den Wellen des Sees, und in der Ferne sahen sie, wie sich die gelbe Vinö-Fähre dem Kai näherte. Dahinter blitzte die Insel wie ein Streifen Land im Norden auf. Sie stiegen aus dem Auto und spürten die Feuchtigkeit, die nach einer weiteren verregneten Nacht aus dem Boden dampfte. Während sie das letzte Stück zu Börje Hanssons Häuschen zu Fuß gingen, schlug ihnen allerdings die Sonnenwärme entgegen. Börjes Ehefrau, die in den letzten Jahren an Demenz gelitten hatte, war kürzlich gestorben. Bark war zu Hause bei seinem Freund gewesen und hatte Blumen vorbeigebracht. An dem Begräbnis hatte er nicht teilgenommen, denn das hatte im engsten Familienkreis stattgefunden.

Börje wartete mit einer Kanne frisch gebrühten Kaffees und einem Pappkarton mit gekauften Keksen auf der Veranda auf sie. Er bat um Entschuldigung, dass die Kekse nicht selbst gebacken waren, doch Bark versicherte ihm, dass alles gut war und genau das, was sie brauchten, um die Lebensgeister wiederzubeleben.

»Stell dir vor, jetzt hast du Sofia Arensjö gefunden«, sagte Börje und fuhr sich mit der Hand über den grauen Stoppelbart und den rasierten Schädel. Trotz der Hitze trug er ein kariertes Flanellhemd und einen Blaumann. Im unteren Teil des Gartens waren Fischernetze aufgehängt. Wahrscheinlich war Börje schon in der Morgendämmerung draußen gewesen und hatte die Netze eingeholt.

»Du warst damals ja dabei.«

»Es war meine erste Ermittlung, und ich war in dem Team, das sich mit dem Verschwinden des Mädchens und dem Brand mit Todesfolge beschäftigt hat.«

»Brand mit Todesfolge?«, fragte Alex erstaunt.

»Sofia verschwand in dem Jahr, als sie neun Jahre alt wurde, also im Sommer 1970, aus einer Pflegefamilie. Ihre Eltern waren bei einem tragischen Autounfall umgekommen. Ein betrunkener Fahrer rammte ihr Auto, und sie müssen sofort tot gewesen sein. Deshalb kam sie in eine Pflegefamilie. Und dann war da der Brand.«

»Der Brand? Bei der Pflegefamilie hat es gebrannt?«, fragte Bark.

»Es ist bis heute unklar, ob das alles mit Sofias Verschwinden zu tun hatte, aber ja, das ganze Haus ist niedergebrannt.« Börje schüttelte den Kopf. »Dass es fünfzig Jahre gedauert hat, bis man sie gefunden hat!«

»Und was weißt du von dem Brand?«, fragte Alex.

Börje drückte sich eine Portion Snus zurecht, schob sie unter die Oberlippe und schloss die Augen, während er nachdachte. »Das war Brandstiftung. Wir haben vor dem Küchenfenster einen Kanister gefunden, in dem Benzin gewesen war. Die Eingangstür war von innen abgeschlossen, doch ein Fenster in der Küche stand offen. Das Feuer begann im oberen Stockwerk. Der schnelle Verlauf des Brandes deutete auch darauf hin, dass er gelegt war. Zwei der Kinder mussten für eine Weile ins Krankenhaus. Der Pflegevater, Konrad Gastin, und seine alte Großmutter, die auf dem Dachboden wohnte, kamen in dem Feuer um. Erstaunlicherweise haben die Brandtechniker die verbrannten sterblichen Überreste der alten Frau im Keller gefunden. Die Immobilie war früher ein Bestattungsinstitut mit dem Namen »Letzte Ruhe« gewesen. In der Zeitung wurde viel über das Ereignis geschrieben.«

»Gab es einen Verdächtigen für den Brand?«

»Ja, in der Gegend war zu der Zeit ein Pyromane unterwegs. Aber wir konnten ihn nie mit dem Brand in Verbindung bringen, und ein Zeuge sagte außerdem, er habe ihn zur Zeit des Feuers in Stockholm gesehen. Er lebt inzwischen nicht mehr.«

»Und die Kinder? Was ist mit denen passiert?«, fragte Bark und schaute mit zusammengekniffenen Augen in das scharfe Sonnenlicht, das vom Wasser des Sees reflektiert wurde.

»Sie sind in neue Pflegefamilien gekommen, und eines von ihnen ist offenbar mit seiner Mutter nach Dänemark gegangen. Ein Zeuge hat sie auf der Überfahrt über den Sund erkannt. Später sollen sie in Christiania gesehen worden sein. Es ist uns nie gelungen, sie aufzuspüren, obwohl unsere Kollegen in Dänemark uns unterstützt haben. Christiania war wie ein Staat im Staat mit eigenen Gesetzen, wo man sich gegenseitig schützte. Vielleicht ist das immer noch so, was weiß denn ich? Das Mädchen, das Annika hieß, war als Achtjährige aus ihrer ursprünglichen Familie genommen und in Pflegefamilien untergebracht worden, weil die Mutter drogenabhängig war. Der Vater war unbekannt, wenn ich mich recht entsinne.«

»Aber Sofia ist nicht gefunden worden, und ihr habt dann nach ihr gesucht«, sagte Alex.

»Ja, wir haben in langen Suchketten die Umgebung um das Haus der Pflegefamilie durchkämmt, doch ohne Erfolg. Es gab keine Spur von ihr. Vielleicht hatte sie den Bus in die Stadt genommen oder war mit jemandem mitgefahren, doch hatten wir keinerlei Zeugenaussagen in dieser Richtung. Wir haben verurteilte Vergewaltiger und Pädophile kontrolliert, doch das alles führte nirgendwohin. Zwei Jahre lang war ich bei den Ermittlungen dabei, dann mussten wir aufgeben, weil wir nicht weitergekommen waren. In meiner Freizeit habe ich noch ein paar Jahre weitergemacht, doch ohne irgendwelche offiziellen Recherchekanäle war es völlig hoffnungslos.«

Börje schenkte ihnen aus der abgestoßenen roten Emaillekanne von Kockums Kaffee nach. »Kannst du etwas darüber sagen, wie Sofia gestorben ist?«, fragte er. »Ich habe im Lauf der Jahre viel darüber nachgedacht, was ihr passiert sein könnte.«

»Da gibt es noch nicht so viel zu sagen. Die Leiche, von der nur noch das Skelett übrig ist, ist nach Linköping gebracht worden. Wir müssen abwarten. Weißt du, ob sie körperlich misshandelt worden sein könnte?«, erkundigte sich Bark.

»Warum erkundigst du dich danach?«, fragte Börje.

»Es gab Verletzungen am Skelett, Frakturen in unterschiedlichen Stadien der Heilung.«

»Ich kann mir nicht vorstellen, dass jemand in der Pflegefamilie sie verletzt hat. Das waren offenbar freundliche Menschen, und sie kümmerten sich wirklich um die Kinder. Sie haben nur diese vier Mädchen aufgenommen, um ihnen genug Liebe und Aufmerksamkeit schenken zu können. Ich kann mir nicht vorstellen, dass sie misshandelt worden sind.«

Alex schielte zu Bark und wandte sich dann an Börje. »Die Pflegemutter hieß Elvira Gastin, weißt du, ob die noch lebt?«

Börje sah nachdenklich aus. »Nein, das weiß ich nicht. Aber möglich ist es. Allerdings müsste sie dann an die neunzig sein.«

Sommer 1970

Elvira holt mich, als ich gerade in der Küche stehe und spüle. Das Radio läuft. Eine Band, die sich The Beatles nennt, singt: All you need is love … und ich möchte das ganze Lied hören, weil es so gut ist, traue mich aber nicht, zu protestieren. Als ich an die Tür zu Konrads Büro klopfe, bin ich allein und habe Angst und muss dringend aufs Klo. Ich schaffe es nicht, darum zu bitten, auf die Toilette gehen zu dürfen. Das Büro ist im selben Teil des Hauses wie die Hühner. Er öffnet. Sein weißes Hemd hat Blutflecken. Die Augen hinter den dicken Gläsern starren mich an, ohne zu blinzeln. Und ich erstarre.

»Komm rein, ich will mit dir reden.«

Was habe ich getan? Werde ich jetzt Schläge bekommen? Ich wage nichts anderes als zu gehorchen, obwohl ich am liebsten wegrennen würde. Die Alte auf dem Dachboden hat gesagt, ich solle weglaufen, aber ich kann nicht ohne meine Schwester gehen, und nachts sind wir hier im Haus eingeschlossen, und um das Haus ist ein hoher Zaun und ein verschlossenes Tor. Sofia hat schon wieder versucht, abzuhauen. Sie ist durchs Fenster auf der Rückseite gesprungen, wo es keinen Zaun gibt, und hat sich fast zu Tode gestürzt. Konrad hat sie ins Krankenhaus gefahren und sie dann wieder hierher zurückgeholt. Er war rasend vor Wut und hat ihr Ohrfeigen gegeben und gesagt, sie sei undankbar und gemein, und dass er ihr schon beibringen würde, wer hier der Bestimmer ist. Es ist dumm von Sofia zu versuchen auszureißen. Hier kommt niemand weg.

Konrad zieht mich ins Zimmer, wo er seinen großen Schreibtisch hat, auf dem eine Schreibmaschine steht. Hier stehen Bücherregale und ein großer, glänzender Schrank mit einem Schlüssel im Schloss. Jetzt, da er Ferien hat, ist er nachts nicht mehr weg. Elvira hat erzählt, dass er dann Gedichte über das Blut und die Seele schreibt. Im Haus muss es leise sein, wenn Konrad an etwas so Wichtigem arbeitet. Habe ich zu laut gesprochen? Habe ich ihn gestört?

»Die Seele ist im Blut«, sagt er. »In der Sprache benutzen wir Blutwörter, um die verschiedenen Ausdrücke der Seele zu beschreiben. Wir sprechen von der Familie als Blutsband, wir wollen kein böses Blut wecken und wir nennen es blutjung, wenn jemand sehr jung ist. Diese Ausdrücke sind alt, und in alten Zeiten wusste man, dass das Blut in der Seele liegt.«

Ich nicke, obwohl ich nicht verstehe, worauf er hinauswill.

»Mein Großvater war Bestatter«, sagt er und lässt sich schwerfällig am Schreibtisch nieder. »Ich habe als Kind bei Großmutter und Großvater gelebt. In deinem Alter hatte ich schon mehr Tote gesehen, als du in deinem ganzen Leben sehen wirst. Es war lehrreich, die Leichen im Stadium der Verwesung und des Verfalls zu sehen. Einzusehen, dass niemand davonkommt, nicht einmal die Stärksten, die Schönsten, die Intelligentes-

ten, die Guten oder die Bösen. Vor dem Tod sind wir gleich, das ist die einzige Gerechtigkeit. Bis heute. Eines Tages werden wir vielleicht alle ewiges Leben erhalten, wenn wir die Zellen dazu bringen können, nicht mehr zu altern, mit einer Technik, die Krebs unmöglich macht, denn die Zellen teilen sich zu schnell. Wir leben nur einen kurzen Moment hier auf der Erde. Mein Gedanke ist, dass jeder von uns in dem Augenblick, in dem wir geboren werden, einen Auftrag erhält. Weißt du, warum du zu uns kommen durftest, warum wir uns entschieden haben, dich, deine Schwester, Annika und Sofia aufzunehmen?«

Ich verstehe nur sehr wenig von dem, was er sagt, und schüttele den Kopf. Dabei beiße ich mir fest auf die Unterlippe, um nicht versehentlich zu sagen, dass wir Pech gehabt haben. Es schmeckt nach Blut. Ich habe keine Ahnung, was er meint, und was die richtige Antwort sein könnte. Weil wir Mädchen sind? Weil wir ein Heim brauchten?

Konrad lächelt, seine Zähne sind groß und viereckig. »Weil ihr den Auftrag habt, Großmutter auf dem Dachboden am Leben zu erhalten, bis die Forschung das Problem gelöst hat. Hast du schon mal von Blutgruppen gehört?«

Das habe ich nicht. Also sehe ich ihn an und warte darauf, dass er es mir erklärt.

»Eine komplizierte Sache. Aber um es einfach zu machen, könnte man sagen, dass ihr vier mit Blutgruppe Null gesegnet seid, die sich nicht verklumpt, wenn man sie einer anderen Person spendet. Es gibt die Blutgruppe A, die klumpt, wenn sie mit B gemischt wird,

und Gruppe B, die klumpt, wenn sie auf A stößt. Aber ihr vier habt also Blutgruppe Null.«

»Es ist gut, Blutgruppe Null zu haben«, antworte ich und hoffe, dass das richtig ist. Mein Herz schlägt so stark, und mein Mund ist ganz ausgetrocknet. Wenn ich falsch antworte, werde ich im Keller landen. Und ich muss aufs Klo.

»Wenn ich nachts im Krankenhaus arbeite, bin ich Transportmann. Weißt du, was das ist?«

»Nein.« Ich presse die Beine fest zusammen, so fest, dass ich nicht pinkeln muss.

»Das ist der wichtigste Job im ganzen Krankenhaus. Ohne mich würde nichts funktionieren. Ich hole die Toten von den Stationen zum Kühlhaus, sodass neue Patienten Platz haben. Ich hole die Krankenakten der Patienten im Archiv. Ich kenne alle und weiß alles. Ich weiß von deinen Eltern, die bei einem Autounfall starben. Sie hatten beide Blutgruppe Null, und mir ist klar, dass ihr sie auch haben müsst. Von Annika, die am Blinddarm operiert worden ist, und Sofia, die mit dem Fahrrad gestürzt ist und den Lenker in den Bauch bekommen hat. Man hat ihre Blutgruppe kontrolliert, weil man Angst hatte, die Milz könnte geplatzt sein. Aber sie hat es geschafft. Ich habe euch gefunden, als ich in den Krankenakten nach Kindern gesucht habe, die Blutgruppe Null haben.« Er sieht mich an, und die Fliegen hinter den Gläsern tanzen und summen und wollen raus. »Wenn man etwas hat, was jemand anders braucht, dann soll man es mit ihm teilen, nicht wahr?«

»Man soll es teilen«, wiederhole ich gehorsam.

»Ich wusste, dass ich mich auf dich verlassen kann. Du bist nicht wie die anderen Kinder, die egoistisch sind und nur an sich selbst denken. Du bist ein guter Mensch, einer, der helfen will. Nicht wahr?«

»Ja«, sage ich.

Dann nickt er so, dass die Doppelkinne an seinem Hals wabbeln. »Die alte Großmutter ist sehr krank. Sie wird bald sterben, wenn wir ihr nicht helfen. Willst du ihr helfen?«

12

Daniel Johansson dachte an die alte Frau, die er in der Tiefkühltruhe in der Weststadt gefunden hatte. War sie real gewesen oder nur eine Halluzination? Mit den Gedanken bei der Eishexe verließ er die Station der Drogenhilfe im Universitätskrankenhaus, ging die Järnvägsgatan entlang und durch den Fußgängertunnel, um nach Hause in seine schäbige Einzimmerwohnung zu kommen. Diese Tage der Abstinenz, die er mit paranoiden Vorstellungen verbracht hatte, wünschte er seinem schlimmsten Feind nicht. Oder doch, dem vielleicht, aber nicht den Menschen im Allgemeinen.

In der Nacht von Donnerstag auf Freitag nach dem Einbruch in der Weststadt, als er sich von den Toten verfolgt gefühlt hatte, war es immer nur schlimmer geworden. Er hatte ihre versteinerten Gesichter gesehen, als sie aus dem Bus stiegen, hatte ihre Schatten im Fußgängertunnel unter der Eisenbahn erahnt, und dann hatte das Durcheinander mit der Leiche in der Kühltruhe seinen Höhepunkt gefunden. Eine uralte Frau, die wie eine Mumie aussah, mit Raureif im langen, weißen Haar. Die hatte ihn daraufhin in seinen Gedanken verfolgt, als er mit vor Kälte und Furcht klappernden Zähnen auf dem gestohlenen Fahrrad nach Oxhagen radelte, wo sein Dealer wohnte, der ihm die Drogen geben sollte, die er brauchte. Das alles war nicht real, so viel war ihm schon klar. Er war wegen des Entzugs auf dem Weg in eine Psychose, und doch wirkte es so echt. Während der Fahrradfahrt hatte er die tote Frau überall gesehen. Sie kam ihm wie ein Geist mit Fahrradhelm im Fahrtwind entgegen, das lange, weiße Haar glitzernd im Mondlicht. Mit der rasenden Kraft des Windes hatte sie ihn, das Fahrrad und die große Tasche mit Diebesgut direkt in ein entgegenkommendes Auto geschleudert. Das Fernlicht hatte ihn geblendet, und doch hatte er gesehen, dass es die Eishexe war, die am Steuer saß. Sie lachte mit einem Mund voller Schmetterlinge: Trauermäntel, Bläulinge und Zitronenfalter, wie in einer Zentrifuge aus Farben. So erklärte er dem Personal auf der Psychiatrischen Intensivstation Piva sein außergewöhnliches Erlebnis, nachdem man in der Notaufnahme festgestellt hatte, dass er zwar überfahren worden war, aber keine lebensbedrohlichen Verletzungen davongetragen hatte. Nur das Fahrrad war hinüber. Sein Gehirn hatte sich lediglich mit allen denkbaren Lösungen von Gleichungen, Thesen und Antithesen, in denen die Summe von allem immer Chaos lautete, dem Universum angeschlossen. Genau wie in der Morgendämmerung der Zeiten. Doch denen auf der Piva war nichts Menschliches fremd. Sie besaßen die Kraft, der Eishexe zu widerstehen. Sie sagten, es gäbe sie nicht, und verwiesen ihren Geist ins Reich der Nichtigkeit.

Piva. Er ließ das Wort auf der Zunge zergehen: Piva. Das klang wie Kindersprache, dachte er, als er den Bus bestieg. Wie ein Kehrreim für Kinder. *Iva, piva, nimmerlein, rette mich, ich bin allein.* Er erinnerte sich schwach, dass er mit lauter und klarer Stimme den Pflegern vorgesungen hatte, und dass man ihn gebeten hatte, mit Rücksicht auf die anderen Patienten still zu sein. Auf der Psychiatrischen Intensivstation hatten sie ihm durch die schlimmsten Höllennächte geholfen, und dann war er für ein paar Tage auf der Station der Drogenhilfe gelandet, wo die Zeit sich selbst auflöste. Da hatte er bleiben dürfen, bis er die Verantwortlichen beruhigen konnte und ihnen berichtete, dass die steifgefrorene Frau in die Welt der Wahnvorstellungen zurückgekehrt war, während er selbst sich in der Wirklichkeit befand. Also ließen sie ihn raus. Der Platz wurde dringend für andere verwundete Krieger benötigt, die drauf und dran waren, im Kampf gegen ihre Dämonen unterzugehen.

Und doch wurde er den Gedanken nicht los, dass die Eishexe in der Kühltruhe real gewesen sein könnte. Nur wenn man Experimente mit denselben Ergebnissen wiederholen kann, darf man sie Wahrheiten nennen. Um die Grenze zwischen Wahnsinn und nüchternem Denken ziehen zu können, musste er noch einmal in diese Kühltruhe schauen. Wenn die Hexe nicht da war, dann würde er sie als eine Wahnvorstellung verwerfen. Saß sie aber immer noch da, als ob nichts passiert wäre, dann würde er mit ihr als einem Teil seiner Wirklichkeit leben müssen.

Er hatte den Token immer noch in der Hosentasche. Vielleicht hatten Sie nach dem Einbruch den Türcode geändert, aber vielleicht konnte er mit jemandem reinschlüpfen, der die Tür öffnete, und dann konnte er noch mal in den Keller gehen. Doch zunächst musste er nach Hause.

Als Daniel Johansson die drei Treppen zu seiner Wohnung im Mietshaus hochgestiegen war und die Klinke herunterdrückte, war die Tür nicht abgeschlossen. Aus

Angst, von anderen Drogenabhängigen beraubt zu werden, ließ er die Wohnung niemals unverschlossen, nicht einmal, wenn er zu Hause war. Doch sein Vater verschaffte sich manchmal mit dem Dietrich Zutritt. Es war sogar schon passiert, dass er die Tür ausgehängt hatte. Daniel überlegte einen Moment, wohin nach dem Fahrradunfall wohl die Tasche mit dem Diebesgut gekommen war. Wahrscheinlich war alles nur noch Schrott. Der Fahrer des Autos, in das er hineingefahren war, ein Mann um die dreißig, war wie durch ein Wunder unverletzt geblieben.

Daniel schaute sich um. Die Einzimmerwohnung war stark heruntergekommen. Die Tapeten schmutzig, die Spüle verbeult und kaputt. Der Tisch stand voll mit leeren Bierdosen, ungespülten Tellern mit verschimmelten Essensresten, überall lagen benutzte Nadeln und Spritzen. Das Bettgestell hatte er in einem weniger klarsichtigen Moment auf dem Balkon abgefackelt. Jetzt lag die Matratze auf dem Fußboden. Doch nicht nur die. Da ruhte sein Vater in seiner ganzen belastenden Nacktheit und verströmte Altmännergeräusche aus der Hölle. Wahrscheinlich war es in der Unterkunft zu laut gewesen, wenn man ihn überhaupt hineingelassen hatte. Neben seinem Vater lag ein Berg roter Bierdosen, kunstvoll in Herzform arrangiert. In seinen besten Momenten war er wahrlich eine Art Ästhet.

Daniel breitete eine Decke über seinen Vater, dann sah er im Kühlschrank nach, ob es noch etwas zu essen gab. Der Alte musste eingekauft haben. Eine Fleischwurst, deren Mindesthaltbarkeitsdatum abgelaufen war, ein Päckchen Butter und ein Laib Sirupbrot waren zwischen die Reihen von Bierdosen gepresst worden. Daniel machte sich ein paar Stullen und setzte sich auf den klapprigen Stuhl auf dem Balkon. Von hier aus konnte er den Bahnhof sehen und dahinter das Gerichtszentrum mit seinem seltsamen viereckigen Turm. Das Turmzimmer war mit seiner Aussicht über die ganze Stadt ein Ort für die echten Oberbonzen, dachte er.

Nachdem Daniel die schlimmste Unordnung, die sein Vater in der Wohnung hinterlassen hatte, aufgeräumt und sich einen Termin in der Waschküche gebucht hatte, ging er mit Bolzenschneider und Taschenlampe in seinem abgenutzten Rucksack, den er in einem Müllcontainer gefunden hatte, wieder nach draußen. Die Spätsommerhitze hatte das Schönste bei allen Frauen, denen er begegnete, hervorgelockt – sonnengebräunte Haut, fröhliches Lachen und Kichern. Er verspürte die Sehnsucht wie einen Krampf in sich. Seit Molly mit dem Entenschnabel hatte es keine Frau mehr für ihn gegeben. Wohin sie und alle anderen verschwunden waren, wusste er nicht. Nach dem Gymnasium hatte sich alles aufgelöst, die Freunde waren verschwunden, und die Brüder im Unglück hatten ihren Platz eingenommen. Und wenn er entgegen allen Erwartungen eine Frau kennenlernen würde, dann würde er kaum auf eine Fortsetzung hoffen dürfen, wenn er sie mit nach Hause in sein Rattenloch nahm, wo sein Vater wie ein gestrandeter Wal in der Ecke lag. Dennoch war es großzügig vom Sozialamt, ihm diese Wohnung zu ermöglichen. Ohne die hätte er längst den Gedanken an ein Weiterleben aufgegeben. Eine eigene Wohnung zu haben, etwas sein Eigen nennen zu können, machte den großen Unterschied zwischen einem Leben und dem Wunsch zu sterben aus.

Daniel näherte sich dem Haus, in das er eingebrochen war. Er musste herausfinden, ob die Eishexe echt war. Er hatte sich anders angezogen als letztes Mal, hatte helle Kleider und eine Kappe anstelle der Mütze gewählt. Wenn er nur erst wusste, dass die Horrortante in der Kühltruhe ein Hirngespinst war, dann würde er sein Leben in den Griff bekommen und versuchen, irgendeinen Job zu ergattern und Hilfe zu suchen, um mit den Drogen aufzuhören. Das sollte der Wendepunkt zwischen dem alten Leben und dem neuen sein.

Auf der anderen Straßenseite kam jemand, der seinen Blick auf den Eingang gerichtet hatte, durch den auch er hineinwollte. Daniel beeilte sich, über die Straße zu kommen. Er wollte den alten Mann vor sich nicht erschrecken, durfte aber die Gelegenheit, ins Haus zu kommen, nicht ungenutzt verstreichen lassen. Der alte Mann blieb stehen und tippte gemächlich die Ziffern ein. Sie hatten den Code nicht ausgetauscht. Nach dem Klickgeräusch öffnete er die Tür und ging hinein. Daniel fing die Tür auf und folgte leise wie ein Schatten. Auf dem ersten Absatz drehte sich der alte Mann um und sah ihn an. Daniel lächelte ihm vorsichtig zu, und der Mann stieg weiter die Treppe hoch, blieb stehen und sah ihn noch einmal an, ehe er seine Tür aufschloss. Würde der Alte jetzt die Polizei rufen? Dann war Eile geboten. Wenn die Polizei kam und sah, was er im Rucksack hatte, würden sie glauben, er hätte vorgehabt, einzubrechen, um etwas zu stehlen, obwohl er ausnahmsweise mal nicht auf Einbruchtour war. Daniel probierte den Token, um unten in den Keller zu kommen, und zu seiner großen Erleichterung funktionierte er noch. Jetzt begann die eigentliche Herausforderung, nämlich seinen eigenen Ängsten entgegenzutreten. Er stieg die Treppe hinab. Ein eiskalter Windzug schlug ihm entgegen, als er die Sommerhitze hinter sich ließ. Es fühlte sich fast an, als würde die Eishexe ihm frostige Luft ins Gesicht atmen. Im Kellergang war es dunkel, doch diesmal schaltete er das Licht an, eilte an der Waschküche und dem Trockenraum vorbei und durch die Tür zu den Kellern. Wo das Fahrrad gestanden hatte, war das Netz geflickt und das Schloss doppelt so groß. An den beiden anderen Verschlägen, die er aufgeschnitten hatte, fehlten immer noch die Schlösser. Er näherte sich der Kühltruhe, als er plötzlich eine Tür aufgehen und Schritte hinter sich im Flur hörte. Vor Anspannung am ganzen Leib zitternd, eilte er in den Verschlag mit der Kühltruhe und versteckte sich dahinter.

»Ich meine, er wäre in den Keller gegangen«, sagte jemand mit knarrender Stimme. Das Licht ging aus, und eine Taschenlampe warf ihren Lichtkegel in einen Verschlag nach dem anderen.

»Sind Sie sicher, dass es nicht jemand von denen war, die hier wohnen?«, sagte eine jüngere, hellere Stimme. Ein Junge oder vielleicht eine Frau.

»Ich bin sicher, und ich habe die Polizei gerufen«, sagte der ältere Mann.

»Aber hier ist ja niemand.«

»Dann ist er sicher zum nächsten Keller durchgegangen.«

Daniel hörte, wie sie an dem Verschlag, in dem er kauerte, vorbeigingen und weiter zur Tür liefen, die in den Keller unter dem nächsten Haus führte. Er wartete nicht darauf, von der Polizei festgenommen zu werden. Langsam erhob er sich aus seinem Versteck, und dann rannte er um sein Leben. Hinter sich hörte er ihre Stimmen.

»Hallo, stehen bleiben! Haltet den Dieb!«

Doch er blieb nicht stehen. Er rannte die Treppe hinauf, stürzte durch die Tür und sprintete davon.

13

Magdalena Fernåker hatte ihre letzte Schicht im Pflegedienst absolviert, und wollte sich von jetzt an in Vollzeit ihrer Arbeit als Medium widmen. Der Gedanke, dass sie am selben Morgen zum Polizeiverhör einbestellt gewesen und dort nicht erschienen war, arbeitete wie eine nagende Sorge in ihr. Jetzt wanderte sie die Strandpromenade am Linnesjön entlang, vorbei an Rubinska Gården und dem schönen alten Pumpenhaus aus rotem Ziegelstein. Die Nachmittagssonne warf fröhliche Lichtflecken über den Spazierweg und die Hausfassaden. Manchmal blendeten sie so, dass sie die Hand über die Augen legen musste. Vor einiger Zeit war die ganze Gemeinde ohne Strom gewesen, weil Biber Bäume gefällt hatten, die dann über die Stromleitungen gefallen waren. Damals hatte sie das Gefühl gehabt, eine Art Vorahnung zu verspüren, eine gewisse Nervosität im Körper. Als sie das Lorentz erzählte, flüsterte er ihr lachend ins Ohr: *Fake it until you make it*. Als würde er sich über sie lustig machen, obwohl er kurz zuvor noch gesagt hatte, sie müsse versuchen, sich in ihre Fähigkeiten hineinzufühlen. Sie war immer noch neu in alldem und unsicher.

Micke war auf einem Auftrag im südlichen Teil des Landkreises unterwegs, und das passte ihr ausgezeichnet. Als sie am Abend zuvor nach Hause gekommen war, hatte er bereits geschlafen und war auch nicht aufgewacht, als sie morgens früh gegangen war. Magdalena hatte auf seine SMS mit *Hab dich lieb* geantwortet, und damit schien er sich zufriedengegeben zu haben.

Dennoch öffnete sie jetzt die Tür zu ihrem Haus mit einer gewissen Unruhe, als sie sein Auto in der Auffahrt stehen sah, obwohl sie wusste, dass er, wenn er zu einem Auftrag fuhr, immer den Firmenwagen nahm. Auf dem Küchentisch lag ein Zettel, und sofort schlug ihr das Herz bis zum Hals. Was wollte er? Micke schrieb normalerweise keine Zettel, wenn es nicht etwas sehr Wichtiges gab, das er nicht vergessen durfte. Das schlechte Gewissen flatterte durch ihr Bewusstsein. Hatte jemand sie und Lorentz zusammen gesehen und Micke etwas davon erzählt? Man konnte das so leicht als eine simple Affäre missverstehen, wenn man nicht den Gedanken an einen höheren Sinn dahinter verstand und nicht an Seelenwanderung und mehrere Leben glaubte. Lorentz war der Überzeugung, dass sie in einem anderen Leben Liebhaber gewesen waren. Und dann könnte es ja keine Untreue sein. »*Unsere Körper sind nur eine vorübergehende Wohnung während unseres derzeitigen kurzen Besuchs auf der Erde. Die Seele gehört der Ewigkeit, und in der Ewigkeit ist die Liebe größer als die Zweisamkeit*«, hatte Lorentz gesagt, als sie zögerte. In einer anderen Zeit waren sie also Liebhaber gewesen. Noch weiter zurück war sie seine Schwester gewesen und einmal auch sein tot geborener Bruder. Das hatte Lorentz ihr anvertraut. Sie konnte sich lebhaft vorstellen, wie Micke auf diese Informationen reagieren würde, wenn sie ihm das erzählte. Nicht alle waren empfänglich für die tiefsten Wahrheiten.

Magdalena ging zum Tisch, nahm den Zettel und las.

Dein Geburtstag wird etwas Besonderes werden, sorge also dafür, dass du am Samstagabend zu Hause bist. Liebe dich, Micke

Vor nicht allzu langer Zeit erst waren sie in Loka Brunn gewesen, um ihren Hochzeitstag zu feiern. Micke liebte es wirklich, sie mit besonderen Unternehmungen zu überraschen. Was hatte er sich wohl diesmal ausgedacht? Manchmal kam er mitten in der Woche mit Blumen nach Hause, einfach nur, um ihr eine Freude zu machen. Er überraschte sie mit einem Wochenende im Hotel oder einem Konzert, auch wenn die Musik oft nicht nach seinem Geschmack war. Und im Winter geschah es häufig, dass er morgens aufstand, die Standheizung in ihrem Auto einschaltete und ihr half, die Windschutzscheibe freizukratzen. Das Spontane und Fürsorgliche war es gewesen, in das sie sich einmal verliebt hatte. Er war nicht der Mann der großen Worte, aber er beherrschte die Kunst, ihr auf eine etwas altmodische Weise Respekt zu erweisen: Er hielt ihr Türen auf, zog Stühle heran und legte sein Jackett um ihre Schultern, wenn ihr kalt war. Das schlechte Gewissen schlug einen neuerlichen Salto in ihrer Brust. Dennoch würden sie sich voneinander entfernen, wenn er nicht zulassen wollte, dass sie sich entwickelte.

Magdalena sprang schnell unter die Dusche und zog sich um, legte sorgfältig Make-up auf, föhnte die Haare fast trocken und holte dann die Lockenschere heraus. Es durfte nicht so aussehen, als hätte sie sich angestrengt, aber trotzdem wollte sie aus dem, was sie war, das Beste machen. Sie wählte ihre Kleidung mit Sorgfalt aus: eine weiße Bluse mit V-Ausschnitt, die ihre Sonnenbräune und den Busen betonte, aber locker über den Bauch fiel, den sie verbergen wollte, und einen kurzen Rock, der ihre schönen Beine gut zur Geltung brachte. Doch zu kurz durfte er nicht sein. Sie versuchte, sich selbst mit Lorentz' Augen zu sehen. Er hatte gesagt, eine schöne Frau würde dieselbe Reaktion im Gehirn hervorrufen wie eine Belohnung, einen Serotonin-Kick, der Wohlbefinden erzeugt, genauso wie ein Sonnenuntergang oder eine Sternschnuppe es tun. Das gönnte sie ihm gern. Magdalena lächelte vor sich hin, als sie das Haus verließ und zu ihrem Auto ging.

Sie hatte am Abend mediale Sitzungen im Kalender stehen, und am Morgen würden sie eine Vorbesprechung der Konferenz am Wochenende haben, damit alle wussten, was sie tun mussten, wenn die Gäste kamen. Lorentz hatte auf Anraten von Lisette beschlossen, die Vorträge draußen abzuhalten. Magdalena hatte das auch schon vorschlagen wollen, doch im selben Moment hatte Lisette es gesagt und dafür Lorentz' Wertschätzung erhalten. Er hatte den Arm um Lisette gelegt und Magdalena auf diese Weise ausgeschlossen. Und er hatte Lisette die Hauptverantwortung für die Konferenz übertragen. Das ärgerte sie. Doch Magdalena hatte mit keiner Miene gezeigt, dass sie sich ausgegrenzt fühlte. Es war ein unwürdiges und egoistisches Gefühl, das sie nicht zulassen wollte. Und trotzdem … diese verdammte Lisette hatte sich an ihn herangemacht und ihm geschmeichelt, was für einzigartige Führungsqualitäten er hätte, und wie großartig das Buch war, das er schreiben würde, und wie einfühlsam und weise er doch war. Verdammt noch mal, wie sie es hasste, wenn Lisette sich so bei Lorentz einschleimte.

Auf Himlagård gab es viel Arbeit zu erledigen, und das Einfachste wäre wohl, wenn sie dort übernachten würde. Eigentlich hatte sie sich bereits am Morgen dafür entschieden, da Micke ja nicht protestiert hatte, weil sie so spät nach Hause gekommen war. Lorentz würde auch über Nacht bleiben. Mit etwas Glück würde Lisette nach Hause zu ihrer Schwester fahren, die schwer an Krebs erkrankt war. Lorentz hatte die Schwester davon überzeugt, keine Zytostatika zu nehmen und stattdessen die eigene Abwehr ihres Körpers aufzubauen. Das eine würde das andere ja nicht ausschließen, hatte Lisette einzuwenden versucht, doch da war Lorentz gekränkt gewesen, weil sie ihm nicht vertraute. Im Moment sah es so aus, als ginge es Lisettes Schwester sehr schlecht. Magdalena war der Meinung, sie hätte Lorentz ohne zu zögern und zu argumentieren vertrauen sollen. Dann hätten seine heilenden Kräfte frei fließen können. Jetzt war es vielleicht zu spät, sowohl für die Schulmedizin als auch für das Healing. Das war alles Lisettes eigene Schuld, und Magdalena hatte ihr das auch geradeheraus gesagt. Und damit schwelte jetzt ein Konflikt unter der höflichen Fassade.

Magdalena hielt in Mullhyttan an, um beim dortigen ICA-Supermarkt einzukaufen. Mullhyttan war ein kleiner Ort am südlichen Rand des Wandergebiets Kilsbergen, manchmal das »Tor zu den Blauen Bergen« genannt. Das hatte Bea Vinberg, die Hauswirtschafterin auf Himlagård, erzählt.

Magdalena kaufte sich eine Zahnbürste und Zahnpasta, die sie vergessen hatte. Auf dem Weg nach draußen fiel ihr Blick auf die Zettel an der Pinnwand: eine verblichene Ankündigung von der Salhems-Gemeinde zum Christi-Himmelfahrts-Wochenende, eine entlaufene Katze, ein EPA-Duett von 1967 und Hühnerkot-Dünger zum Verkauf. Sie setzte sich ins Auto. Die Klimaanlage hatte die ganze Fahrt bis Mullhyttan leider nicht funktioniert, sodass sie mit offenen Fenstern gefahren war. Sie wollte wirklich nicht durchgeschwitzt ankommen, aber jetzt hingen ihre Locken schlapp herunter, und der Luftzug vom Fenster hatte ihre Augen tränen lassen. Sie kämmte sich und besserte ihr Make-up auf, ehe sie weiterfuhr.

Magdalena bog Richtung Sixtorp ab. Himlagård lag am See Multen, nicht weit von Trumön entfernt, einer Halbinsel, wo das FKK-Bad des Naturistenvereins den Strand belegte. Als der Fichtenwald lichter wurde, sah sie das lang gestreckte Haus aus Lärchenholz, das mit der Natur harmonierte, dann den Anbau, in dem sie private Sitzungen abhielten, die kleinen Hütten für Übernachtungsgäste und den Pavillon unten am Wasser. Lorentz hatte die Anlage von den Spenden, die er bekommen hatte, bauen lassen. Als sie aus dem Auto stieg, sah sie die Hauswirtschafterin und winkte. Bea winkte zurück. Sie trug ein langes, naturfarbenes Leinenkleid, und das schulterlange grau melierte Haar war mitten auf dem Kopf zu einem Dutt gedreht, der hüpfte, als sie mit einem Tablett in der Hand über den Hof ging. Sie war knapp 60 Jahre alt, sah aber älter aus und bewegte sich steif. Bea war auf dem Weg zur Veranda des Hauptgebäudes, wo Lorentz mit seinem weißen Strohhut saß und eine Zeitung las.

Magdalena spürte, wie die Nervosität kribbelnd unter der Haut ausbrach, und das Herz schlug ihr bis zum Hals. Sie versuchte, ihre aufgeregten Atemzüge zu kontrollieren.

Sollte sie es wagen, zu ihm hinzugehen, oder würde sie stören? Wenn er meditierte oder ein Buch las, war er immer verärgert, doch jetzt war es ja nur eine Zeitung. Sie sah, wie Bea das Tablett abstellte und ein paar Worte mit ihm wechselte. Dann kam sie zurück zum Haus und dem Parkplatz.

»Willkommen, Magdalena! Da warten zwei Frauen im Anbau auf dich. Sie werden schon etwas ungeduldig. Du bist spät dran.«

Magdalena warf einen langen Blick in Lorentz' Richtung, doch hatte sie jetzt keinen Anlass mehr, dorthin zu gehen. Ihre Klientinnen warteten. Sie musste herausfinden, ob Lorentz über Nacht bleiben würde. Ob er ihre physische Gegenwart als Hilfe benötigte, um sich von alldem freizumachen, was ihn belastete: die wirtschaftlichen Schwierigkeiten, wenn sie wegen der Corona-Pandemie nicht so viele Besucher aufnehmen konnten. Lisettes krebskranke Schwester, die begonnen hatte, ihm vorzuwerfen, dass sich die Krankheit verschlechterte. Und die Baubehörde, die mit ihm darüber stritt, dass er keine Baugenehmigung für den Steg und die kleinen Häuser gehabt hatte, die jetzt vielleicht wieder abgerissen werden mussten. Da ging es um irgendwas in Sachen Uferschutz.

»Wer bleibt denn heute alles über Nacht?«, fragte sie, um zu erfahren, ob Lorentz bleiben würde.

Bea sah sie mit ihren unergründlichen graugrünen

Augen an und hielt Magdalenas Blick so lange fest, bis es sich quälend und peinlich anfühlte. »Du bist verliebt in ihn, ich sehe das, meine arme Kleine. Das wird dein Untergang sein.«

14

Magdalenas Gedanken wirbelten durcheinander, als sie zum Anbau ging, um noch einmal Kristina Barklöv und Nana Blymark zu empfangen. Eigentlich war es nicht empfehlenswert, die Sitzungen so dicht aufeinanderfolgen zu lassen, aber da sie nun ihren Job im Pflegedienst gekündigt hatte, brauchte sie das Geld. Die ganze Zeit musste sie an Beas Worte denken: *»Du bist verliebt in ihn, ich sehe das …«* Was würde es für Folgen haben, dass Bea sie durchschaut hatte? Bea war schließlich selbst eine von Lorentz' Geliebten gewesen. Würde sie nun die Sache bei Lisette ansprechen und Magdalenas weiteres Schicksal mit ihr diskutieren? Unrealistische Erwartungen und egoistische Forderungen nach monogamen Verhältnissen waren nicht gut fürs Kollektiv. Sie konnte sich gut vorstellen, wie die beiden diskutieren und intrigieren würden, um sie loszuwerden. Und wenn sie sich einmal abgestimmt hatten, würde Lisette mit ernster Miene und Kälte in der Stimme zu ihr sagen, dass es am besten wäre, wenn sie ginge. Lisette würde sie des Egoismus bezichtigen, obwohl sie Lorentz ebenso anbetete und ihn für sich allein haben wollte. Und für Bea bedeutete er ihren Sinn des Lebens. Sie war einmal eine vermögende Frau gewesen, hatte ihm aber alles gegeben, um ihm zu folgen und ihm und seinen Visionen zu dienen.

Natürlich konnte Magdalena die Verliebtheit einfach rundheraus leugnen, sagen, dass sie völlig falschlagen. Schließlich war sie mit Micke glücklich verheiratet. Was bildeten die sich ein? Doch ihr Körper würde sie verraten. Diese ärgerliche Röte, die sie nie in den Griff bekam. Die Stimme, die zittrig und nervös klang. Magdalena schimpfte leise vor sich hin und verfluchte sich selbst, dass sie auf die Liebe von Lorentz hoffte. Als er ihren Körper begehrt hatte, wollte sie es als ein Zeichen dafür nehmen, dass sie ihm mehr bedeutete, obwohl er mit seinen Bedingungen überaus deutlich gewesen war.

Magdalena holte ein paarmal tief Luft und versuchte sich zu sammeln, während sie zum Anbau und den beiden Frauen hinüberging, die dort auf ihre mediale Beratung warteten. Kristina Barklöv war sicherlich beunruhigt über das, was sie in der letzten Sitzung über ihren Mann erfahren hatte. Hatte sie ihn vielleicht darauf angesprochen, was er in Loka gemacht hatte? War er ehrlich gewesen, oder hatte er sie angelogen? Magdalena hatte gesehen, wie Jenny Lovik ihn geküsst hatte, doch vielleicht waren sie noch viel weiter gegangen. Wichtig war, sich in die Stimmung der Klientin einzufühlen und geduldig zu sein. Kristinas Fragen würden sie auf den rechten Weg führen. Vielleicht sollte sie mit Nana anfangen und deren Stimmung erspüren.

Magdalena bereitete ihren Raum vor und zündete die Kerzen im Kandelaber an. Sie nahm den schönen Amethyst, den sie von Lorentz bei ihrer ersten Begegnung bekommen hatte, und hielt ihn fest umklammert, um Kraft zu schöpfen, ehe sie die beiden hereinbat. Nana und Kristina würden nebeneinander auf der einen Seite des

Tisches sitzen, und sie selbst im Sessel auf der anderen Seite, sodass sie ihre Karten auslegen konnte.

Magdalena lächelte sie an, begrüßte sie und bat die beiden Frauen, ihre Handys lautlos zu stellen. »Ich spüre, dass Sie etwas Wichtiges auf dem Herzen haben, Nana. Vielleicht sollten wir mit Ihnen anfangen. Letztes Mal haben wir über Ihren toten Vater gesprochen, und dass Sie einander im Leben sehr nahestanden. Sie erhielten eine Nachricht von ihm. Er sagte, dass er Sie liebt und über Sie wacht. Fühlen Sie das manchmal, dass er in den schweren Stunden des Lebens für Sie da ist und sich darüber freut, wenn Sie Erfolg haben?«

Nana nickte. »Ich glaube, ja«, sagte sie unsicher und schob sich das kurze, dunkle Haar hinter die Ohren. Ihr Blick war ängstlich. Nana war mager und sehnig und sah aus, als wäre sie zehn bis fünfzehn Jahre älter als ihre Freundin. Kristina war blond und süß und um die vierzig.

»Möchten Sie heute über etwas Besonderes sprechen?«, fragte Magdalena.

Nanas Miene wurde eifrig. »Ich möchte Ihnen etwas erzählen. Wir haben ja Ihren Vortrag *Ahnungen – In das Verborgene schauen* gehört. Was Sie da über das verschwundene neunjährige Mädchen gesagt haben, hat gestimmt! Vielleicht haben Sie ja in den Nachrichten gehört, dass wir das Skelett eines Kindes im Naturschutzgebiet Skärmarboda gefunden haben. Das, was sie gesagt haben, war die Wahrheit!«

Magdalena war verblüfft. »Sie waren das, die das Mädchen gefunden haben?«

»Ja«, sagte Kristina, und ihre Stimme klang feierlich. »Aber es ist Ihr Verdienst.«

Nanas Blick aus den braunen Augen bekam eine andere Intensität. »Und jetzt fragen wir uns natürlich, ob das kleine Mädchen immer noch mit Ihnen spricht, und ob sie erzählen kann, was sie erlebt hat. War es Mord?«

Magdalena wurde schwindlig. Die Polizei hatte sie gesucht, und jetzt begannen die Leute Fragen zu stellen. Ihr wurde dabei sehr unbehaglich. Sie hatte wirklich keine Ahnung, was das Kind durchgemacht hatte. Doch es gab eine andere Person, die das wusste. Sie selbst konnte sich vage erinnern, dass die alte Frau von einem Brand gesprochen hatte. War das Kind im Feuer gestorben? Sie hätte mehr Fragen stellen sollen. Magdalena schloss die Augen und tat ein paar lange, tiefe Atemzüge, während sie darüber nachdachte, was sie jetzt sagen sollte. Dann lehnte sie sich zurück und flüsterte: »Es ist gerade hier. Ich spüre es. Das Mädchen.«

»Können Sie fragen, wie es heißt?«, flüsterte Nana.

Magdalena hatte den Namen zwar gehört, war sich plötzlich aber nicht mehr sicher. »Josefine oder Sofi, vielleicht Sofia. Da stört etwas meinen Versuch, sie auf mich einzuschwingen. Eine große Angst. Ich höre sie undeutlich. Sofia heißt sie. Jetzt rieche ich Feuer. Ganz deutlich. Sofia hat Angst, Todesangst vor jemandem.«

»Ist sie bei dem Brand ums Leben gekommen?«, fragte Kristina.

Da Magdalena das nicht wusste, war sie gezwungen, unklar zu bleiben. »Sofia schreit. Sie hat Schmerzen. Sie schreit um Hilfe, doch niemand hört sie.«

»Hat sie das Feuer gelegt?«, fragte Kristina mit angehaltenem Atem.

Magdalena zögerte mit der Antwort und beschloss, das

Thema zu wechseln. »Sofia ist Ihnen dankbar, dass Sie sie gefunden haben. Sie schickt Liebe und warme Energie zurück zu Ihnen.« Magdalena schlug die Augen auf und sah die beiden an, als sei sie gerade aus einem tiefen Dämmerschlaf erwacht. »Jetzt ist sie verschwunden. Ganz plötzlich.«

Magdalena sah auf die Uhr. Es war erst eine Viertelstunde der gebuchten Zeit vergangen, und die Situation war unerträglich. »Möchten Sie, dass ich die Karten für Sie lege, Nana?«

»Nein, nein, ich glaube nicht. Wir wollten nur erzählen, dass Sie recht hatten.«

»Sie müssen keine Angst haben, Nana. Der innerste Kern des Universums ist Liebe. Wenn ich in den Karten etwas Böses sehen würde, dann würde ich es nicht erzählen. Bei mir können Sie sich sicher fühlen. Ich erzähle nur, was Sie wissen wollen.«

»Vielleicht können Sie mit Kristina anfangen«, erwiderte Nana rasch. »Denn Kristina hat ja erfahren, dass sie sich auf ihren Mann nicht verlassen kann. Das ist eine böse Sache.«

»Ich hatte das Gefühl, dass Kristina das wissen wollte, weil sie schon lange ahnt, dass irgendetwas nicht stimmt. Nicht wahr, Kristina?« Magdalena wollte die Zeit herumbringen. Das mit Kristina und ihrem Mann waren heikle Dinge, und es war ihr noch nicht gelungen, abzulesen, in welcher Stimmung Kristina sich befand. Deshalb wandte sie sich wieder an Nana. »Lebt Ihre Mutter noch?«

Nana schüttelte den Kopf. Die Hände ruhten im Schoß. Sie schnippte mit den rot lackierten Fingernägeln, sodass es einen nervigen Klicklaut gab, und schaute mit zusammengekniffenen Augen in die Kerzenflammen.

»Möchten Sie, dass wir versuchen, mit ihr in Kontakt zu kommen?«

Nana sah ängstlich aus. »Ich glaube nicht. Ich finde das ein wenig gruselig. Eigentlich wollte ich vor allem sagen, dass Sie recht hatten mit dem verschwundenen Mädchen. Und dann habe ich Kristina begleitet. Sie wollte nicht allein kommen.«

Magdalena ließ den Blick auf Kristina ruhen und versuchte, innere Ruhe zu finden. Dann beschloss sie, die Sache direkt anzupacken. »Wie fühlt es sich jetzt zwischen Ihnen und Ihrem Mann an?«

Mit einem Mal sah Kristina sehr traurig aus. »Angespannt. Ich bin natürlich eifersüchtig, suche nach Beweisen. Ich habe das Gefühl, dass er ein schlechtes Gewissen hat. Er wirkt nervös, und gleichzeitig war ihm zuletzt besonders viel an … körperlichem Kontakt gelegen.«

»Gesteigerter sexueller Appetit kann absolut ein Zeichen für Untreue sein. Haben Sie ihn gefragt, ob es eine andere gibt? Ob Sie Grund haben, eifersüchtig zu sein?«

»Nein. Können Sie mir helfen, Beweise zu finden?«, fragte Kristina und räusperte sich mehrere Male, als ob ihre Stimme nicht richtig gehorchen wollte.

»Wir wollen mal sehen, was die Karten sagen«, erwiderte Magdalena und breitete den Fächer aus, während sie erneut auf die Uhr schielte und ein Gähnen unterdrückte. Sie musste herausfinden, ob Lorentz über Nacht bleiben würde. Sie musste mit ihm zusammen sein dürfen, wenn auch nur für einen Augenblick. Mit einem schweren Seufzer zwang sie sich, ihre Aufmerksamkeit auf die Karten zu richten. In dem Moment hörte man, dass Kristina eine SMS bekam, obwohl sie die beiden doch gebeten hatte, ihre Handys leise zu stellen. Das Geräusch brachte Magdalena aus dem Gleichgewicht, und es wurde noch schlimmer, als Kristina das Handy in die Hand nahm, die SMS las und eine Antwort schickte. Und dann war der Polizist, der sie zum Verhör bestellt hatte, auch noch Kristinas Bruder. Das war ihr gestern mit Schrecken klar geworden, nachdem sie das Gespräch mit ihm weggedrückt hatte.

15

Als Kristoffer und Alex in der Abenddämmerung nach Himlagård kamen, lagen die letzten Strahlen der Sonne im Westen wie ein rosafarbenes Band über den Spitzen der Fichten und schimmerten auf dem See. Es war Kristinas Idee gewesen, dass sie eine Zeit mit dem Medium buchen sollten, damit Kristoffer sie finden und ein Verhör mit ihr arrangieren konnte. Kristina hatte gerade eine SMS geschrieben und bestätigt, dass Magdalena sich im Anbau des Gebäudes befand. Die Polizei in Lindesberg hatte wiederholt versucht, Magdalena Fernåker zu Hause und an ihrem früheren Arbeitsplatz zu erreichen, und auf Himlagård war ihnen gesagt worden, man wisse nicht, wo sie sei. Aber wenn Kristina recht hatte, dann würde sie Ihnen dort in die Arme laufen.

Obwohl es schon spät am Abend war, schlug ihnen die Hitze entgegen, als sie aus dem Auto stiegen. Sie gingen über den Parkplatz zum Hauptgebäude und dann um die Ecke. Ein Mann mit Strohhut und weißem Leinenanzug saß auf der Veranda und rauchte eine Tonpfeife von der Sorte, wie Bark sie selbst eine Zeit lang im Gymnasium ausprobiert hatte, als er erwachsen wirken wollte. Der Mann erhob sich langsam, und seine Bewegungen strahlten eine große Selbstsicherheit aus. Das hier war sein Besitz und seine Domäne, in die sie eindrangen. Er sah gut trainiert aus, das Gesicht zeigte eckige, männliche Züge. Die großen grünblauen Augen standen weit auseinander und wirkten fast hypnotisch. Er war glatt rasiert, das Haar unter dem Strohhut war schulterlang und blond.

»Was wollen Sie?«, fragte er mit dunkler, wohlartikulierter Stimme.

»Wir sind von der Polizei und suchen Magdalena Fernåker. Sie sind Lorentz Brunnberg, nehme ich an.«

Bark zeigte seinen Ausweis, und auch Alex streckte seinen hin. Der Mann warf einen raschen Blick darauf.

»Im Moment ist sie nicht da.« Lorentz streckte sich und wich einen Schritt zurück. Bark war fast zehn Zentimeter größer als er, und das schien ihn auf irgendeine Weise zu belasten.

»Wir wissen, dass sie hier ist«, erwiderte Bark und sah ihn unverwandt und herausfordernd an. Während dieses Kräftemessens spazierte Alex zum Anbau.

»Okay, vielleicht täusche ich mich«, sagte Lorentz und machte eine ergebene Geste mit den Armen. »Sie könnte hierhergekommen sein, ohne dass ich es gemerkt habe.«

»Ihr Auto stand jedenfalls auf dem Parkplatz«, rief Alex, der jetzt fast beim Anbau angekommen war.

»Worum geht es denn?«, fragte Lorentz und folgte Bark, der nun in dieselbe Richtung ging wie Alex.

»Wir haben versucht, sie zu erreichen«, antwortete Bark, ohne sein Anliegen näher zu erklären.

Kristina öffnete die Tür des Anbaus und kam heraus. »Magdalena ist einfach verschwunden! Ich weiß nicht, wie das passieren konnte.«

Nana tauchte mit fragender Miene hinter ihrem Rücken auf. »Was macht dein Bruder hier?«

»Er ist im Dienst«, erklärte Kristina.

»Als Polizist? Vielleicht hat Magdalena gespürt, dass er auf dem Weg war«, sagte Nana aufgeregt.

»Sie hat gesehen, dass ich eine SMS geschickt habe«, sagte Kristina zu ihrem Bruder. Bark verschwendete keine Zeit. Schnell durchsuchte er den Raum im Anbau und ging dann zum Hauptgebäude hinüber und kontrollierte die Toiletten, den Gemeinschaftsraum und den Küchentrakt.

Alex stieg die Treppe zum Anbau hinauf und öffnete die Eingangstür. »Gibt es eine Hintertür?« Doch Kristina hatte noch nicht darauf geantwortet, als schon das Geräusch eines Autos, das einen Kickstart hinlegte, ihre Aufmerksamkeit einfing. Bark eilte mit Alex im Gefolge zum Parkplatz. Magdalenas Auto stand nicht mehr da, wo es zuvor gewesen war, sondern verschwand gerade auf dem Schotterweg.

»Verdammt, sie haut ab! Wir müssen hinter ihr her!« Alex war bereit, ins Auto zu springen.

Bark legte die Hand auf seine Schulter. »Nein, und ich verstehe, wenn du enttäuscht bist. Es wird keine Verfolgungsjagd geben. Das Risiko ist zu groß, dass dabei jemand zu Schaden kommt. Der mögliche Mord, in dem wir hier ermitteln, hat fünfzig Jahre auf dem Buckel. Da war Magdalena noch nicht einmal geboren. Sie ist nicht verdächtig. Ich will einfach nur wissen, woher sie ihre Informationen hat. Wir werden sie auf jeden Fall früher oder später erwischen.«

»Aber was verbirgt sie denn dann? Warum kann sie nicht einfach hierbleiben und mit der Polizei sprechen?«, fragte Kristina, die zusammen mit Nana hinter ihnen hergelaufen war. »Das war ein so guter Plan.«

»Wie jetzt, ein Plan?«, fragte Nana, die immer noch nicht kapiert hatte, dass Bark und Kristina sich Nachrichten geschrieben hatten.

»Erkläre ich dir später«, sagte Kristina.

Bark ging Richtung Auto. Er war enttäuscht, wenn auch nicht so sehr wie Alex. Der stand noch immer an der gleichen Stelle und versuchte zu begreifen, dass es keine Verfolgungsjagd geben würde.

»Verdammt! Dann heißt es morgen schon wieder Lindesberg«, murrte er.

»Warum das denn?«, fragte Kristina.

Bark schüttelte den Kopf. »Jetzt reiß dich mal zusammen, Alex. Das ist nichts, worüber wir in einer laufenden Ermittlung laut sprechen, nicht einmal mit meiner Schwester.«

Kristina fuhr zusammen. »Ich versuche ja nur zu helfen«, sagte sie mit derselben beleidigten Miene wie damals, als sie beide noch Kinder gewesen waren.

Als sie Örebro wieder erreichten, war es schon dunkel. Alex setzte Kristoffer bei seiner Wohnung im Zentrum des Stadtteils Tybble ab.

Bark schloss die Wohnungstür auf und dachte an ein Lied von Jeremias i Tröstlösa, einem Dichter, der in dem Viertel gelebt hatte und dessen letzter Vers ihm im Gedächtnis war: *Nicht schlafen sollte man, wenn die Nacht tritt ein. Die Sterne sollte man schauen, zu zweit sollte man sein.* So schön in seiner Einfachheit und so wahr, was auch seine Einsamkeit betraf. Er dachte an Mia Berger, und die Sehnsucht krampfte ihm die Brust zusammen. Sie hatte nicht von sich hören lassen, und er hatte nicht den Mut besessen, sie anzurufen. Er musste aufhören, an sie zu denken.

Bark sank auf seinen Stuhl am Küchentisch und schaute in die Nacht hinaus, wo die bleiche Sichel des Mondes fast im Licht der Straßenlaternen verschwand. Er zündete die Kerze im gusseisernen Halter an, wie er es immer tat, um den Tag abzurunden, und dann dachte er an seine Tochter.

Was hältst du eigentlich von diesem Medium?, fragte er sie in Gedanken. Was weiß sie von dem Mord?

Und Vera antwortete ihm wie immer in seinem Kopf. »Wer *lebt*, wird sehen.« Vera hatte schon immer morbide Witze geliebt. »Du glaubst, sie ist ein Bluff.«

»Natürlich. Es ist klar, dass sie das für Geld tut, oder weil es spannend ist. Oder weil sie ihren Mann und ihren Job im Pflegedienst leid ist.«

»Warum muss es denn ein Bluff sein?«

»Es ist doch klar, dass man nicht mit den Toten sprechen kann.«

»Du tust es doch gerade selbst, Papa, merkst du das nicht?« Er hörte ihr Lachen, an das er sich auf ewig erinnern würde.

»Aber das ist doch was ganz anderes. Ich spreche schließlich mit dir.«

Das laute Klingeln seines privaten Handys durchschnitt die Stille. Es war Sara Bredow, und er hörte an ihrer Stimme, dass sie völlig verzweifelt war. »Hallo, hier ist Sara, ich … entschuldige, aber ich weiß nicht, was ich tun soll … es tut mir leid, wenn ich dich störe.«

»Das ist vollkommen in Ordnung, ich habe dir angeboten, mich anzurufen, wenn du Hilfe brauchst. Was ist denn los?« Während der Zeit, als Sara von einem Psychopathen tyrannisiert worden war, der sie völlig fertiggemacht hatte, war Sara für Bark wie eine Tochter geworden. Sie war seiner eigenen Tochter in vieler Hinsicht ähnlich, und er konnte nicht einfach zusehen, wie sie unterging, wenn er schon Vera nicht hatte retten können.

Sie schluchzte und atmete schwer. »Der Herd ist kaputt. Ich kann mir keinen neuen leisten. Ich schäme mich, dich noch einmal um Geld bitten zu müssen. Vielleicht wirst du es nie zurückbekommen, aber ich weiß nicht, was ich tun soll.«

»Das ist in Ordnung, Sara. Es ist nur Geld. Wir helfen einander.«

Sie schwieg einen Moment, dann sprach sie weiter, jetzt etwas ruhiger. »Die Beraterin bei der Krankenkasse hat mir gesagt, ich müsste mich bei der Arbeitsvermittlung anmelden und sagen, dass ich zu hundert Prozent arbeitsfähig bin, damit mein Krankengeldanspruch, wenn ich krank bin oder Moa, nicht auf null geht. Aber es ist ja nicht wahr, dass ich gesund und arbeitsfähig bin. Sie fordern mich auf, zu lügen.«

»Sie versuchen, dich dazu zu bringen, dass du sagst, du seist arbeitsfähig. Das ist eine Falle. Wenn du das getan hättest, dann hätten wir nicht klagen können.« Bark dachte intensiv darüber nach, wie er die akute Situation am besten lösen konnte. »Ich kann versuchen, online einen gebrauchten Herd zu besorgen. Wir lösen das gemeinsam. Mach dir keine Sorgen.«

»Da ist noch etwas.« Saras Stimme wurde klein und dünn. Sie holte tief Luft. »Hast du vielleicht die Möglichkeit, Moa morgen in die Kita zu bringen? Ich bin nicht einmal sicher, ob ich es schaffe, ihr Frühstück zu machen und dafür zu sorgen, dass sie etwas anzieht.«

Er hörte, wie ihre Stimme rau wurde. Sie weinte wieder.

»Selbstverständlich. Ich komme um sieben Uhr, und dann hoffen wir auf eine positive Antwort vom Verwaltungsgericht. Wir kriegen das hin. Du hast schon so viel geschafft. Alles wird gut, Sara.« Bark spürte, wie die Sorge sein Herz umklammerte. Was, wenn sie es nicht mehr schaffte? Wenn sie Moa weggeben musste, weil sie ihr Kind nicht versorgen konnte. Das würde ihr den letzten Lebensfunken rauben.

16

Nach einem sehr schwierigen Morgen hatte Bark die fünfjährige Moa in der Kita abgegeben. Die Kleine hatte die Kleider, die am Abend zuvor rausgelegt worden waren, nicht anziehen wollen. Dann hatte sie Dickmilch auf das Kleid geschüttet, das sie unbedingt hatte anziehen wollen – das und kein anderes. Sie wollte vier Kuscheltiere im Rucksack mitnehmen, die darin keinen Platz fanden und auf zwei reduziert werden mussten, und dann schloss sie sich Ewigkeiten lang im Bad ein, während die Uhr tickte. Bark musste zur Arbeit, versuchte aber, nicht gestresst zu wirken. Als wäre sie suizidgefährdet und würde schon halb über dem Balkongeländer hängen, versuchte er, sie mit seiner ganzen Berufserfahrung und Lebensweisheit zu überreden, aus dem Bad zu kommen. Satz für Satz bemühte er sich, eine Allianz aufzubauen.

»Wenn du dich beeilst, dann schaffen wir es noch, den Bagger und das Lastauto vor der Kita zu sehen. Das findest du doch spannend, oder? Ich glaube, die anderen Kinder und die Erzieherinnen fragen sich schon, wo du bist. Bestimmt werdet ihr einen richtig lustigen Tag haben.« Als sie daraufhin immer noch nicht rauskam, war er böse geworden und hatte ein Machtwort gesprochen: »Jetzt kommst du raus!«

Da war sie wütend wie eine Biene und in knalligen

Farben geschminkt aus dem Bad gestürmt. Die Schminksachen aus Saras Tasche lagen auf dem Fußboden verstreut, und das Handwaschbecken klebte von Make-up. »Du darfst mich nicht petzen, ist das klar? Ich war noch nicht fertig!«

»Du meinst hetzen?«

»Ich meine, dass du nicht über mich bestimmst. Ich bestimme selber über mich!«

Als sie zur Kita kamen, hatte Moa wieder gute Laune, und nachdem er sie abgegeben hatte, winkte sie ihm fröhlich von der anderen Seite des Zauns zu. Es war klar, dass auch die Kleine Saras Sorge spürte, die Angst, dass sie vielleicht alles verkaufen, umziehen und die Kita wechseln müssten. Natürlich musste sie protestieren und auch gegen die unsichtbaren Dämonen kämpfen, die ihre Mutter so quälten, dass sie nachts schlaflos dalag und tagsüber nur im Dämmerzustand war. Moas Tante Antonia würde sie heute abholen, und dann würden sie sehen, wie sie die Situation lösen konnten – ein Tag nach dem anderen.

Bark ging zum Polizeizentrum und betrat um Punkt acht Uhr das Turmzimmer. Ingrid war nicht in ihrer Abseite. Es hieß, sie sei immer noch krankgeschrieben, seit Ali sie am Montag nach Hause gebracht hatte. Physische Krankheitssymptome hatte sie offenbar nicht. Das hier war etwas anderes und sehr beunruhigend. Bark hoffte zutiefst, dass Ingrid nicht ebenfalls auf dem Weg in ein Burn-out war. Oder hatte sie vielleicht eine traurige Nachricht erhalten? Eine Krebsdiagnose? Oder war jemand, der ihr nahestand, gestorben? Er wusste nicht mehr, als dass sie allein lebte, dass sie aber einen großen

Kreis von Geschwistern, Nichten und Neffen und Freunden um sich hatte und die Wochenenden ihrem Büchercafé im Folkets hus von Vintrosa widmete.

Nach dem hektischen Morgen war Bark müde und befüllte die Kaffeemaschine mit Pulver für zehn Tassen. Während er darauf wartete, dass der Kaffee durchlief, setzte er sich an den Computer, um nach der Pflegemutter des toten Mädchens, Elvira Gastin, zu suchen. Kurze Zeit später brauchte er keinen Wachmacher mehr. Die Personenangaben im Register zeigten, dass Elvira Gastin noch lebte! Sie war neunzig Jahre alt und wohnte allein in einer Hütte in Lindesberg – nicht weit von dem Haus von Magdalena Fernåker entfernt, wohin er und Alex heute sowieso fahren würden.

Nach einer Weile kam Henrik hereingeschlendert, nahm sich einen Kaffee und reichte auch Bark einen Becher.

»Wie läuft's? Was geht?«

»Die Frau lebt noch. Die Pflegemutter, Elvira Gastin.«

Im selben Moment tauchte auch Alex auf.

»Wir werden in Lindesberg heute zwei Vernehmungen durchführen«, erklärte Bark. »Wir werden sowohl zu Magdalena Fernåker als auch zu Elvira Gastin, der Pflegemutter, gehen.«

Alex nickte. »Die Alte lebt also noch? Leider wirst du dir für heute einen anderen Fahrer suchen müssen. Ich habe mich auf Anweisung von Zimmermann für den Vormittag beim Kompetenzschießen eingebucht.«

Deshalb musste Henrik den Chauffeur für Bark geben. Kristoffer wusste, dass sein hypochondrischer Kollege am liebsten im Turmzimmer geblieben wäre, um nicht irgendwelche Leute treffen zu müssen, die ihn möglicherweise anstecken könnten. Aber er musste gefahren werden, und Henrik würde ein kleines Anti-Phobie-Training nur guttun. Ihr erstes Ziel war Elvira Gastin.

»Du gehst zu der Alten rein«, sagte Henrik. »Ich bleibe im Auto, bis du geprüft hast, dass sie keine Infektionssymptome hat. Der kleinste Huster, und ich bin wieder draußen. Ist das klar? Ich habe fünf Kinder zu versorgen. Die ganze Zeit habe ich Angst, dass die Kids dieses Virus aus der Kita mitbringen. Wenn wir uns im Dienst Gefahren aussetzen, dann sollten wir Visier und Mundschutz tragen. Ich habe alles, was wir brauchen, im Rucksack. Verdammt, die ganze Zeit habe ich so eine höllische Angst.«

»Es ist okay, du kannst im Auto sitzen bleiben, wenn du mich nur nach Lindesberg fährst.« Bark las die Adresse vor. »Elvira Gastin wohnt allein in ihrem Haus und wird in einem Monat 91 Jahre alt.«

»Vielleicht ist ja der Pflegedienst da«, erwiderte Henrik, der auch das sicher als potenzielle Ansteckungsquelle betrachtete.

In dem Moment fiel Bark etwas ein. »Pflegedienst, sagst du. Magdalena Fernåker arbeitete bis vor Kurzem bei einem Pflegedienst. Vielleicht war sie bei der alten Dame und hat da die Geschichte von dem Mädchen in der Felsengrotte gehört. Verstehst du, so kann es doch gewesen sein! Sofia Arensjö wohnte bei Elvira und Konrad Gastin, sie waren die Pflegefamilie für vier Mädchen. Jetzt, da das Leben zu Ende geht, wollte Elvira vielleicht endlich erzählen, was sie erlebt hatte. Vielleicht weiß sie etwas von dem Mädchen in der Grotte, hat das Geheimnis aber all die Jahre für sich behalten. Also erzählt sie alles Magdalena, die aus dem, was sie erfährt, Nutzen schlägt und sich eine Karriere als Medium aufbaut. Das ist eine logische Erklärung dafür, warum Magdalena wusste, wo die sterblichen Überreste des Kindes liegen.«

»Ja, verdammt noch mal«, stimmte Henrik ein. Dann sagte er nichts mehr, weil seine Schwiegermutter anrief, um den Plan für die Kinderbetreuung der kommenden Woche zu besprechen, in der Henriks Frau Wahnsinnsschichten als Ärztin auf der Intensivstation zu absolvieren hatte. »Meine Frau arbeitet mitten im Virusgebiet, und obwohl sie bei der Arbeit duscht und die Kleider wechselt, kann man doch nicht vorsichtig genug sein. Wir schlafen nicht im selben Zimmer, haben keinen Sex, wir küssen uns nicht einmal mehr, weil ich die ganze Zeit an die Kinder denke. Wer wird sich um sie kümmern, wenn wir beide sterben? Das Coronavirus kann offensichtlich ewig lang auf Oberflächen existieren, und ich habe meine Frau gebeten, die Griffe vom Kühlschrank und vom Herd mit Desinfektionsmittel abzusprühen, wenn sie zu Hause ist, aber sie kann einfach nicht mehr.«

Während Henriks Ausführungen über Ansteckungswege waren sie nach Lindesberg gekommen. Elvira Gastin wohnte am Rand des Linnesjön in einem kleinen, weiß verputzten Haus mit einem Garten voller Blumen. »Wer wohl den Garten versorgt, wo sie doch so alt ist?«, fragte Bark. »Vielleicht bezahlt sie auch dafür eine Hilfe. Sie hatten keine eigenen Kinder.«

»Es gibt ein Serviceteam im Landkreis, das Rasen mäht und so. Die stellen Leute an, die nur schwer einen Job finden oder aus irgendeinem Grund sonst nicht arbeiten können. Das macht es vielen älteren Leuten möglich, weiter zu Hause wohnen zu können«, erklärte Henrik. »Mein Cousin arbeitet da.«

Während der Fahrt hatte Bark versucht, Elvira Gastin per Telefon zu erreichen, doch auf der Festnetznummer war niemand rangegangen und ein Handy war nicht registriert.

An dem Zaun, von dem die weiße Farbe abblätterte, lehnte ein Fahrrad, und die Eingangstür stand offen. Bark sah dies als gutes Zeichen, doch sollte sich schnell zeigen, dass er sich täuschte. Nachdem Henrik auf der anderen Straßenseite geparkt hatte, stieg Bark aus dem Auto und ging zum Haus. Der Garten war bei näherem Hinsehen verwildert, mit vielen Obstbäumen, Beerensträuchern und zugewucherten Beeten. Eine fantastische Kletterrose bedeckte die Vorderseite des Hauses mit Ausnahme der Tür und der beiden Fenster. Das sah sehr stimmungsvoll aus. Die Treppe zum Haus war an einer Ecke verwittert, und durch den Beton verliefen Querrisse. Sicherheitshalber griff er nach dem schmiedeeisernen Geländer, das sehr locker saß, weil die Schrauben aus der Fassade gebrochen waren. Bark beugte sich vor und klingelte. Einmal, dann noch einmal, bis eine südeuropäisch aussehende Frau mit einem Wischlappen in der Hand und in Plastikschürze und Visier in der Tür stand.

»Ich bin von der Polizei und suche Elvira Gastin.« Er zeigte seinen Ausweis. »Arbeiten Sie für den Pflegedienst?«

»Ja.« Die Frau, die laut Namensschild Carola hieß, sah erschrocken aus. »Elvira ist heute früh gestorben.«

»Sie ist tot?« Bark konnte es nicht glauben. Wenn sie nur einen Tag früher gekommen wären!

»Ja, ich hatte heute die Nachtschicht. Gegen zehn Uhr

gestern Abend habe ich noch einmal bei ihr reingeschaut, und heute früh um sieben Uhr habe ich sie dann tot im Bett gefunden. Sie hatte ein wenig Fieber und Husten, was sich im Laufe des Abends verschlimmert hat. Sie war über neunzig, somit war es wohl zu erwarten.«

»War während der Nacht jemand bei ihr?«, fragte Bark, der sich von seiner Bestürzung noch nicht erholt hatte. Wenn jemand zu Hause starb, wurden normalerweise die Polizei und der diensthabende Arzt des medizinischen Zentrums gerufen. Starb ein Patient hingegen im Krankenhaus, dann genügte es, wenn der Arzt dort den Tod feststellte.

»Nein, wie gesagt, ich habe ihr gegen zehn Uhr gestern Abend ins Bett geholfen, und dann haben wir gute Nacht gesagt, und ich bin gefahren. Sie hatte keine Krankenpflege gebucht, und sie war auch nicht so krank, dass sie ins Krankenhaus gewollt hätte. *An irgendetwas muss man ja mal sterben*, hat sie immer gewitzelt. Jetzt bereue ich natürlich, dass ich nicht darauf beharrt habe, aber trotzdem … sie wollte ja nicht.«

»Ist Elviras Leiche noch hier, oder ist sie schon abgeholt worden? Haben Sie Kontakt zur Polizei aufgenommen?«

»Sie liegt noch hier. Ich habe sie gewaschen und in Ordnung gebracht und die Fenster geöffnet, um ihre Seele hinauszulassen.« Carola sah ein wenig verlegen aus. Das war sicher eine Information, die ihr einfach so herausgerutscht war. »Magdalena hat das immer getan, und ich finde, es ist ein schöner Gedanke, aber wenn die Chefin dabei ist, sagen wir natürlich, wir würden nur lüften. Ich habe versucht, hier drinnen ein wenig aufzuräumen, während ich auf meine Chefin gewartet habe. Für den Fall, dass ein Angehöriger kommt, möchte ich, dass es ordentlich aussieht. Aber die Chefin hat gesagt, es gibt niemanden. Niemanden, den man anrufen könnte. Es ist doch sehr traurig, so zu sterben, ohne dass sich jemand darum schert, jedenfalls niemand außer uns vom Pflegedienst. Meine Chefin sagte, ich solle nicht weggehen, ehe ein Arzt kommt und den Tod feststellt. Aber sie ist auf jeden Fall tot.« Carola sah Bark mit neuem Interesse an. »Ich dachte, Sie würden deshalb kommen, weil jemand die Polizei angerufen hat. Wie konnten Sie sonst wissen, dass Sie hierherkommen sollten?«

»Ich habe Elvira wegen des Kindes in der Felsengrotte gesucht. Hat sie mit Ihnen darüber gesprochen?«

»Ein Kind in einer Grotte? Nein, davon hat sie nichts gesagt.«

17

Kristoffer Bark hatte eben das Gespräch mit der Bezirksleitzentrale beendet. Eine Streife war auf dem Weg nach Lindesberg, dazu Ali und sein Kollege im Bus der Techniker. Bark hoffte, dass Carola vom Pflegedienst nicht alle Spuren weggefegt hatte und die Kriminaltechniker noch etwas zum Untersuchen finden würden. War Elvira von jemandem zum Schweigen gebracht worden, der nicht wollte, dass sie den Tod von Sofia Arensjö aufklärten? Henrik, der im Hinblick auf die Ansteckungsgefahr erst einmal mentale Krämpfe und dann einen eingebildeten Schüttelfrostanfall erlitten hatte, sperrte jetzt das Gelände ab. Bark seinerseits befragte Carolas Chefin Vivianne, eine gemütlich-üppige Smäländerin, die auftauchte, um Carola abzulösen. Sie ließen sich auf den morschen Gartenmöbeln in der Laube nieder, wo vertrocknete Fliedertrauben wie große, braune Larven im immer noch grünen Laubwerk hingen.

»Derzeit können wir nicht ausschließen, dass ein Verbrechen begangen worden ist«, erklärte Bark. »Aber vieles deutet natürlich darauf hin, dass Elvira in hohem Alter an einer Infektion gestorben ist.«

Bark hatte sich das Haus angesehen. Auf der Rückseite befand sich eine Tür, die in den Keller hinunterführte. Die war verschlossen. Aber die Verandatür war nur angelehnt gewesen, und Carola hatte erklärt, Elvira hätte das so gewollt. Es gab eine Katze, die ab und zu hereinkam, sie besuchte und manchmal auch in Elviras Bett schlief. Diese Katze mochte die alte Dame sehr, obwohl sie nicht wusste, wem sie gehörte. Vor der Verandatür lag eine Terrasse mit Steinplatten, doch soweit sie sehen konnten, fanden sich keine Fußabdrücke im Gras drumherum.

»Bis vor Kurzem hatten Sie eine Angestellte, Magdalena Fernåker.«

»Ja, sie hat gekündigt, und das ist sehr schade. Sie war wirklich beliebt, in jeder Hinsicht tüchtig und sehr besorgt um unsere Alten.«

»Hat sie, als sie aufhörte, den Schlüssel zurückgegeben?«

»Wir benutzen keine gewöhnlichen Schlüssel mehr. Man loggt sich mit einem Token ein, und dann sieht man ganz genau, wer reingeht, und wann die Person wieder rausgeht. Dieses System haben wir eingeführt, um exakt berechnen zu können, wie viel Zeit wir bei denen sind, die unsere Dienste in Anspruch nehmen.«

»Dann hätte ich gerne so bald wie möglich den Ausdruck einer solchen Liste und den Einsatzplan Ihres Personals für diese Nacht. Hat Magdalena ihren Token zurückgegeben?«

»Das weiß ich tatsächlich nicht. Aber ich werde es nachprüfen und mich bei Ihnen melden.« Vivianne sah ihn unsicher an. »Ich habe in einer Zeitschrift über Magdalena gelesen. Es fühlte sich ein wenig seltsam an, zu erfahren, dass sie als Medium arbeitet. Darüber hat sie nämlich mit niemand bei der Arbeit gesprochen, zumindest nicht, soweit ich weiß.«

»Wie ich hörte, hatte Elvira keine Kinder oder nahen

Verwandten. Gab es jemanden, der sie regelmäßig besucht hat?«

»Nein, soweit ich weiß, nicht. Aber jetzt, wo Sie es sagen … vor einem Jahr hat sie mir ein Testament gegeben und mich gebeten, es zu verwahren. Ich habe es im Büro. Sie wollte, dass ich für den Fall ihres Todes dafür sorge, dass es in die richtigen Hände kommt, damit ihr Nachlass nicht dem Allgemeinen Erbfonds oder, wie sie immer sagte, wenn ihr nicht einfiel, wie der Fonds hieß, dem Kaninchenzüchterverein zufällt. Obwohl der Allgemeine Erbfonds sicher auch eine Reihe guter Dinge mit dem Geld tut.«

»Dann bräuchte ich das Testament.«

»Ich kümmere mich darum. Brauchen Sie außerdem noch etwas, sonst würde ich zurück ins Büro fahren. Aufgrund des Todesfalls häuft sich da heute ziemlich viel auf, aber auch weil bei uns einige krank sind. Ich habe schon Personal aus dem Urlaub zurückholen müssen.«

Die Kriminaltechniker waren in ihrem schwarzen Bus angekommen. Bark wechselte ein paar Worte mit Ali, dann zog er sich Schutzkleidung an und folgte ihnen ins Haus, das drinnen genauso altmodisch aussah wie draußen. Die Küche schien seit den Vierzigerjahren nicht renoviert worden zu sein, hatte schief stehende, türkisfarbene Schränke und eine so niedrige Spüle, dass man gleich Rückenschmerzen bekam. Die ausgeblichenen Gardinen mit Blumenmuster flatterten im Sommerwind. Bark erinnerte sich, dass Carola die Fenster geöffnet hatte, um Elviras Seele hinauszulassen.

Im Wohnzimmer standen eine Sofagruppe aus nussbraunem Samt und ein Röhrenfernseher auf einem Ständer, an den Wänden hingen Stickbilder. Mit Ali vorneweg gingen sie weiter zum Schlafzimmer. Dort lag Elvira mit geschlossenen Augen unter weißem Bettzeug mit gehäkelter Spitzenbordüre und einem Überwurf mit Rosenmuster. Wenn die bleichen Lippen nicht gewesen wären, hätte man meinen können, sie schliefe nur. In einem Goldrahmen über dem Bett hing eine vergilbte Fotografie, auf der sah man einen Mann mit üppigem Bart und eine schöne Frau mit langen, braunen Haaren, die ihr in einem Zopf über die eine Schulter fielen. Sie trug ein langes Batik-Kleid mit durchbrochenen Farbbögen. Vor ihnen standen vier Mädchen mit ernsten Gesichtern, und daneben saß eine alte Frau, die schief in einem Rollstuhl lehnte, der viel zu groß für den mageren Körper war. War das hier Sofia Arensjös Pflegefamilie?

Bark ließ den Blick durch das Zimmer gleiten. Es gab keinerlei Anzeichen für einen Einbruch oder für einen Kampf. Alles war gemütlich und ein wenig chaotisch. Die Geranien im Fenster hatten verwelkte Blätter, eine Kommode war verstaubt. Mitten im Schlafzimmer stand ein Schreibtisch seitlich zum Fenster, davor ein niedriges Bücherregal. Bark beugte sich herab, um die Titel zu erkennen. Es war ausschließlich Belletristik.

Ali hatte nach einer ersten Untersuchung der Leiche nicht viel zu sagen. »Im Moment sehe ich keine Anzeichen für äußere Gewalt, keine Wunden oder blauen Flecken. Was hältst du von einer gerichtsmedizinischen Obduktion, Bark? Gibt es einen Grund, ein Verbrechen zu vermuten?«

»Wenn ich nicht zufällig hierhergekommen wäre, dann hätte man das sicher als einen natürlichen Todesfall angesehen. Aber Elvira Gastin kommt in der Ermittlung vor, die ich gerade auf dem Tisch habe. Ich bin der Meinung, dass die Leiche in die Gerichtsmedizin geschickt werden sollte.«

Ali war nicht ganz überzeugt. »Dazu wird Zimmermann sicher auch ein Wort sagen wollen. Wegen der Kosten.«

»Ich werde mit ihr sprechen.« Barks Aufmerksamkeit war jetzt wieder der Fotografie über dem Bett zugewandt. Die vier Kinder mussten die Mädchen sein, die vom Jugendamt bei dem Paar untergebracht worden waren. Er konnte ohne Schwierigkeiten erkennen, welches der Kinder Sofia Arensjö war. Henrik hatte ihm das Foto von dem kleinen Mädchen mit den roten Locken und den unternehmungslustigen Augen gezeigt, wie sie da mit ihrer Puppe im Schoß saß. Mit den roten Haaren war es definitiv Sofia. Sie war klein und etwas pummelig. Neben ihr stand ein Mädchen, bei dem es sich wahrscheinlich um Annika handelte, die unauffindbar war und möglicherweise nach dem Brand in der Pflegefamilie mit ihrer Mutter ins Ausland gegangen war. Sie war größer und schmaler, hatte blonde, fast weiße Haare und dunkle Augen. Sie war die Einzige, die lange Hosen trug, die anderen hatten Kleidchen an. Die Zwillinge trugen die gleichen Kleidchen. Hellblau mit großen, weißen Blumen. Irgendwie kamen die beiden ihm vage bekannt vor, ihr langes, gewelltes braunes Haar und die süße Himmelfahrtsnase, die trotz der ernsten Mienen auf dem Foto die Gesichter fröhlich aussehen ließ. Waren sie vielleicht Kinder von bekannten Persönlichkeiten? Ähnelten sie jemandem, den er kannte? Heute müssten sie um die sechzig Jahre alt sein.

Nachdem Bark die Schutzkleidung ausgezogen hatte, ging er zum Auto und rief gleichzeitig Alex an, der zurück im Turmzimmer war, und bat ihn, die Identität der Zwillinge zu überprüfen.

»Ich habe mehrmals versucht, Ingrid anzurufen, um zu hören, wie weit sie gekommen ist. Aber sie geht nicht ans Telefon. Ich dachte, womöglich liegt sie im Krankenhaus, und habe deshalb dort angerufen, aber da ist sie nicht und auch nicht bei ihrer Schwester. Sie hat aber mehrere Geschwister und noch mehr Freundinnen und andere Bekannte«, sagte Alex.

»Wir warten damit. Check du einfach nur die Zwillinge.«

Bark klopfte an die verschlossene Autotür und bat Henrik aufzumachen, sodass sie losfahren konnten. Doch Henrik schüttelte den Kopf. »Kannst du nicht mit jemand anders fahren?«, rief er von drinnen. »Du könntest mich anstecken.« Er sah aus, als hätte er Todesangst, und Bark nickte nur. Wenn Henrik sich einmal entschieden hatte, dass Kristoffer für ihn ein Ansteckungsrisiko darstellte, weil Elvira an einer Infektion gestorben war, würde es wahrscheinlich nicht einmal helfen, wenn er sich von Kopf bis Fuß mit Desinfektionsmittel absprühte und mit Chlor gurgelte. Er signalisierte ihm, dass er fahren könnte. Ali war auch fast fertig, und Kristoffer konnte genauso gut mit ihm und dem Technikerkollegen Rödeby im Bus fahren.

Bark sah, dass er einen entgangenen Anruf hatte und eine Nachricht auf der Mailbox auf ihn wartete. Er hörte sie ab. Es war Vivianne, die Chefin vom Pflegedienst.

Ich habe das Testament hier. Wenn Sie die Möglichkeit haben, können Sie vorbeikommen und es sich abholen, ebenso wie den Einsatzplan der Angestellten, die bei Elvira Gastin geholfen haben. Magdalena hat ihren Token nicht zurückgegeben, ich habe sie also angerufen und daran erinnert.

18

Kristoffer Bark wurde im Technikerbus zurück zur Polizeizentrale chauffiert. Vorher fuhren sie allerdings noch beim Pflegedienst vorbei, um die versprochenen Papiere in Empfang zu nehmen. Ali war während der Fahrt zurück nach Örebro wortkarg, während Rödeby umso mehr redete. Auch wenn es wegen seines südschwedischen Dialekts schwer war, gewisse Wörter zu verstehen, war die Botschaft doch deutlich: Ihm war der Snus ausgegangen. Ali, der ein in jeder Hinsicht gesund lebender Mensch war, weigerte sich, dafür irgendwo anzuhalten. Erst als Rödeby den Sicherheitsgurt ablegte und sich bereit machte, aus dem fahrenden Auto zu springen, ging Ali vor einem Kiosk in die Eisen. Während Rödeby einkaufte, öffnete Bark die Mappe, die er von der Chefin des Pflegedienstes bekommen hatte, und blätterte sie durch.

Schon bald tauchte Rödeby mit vollen Händen auf: Chipstüten, ein paar PET-Flaschen mit Cola Light und ein paar Dosen Red Bull, die für ihn in die Kategorie Gesundheitsdrinks gehörten. In einer Hand hielt er drei französische Hotdogs mit Gurkenmayonnaise sowie eine Dose Snus. Ali streckte sich über den Beifahrersitz, um Rödeby die Tür zu öffnen. Er sah ziemlich verbiestert aus, so dass Rödeby laut loslachte.

»Stell dir vor, womöglich lebe ich länger als du, Ali,

dann hast du dich völlig unnötig mit deinen Linseneintöpfen und Marathonläufen gequält.« Ali weigerte sich, in diese Diskussion einzusteigen, das war weit unter seinem Niveau.

Bark studierte weiterhin den Einsatzplan und stellte fest, dass vier Personen inklusive Carola in der Nachtschicht gearbeitet hatten, die von 22 Uhr am vorangegangenen Abend bis sieben Uhr am Morgen gedauert hatte, als Elvira Gastin tot aufgefunden wurde. Carolas Schicht hätte um sieben Uhr enden sollen, sie blieb aber wegen des Todesfalls länger. Es gab auch eine Liste der Personen, die durch die Eingangstür der alten Frau hinein- und hinausgegangen waren. Um 22 Uhr am vorangegangenen Abend war das Schloss von Carola geöffnet worden, die, als sie ging, dann auch hinter sich abgeschlossen hatte. Danach gab es keinen Eintrag mehr bis sieben Uhr morgens, als Carola die Tür öffnete und Elvira tot im Bett fand. Danach hatte sie Kontakt mit ihrer Chefin aufgenommen. Aber dann war da ja noch die Sache mit der Verandatür – wer wusste alles davon, dass die immer angelehnt stand? Die Tür war hinter einer Fliederhecke völlig versteckt und von der Straße aus nicht zu sehen.

»Das bedeutet nicht unbedingt, dass Carola die Einzige war, es beweist nicht einmal, dass sie es war, die durch die Tür gegangen ist«, sagte Bark, der Ali laut vorgelesen hatte. »Jemand könnte ihren Token ausgeliehen haben oder mit ihr reingegangen sein, und jeder, der mit Elviras Gewohnheiten vertraut war, könnte sich durch die Verandatür Zutritt verschafft haben. Möglicherweise auch ein potenzieller Einbrecher.«

»Bisher weist alles darauf hin, dass Elvira Gastin eines natürlichen Todes gestorben ist«, gab Ali zu bedenken.

»Und trotzdem ist es komisch, dass sie ausgerechnet jetzt stirbt, bevor wir sie befragen konnten. Magdalenas Token ist auf jeden Fall nicht benutzt worden«, murmelte Bark, während er das verschlossene Kuvert aufriss, das Elviras Testament enthielt. Er las, schloss die Augen und las wieder.

»Das ist doch nicht möglich …«

»Was ist denn?«, fragte Ali und wandte sich Bark zu, der mit dem Papierstapel auf dem Schoß dasaß.

Bark schüttelte den Kopf. »Also, das muss sie doch sein!«

»Wer muss was sein?«, fragte Ali.

»Ingrid Johansson ist zwar ein häufiger Name, sehr häufig …«

Ali schüttelte den Kopf, weil es Bark so schwerfiel, seine Botschaft rüberzubringen.

»Ich glaube, Ingrid war eines der Kinder, die vom Jugendamt bei Konrad und Elvira Gastin untergebracht worden waren!«, rief Bark schließlich. »Verstehst du? Das erklärt einiges. Weshalb sie nicht erzählen wollte, warum es ihr so schlecht geht, seit wir das Skelett gefunden haben. Die Personennummer stimmt und die Adresse definitiv, und in dem Fall bedeutet das, dass unsere Kollegin Ingrid, ihre Zwillingsschwester und Annika Vendelskog, die immer noch vermisst wird, Elvira Gastin beerben werden.« Bark hatte das Bild, das über Elviras Bett gehangen hatte, mit dem Handy fotografiert. Die Kinder mit den ernsten Gesichtern. »Irgendetwas an den Zwillingen kam mir die ganze Zeit schon bekannt vor.« Er dachte einen Moment nach und las dann das Testament noch einmal. »Sofia Arensjö wird hier nicht als Erbin genannt. Könnte Elvira gewusst haben, dass sie tot ist? Es scheint so. Und sie kann Magdalena davon erzählt haben, die sie in der letzten Zeit gepflegt hat.«

Ali seufzte. »Und wir haben überhaupt nicht begriffen, warum Ingrid sich so verhält«, sagte er zögernd. »Vielleicht wollte sie nicht mit ihrer Kindheit konfrontiert werden. Sie wollte sich nicht erinnern. Das wäre sehr verständlich«, sagte Ali jetzt mit einer größeren Intensität in der Stimme. »Mir geht es genauso. Ich bin 1972 als Flüchtling nach Schweden gekommen, da hatte ich bereits Dinge gesehen, die ein Kind niemals sehen sollte, und ich halte diese Erinnerungsbilder so weit von mir fern, wie ich nur kann. Sonst würde ich verrückt werden.«

»Davon hast du noch nie erzählt«, sagte Bark, der immer noch dabei war, zu verarbeiten, was er da eben gelesen hatte.

»Ich will auch nicht davon erzählen, und ich habe den Eindruck, als wäre Ingrid von dem bloßen Gedanken, ihrer Vergangenheit wiederbegegnen zu müssen, krank geworden. Man fragt sich, was sie erlebt hat. Wenn du mit ihr sprichst, was du ja sicher wirst tun müssen, dann sei sehr behutsam. Sie wird nicht an dieser Ermittlung mitarbeiten können. Vielleicht solltest du ihr jetzt schon anbieten, etwas anderes zu übernehmen, wenn sie überhaupt arbeiten kann. Hast du nicht gesagt, das Haus der Pflegefamilie sei abgebrannt und mehrere Kinder seien verschwunden? Was war da eigentlich los?«

»Aber warum hat sie nichts gesagt? Ich dachte, wir hätten im Team eine offene und tolerante Einstellung gegenüber den jeweiligen Schwächen des anderen«, fuhr Bark fort. »Ingrid hätte mit mir sprechen können oder zumindest sagen, dass sie aus persönlichen Gründen nicht an der Ermittlung mitarbeiten kann.«

Jetzt wurde Ali fast wütend. »Ich glaube, du verstehst das einfach nicht, Bark. Ich habe es gespürt, als ich sie nach Hause gefahren habe. Sie war angespannt und abwesend. Seit wir das Kind in der Grotte gefunden haben, war sie völlig von der Rolle. Und du musst auch zuvor schon gemerkt haben, dass sie aufgrund ihrer Schlafprobleme sehr reizbar war. Etwas belastete sie. Ich glaube, dass sie eine Posttraumatische Belastungsstörung hat. Natürlich habe ich sie gefragt, ob sie darüber reden will, aber da hat sie mich nur angeschrien, ich solle den Mund halten. Sei also sehr behutsam.«

Barks Gehirn lief auf Hochtouren. Aber Ali hatte offensichtlich einiges, worüber er nachdenken musste, und so herrschte auf der restlichen Fahrt zurück Schweigen, einmal abgesehen von Rödebys irritierenden Schmatzgeräuschen.

Als Bark in die Polizeizentrale kam, marschierte er direkt zu Zimmermann ins Büro. Sie telefonierte, doch darauf konnte er jetzt keine Rücksicht nehmen. Er baute sich vor ihr auf und wartete, obwohl sie versuchte, ihn mit einer Handbewegung wegzuwinken.

»Ich benötige die Kompetenz von Mia Berger«, sagte er ohne Umschweife, sobald sie das Gespräch beendet hatte, und dann erklärte er die Situation mit Ingrid. »Mia ist eine ausgezeichnete Ermittlerin und Psychologin mit Spitzenkompetenz als Täterprofilerin. Ich weiß nicht, wie man sich einer Person mit Posttraumatischem Stresssyndrom in einer Vernehmungssituation nähert. Auf jeden Fall brauche ich professionelle Unterstützung, aber am liebsten hätte ich, dass Mia das Verhör übernimmt und ich nur dabeisitze. Ali meinte, es wäre am besten, wenn wir mit Ingrid in ihrem eigenen häuslichen Umfeld sprechen könnten.«

»Gut, dass du direkt zu mir gekommen bist. Ich werde sehen, was ich tun kann. Und ich werde Gaby mitteilen, dass ihr den Verdacht habt, dass die Frau, die Sofias Pflegemutter war, ermordet worden sein könnte.«

»Ali hat bisher keine Anzeichen dafür feststellen können«, sagte Bark wahrheitsgetreu, »aber ich möchte, dass die Leiche in die Gerichtsmedizin geschickt und auf eine mögliche Vergiftung untersucht wird.«

Eine Stunde später ging Bark hinunter in die Garage unter dem Polizeihaus, wo er Mia Berger treffen sollte – zum ersten Mal seit Ewigkeiten, wenn man das kurze Zusammentreffen in der Freimaurerloge nicht mitzählte. Eigentlich passte eine Zeiteinteilung in Sekunden, Minuten und Stunden nicht, wenn man Sehnsucht nach jemandem hatte. Sehnsuchtszeit sollte anders gemessen werden. Nach den Stunden, die er in Therapie bei Mia verbracht hatte, sprach er in Gedanken immer noch mit ihr. Oft konnte er sich denken, was sie vielleicht geantwortet hätte, doch nicht immer. Und wenn er es nicht konnte, dann füllte er die Lücken mit dem aus, was er sich wünschte, dass sie sagen würde. Dass es okay war, dass er ihr während der Therapie wichtige Informationen vorenthalten hatte, wie zum Beispiel die seltsamen Absencen, die er durch seine Epilepsie erlebt hatte, und die Tatsache, dass er vielleicht der Vater von Gabys Kind war. Die ganze Zeit hatte er darüber nachgegrübelt, wie er sich bloß verhalten sollte, da er sich einerseits nach einem Kind sehnte und andererseits Angst hatte, es zu lieben und zu verlieren. Wahrscheinlich war Mia sauer auf ihn, weil er ihr so wichtige Dinge nicht erzählt hatte. Wenn sie sich überhaupt irgendetwas aus ihm machte, dann musste sie einfach sauer sein. Und ausgehend von dieser Hypothese war es natürlich besser, wenn sie nicht einfach gleichgültig war, sondern außer sich vor Zorn. Im Moment war er genauso nervös wie damals in seinen frühen Teenagerjahren, als er sich in ein Mädchen in der Parallelklasse verliebt hatte. Sie hatte ebenso schöne braune Augen gehabt wie Mia Berger. Warum hatte die Evolution wohl für die Verliebtheit ein Gefühl wie Nervosität priorisiert? Wofür war Nervosität gut? Man wurde nur linkisch und dumm im Kopf davon. Lebten nervöse Menschen länger und waren gesünder als Menschen, die sich niemals den Qualen der Verliebtheit unterworfen hatten? War womöglich die Nervosität ein reiner Selbsterhaltungstrieb, weil Beziehungen gefährlich sind und zu lebenslänglicher Abhängigkeit von jemandem führen können?

Weiter kam er in seinen Überlegungen nicht. Da stand sie schon, bereit, ihn zum Verhör mit Ingrid Johansson zu fahren. Das gewellte Haar changierte in rotbraun, wenn der Schein der Neonröhren darauf fiel. Sie trug schwarze Jeans und ein weißes Herrenhemd. Die Augen glitzerten, als sie ihn ansah, obwohl der Mund nicht lächelte.

»Wir sollen also mal wieder zusammenarbeiten«, stellte sie fest.

Er nickte und lächelte sie an. »Ich freue mich. Wir brauchen deine Kompetenz.« Das war natürlich nur die halbe Wahrheit.

Mia setzte sich ans Steuer. Sie verließen Örebro und fuhren Richtung Westen die zwanzig Kilometer nach Vintrosa. Während der Fahrt wollte sie alles über die Ermittlung erfahren. In seiner beruflichen Rolle fühlte sich Bark sicher. Er erklärte, dass Mia das Verhör mit Ingrid führen musste, und warum die Kollegin an der Ermittlung um den potenziellen Mord an Sofia Arensjö nicht mehr teilhaben würde.

»Ingrid und Sofia haben in den Siebzigerjahren einige Monate in derselben Pflegefamilie gelebt. Sofia und ein Mädchen namens Annika verschwanden nach einem Brand, bei dem der Pflegevater ums Leben kam. Ingrid und ihre Zwillingsschwester wurden getrennt und in neuen Pflegefamilien untergebracht.«

»Die meisten Pflegefamilien sind gut. Die anderen, die einen schlechten Job machen, legen den gutherzigen und wohlmeinenden Menschen, die ihr Zuhause für Bedürftige öffnen wollen, durch ihr Verhalten Steine in den Weg. Wie habt ihr Sofia gefunden?«

»Der Tipp kam von einer Magdalena Fernåker. Sie arbeitet als Medium auf Himlagård und im Pflegedienst, wo sie in Kontakt mit Elvira Gastin gekommen ist, die Sofias Pflegemutter war. Wir haben versucht, Magdalena zu kontaktieren, doch sie ist nicht erreichbar.« Bark erzählte, was sie in dieser Sache alles unternommen hatten.

»Und es handelt sich um eine Mordermittlung, obwohl fünfzig Jahre vergangen sind?«, fragte Mia.

»Seit 2010 gibt es in Schweden keine Verjährung mehr

für Mord. Sofia Arensjö hatte eine Reihe von Knochenbrüchen. Es ist wahrscheinlich, dass sie misshandelt wurde, vielleicht sogar mit Todesfolge. Aber natürlich ist es schwer, so lange Zeit später noch Beweise zu finden. Deshalb ist Ingrids Aussage so wichtig. Ihre Zwillingsschwester muss auch verhört werden. Und das vierte Mädchen, Annika Vindelskog, ist immer noch verschwunden.« Bark schüttelte fassungslos den Kopf. »Ali glaubt, dass Ingrid an Posttraumatischem Stress leidet. Was meinst du?«

Mia dachte eine Weile nach, ehe sie antwortete: »Es kann sich tatsächlich um eine sogenannte Komplexe Posttraumatische Belastungsstörung handeln. Eine solche kann sich in der Folge von schweren Traumata entwickeln, die längere Zeit andauern. Wenn man ansonsten von PTBS spricht, meint man einzelne Ereignisse, wie einen Raubüberfall, eine Vergewaltigung oder einen einzelnen Fall von Misshandlung. Wahrscheinlich ist das, worunter Ingrid leidet, also K-PTBS. Sie hat ja das Problem, dass sie regelmäßig in Konflikt mit Vorgesetzten und Kollegen kommt, und mir hat sie schon einmal gesagt, dass sie nicht mit jemandem leben kann und keinen Menschen zu nah an sich dran haben kann. Sie hat eine Menge oberflächlicher Bekanntschaften, aber nichts Tiefergehendes. Im schlimmsten Fall kann das zu einem Gefühl totaler Sinnlosigkeit und manchmal auch zu Dissoziation führen, einer mentalen Flucht aus dem Trauma, das wiederum Erinnerungsverlust oder eine Persönlichkeitsspaltung und manchmal auch Psychosen hervorrufen kann. Man fragt sich wirklich, was den Kindern in dieser Pflegefamilie widerfahren ist.«

Sie bogen Richtung Vintrosa ab, fuhren durch eine

grüne Landschaft mit vielen Weiden und Hütten und nahmen dann im Kreisel am Supermarkt die Ausfahrt rechts, an der Freiwilligen Feuerwehr vorbei und weiter den Hügel hinauf zum Solbergaväg, wo Ingrid in einem kleinen, roten und von Apfelbäumen umstandenen Haus lebte. Bark hatte versucht, sie über das Handy zu erreichen, doch es schien ausgeschaltet zu sein. Er hoffte, dass sie zu Hause war.

Sie parkten an der Steinmauer, die das Häuschen umgab, und gingen dann den Kiesweg hinauf. Bark klopfte ein paarmal an die Haustür, doch von drinnen war nichts zu hören. Er probierte die Klinke, und die Tür glitt auf. Sie traten ein. Es dauerte eine Weile, ehe sich die Augen an die Dunkelheit gewöhnt hatten. Ein muffiger Gestank nach verrottendem Müll schlug ihm entgegen.

»Hallo Ingrid, bist du zu Hause?«, rief er.

Keine Antwort. Eine schlimme Vorahnung erfasste ihn.

19

Kristoffer Bark eilte dicht gefolgt von Mia Berger in Ingrid Johanssons Haus.

»Ingrid! Bist du hier? Hier ist Bark! Hallo!«

Sie betraten ein Schlafzimmer des völligen Elends. Der Gestank nach saurem Schweiß, Alkohol und Erbrochenem schlug ihnen entgegen, und Bark wurde von Erinnerungen an Ella, seine Ex-Frau, überfallen, die sich derzeit in einer Entzugsklinik befand.

»Ingrid! Bist du da?«

Ein unförmiges Bündel im Bett konnte Bettzeug sein oder ein Mensch. Als seine Augen sich an das Halbdunkel gewöhnt hatten, sah er Ingrid quer auf dem Bett liegen, der Kopf hing über den Rand. Sie trug nur Unterhosen und ein kurzes Hemd. Ihre Haut war bläulich bleich. Er rannte hin und hob ihren Kopf, versuchte, mit ein paar Fingern zu fühlen, ob sie noch Erbrochenes im Mund hatte, prüfte, ob der Brustkorb sich hob.

Gleichzeitig zog Mia das Rollo hoch. Sie waren wie versteinert. Das Sonnenlicht entblößte eine Szene, die sie beide nur fassungslos draufstarren ließ. Das hier war Ingrid und doch nicht. Der offensichtliche Unterschied war, dass sie keine Haare mehr hatte. Das lange, dicke, graubraune Haar lag wie ein totes Pelztier am Fußende des Bettes. Ihr Kopf war kahl und wie nach einer Brandverletzung von einem rot geschwollenen Narbengeflecht bedeckt. Die bleichen, bläulich-weißen Arme trugen dieselben Verletzungen. Auch auf der Brust war das Narbengeflecht zu sehen. Bark fiel auf, dass er Ingrid bisher immer nur in langen Ärmeln und Kleidungsstücken mit hohem Kragen gesehen hatte. Sein bisheriges Bild von ihr war das einer gesunden und diskussionsfreudigen Kulturschaffenden in bunten Tuniken und Gesundheitsschuhen gewesen. Jetzt lag sie hier wie in Stücke geschlagen, zur Unkenntlichkeit entstellt.

»Atmet sie?« Mias Frage holte ihn aus der Erstarrung.

»Ja, aber kaum.« Er nahm das Handy heraus, wählte den Notruf und stellte auf Lautsprecher. Während er auf Routinefragen antwortete, wanderte sein Blick über das Bett, den Nachttisch und den Fußboden. Die leeren Flaschen, die Rum und Wodka enthalten hatten. Eine Schachtel, in der Imovane gewesen waren. »Mögliche Schlafmittel- und Alkoholvergiftung, das ist meine Vermutung. Sie atmet sehr langsam. Der Puls ist schwach. Sie ist rötlichblau im Gesicht, die Haut blau marmoriert.« Er hob Ingrids schlaffe Hand. »Die Nagelbetten sind blau.«

»Sie atmet nicht mehr!«, rief Mia erschrocken. »Der Brustkorb bewegt sich nicht mehr!«

Bark griff Ingrid unter die Arme. »Wir heben sie auf den Fußboden. Für Wiederbelebungsmaßnahmen brauchen wir eine harte Unterlage. Du nimmst die Füße!« Jetzt war alles Routine. Er hatte das schon öfter gemacht, als ihm lieb war – immer dann, wenn Ella dem Tod nahe gewesen war. Bark begann mit der Herzdruckmassage, presste seine verschränkten Hände auf das Brustbein. Er machte weiter, bis die Milchsäure seine Armmuskeln aufgeben ließ. Mia übernahm, nachdem er ihr exakt gezeigt hatte, wo sie die Hände platzieren musste. Plötzlich begann Ingrid zu krampfen. Starke Zuckungen schossen durch ihren Körper, der dann zu zittern begann. Bark übernahm wieder, wartete den Krampf ab, der ein paar Sekunden währte, und machte dann weiter.

Plötzlich flatterten Ingrids Augenlider. Sie versuchte, ihn mit dem Blick zu fixieren, blinzelte in das scharfe Tageslicht. »Nein, nein, nein …«, jammerte sie in dem kurzen Moment, als ihre Blicke sich trafen.

»Ingrid, du schaffst das. Kämpfe!« Er versuchte, sie am Leben zu halten. Die Augen fielen ihr zu, und sie verschwand wieder, doch jetzt hatte sie zumindest einen Puls und atmete regelmäßig. Nach ein paar Minuten, die sich wie eine Ewigkeit anfühlten, kam der Krankenwagen, und die Sanitäter übernahmen. Da war Ingrid schon wieder bei Bewusstsein. Sie weinte hemmungslos. »Verzeih mir, Kristoffer. Ich wollte nicht, dass du … dass jemand kommt. Lasst mich einfach nur sterben!«

Mia sammelte in einer Plastiktüte schnell ein paar Dinge zusammen, die Ingrid brauchen könnte. Die Perücke, eine Zahnbürste und einen Kamm, ein paar Kleider. Den Geldbeutel, das Handy, das Ladegerät. Sie reichte die Tüte in den Krankenwagen, der daraufhin losfuhr.

»Was machen wir jetzt?«, fragte Mia, die auffallend blass und erschüttert aussah. »Stell dir vor, wenn wir später gekommen wären … dann wäre sie jetzt tot.«

In einem Gefühl der Dankbarkeit und Erleichterung, ohne nachdenken zu können, was er tat, legte er die Arme um Mia und zog sie an sich. Er küsste sie auf die Stirn, sie legte den Kopf an seine Brust, drückte sich für ein paar schwindelerregende Momente näher an ihn, dann schob sie ihn von sich.

»Nein, Kristoffer, versteh das hier nicht falsch.« Mia schwankte ein paar Schritte zurück. Die dunkelbraunen Augen drückten Entsetzen aus. Und doch war ihre unmittelbare Reaktion gewesen, in seinem Arm zu bleiben.

Er spürte, wie sein Herz heftig pumpte, und holte tief Luft. Hatte er nun die Freundschaft zerstört, die sich zwischen ihnen als Arbeitskollegen aufzubauen schien? Er versuchte, es mit einem Lächeln zu überspielen, wollte es ungeschehen machen und gleichzeitig doch nicht.

»Ich weiß, dass du eine starke und kompetente Frau bist, doch im Kampf um Leben und Tod sind auch wir nur Menschen, und manchmal braucht man einfach Trost. Ich auch.« Er wechselte das Thema, da sie immer noch verlegen aussah. »Wir müssen sofort Kontakt zu Ingrids Zwillingsschwester aufnehmen. Die steht ihr von allen Geschwistern am nächsten. Sie muss erfahren, dass Ingrid auf dem Weg ins Krankenhaus ist, und außerdem war sie in derselben Pflegefamilie.«

Während der Autofahrt zum Universitätskrankenhaus erreichte Bark Ingrids Schwester Lena Nilsson. Sie war bei der Arbeit in der Wurstfabrik Lithells, würde sich aber sofort in die Notaufnahme begeben. Sie verabredeten, sich dort zu treffen.

In der Notaufnahme angekommen, erfuhren sie, dass Ingrids Zustand ernst, aber stabil war. Ihre Schwester Lena war bereits vor Ort. Es war seltsam, eine Kopie von Ingrid zu sehen, so ähnlich und doch ganz anders. Lena trug eine schwarze Tunika und schwarze Leggins, eine weiße Strickjacke und Sandalen. Sie war ziemlich übergewichtig und hatte einen schaukelnden Gang. Die Haare waren kurz geschnitten und in einem dunkelbraunen Ton gefärbt. Sie lächelte ihnen unsicher zu, und in ihrem schönen Gesicht war die Ähnlichkeit zu Ingrid zu erkennen: dieselben Gesichtszüge, wenn auch weniger entschlossen, die graublauen Augen, das Mienenspiel.

»Ich darf nicht zu ihr rein, sie haben mich gebeten zu warten«, sagte sie, und ihre Stimme war heiser vom Weinen. »Wenn sich etwas verändert, rufen sie mich an.« Man konnte Tränenspuren in ihrem Gesicht erkennen, und der verlaufene Mascara hatte graue Ränder unter den Augen hinterlassen. »Geliebte Ingrid, was ist denn bloß passiert? Hat sie versucht, sich umzubringen? Ich verstehe das nicht. Sie war immer so stark und mutig. Ich schaffe das alles nicht. Ich brauche etwas Beruhigendes, sonst gehe ich kaputt.« Sie wühlte in ihrer Handtasche und holte eine Dose Tabletten heraus, nahm zwei und schluckte sie ohne Wasser. »Mein Mund ist so trocken«, sagte sie und verzog das Gesicht.

Bark holte einen Plastikbecher mit Wasser. Er war schon viele Male mit Ella hier in der Notaufnahme gewesen und wusste, wo sich alles befand, ohne fragen zu müssen.

»Ich werde versuchen, einen Ort zu finden, wo wir ungestört reden können«, sagte Mia und wollte gerade am Empfang nachfragen, als Bark sie aufhielt. »Ich kenne einen Platz im Nebengebäude, wo wir sitzen können. Eine kleine Nische.« Sie verließen die Notaufnahme, gingen hinüber ins Nebengebäude und fuhren mit dem Fahrstuhl nach oben. Am Ende eines Korridors standen drei

Stühle am Fenster. Kein Mensch war zu sehen. Bark hatte hier schon einmal gesessen, in einer Zeit, von der er zutiefst hoffte, dass sie vorbei sein möge.

Er erzählte, warum sie Ingrid aufgesucht hatten. »Sie waren beide bei Konrad und Elvira Gastin in Pflege.«

Lena wurde grau im Gesicht. »Es geht um Sofia, nicht wahr? Sie haben Sofia in Skärmarboda gefunden. Nach all den Jahren.« Lena riss die Augen auf, lehnte den Kopf nach hinten an die Wand und starrte vor sich hin, unfähig, noch mehr zu sagen.

»Wer, glauben Sie, könnte Sofia getötet haben?«, fragte Bark, als sie sich ein wenig erholt zu haben schien.

»Wir haben sie zum Tod verurteilt.« Lenas Gesicht wurde zu einer verzerrten Grimasse. Sie hielt sich die Hand vor den Mund. Dann setzte sie sich kerzengerade hin und starrte die beiden feindselig an. »Ich will nicht darüber sprechen. Jetzt nicht und später nicht. Ich will nie wieder daran denken müssen.«

Sommer 1970

Ich bin ohne meine Puppe im Keller eingesperrt. Wir haben unsere Puppen unter den Betten versteckt, weil Konrad die von Sofia mit einem Hammer zerschlagen hat, als Strafe, weil sie kein Blut mehr geben wollte. Meine Schwester, die jetzt alleine in unserem Schlafzimmer ist, hat sicherlich genauso viel Angst wie ich. Wir haben uns aneinandergeklammert und geweint, bis sie uns auseinandergezerrt haben. Der Verband um meinen Arm sitzt so fest, dass es wehtut. Konrad hat gesagt, dass ich niemandem davon erzählen darf, aber alle hier im Haus wissen doch, was er auf dem Dachboden mit uns macht. Er hat mir eine Nadel in die Armbeuge gestochen, sodass mein Blut über einen Schlauch, der mit der Alten verbunden war, herauslief. Es hat wehgetan, und es ging mir schlecht, und ich bin fast in Ohnmacht gefallen. Dann bekam ich ein Glanzbild mit einem Engel drauf. Aber ich wollte es nicht haben, ich wollte einfach nur weinen. Mein Blut würde Konrads Großmutter dazu bringen weiterzuleben. Nächstes Mal ist vielleicht meine Schwester an der Reihe. Tante Elvira weiß alles, aber sie tut so, als wüsste sie es nicht. Sie sieht mich nicht mehr an. Sie schaut über mich hinweg oder auf den Boden. Sie will das hier nicht, sie hat auch Angst. Wenn Konrad schreit, kauert sie sich zusammen, und wenn wir in den Keller müssen, dann sehe ich, wie sie sich schüttelt und die Augen zukneift.

Sofia hat wieder versucht, wegzulaufen, obwohl Konrad ihr Fenster zugenagelt hat. Sie ist aus dem oberen Flurfenster gesprungen, hat sich den Arm gebrochen und eine Gehirnerschütterung bekommen, sodass sie sich die ganze Zeit erbrochen hat. Gestern ist sie mit dem Arm in Gips und Schlinge aus dem Krankenhaus zurückgekommen. Vorige Woche war ein Kontrolleur vom Jugendamt hier. Er trug einen schwarzen Anzug und hat lange mit Konrad drinnen in seinem Zimmer gesprochen. Als der Typ wieder rauskam, roch er nach Alkohol und wäre fast in den Küchentisch gerannt. Konrad roch auch nach Alkohol und hat Elvira mit der Axt, mit der er immer die jungen Hähnchen köpft, ums Haus gejagt. Er hat gesagt, das wäre ein Spiel, aber Elvira hat so geweint. Sofia hat versucht, sie zu verteidigen und Konrad angeschrien, dass er aufhören soll. Ich hatte solche Angst, dass ich nicht mehr denken konnte. Da hat er gesagt, er würde Sofia umbringen, wenn sie nicht das Maul hält und endlich begreift, wer hier bestimmt. Er hat sie gezwungen, ihr eigenes Grab zu schaufeln. Sie hat gegraben, und er stand mit der Axt über ihr. Und in dem Moment dachte ich, dass er recht hat und Sofia nicht, denn seine Macht war so viel stärker als unsere, und wir müssen ihm zu Willen sein, um nicht kaputtzugehen.

Ich will auch hier weg. Annika und Sofia haben vor, zusammen abzuhauen, wenn Sofias Arm geheilt ist, aber wir dürfen nicht mit, weil wir zu klein sind. Annika bestimmt alles. Sie hat dieselbe saure Miene und diese böse Stimme wie Konrad. Sie haut, und wir trauen uns nicht, ihr zu widersprechen. Annika sammelt Essen, das nicht schimmelt, und sie hat eine Landkarte. Ich weiß nicht, wo wir sind, aber ich glaube, die nächste Stadt heißt Nora. Sofia hat mir schon die Karte vom Naturschutzgebiet Skärmarboda gezeigt. Bevor Konrad ihnen alles Blut weggenommen hat, das sie haben, wollen sie dorthin verschwinden und in einer Grotte wohnen.

Vorige Woche war Sofia zwei ganze Tage und zwei ganze Nächte im Keller eingesperrt, und sie hat geschrien und an die Tür getreten, weil sie solche Angst hatte. Und heute Nacht bin ich dran – schon wieder. Das erste Mal war, als ich mich eingenässt hatte. Heute Nacht soll ich hier sitzen, weil ich versucht habe, meine Schwester zu verstecken, als Konrad nach ihr gesucht hat, um die Nadel in ihren Arm zu stecken. Lena hatte solche Angst, dass sie nichts dagegen tun konnte, dass ihre Zähne klapperten, und deshalb konnte man hören, dass sie hinter dem Holzstapel war. Elvira hat uns gefunden. Ich habe sie angesehen und geflüstert: Bitte, bitte, sag nichts. Einen Moment lang hat sie gezögert. Ich habe gesehen, dass da eine kleine Chance war, dass sie uns in Ruhe lassen würde, aber dann hat sie mit lauter Stimme nach Konrad gerufen.

Ich sitze auf einem rostigen Eimer, denn auf dem Fußboden ist es eiskalt und auf dem Bett, das wie eine Spüle aussieht, auch. Da hat man früher die Toten draufgelegt, wenn man versucht hat, sie mit Schminke und neuen Augen und anderen Teilen, die fehlten, ein bisschen lebendiger aussehen zu lassen. Mein Arm tut mir weh, und ich wickele den Verband ab. Die Wunde sieht rot und geschwollen aus, und es fühlt sich an, als hätte ich Fieber, denn dann muss ich immer weinen. Ich friere, und mir ist heiß, und dann friere ich wieder, und sobald ich einschlafe, träume ich seltsame, furchtbare Dinge. Meine Kleider sind schweißnass. Ich versuche, nicht zu schreien. Wenn ich still bin, werde ich vielleicht früher rausgelassen. Konrad steht immer an der Tür zum Keller und horcht, wenn Sofia schreit. Dann bekommt sein Blick ein gefährliches Funkeln, und er grinst, als würde es ihm Spaß machen, zuzuhören, wie sie sich fürchtet.

20

»Segen und Flüche, der Wunsch nach Wohlergehen und der Wunsch nach Untergang. Eine Belohnung oder eine Strafe!«, predigte Lorentz. Er schaute herausfordernd über die Teilnehmer, die alle die Fähigkeit erlangen wollten, in das Verborgene schauen zu können. Der Abschlusskurs für diejenigen, die ein Zertifikat erwerben wollten, kostete fast 25.000 Kronen. Die meisten hatten über mehrere Jahre hinweg Kurse besucht und einige Hunderttausend Kronen für eine Ausbildung gezahlt, wenn man es mal ganz krass sehen wollte. Magdalenas Kredit war noch nicht bewilligt worden, sodass sie nicht am Abschlusskurs teilnehmen konnte, doch sie lauschte heimlich.

»Als vollwertiges Medium wirst du die Kraft besitzen. Das, was du in den Fluch einbindest, soll auf ewig verflucht sein. Was du befreist, soll für alle Zeit Freiheit besitzen. Und das, was du segnest, wird von Wohlstand, Gesundheit und Reichtum überfließen. Glaubt ihr an meine Worte?«

Ein Murmeln kam auf.

»Glaubt ihr an das, was ich sage? Ja oder nein!«

Magdalena bewunderte seinen Mut. Das würde sie sich selbst niemals trauen. Er setzte schließlich sein Prestige aufs Spiel, wenn sie mit einem Nein antworten oder schweigen würden.

Ein klingendes »Ja« hallte im Raum wider. Vor den großen Panoramafenstern färbte die untergehende Sonne den von den dunklen Silhouetten der Tannen gesäumten See in Rosa und Gold. Ein wunderbarer Rahmen und ein bewusst gewählter Zeitpunkt für die abschließenden Worte seines Vortrags. Magdalena hatte genau beobachtet, wie Lorentz arbeitete, und sein Talent für Timing und eine stimmungsvolle Umgebung beeindruckte sie sehr. Nach Stunden der Anspannung auf der Bühne würde er Erholung für Körper und Seele brauchen. Er hatte sie gebeten, zu bleiben und sich mit ihm auf dem Steg bei seinem Privathaus unten am Wasser zu treffen. Der Abend war lau, das Wasser im See nach einem langen Sommer immer noch warm. Er hatte gesagt, sie würden eine Runde schwimmen gehen und angedeutet, dass es ohne Kleider geschehen sollte. Magdalena graute ein wenig davor. Die anderen Male, als sie ihm zu Diensten gewesen war, hatte sie ein langes, weißes Kleid angehabt, und dann hatte er die Kerzen im Kandelaber gelöscht. Sie wollte nicht, dass er sie so sah, wie sie war. Mit Kleidern konnte man Fettröllchen, dicke Bäuche und Cellulite wegzaubern, aber wenn man nackt war, dann war man das an Körper und Seele. Trotzdem reizte es sie.

Sie wartete im Bademantel auf dem Steg und sah, wie er über den Rasen kam. Nach einem Vortrag war er oft erschöpft, aber zufrieden. Er hatte die Bewunderung und die Bestätigung des Publikums erhalten und teilte den Erfolg dann manchmal in Form eines Lächelns oder eines Kompliments. Auf dem Steg zog er sich völlig ungeniert aus und glitt ins Wasser. Er war gut trainiert, der Brustkorb rasiert. Sie konnte gerade noch die Andeutung eines

Ständers sehen. Magdalena faltete ihre Kleider und ihren Bademantel zusammen und leistete ihm im Wasser, das auf der Haut kühl und samtweich war, Gesellschaft.

»Du warst heute Abend einfach fantastisch«, sagte sie, unsicher, ob die Worte genügen würden. Alle sagten, dass er fantastisch war. Seine Jünger kamen mit langen hingebungsvollen Lobpreisungen. Sowohl Bea als auch Lisette waren besser darin, ihn mit Worten zu befriedigen. Trotzdem mussten sie jetzt dabeistehen und zugucken, da er ihre Gesellschaft gewählt hatte, um sich körperlich zu entspannen.

Sie schwammen auf die untergehende Sonne zu, deren letzte Rundung mit dem See verschmolz. Er sah sie an und lächelte. Sie erwiderte sein Lächeln, doch es erstarb, als sein Gesichtsausdruck plötzlich in etwas umschlug, das sie zu fürchten gelernt hatte. Erst verstand sie nicht, was passierte, als seine Hände sie fest um den Hals packten und er sie unter die Wasseroberfläche zog. Sie dachte, es würde vielleicht zu seinem Spiel dazugehören, und dass er gerne unter Wasser ihre Lippen um sein Glied spüren wollte, doch er ließ nicht los. Sie kämpfte um Luft, wollte sich befreien. Hatte er vor, sie zu ertränken? Warum? Weil es ihn antörnte, andere zu unterwerfen und zu dominieren. Er fuhr darauf ab, Gewalt auszuüben. Das war eine hässliche Erkenntnis. Wenn sie starb, würden die anderen ihn dann decken? Sie brauchte Luft! Verzweifelt kämpfte sie sich Richtung Oberfläche, aber seine starken Hände hielten sie unten. Die Panik ließ sie fast die Besinnung verlieren. Anstatt weiter zu versuchen, sich zu befreien, ging sie zum Angriff über, packte mit fester Hand seine Hoden, stellte ihren Fuß gegen seinen Bauch und drückte mit all der Kraft zu, die sie noch hatte. Erst da ließ er los und gab ihr eine schallende Ohrfeige, sobald sie an die Oberfläche kam.

»Teufel noch mal … du musst lernen zu vertrauen!«

Mehr hörte sie nicht, ehe sie aus seinem Radius wegtauchte und zum Steg zurückschwamm, mit dem Bademantel in der Hand zum Auto rannte, ohne sich die Zeit zu nehmen, ihn überzuziehen. Sie konnte Bea und Lisette nicht mehr im Fenster stehen sehen. Er folgte ihr und brüllte: »Verdammt noch mal, Magdalena. Das war eine Übung in Vertrauensbildung. Du hättest mir vertrauen sollen!«

Zitternd vor Angst und Verzweiflung gelang es ihr, ins Auto zu kommen, das glücklicherweise nicht abgeschlossen war, und den Knopf der Zentralverriegelung herunterzudrücken, ehe er kam und anfing, am Griff zu rütteln. Sein Gesicht war so nah, und seine Augen, die sie durch die Scheibe anstarrten. Der Schlüssel zum Auto, ihre Kreditkarte und das Handy lagen im Handschuhfach unter der Bedienungsanleitung. Sie wollte nach Hause, einfach nur nach Lindesberg und zu Micke. Lorentz schlug mit der Faust auf das Autodach, dass es nur so knallte. Mit zitternder Hand drehte sie den Zündschlüssel herum. Er stellte sich vor den Wagen. Einen kurzen, wahnsinnigen Moment erwog sie, ihn zu überfahren. Wieder lächelte er sie an. Dieses entwaffnende Lächeln, gegen das sie sich nur so schwer wehren konnte. Er machte eine Bewegung, als wollte er sie umarmen. Der war doch verrückt, ein sadistischer, verdammter Verrückter war er. Es war, als würde sie das jetzt erst begreifen. Der Zauber war gebrochen. Als hätte sie das irgendwo, in einem verdrängten und vernünftigeren Teil ihres Gehirns die ganze Zeit schon gewusst, aber die Magie nicht brechen können. Sie war bis über beide Ohren verliebt gewesen, und er hatte sie zu Anfang mit Bestätigung überschüttet, dann aber immer seltener. Auch das war eine Strategie. In diesem Moment der Klarheit fragte sie sich, ob er überhaupt imstande war, jemanden zu lieben, zumindest jemand anders als sich selbst.

Magdalena legte den Rückwärtsgang ein und fuhr einen weiten Bogen, an ihm vorbei und hinaus auf die Schotterstraße Richtung Lindesberg. Tränenblind und am ganzen Leib zitternd, fuhr sie von dort auf die Schnellstraße und hoffte, dass die anderen Autos ausweichen würden, wenn sie einfach auf die Straße bog. Sie war Lorentz entkommen, aber die Angst vor seinem Zorn steckte noch in ihr. Die kontrollierenden und sadistischen Tendenzen waren die ganze Zeit schon da gewesen. Sowohl Bea als auch Lisette fürchteten sich vor ihm, doch sie nannten die Angst nicht bei ihrem wirklichen Namen. Sie hatten von Liebe und Respekt und Gehorsam gesprochen. Er musste sie einfach erniedrigen und schutzlos sehen, um sich anzutörnen, hatte ihre Qual sehen müssen, um sich einen runterzuholen. Nicht zu ihrer Befriedigung, sondern zu seiner. Er hatte sie innerlich kaputtgemacht. Da war nie von irgendeiner Gegenseitigkeit die Rede gewesen. Sie hatte sich von der Aufmerksamkeit des großen Gurus so geehrt gefühlt, dass sie alles mitgemacht hatte. Verdammt, verdammt, verdammt, wie sie sich selbst hasste. Er war dabei so grob gewesen, als er in ihrem Innersten nach Dämonen gegraben, und sie mit Attrappen, die einem Morgenstern glichen, geritzt und verletzt hatte, sodass sie blutete. Aber sie war trotzdem zurückgekommen. Verdammt, Verdammt! Dass er versuchte, sie zu ertränken, war nur eine Art und Weise, seine Macht zu zeigen. Sie würde niemals mehr … niemals!

Das Handy im Handschuhfach klingelte. Sie streckte sich, und nahm es heraus, drückte seinen Anruf weg und zitterte. Den ganzen Weg nach Hause flehte sie zu allen höheren Mächten, dass Micke schon schliefe. Sie hatte außer dem Bademantel keinerlei Kleider dabei. Natürlich würde er sich wundern und Fragen stellen, wenn er sie so sah. Was würde sie dann sagen? Die Kilometer nach Hause zogen sich ewig in die Länge, und obwohl sie die Heizung im Auto auf die höchste Stufe stellte, fror sie bis ins Mark. Wieder und wieder hatte das Handy geklingelt, doch sie blieb nicht stehen, um es leise zu stellen. Als sie in Lindesberg ankam, hielt sie kurz an der Tankstelle, löschte alle Nachrichten sowie die gesamte Gesprächshistorie mit Lorentz und blockierte seine Nummer. Micke hatte zwei SMS geschickt, um ihr gute Nacht zu sagen und sie daran zu erinnern, dass er am nächsten Tag eine Überraschung für sie vorbereitet hatte. Magdalena hatte so ein entsetzlich schlechtes Gewissen. Es war, als würde sie endlich begreifen, was sie ihrem geliebten Micke angetan hatte, der so fürsorglich und freundlich war. Sie legte das Handy auf den Beifahrersitz und fuhr das letzte Stück nach Hause.

In der Küche war Licht. Magdalena fühlte, wie ihr Herz schneller schlug. War Micke noch wach? War er auf und wartete auf sie? Sie konnte ihn durch das Fenster nicht sehen. Die Haustür war nicht abgeschlossen, weil er wusste, dass sie noch kommen würde. Leise schlich sie in die Diele. Um ins Badezimmer zu kommen, musste sie an der Tür zur Küche vorbei. Sie konnte kaum atmen. Mit ganz hochgezogenen Schultern eilte sie vorbei. Auf dem Küchentisch lag ein neuer Zettel. Da hörte sie Micke im Schlafzimmer schnarchen. Sie ging zum Küchentisch und nahm den Zettel.

Gute Nacht, meine schönste Magdalena.

21

Magdalena war vorsichtig und ohne Micke zu wecken ins Bett gekrochen. Dann hatte sie Stunde um Stunde neben ihm gelegen und seinen ruhigen Atemzügen gelauscht, ohne selbst einschlafen zu können. Sie machte sich Vorwürfe. Manchmal war die Stille von seinen Schnarchern durchbrochen worden, dann wieder war seine Atmung zurückhaltend gewesen, als würde auch er den Schlaf nur vortäuschen. Als es endlich Morgen wurde und er aufstand, dachte sie bebend daran, wie der Tag wohl werden würde. Sie hörte ihn in der Küche mit dem Porzellan klappern und das kreischende Geräusch der Kaffeemaschine, als die Bohnen gemahlen wurden, das dann in das rhythmische Schnaufen einer mittleren Dampflok überging. Der Konstrukteur dieser Höllenmaschine war sicher niemand gewesen, der gern ausschlief.

Und dann stand er da, lächelnd, mit einem Tablett in den Händen, auf dem die antiken Kaffeetassen mit Rosenknospendekor ihrer Großmutter standen und ein Stück Gebäck mit einer kleinen Kerze darin. Er war sogar im Garten gewesen und hatte rote, blaue und violette Astern gepflückt und in eine kleine Vase gestellt. Daran gelehnt stand ein weißes Kuvert mit der Aufschrift: »Glückwunsch zum Geburtstag, meine geliebte Magdalena!« Er hatte nur eine Boxershorts an, die dunklen Haare waren verwuschelt und der Schnurrbart auf die Weise buschig, in die sie sich einmal verliebt hatte. Die Oberlippe war vom Snus ausgebeult. Er sah sie an, und seine Augen funkelten erwartungsvoll, als er das Tablett auf ihrem Nachttisch abstellte und ihr das Kuvert hinstreckte. »Das hier ist das Geschenk!«

Es war eine große Erleichterung, dass er keine Fragen stellte. Von seiner Freude angesteckt, wagte sie sogar einen Scherz. »Ich dachte, du seist das Geschenk.«

»Hast du das gedacht?« Er grinste breit und entblößte ein braunes Snus-Beutelchen unter der Oberlippe. »Hätte es dir gefallen, wenn ich in Zellophan gewickelt und mit bunten Schleifchen zu dir gekommen wäre?«

»Das wäre definitiv eine Überraschung gewesen.« Magdalena setzte sich im Bett auf. Das Rollo war noch heruntergezogen und die Beleuchtung sanft.

»Mach den Umschlag schon auf.« Er konnte seinen Eifer nicht verbergen.

Magdalena hatte ein schlechtes Gewissen. Sie hatte das Gefühl, gleich weinen zu müssen. Micke war so gut. Ein wunderbarer Mann, und sie hatte ihn betrogen. Im Wahnsinn der Verliebtheit war es ihr gelungen, das, was sie getan hatte, zu rechtfertigen. Sie hatte der Untreue den völlig übertriebenen Anschein eines höheren Ziels gegeben: Lorentz brauchte ihre Fürsorge. Zur Hölle damit. Sie öffnete das Kuvert, das eine handgeschriebene Geschenkkarte enthielt. *Du, meine Frau Magdalena Fernåker, bist an diesem Abend um 18 Uhr nach Lerbäck ins Theater eingeladen. Es wird einen Krimi-Abend mit Drei-Gänge-Menü geben, dazu eine Übernachtung und eine Flasche Sekt auf dem Zimmer.*

Während sie las, sah Micke sie mit seinen runden, braunen Augen erwartungsvoll an. Und Magdalena versuchte, etwas zu sagen, doch die Tränen saßen wie ein Kloß in ihrem Hals.

»Aber mein Liebling, bist du so gerührt?« Micke legte den Kopf schief und sah verliebt aus. »Das Stück heißt *Das Innerste Zimmer*. Mal sehen, ob wir vor dem Ende des vierten Akts rauskriegen, wer der Mörder ist. Hast du schon das Menü gelesen?«

Magdalena drehte die Karte herum. Auf der Rückseite hatte er das Menü des Abends aufgeklebt. Sie las laut: »Vorspeise: Topinambursuppe mit Focaccia, Västerbotten-Käse und Kräutern …« Weiter kam sie nicht, weil ihr Handy zu vibrieren begann. Magdalena zuckte zusammen, griff aber nicht danach. Sicherlich war das Lorentz, dem die Idee gekommen war, dass er sie ja auch von einem anderen Telefon aus anrufen könnte. Vor Angst war ihr ganz übel.

Micke sah auffordernd auf das Handy und dann zu ihr. »Willst du denn nicht rangehen?«

Magdalena bekam die Worte kaum heraus. »Doch nicht so früh an einem Samstagmorgen, oder? Die sollen später noch mal anrufen.«

»Kein Problem. Geh ruhig ran. Für mich ist es okay.«

Magdalena nahm das Handy zwischen Daumen und Zeigefinger, als handelte es sich um eine Giftschlange. Die Nummer auf dem Display war unbekannt. Unentschlossen hielt sie es vor sich.

»Vielleicht ist es am besten, wenn du rangehst, damit du die Kerze noch ausblasen kannst, ehe die Sahne anfängt zu brennen«, sagte Micke lächelnd.

Magdalena war so gestresst, dass sie nicht klar denken konnte. Was, wenn es wirklich Lorentz war? Was würde sie dann zu Micke sagen?

»Gib her!« Entschlossen nahm er ihr das Handy aus der Hand, während sie noch auf die Reprise des Big Bang-Klingeltons wartete, und darauf, dass die ganze Welt explodieren würde.

»Hallo, hier Micke an Magdalenas Telefon ... Okay, und wer sind Sie?« Er hielt den Daumen aufs Mikrofon. »Du hattest recht, Magda, wir hätten nicht rangehen sollen. Das hier ist eine wütende Alte, die von Anzeige bei der Polizei und Schadensersatz herumkräht.« Er reichte ihr wieder das Handy.

»Hallo«, war das einzige Wort, das sie krächzen konnte.

»Sind Sie Magdalena Fernåker? Denn wenn Sie es sind, dann haben Sie das Leben meiner Tochter ruiniert. Sie hat Spielschulden von über 1,4 Millionen Kronen. Sie sollten das bezahlen ... Hallo, sind Sie noch da?«

»Wie heißt Ihre Tochter?«, fragte Magdalena, obwohl sie die Antwort schon ahnte.

»Jenny Lovik. Sie hat Ihnen geglaubt, als Sie ihr Geld im Überfluss versprochen haben, sie verdammte Hexe. Nun hat sie einen Kredit aufgenommen und alles verspielt. Ich habe eben mit Lorentz Brunnberg darüber gesprochen, und Sie sind jetzt von Himlagård ausgeschlossen, dass Sie es nur wissen!«

»Danke, dann weiß ich das«, erwiderte Magdalena in leichtem Ton, um das Gespräch abschließen zu können. »Wir feiern im Moment gerade Geburtstag, ich bin nach Lerbäck ins Theater eingeladen. Wenn Sie also nichts anderes mehr haben ...«

»Mögen Sie in der Hölle schmoren, sie verdammte Schwindlerin! Ich wünsche Ihnen ein richtig schreckliches Leben und hoffe um Ihretwillen, dass wir uns nie begegnen.«

»Gleichfalls, gleichfalls … und ein schönes Wochenende.« Magdalena drückte das Gespräch weg und stellte das Handy auf lautlos.

Sie schüttelten in gemeinsamem Einverständnis die Köpfe, und während sie noch über den kommenden Abend plauderten, tranken sie den Kaffee aus. Dann beschäftigte sich jeder von ihnen ein Weilchen mit seinen Dingen, bis es Zeit zum Mittagessen war. Als Magdalena in der Küche stand, kam Micke und umfasste mit beiden Händen ihr Gesicht. »Gestern ist ein Brief von der Bank gekommen. Ich habe ihn aufgemacht, obwohl nur dein Name draufstand, weil ich dachte, er wäre für uns beide. Du hast einen Kredit von 200.000 Kronen mit dem Haus als Sicherheit beantragt. Ohne mit mir zu sprechen. Wir sind verheiratet und gemeinsam für das Konto verantwortlich, nehme ich an. Was verheimlichst du mir, Magdalena? Hast du vor, mich zu verlassen, oder was ist los?«

Ihr Gehirn fabrizierte panisch Lügen, doch sie erkannte, dass hier nur die Wahrheit angebracht war. »Ich hatte vor, auf Himlagård eine Ausbildung zu machen. Es kostet so viel, ein Zertifikat zu bekommen.«

»Wann hattest du vor, mir das zu erzählen? Das Haus steht als Sicherheit drin, und da ist meine Unterschrift erforderlich. Hattest du vor, sie zu fälschen? Entschuldige bitte, dass ich frage, aber ich erkenne dich einfach nicht mehr wieder, Magdalena. In der letzten Zeit ist so vieles passiert, was seltsam war.«

»Ich weiß, das war dumm von mir, aber ich habe es mir sowieso anders überlegt. Ich wollte so gerne ein zertifiziertes Medium sein, doch jetzt habe ich erkannt, dass es falsch war, dass ich da nur egoistisch gedacht habe. Deshalb werde ich den Kredit nicht annehmen, und ich werde die Chefin vom Pflegedienst bitten, mir meinen alten Job wiederzugeben. Entschuldige, dass ich so sehr mit mir selbst beschäftigt war.«

Micke nickte. »Ich bin froh, dass du es so siehst, denn es war für mich nicht gerade einfach.« Auf seinem Gesicht breitete sich wieder ein Lächeln aus. »Aber jetzt ist dein Geburtstag, also sollten wir uns mit lustigeren Sachen beschäftigen. Ich habe noch eine Überraschung für dich.« Er kroch dicht an sie heran, streichelte sie unter dem Pullover und küsste ihr auf eine Weise den Hals, wie er es immer tat, wenn er Sex wollte. »Mich, allerdings ohne Zellophan.«

Magdalena erstarrte am ganzen Körper. Das ging einfach nicht. Ihr Unterleib war grün und blau geschlagen, und sie hatte hässliche Abdrücke am Hals, die er nicht sehen durfte. Bisher hatte sie nur die blauen Flecken im Gesicht überschminken können. Sie stand eilig auf. »Entschuldige. Ich muss ins Badezimmer.«

Es goss in Strömen, und die Fahrt nach Lerbäck würde eine knappe Stunde dauern. Magdalena hatte vor, sich für den Abend schick zu machen und dafür eine Wochenendtasche gepackt. Sie freute sich auf die Theatervorstellung, denn da würde sie in Mickes Gesellschaft sein können, ohne dass sie sich unterhalten mussten. Da sie sowieso an Örebro vorbeikamen, hielten sie noch kurz bei der Apotheke im Universitätskrankenhaus, die am Wochenende geöffnet hatte, um Verhütungsmittel zu kaufen. Das dauerte nur ein paar Minuten, aber weil sie keinen Schirm dabeihatte, war sie trotzdem patschnass, als sie wieder herauskam.

Micke drehte die Heizung im Auto hoch und schaltete das Radio ein. Er zappte zwischen verschiedenen Radiosendern hin und her, um keine Werbung hören zu müssen. Früher war Magdalena im Sommer oft auf dem Krämermarkt von Lerbäck gewesen und in den Gängen zwischen den Ständen auf und ab gewandert, wo Honig, Handwerksgegenstände, Bücher, Wolle, Leder, Pflanzen, Wurst, Fisch und vieles andere verkauft wurde. Es war nett gewesen, dazu das Unterhaltungsprogramm von der Bühne zu hören. Jetzt würden sie in das Theater gehen, das nur ein paar hundert Meter davon entfernt lag. Während der Fahrt schwiegen sie. Es gab viel zu sagen, doch nichts wurde ausgesprochen. Die Scheibenwischer kämpften mit dem Regen, der nicht aufhören wollte. Ein Blitz, ein Donnerknall und dann wieder ein Blitz unterbrachen das Schweigen, und sie unterhielten sich über das Wetter. Magdalena fiel das weiße Auto auf, das vielleicht schon seit Lindesberg die ganze Zeit hinter ihnen her gefahren war. Manchmal waren ein oder zwei Wagen dazwischen, doch jetzt tauchte es wieder auf. War das jemand, der auch ins Theater in Lerbäck fahren wollte? Oder wurden sie verfolgt? Könnte das Lorentz sein? Würde er sich wirklich auf ein derart niedriges Niveau begeben? Das Auto kam nie so nahe, dass sie den Fahrer im Rückspiegel hätte sehen können.

Als sie in Lerbäck ankamen, war der weiße Wagen

jedenfalls nicht mehr zu sehen. Vielleicht hatte sie sich das auch nur eingebildet. Möglicherweise war dies eine Reaktion auf die ständige Anspannung, in der sie sich in den letzten Monaten befunden hatte. Sie bezogen ihr Zimmer im Gästeflügel des Wirtshauses, zogen sich um und tranken jeder ein Glas Sekt, ehe sie runter an die Bar gingen und Gin Tonic bestellten. Micke begrüßte eine Kollegin, eine der »Damen aus der Buchhaltung«, wie er sie zu nennen pflegte. Magdalena hatte sich da immer ältere Damen im Rentenalter vorgestellt, doch diese hier war beunruhigend jung und hübsch. *Umarmten sie sich nicht ein wenig zu lange, ein wenig zu herzlich?* Sie hatte noch nie zuvor darüber nachgedacht, ob Micke sich vielleicht auch in jemand anders verlieben könnte. Natürlich konnte er das, auch wenn ihr bisher nie etwas aufgefallen war. Menschen waren unentwegt untreu. Magdalena dachte an Kristina Barklöv, deren Mann sie wahrscheinlich mit Jenny Lovik betrog. Davon hätte die arme Kristina nicht die geringste Ahnung, wenn Magdalena es ihr nicht erzählt hätte. Man durfte einander niemals für selbstverständlich nehmen.

Allmählich begaben sich die Leute in den Salon und nahmen an den rechteckigen Tischen Platz. Die Gäste wurden begrüßt. Sie bestellten Getränke, und die Vorspeisen kamen. Magdalena versuchte, die unangenehmen Gedanken an Lorentz beiseitezuschieben, trank ihr Glas Wein in drei Schlucken aus und bestellte noch eines. Das Licht wurde gedimmt, und die Theatervorstellung begann. An jedem Ende des langen Raumes gab es eine Bühne. Die eine stellte das Seminarhotel »Drömbacka« dar und die andere das Polizeirevier im fiktiven Tallberg.

Erst wurde im Stück ein Werbefilm für das Seminarhotel gezeigt. *Mein Name ist Majkel, und ich … kann dein Leben verändern! Suchst du mehr Gleichgewicht und inneren Frieden im Alltag, bessere Selbsterkenntnis und Lebensfreude, niedrige Preise bei hoher Qualität und einen Neustart in dem, was wir* das Leben *nennen? Ja, dann ist das Seminarhotel Drömbacka genau der richtige Ort für dich.* Magdalena musste unwillkürlich an Himlagård denken. Das Licht der Scheinwerfer wurde nun auf das Polizeirevier gerichtet. Das andere Ende des Raumes lag im Dunkeln. Magdalena ließ sich vom Stück einfangen und vergaß die Zeit. Der erste Akt wurde dramatisch damit beendet, dass einer Frau namens Minna eine Pistole an den Kopf gehalten wurde. Würde sie überleben oder sterben? Ein echter Cliffhanger.

»Ich muss mal auf die Toilette«, flüsterte Micke. Er verschwand und war ein Weilchen weg. Das Hauptgericht wurde serviert. Magdalena fühlte sich einsam, trank den Wein aus und bestellte noch einmal nach. Um sie herum wurde gesprochen und gemurmelt. Sie horchte auf das Gespräch ihrer Tischnachbarn. Alle waren begeistert von dem Stück, und die Stimmung war großartig. Dennoch verspürte sie eine wachsende Furcht. Warum blieb Micke so lange weg? Vor den Herrentoiletten waren doch niemals Schlangen, wenn es denn getrennte Toiletten gab. Sein Essen stand immer noch unberührt da, es wurde kalt, und das Personal hatte schon begonnen, die Teller an den anderen Tischen einzusammeln.

Nun wurde das Licht wieder gedimmt, und der Raum war stockfinster. Die aufreibenden Gedanken an Lorentz und alles, was geschehen war, kehrten mit voller Kraft zurück. Das Stück hatte sie an das erinnert, was sie für den Abend hatte vergessen wollen, um einfach nur ihren Geburtstag zu feiern. Was für ein fantastisch nettes Geschenk von Micke. Aber wo war er bloß? Warum kam er nicht zurück? Es ging doch jetzt wieder los.

Ein eiskalter Windhauch fuhr durch das Lokal. Als Magdalena einen Blick über die Schulter warf, bemerkte sie einen dunklen Schatten und eine schnelle Bewegung hinter ihrem Rücken. Ein ohrenbetäubender Knall brachte fast ihre Trommelfelle zum Explodieren, sie spürte einen plötzlichen Schmerz im Kopf, dann war alles nur noch ein roter Dämmer. Sie hörte Schreie und fiel durch einen Tunnel von Dunkelheit und Licht und unerträglichem Schmerz – dann versank das Leben.

22

Als Kristoffer Bark am Samstagabend einen Anruf von Gaby Wide bekam, hatte er sich eben eine Pizza im Ofen aufgewärmt und ein Glas Rotwein eingeschenkt. Es war viertel vor zehn. Sein erster Gedanke, als die Staatsanwältin anrief, galt nicht dem Job. Nicht an einem Samstagabend. Es musste privat sein. Hatte Gaby es sich anders überlegt und stimmte nun einem Vaterschaftstest zu?

»Was machst du gerade?«, fragte sie. Es klang aber nicht so, als wollte sie eine ausführliche Antwort, sondern mehr nach etwas, um das sie ihn gleich bitten würde.

»Ich halte ein Glas Wein in der Hand und wollte eben einen ruhigen Abend zu Hause vor dem Fernseher verbringen. Oder wie das alte Dschungelsprichwort lautet: Gib mir Kaffee, um das zu verändern, was nötig ist, und Wein, um das zu akzeptieren, was nicht zu ändern ist.«

»Dann ist jetzt Kaffee dran. Wir haben Schüsse mit Todesfolge in Lerbäck.«

»Bandenkriminalität?«, fragte er und stellte das Weinglas weg.

»Ich glaube nicht. Magdalena Fernåker ist während der Theatervorstellung des heutigen Abends erschossen worden.«

»Erschossen? Wann denn?« Bark spürte das Adrenalin durch den Körper jagen.

»Der Notruf ist vor vierzig Minuten eingegangen. Ich habe mit Zimmermann gesprochen und werde die Voruntersuchung leiten. Da es eine mögliche Verbindung zu dem Fall mit dem Mädchen in der Felsengrotte gibt, hat die Polizeiführung beschlossen, es als eine gemeinsame Ermittlung zu betrachten. Ich bezweifle den Zusammenhang, aber darüber können wir später sprechen. Alex holt dich in ein paar Minuten ab. Eine Streife ist vor Ort, weitere sind unterwegs.« Gaby räusperte sich, dann fuhr sie fort. »Im Lokal befanden sich 32 Personen, alle potenzielle Zeugen, irgendjemand muss etwas gesehen haben. Es ist ein Vorteil, wenn so viele wie möglich schon heute Abend vernommen werden können, ehe sie Zeit haben, miteinander zu sprechen. Ich möchte, dass du, wenn möglich, Magdalenas Mann, Mikael Fernåker, vernimmst. Er ist zusammengebrochen, es ist also nicht sicher, ob er eine Vernehmung überhaupt schafft.«

»Natürlich. Ich werde es versuchen«, antwortete Bark.

»Gut. Er hat uns übrigens wegen möglicher Schmauchspuren seine Kleidung überlassen.«

Bark trat ans Küchenfenster, um zu sehen, ob Alex schon vorgefahren war, doch der Kollege war noch nicht aufgetaucht. »Wie geht es Ruth?«, fragte er stattdessen.

»Sie hat Koliken, schreit ganze Abende durch und schläft im Grunde nie vor Sonnenaufgang ein. Ich bin völlig übernächtigt, und mein Mann ist ein Wrack. Sten war wirklich fantastisch und entlastet mich so gut es geht, damit ich arbeiten kann. Du hattest deine Chance, die Nachtschicht zu übernehmen, Bark.« Er hörte das Lachen und vielleicht auch ein klein wenig Bitterkeit in ihrer Stimme. Kristoffer hatte beschlossen, nicht mit Gaby zusammenzuziehen, und sie war als Konsequenz daraus zu ihrem Mann zurückgekehrt. Sie wollte, dass Ruth einen Vater hatte, der mit ihnen lebte. Dafür konnte er ihr keinen Vorwurf machen. In manchen Momenten dachte er, dass es vielleicht das Beste für Ruth war, wenn sie in einer funktionierenden Beziehung aufwuchs. Dann wieder hatte er das Gefühl, sein Leben bekäme einen ganz anderen Sinn, wenn er der Vater dieses kleinen Wunders sein könnte.

»Ich denke oft an sie«, sagte er und wusste, dass Gaby verstand. Er wollte wissen, ob Ruth seine oder Stens Tochter war. Gaby wusste, was er durchgemacht hatte, als er Vera verloren hatte. Es war egoistisch von ihr, ihn damit hängen zu lassen. Doch auch in anderen Dingen war Gaby nicht sonderlich einfühlsam, sondern eher pragmatisch und selbstbezogen, aber effektiv. Die Situation war, gelinde gesagt, knifflig.

Unten auf dem Parkplatz hupte jemand wie verrückt, und Bark trat wieder ans Küchenfenster. Natürlich war es Alex. Er beendete das Gespräch mit Gaby.

Der junge Kollege nickte ihm kurz zu, als er ins Auto stieg und begann, sowie sie vom Parkplatz rollten, die Lage zusammenzufassen. Sie nahmen die E20 nach Süden in Richtung Askersund. Bis Lerbäck waren es ungefähr vierzig Kilometer.

»Magdalena Fernåker ist kaltblütig hingerichtet worden, in den Kopf geschossen. Die Leute dachten, das würde zur Vorstellung gehören – es war ein Krimiabend. *Der Innerste Raum* heißt das Stück. Als der Schuss losging, was um 20.25 Uhr gewesen sein soll, war das Licht für den zweiten Akt bereits ausgeschaltet. Es war zu erwarten, dass jemand in dem Kriminaldrama, das sich im Laufe des Abendessens abspielte, umfallen und sterben würde. Als Magdalena vom Stuhl fiel, dachten alle zuerst, sie sei eine der Schauspielerinnen, und es handele sich um Theaterblut. Aber die Schauspieler haben geschrien, denn die wussten ja, dass dies nicht zum Stück gehörte. Natürlich wird es eine Weile gedauert haben, ehe die Leute kapierten, dass das alles echt war.«

»Ihr Mann muss es ja wohl sofort begriffen haben, oder?«

»Ja, und er hat auch den Notruf abgesetzt. Er muss völlig verzweifelt gewesen sein, als niemand am Tisch kapierte, dass es ernst war.« Alex fuhr über die Mittellinie, während er auf Barks Antwort wartete.

»Könntest du bitte auf die Straße sehen, wenn du fährst, sonst laufen noch mehr Leute Gefahr, heute Abend ums Leben zu kommen.«

Alex warf das Steuer mit einem Ruck herum, sodass Barks Eingeweide sich weiter in die falsche Richtung bewegten.

»Mir ist noch etwas anderes eingefallen«, sagte der junge Mann, ohne Notiz davon zu nehmen, dass er fast in ein entgegenkommendes Auto gefahren wäre. »Magdalena hatte heute Geburtstag. Ihr Todestag und ihr Geburtstag sind nun dasselbe Datum. Ich frage mich, ob man als Medium nicht seinen eigenen Tod vorhersehen kann. Oder sind das meist nur Ahnungen und Ideen? Wie ein Gefühl, dass etwas Schlimmes passieren wird und alles zur Hölle fährt, also etwa wie gewöhnliche beschissene Angst? Was meinst du?«

»Ich meine, dass alles zur Hölle fährt, wenn du nicht

auf die Straße achtest.« Bark klammerte sich mit einer Hand am Griff über seinem Kopf und mit der anderen am Sitz fest. »Ich glaube gar nichts, ich will Fakten. Wer befand sich vor Ort? War jemand da, den sie von früher kannte? Wer wusste, dass sie nach Lerbäck fahren würde? Sollte der Mörder sie erschießen oder war es ein Fehler? Hat der Mörder auf ihren Mann oder jemanden in der Nähe gezielt und sie nur zufällig getroffen? Und die nächste Frage: Hat dieser Mord etwas mit dem Fall Sofia Arensjö zu tun? Gaby glaubt nicht, dass beide zusammengehören. Nicht nach einer so langen Zeit von fünfzig Jahren. Und dann haben wir noch den Tod von Elvira Gastin. Ist sie ermordet worden, oder starb sie eines natürlichen Todes? Es gibt zu viele Zusammenhänge, als dass die natürliche Antwort sein könnte, dass es sich um Zufall handelt.«

»Wie geht es Ingrid?«, erkundigte sich Alex und wechselte das Thema. »Mama hat erzählt, dass sie in die Notaufnahme musste. Ist es ernst?«

Bark war mehrmals mit dem Krankenhaus und mit Lena in Kontakt gewesen, doch er zögerte. Er wusste nicht, was Mia erzählt hatte. »Ich glaube, es ist am besten, wenn Ingrid das selbst beantwortet, wenn sie wieder zurück ist. Sie ist jedenfalls wieder zu Hause, und ihre Schwester bleibt wohl noch eine Weile bei ihr.« Bark machte sich Sorgen. Ingrid hatte nicht mit ihm sprechen können. Sie würden sowohl Ingrid als auch Lena zu Sofias Tod und der Zeit in der Pflegefamilie vernehmen müssen. Mit Ingrid mussten sie vorsichtig umgehen, und nun würde der Mord an Magdalena Fernåker fürs Erste höchste Priorität haben.

Alex bog überraschend nach links ab. »Ingrid wird gebraucht. Erst jetzt, wo sie weg ist, merkt man, was sie tatsächlich tut. Deine Weinranke wird verwelken und eingehen, weil sie die Einzige ist, die daran denkt, sie zu gießen. Sie wird an dem Fall nicht mehr mitarbeiten, oder?«

»Nein, das ist traurig, aber wir schaffen es schon. Außerdem bekommen wir Verstärkung von deiner Mutter, und das ist ja schon mal was. Und jetzt, nach dem, was heute Abend passiert ist, kriegen wir sicherlich mehr Ressourcen.«

Sie bogen bei Åsbro auf die alte Landstraße und fuhren das letzte Stück zum Theater von Lerbäck, das im 18. Jahrhundert ein Gasthaus gewesen war. Vor dem rot gestrichenen Speicher waren Publikum und Personal versammelt worden, sodass man ihre Daten aufnehmen und sie befragen konnte. Drei weitere Streifenbesatzungen waren vor Ort. Bark nahm Kontakt zum Chef vom Dienst auf, der ihm den Tatort zeigte. Den Raum, in dem das Theater-Abendessen abgehalten worden war, hatte man abgesperrt. Sie gingen hinein. Geradeaus befand sich die Bar, links ein halbhohes Loft mit einer Treppe. Sie gingen weiter nach rechts in den Theaterraum. Zwei Kollegen in weißen Schutzanzügen krochen herum, um im Licht einer Reihe aufgestellter Scheinwerfer Spuren zu sichern. Bark zog eine Schutzausrüstung an und stellte sich in die Tür. Er betrachtete das Lokal: die schön gedeckten, langen Tische mit Kerzen und Blumen, die zwei Bühnen und die Kulissen. Der umgeworfene Stuhl. Magdalenas Leiche, die immer noch in einer Blutpfütze auf dem Boden lag. Bark zwang sich, den Blick nicht abzuwenden. Die langen, hellbraunen Haare hatten vom Blut einen mahagoniroten Schimmer, und das halbe Gesicht war weggeschossen.

»Ihr Mann. Hat er …?« Bark war zutiefst erschüttert. Hatte Mikael Fernåker den furchtbaren Anblick des grotesk zugerichteten Gesichts seiner geliebten Frau gesehen?

»Ja, er ist zusammengebrochen und hat ein Beruhigungsmittel bekommen. Im Moment ist er im Gästeflügel in dem Zimmer, das sie für diese Nacht gemietet hatten. Die Sanitäter haben befürchtet, dass er einen Schock erlitten hat, doch er hat sich geweigert, mit dem Krankenwagen in die Notaufnahme zu fahren. Ich weiß nicht, ob er in der Lage ist, vernommen zu werden. Ein Kollege ist jetzt bei ihm, bis ihr übernehmt.«

23

Bark ging in den Gästeflügel hinüber und klopfte an die Tür des Zimmers, in dem Mikael Fernåker sich befand. Ein Kollege öffnete. Der Raum, den Bark nun betrat, strahlte mit einer altmodisch blau geblümten Tapete und einem orientalischen rot gemusterten Teppich Gemütlichkeit aus. Abgesehen vom Doppelbett waren da noch ein kleiner Tisch und zwei gelbe, mit Samt überzogene Sessel. In dem einen saß Mikael Fernåker, beide Arme um den Körper geschlungen, während er, einen klagenden Laut ausstoßend, den Oberkörper vor und zurück wiegte. Vor ihm auf dem Tisch standen zwei Gläser und eine leere Sektflasche. Bark setzte sich auf den anderen Sessel, und der Kollege ging. Durchs Fenster sah Kristoffer Alex im Schein der Außenbeleuchtung Informationen sammeln, damit die vielen Leute den Tatort verlassen könnten. Es war dunkel und ging auf Mitternacht zu.

Bark suchte Blickkontakt mit Fernåker. »Ich heiße Kristoffer, wir haben uns schon einmal getroffen. Das, was passiert ist, ist schrecklich, und ich verstehe, dass Sie zutiefst erschüttert sind, aber ich muss Ihnen trotzdem ein paar Fragen stellen. Schaffen Sie das?«

Nach einer Weile, die wie eine Ewigkeit schien, sah Mikael auf. »Sie ist tot«, sagte er wie prüfend, als hätte er noch nicht aufzunehmen vermocht, was passiert war.

»Ja, Magdalena ist tot. Erschossen.« Bark rechnete mit einer heftigen Reaktion, die aber nicht kam. Mikael saß wie versteinert mit starrem Blick da.

In dem Versuch, seine Erstarrung aufzulösen, schaltete Bark das Aufnahmegerät ein und sprach die notwendigen Informationen auf. »Was ist passiert?« Seine Erfahrung war, dass offene Fragen ihn oft weiterbrachten. Er ließ Mikael in seinem eigenen Tempo erzählen, in der Reihenfolge, in der er selbst wollte.

»Magdalena hat heute Geburtstag. Hatte Geburtstag. Deswegen sind wir hierhergefahren. Um zu feiern. Es war eine Überraschung, und ich dachte, sie würde sich freuen. Aber sie hat geweint. Ich dachte erst, sie sei gerührt, aber alles war so verdammt seltsam. Sie ist mitgekommen, und doch war sie eigentlich nicht hier, nicht anwesend. Im Theater war alles so schön gemacht, und ich hatte mich wirklich darauf gefreut. Wir haben uns für das Abendessen umgezogen und miteinander angestoßen ... hier auf dem Zimmer. Ich hatte gehofft, dass wir ... dass wir einen Moment zu zweit haben würden und ... kuscheln könnten, wenn wir uns sowieso schon umzogen, aber sie wollte nicht. Wir gingen an die Bar. Ich habe eine Kollegin begrüßt. Magdalena hat ziemlich schnell getrunken, zwei Gin Tonic, als ob sie betrunken werden wollte.«

»War etwas passiert, was sie traurig gemacht oder aufgewühlt hat?«

»Ich weiß es nicht. Sie ist gestern Nacht erst spät von Himlagård nach Hause gekommen. Ich habe das Auto in der Auffahrt gehört und hinausgeschaut. Sie kam im Bademantel nach Hause, hatte aber nichts drunter. Die Kleider, die sie anhatte, als sie dorthin fuhr, waren nicht im Wäschekorb. Ich habe durch die Türöffnung gesehen, wie sie die Schublade der Kommode in der Diele aufgezogen und sich neue Unterwäsche genommen hat.« Krampfhaftes Weinen überfiel Mikael. Auf dem Tisch lag eine Packung Papiertaschentücher. Er schnäuzte sich. »Es war Post von der Bank gekommen wegen eines Kredits über 200.000 Kronen. Ich wusste nicht, worum es dabei ging. Wir hatten nicht darüber gesprochen. Aber als ich sie heute danach gefragt habe, sagte sie, dass es für eine Ausbildung oder Zertifizierung als Medium sein sollte. Aber sie hat auch gesagt, es wäre nicht mehr aktuell, sie würde in ihren alten Job im Pflegedienst zurückkehren.« Mikael verstummte, kniff die Augen zusammen und seufzte schwer. »Sie hat das gesagt, was ich hören wollte.«

»Dann sind Sie hierhergefahren. Sie sind reingegangen und haben sich in den Salon gesetzt. Was ist dann passiert?«

»Wir haben den ersten Akt gesehen. Sie hat ihren Wein sofort ausgetrunken, sowie er gebracht wurde. Das macht sie sonst nie. Sonst nippt sie immer so ein bisschen und schüttet nicht einfach alles in sich hinein. Sie war überhaupt nicht sie selbst.«

»Wissen Sie, ob es hier vor Ort jemanden gab, den sie kannte, beim Personal, unter den Schauspielern oder im Publikum?«

»Ich glaube nicht.« Mikael zwirbelte verzweifelt die eine Seite seines dunklen Schnurrbarts und kniff die vom Weinen geschwollenen Augen zusammen. »Aber ich kann ja nicht wissen, wen sie auf Himlagård kennengelernt hat. Alles da war so seltsam.« Mikael begann tief zu atmen, ein neuer Weinanfall kam.

Bark fing ihn mit einer Frage auf. »Wenn wir mal weitergehen von da, als Sie die Vorspeise bekommen haben. Was passierte dann?«

»Ich musste auf die Toilette, irgendwas stimmte mit meinem Magen nicht, und ich saß eine ganze Weile da. Als ich gerade wieder rausgehen wollte, hörte ich einen scharfen Knall und glaubte wie alle anderen, das sei ein Effekt, der zu dem Theaterstück gehörte. Der erste Akt war drohend mit einer Pistole zu Ende gegangen. Als ich zurückkam, hatte der zweite Akt schon angefangen, und ich musste im Dunkeln den Weg zu meinem Platz finden.«

»Wie lange dauerte es von dem Knall, bis Sie die Toilettenräume verließen?«

»Ich weiß es nicht. Vielleicht ein paar Minuten. Das Licht wurde nach und nach wieder hochgedreht, während ich zu meinem Platz ging. Und da lag sie auf dem Boden, meine Magdalena. Ich dachte, sie sei vor Erschöpfung in Ohnmacht gefallen. In der letzten Zeit hat sie nicht viel geschlafen. In der vergangenen Nacht war sie wach, obwohl sie so getan hat, als würde sie schlafen, genau wie ich.« Mikael strich sich den kalten Schweiß von der Stirn. »Verdammt! Aber dann habe ich das Blut gesehen ... Ich habe um Hilfe geschrien. Ich habe versucht es zu stoppen, aber das ging nicht, sie lebte nicht mehr. Der halbe Kopf war weg. Aber niemand hat kapiert, dass es ernst war. Erst als einer von den Schauspielern eingriff und ich 112 angerufen habe.«

»Ich möchte, dass wir zu dem Moment zurückkehren, als Sie aus den Toilettenräumen kamen. Können Sie sich in die Situation zurückversetzen? Sie öffnen die Tür ... Sehen Sie etwas? Hören Sie etwas?«

»Ich höre ein Auto, das startet und hochtourig wegfährt. Dann will ich an meinen Platz gehen … und Magda …« Mikael sah aus, als würde er in Ohnmacht fallen, er schwankte.

»Schaffen Sie das, wenn wir jetzt weitermachen, oder sollen wir es auf morgen verschieben?«

»Wir machen weiter«, sagte Mikael und wischte sich die Augen. »Ich will nicht allein sein.«

»Eine andere Sache«, begann Bark. »Wen würden Sie als Magdalenas engste Freunde bezeichnen?«

»Wenn Sie mich das vor ein paar Monaten gefragt hätten, hätte ich gesagt Carola, mit der sie beim Pflegedienst zusammengearbeitet hat. Aber momentan weiß ich es nicht … Magdalenas Mutter auf jeden Fall. Die beiden rufen einander fast jeden Tag an. Wie soll ich ihr das nur erklären? Können Sie mir das sagen? Wie soll ich ihr das nur erklären?« Er begann wieder zu weinen.

»Wir können mit Magdalenas Mutter sprechen. Vielleicht gibt es jemanden, der Ihnen morgen dabei helfen kann, diejenigen zu kontaktieren, die benachrichtigt werden müssen.«

»Das werde ich schon selbst machen, wenn ich mich nur ein bisschen gefasst habe.«

»Mit wem war Magdalena in der letzten Zeit am häufigsten zusammen?«

»Da auf Himlagård gibt es eine Lisette, eine Beatrice und einen Lorentz. Die haben ihr alles Mögliche eingeredet, zum Beispiel, dass sie ein Medium wäre und noch anderes unbegreifliches Zeug. Ich habe niemals einen von denen kennengelernt. Aber Magdalena war auf Himlagård auf so einem *Entdecke deine medialen Fähigkeiten-*

Kurs, weil sie das spannend fand, und dann ist sie da hängen geblieben.«

»Wie kam Magdalena mit ihrer Chefin im Pflegedienst klar?«

»Gut, es gab keine Probleme in ihrem Job. Das war nicht der Grund, weshalb sie da aufgehört hat.«

»Hat Magdalena jemals von einer älteren Dame namens Elvira Gastin erzählt?«

»Ich weiß, wer das ist. Sie ist vorgestern tot aufgefunden worden, das hat mir Carola erzählt, als wir uns zufällig im Supermarkt getroffen haben. Aber Magdalena hat es mit keinem Wort erwähnt, obwohl ich weiß, dass sie die alte Dame mochte und ihr jahrelang geholfen hat. Vielleicht wusste sie auch nicht, dass sie gestorben ist. Das war eine zurückhaltende und scheue kleine Alte. Ich kannte Elvira nicht wirklich, aber wir haben manchmal ein paar Worte über den Zaun miteinander gewechselt, und ich habe ihr einmal geholfen, eine Katze aus einem Baum zu holen, die zu hoch geklettert war und sich nicht mehr runter traute. Es war nicht ihre Katze, aber sie machte sich Sorgen um sie.«

»Gibt es jemanden, der einen Konflikt mit Magdalena hatte und der ihr vielleicht schaden wollte?«

»Nein, alle liebten Magdalena. Sie war nett und fürsorglich und fröhlich und dachte von allen das Beste. Aber sie ließ sich leicht in Stimmungen hineinziehen, so wie bei diesen Treffen auf Himlagård, wo es um die Geisterwelt ging. So ein Scheiß, ich wollte nichts davon hören … aber jetzt denke ich, es war falsch, dass ich nicht zugehört habe. Wenn ich nur zugehört und ihre Begeisterung ernst genommen hätte, dann hätte sie vielleicht auf das gehört, was ich zu sagen hatte. Aber ich war einfach nur wütend.«

»Sie ist also nicht irgendwie bedroht worden oder hat sich vor jemandem gefürchtet?«

In Mikaels Gesichtszüge kam neues Leben. »Gestern fuhr auf dem Weg hierher die ganze Zeit ein weißes Auto hinter uns. Ich habe nicht darüber nachgedacht, aber Magdalena hat es mir gesagt, als wir hier ankamen. Ich weiß nicht, ob es uns wirklich gefolgt ist, oder ob Magdalena sich das eingebildet hat.«

Bark machte eine kurze Pause, dann stellte er die nächste Frage: »Wie sah Ihre Beziehung aus? Wie ging es Ihnen und Magdalena miteinander?«

»Es ging uns so wie wohl den meisten Paaren. Ein gemeinsamer Alltag. Ich hätte gern Kinder gehabt. Magdalena war da zögerlich. Sie wollte sich … entwickeln. Ich weiß nicht genau, wie und warum. Sie wurde ja nun mit ihren 34 Jahren auch nicht jünger.«

»War sie sich Ihrer nicht sicher?«

»Das glaube ich nicht. Ich habe alles für sie getan, sie musste niemals daran zweifeln, dass ich sie liebte.«

»Hat sie diese Liebe erwidert?«

Mikael zog eine Grimasse. »Wie misst man Liebe?«

»Gestern Abend, als Magdalena nur im Bademantel ohne ihre Kleider nach Hause kam, was haben Sie da gedacht?«

»Ich weiß es nicht. Mein Inneres war einfach leer. Ich konnte keinen einzigen vernünftigen Gedanken fassen.«

»Aber irgendetwas müssen Sie doch gedacht haben, wenn Sie im Wäschekorb nach ihren Kleidern gesucht haben.«

»Ich fand es komisch, dass sie ohne ihre Kleider nach Hause kam.«

»Haben Sie mit ihr darüber gesprochen?«

»Nein. Ich wollte ihren Geburtstag nicht ruinieren. Ich wollte sie später danach fragen, wenn wir nach Hause gekommen wären. Aber ihr Geburtstag sollte eine schöne Erinnerung bleiben.«

»Als Sie gestern eingecheckt hatten und auf dem Zimmer angekommen waren, da hat Magdalena Sie abgewiesen. Was dachten Sie sich da?«

»Dass sie müde war, und dass sie vielleicht am nächsten Morgen, wenn sie ausgeschlafen hätte, Lust haben würde.«

»Haben Sie jemals darüber nachgedacht, ob sie untreu war?«

»Niemals, nicht meine Magdalena.«

»Soweit wir sehen können, haben Sie keine Waffenlizenz. Aber ich stelle trotzdem die Frage: Besitzen Sie eine Pistole?«

»Was wollen Sie damit sagen?« Mikael starrte Bark mit seinen rot geweinten Augen an. »Denken Sie, ich hätte sie getötet, meine geliebte Magdalena? Niemals würde ich ...« Er schüttelte den Kopf. »Nein, ich besitze keine Pistole.«

»Ich denke gar nichts.« Bark formulierte seine Frage um: »Glauben Sie, dass Magdalena im Begriff war, Sie zu verlassen?«

»Nein, ich glaube, dass sie auf dem Weg zu mir zurück war. Damit meine ich nicht, dass sie untreu gewesen wäre, aber doch irgendwie abwesend. Ist es nicht in allen Beziehungen so, dass man zwischen Nähe und Distanz hin und her pendelt, dass man manchmal wie Freunde zusammenlebt, um dann zeitweilig wieder zu erkennen, dass man einander liebt?«

»Und was halten Sie von Lorentz? Könnte Magdalena von dort gekommen sein, als sie ohne Kleider, nur im Bademantel, nach Hause kam?«

»Dieser Teufel. Ich könnte ihn umbringen!«

24

Es war ein kurzes Wochenende gewesen. Am Sonntag hatte Bark zusammen mit den Kollegen im Außendienst weiterhin die Zeugen des Mordes an Magdalena Fernåker verhört. Am Montagmorgen hatte er Moa zur Kita gebracht, wohin sie eine halbe Stunde zu spät kamen, weil die Kleine noch sämtliche Kuscheltiere, die ihr Bett belagert hatten, mit Cornflakes füttern musste, damit sie nicht verhungern würden. Zuvor hatte er Sara noch Frühstück gemacht, die, nachdem sie das ganze Wochenende über allein für ihre Tochter verantwortlich gewesen war, zu schwach und erschöpft war, um aus dem Bett zu kommen. Als er sie in diesem Zustand sah, schlug die Sorge wieder mit voller Kraft zu. Wie lange würde sie noch durchhalten? Was konnte er tun, damit es ihr besser ging? Ihm war, als würde er alle Fürsorge, die er Vera gerne gegeben hätte, nun auf Sara übertragen. Seine größte Sorge war, dass Sara sich das Leben nehmen könnte, und das ließ ihm keine Ruhe. Er musste das Thema bei Zimmermann ansprechen. Sie mussten doch irgendetwas tun können, um Saras Situation zu verbessern. Wenn sie sich nur nicht mehr von der Krankenkasse gejagt fühlen müsste, dann hätte sie vielleicht eine Chance, gesund zu werden. Deshalb ging er sofort in Zimmermanns Büro. Ausnahmsweise war die mal nicht am Telefon. Er trat ein und setzte sich ihr gegenüber. Sie sah auf und bemerkte sofort, wie ernst er war. »Was ist los, Kristoffer?«

»Es geht um Sara Bredow.« Er erzählte kurz, wie schlimm es um sie stand. »Sie ist von ihrem Arzt zu hundert Prozent krankgeschrieben, ist aber aus dem Krankengeld ausgesteuert worden. Ich habe ihr geholfen, die Entscheidung vor dem Verwaltungsgericht anzufechten. Aber was ist, wenn die ihre Klage abweisen?«

»Das fällt nicht in unseren Verantwortungsbereich, da muss das Arbeitsamt ihr helfen, eine Tätigkeit zu finden, die sie bewältigen kann.«

»So funktioniert das aber nicht mehr. Die Arbeitsvermittlung hilft den Menschen nicht, einen Job zu finden, die kontrollieren da nur, ob man Arbeit sucht. Sara ist im Grunde bettlägerig, sie schafft es nicht, sich um ihre kleine Tochter zu kümmern, und ich fürchte, dass sie sich das Leben nehmen wird, wenn sie keine Zukunftsperspektive mehr sieht. Es ist verdammt noch mal unsere Verantwortung, einer tüchtigen Polizistin zu helfen, in den Job zurückzukehren!«

»Aber sie gehört ja bereits zu deinem Team mit versetzten Kollegen. Was können wir noch für sie tun?«

»Hilf mir, Aufgaben für sie zu finden, die sie bewältigen kann. Hilf mir, etwas zu finden, was ich ihr sagen kann, damit sie Hoffnung verspürt und nicht aufgibt. Kannst du nicht mit Human Resources sprechen? Können wir ihr vielleicht mit einem Psychologenkontakt oder einer Reha helfen?«

»Ich werde sehen, was ich tun kann«, antwortete Zimmermann, die jetzt offensichtlich ebenfalls besorgt war. »Ich melde mich.«

Als Bark die Treppe zum Turmzimmer enterte, entdeckte er weiße Dickmilch-Flecken vom Frühstück bei Sara auf seinem schwarzen T-Shirt. Die anderen warteten schon auf ihn. Ali sah auf die Uhr. Alex ließ das Handy für einen Moment aus dem Blick und begrüßte ihn. Henrik saß zusammengesunken auf seinem Stuhl und war fast eingeschlafen. Mia war auch da. Sie warf ihm einen forschenden Blick zu, was ihn für einen Moment die Fassung verlieren ließ. Wahrscheinlich ging es um die Dickmilchflecken.

»Du kommst zu spät«, sagte Ali.

»Das liegt daran, dass ich heute Morgen schon etwas erledigen musste«, verteidigte sich Bark, ohne detaillierter auszuführen, um was es sich gehandelt hatte.

Ali schien die Entschuldigung zu akzeptieren. »Wie geht es Ingrid?«, fragte er.

Mia sah Bark an, und er antwortete. »Es geht ihr überhaupt nicht gut, und sie ist weiterhin krankgeschrieben. Sie möchte, dass wir sie in Ruhe lassen.« Er wollte den anderen nicht alle Details erzählen.

»Wie schlimm steht es denn um sie?«, fragte Ali. »Ich habe versucht, sie zu erreichen, aber sie geht nicht ran.«

»Ihre Schwester ist bei ihr. Im Moment scheint es so, als würde man nicht viel anderes tun können.«

Ali streckte sich und wippte kurz auf den Zehen, dann begann er mit seinem Bericht.

»Ich war gestern am Tatort. Ich wollte mir ein gesamtheitliches Bild machen, ehe die Leiche von Magdalena Fernåker weggebracht wird. Der tödliche Schuss ist aus kürzester Entfernung abgegeben worden, ich nehme mal an, aus drei bis vier Metern Abstand. Wahrscheinlich sitzt die Kugel noch im Körper.«

Alex unterbrach ihn. »Eine Zeugin, die in der Nähe der Tür gesessen hat, sagt, es sei eine dunkel gekleidete Person mit einer Pistole gewesen, die schräg hinter ihr auftauchte. Sie konnte nicht sagen, wie groß diese Person war, sondern hat nur die Pistole gesehen.«

Ali nickte respektvoll. »Nach der Obduktion werden wir mehr über die Waffe wissen. Dann habe ich noch etwas Interessantes bemerkt, als das Blut abgewaschen und der Schal, den sie um den Hals hatte, entfernt worden war: Magdalena hatte große blaue Flecken am Hals, die erst ein paar Tage alt waren, als hätte jemand versucht, sie zu erdrosseln. Dazu einen blauen Fleck auf der linken Wange, als hätte sie von einer rechtshändigen Person eine Ohrfeige bekommen.«

»Davon hat ihr Mann während des Verhörs am Samstag nichts gesagt«, schob Bark ein. »Das hätte er doch sehen müssen, als sie sich zum Abendessen umzogen.«

Mia hatte diesbezüglich nach all den Jahren, in denen sie mit Bedrohung und Gewalt in engen Beziehungen gearbeitet hatte, ihre eigene Interpretation. »Er könnte sie doch gewürgt haben, als sie Freitagnacht nach Hause kam, oder? Da oder zuvor.«

»Wenn ich das richtig sehe, dann ist der Ehemann der Hauptverdächtige«, sagte Henrik und unterdrückte ein weiteres Gähnen. Offensichtlich hatte er diese Nacht nicht viel Schlaf bekommen.

»Seine Kleider sind auf Schmauchspuren untersucht worden«, erklärte Ali. »Aber da war nichts und auf seinen Händen ebenso wenig.«

Bark hatte eine neue Idee. »Aber wenn der Mord geplant war, dann hätte er zur Toilette zurückkehren, sich waschen und andere Kleider anziehen können, die er dann dabeigehabt haben muss. Zeit genug wäre gewesen.«

Alex sah erstaunt aus. »Aber wenn Mikael Fernåker es getan hat, wo sind dann die Kleider und die Waffe? Ich war in der Toilette, in der er sich seiner Aussage nach aufgehalten hat, als Magdalena erschossen wurde. Ich bin hingegangen, als wir alles abgesperrt hatten, um nach der Waffe zu suchen. Ich habe mich gefragt, wo ich selbst wohl eine Pistole platziert hätte, wenn ich der Täter wäre. Da war aber keine Pistole, nicht einmal im Wasserkasten, und da ist auch kein Loch in der Decke. Aber er kann die Kleider und die Pistole vorher dort versteckt haben – in einer Plastiktüte im Wasserkasten, und sich dann umgezogen und alles ins Auto gelegt haben, ehe die Polizei kam.«

»Wir haben das Zimmer und ihre Koffer durchsucht«, sagte Bark. »Da war nichts. Das ginge also nur, wenn es ihm gelungen wäre, die kontaminierten Kleider irgendwo loszuwerden, aber wie wahrscheinlich ist das?«

»Gab es außer dem Ehemann noch mehr Zeugen, die ein Auto gehört haben, das startete und losfuhr?«, fragte Henrik, dessen Lebensgeister nach einem Becher Kaffee langsam zurückzukehren schienen.

»Nicht unter denen, die ich verhört habe«, erwiderte Alex entschieden. »Aber es stehen immer noch ein paar aus.«

Mia hatte eine Frage an Alex und Bark: »Hat jemand Mikaels Auto durchsucht, bevor er Lerbäck verlassen hat?«

»Wir haben es durchsucht, aber er hat Lerbäck erst mal gar nicht verlassen«, erklärte Bark. »Er hatte getrunken und war nicht imstande zu fahren. Das Zimmer ist wie gesagt durchsucht worden und das Auto auch. Er hat Lerbäck erst gestern gegen Mittag verlassen. Er war verzweifelt, und die Gefühle waren echt, das würde ich nicht infrage stellen.« Barks unmittelbarer Eindruck war gewesen, dass Mikael unschuldig war, weil er so fürsorglich und durch und durch traurig wirkte. Aber seine Verzweiflung konnte genauso gut darin begründet sein, dass er Magdalenas Liebe verloren hatte, falls sie ihn betrogen hatte.

»Es wird bei den Fernåkers in Lindesberg eine Hausdurchsuchung geben. Sie haben einen gemeinsamen Computer, der bereits gestern abgeholt worden ist. Magdalena hatte keinen eigenen. Was haben wir sonst noch?«, fragte Bark und wandte sich an Henrik. »Du warst gestern ein paar Stunden hier. Hast du es geschafft, Magdalenas Handy durchzusehen?«

»Ja, und Mikael kannte ihren PIN-Code, es war also ganz einfach, die Anrufliste und die SMS, die sie geschrieben hatte, zu kontrollieren. Das letzte Gespräch kam von einer Eva Lovik am Samstagvormittag um 9:12 Uhr und dauerte ein paar Minuten. Ich werde dem nachgehen. Und dann haben wir eine kürzlich blockierte Nummer von einem Lorentz Brunnberg, das ist am Freitag passiert. Weiter zurück konnte ich seine Nummer nicht finden, es kann also Anrufe und SMS gegeben haben, die gelöscht wurden. Ich werde auch das überprüfen.«

»Ich weiß, wer Brunnberg ist«, sagte Bark. »Wir müssen die Leute befragen, mit denen Magdalena auf Himlagård Kontakt hatte, sowohl Personal wie auch Kursteilnehmer und Klienten.«

Im Laufe des Tages sollten weitere Vernehmungen stattfinden. Für Bark war die nächste Aufgabe eine Befragung von Magdalenas Mutter. Die wartete am Empfang. Die Kollegen vom Außendienst hatten ihr die Nachricht überbracht, dass Magdalena tot war. Bark war erschüttert, als er ihre offensichtliche Trauer sah. Eine schwarz gekleidete kleine Dame mit rot geweintem Gesicht und bleischwerer Haltung, als könnte sie kaum den einen Fuß vor den anderen setzen.

Bark stellte sich vor und hielt ihr seinen Arm hin. Sie nahm ihn direkt, als wäre er eine Rettungsleine. »Jetzt bin ich allein«, flüsterte sie. »Magdalena war mein Ein und Alles.«

»Es tut mir so leid für Sie«, sagte er. Andere tröstende Worte hätten sich völlig falsch angefühlt, denn diese Trauer war abgrundtief. Er wusste, was es bedeutete, ein Kind zu verlieren, und er musste sich wappnen, um seine eigenen Gefühle in Schach zu halten.

Sie setzten sich in den Verhörraum und erledigten die Formalitäten, dann stellte Bark seine erste Frage: »Wann haben Sie zuletzt mit Magdalena gesprochen?«

»Am Freitag um die Mittagszeit. Ich habe sie angerufen. Sie klang gestresst. Aus dem Gleichgewicht. Das sah ihr nicht ähnlich, aber vielleicht war sie gerade in Eile, als ich anrief und störte.« Magdalenas Mutter schluchzte und presste ihre Hand auf den Mund.

»Wissen Sie, ob sie bedroht worden ist, oder ob sie vor jemandem Angst hatte?«

»Ich weiß nicht, ob ich … es war im Vertrauen …«

»Es kann von großer Bedeutung sein«, sagte er vorsichtig und schenkte ihr seinen sanftesten Blick.

»Ich glaube, sie hatte vor, Mikael zu verlassen. Sie meinte, sie sei das Leben mit ihm leid. Ich glaube, sie hatte vor zu gehen. Sie fürchtete sich davor, wie er das aufnehmen würde. Er tat ihr leid. Ich habe gesagt, was meine Meinung war, nämlich, dass es idiotisch von ihr wäre, ihn zu verlassen. Aber sie meinte, ihre Gefühle für ihn seien nicht mehr ausreichend.«

»Gab es jemand anders?«

»Ich kann mir vorstellen, dass es so war. Sie wirkte verliebt. Vielleicht war der andere verheiratet oder auf eine andere Weise unerreichbar. Sie war eher besessen, nicht glücklich. Ich fragte nicht danach. Ich dachte, dass sie es mir schon erzählen würde, wenn sie bereit dafür wäre.«

»War Mikael jemals gewalttätig?«

»Nicht, soweit ich weiß, aber die Dinge können sich ja auch zuspitzen, nicht wahr? Wenn viel auf dem Spiel steht. Er hat immer gezeigt, dass Magdalena zu ihm gehörte, und dass er stolz auf sie war. In Gesellschaft legte er immer den Arm um sie und setzte sich dicht neben sie mit der Hand auf ihrem Oberschenkel. Solche Dinge, die zeigten, dass sie ein Paar waren.«

»Was hielten Sie davon, dass Magdalena jetzt als Medium arbeitete?«

»Ich sagte ihr, dass sie sich vorsehen sollte. Wir haben Wahnsinn in der Verwandtschaft. Ich fürchtete, sie könnte in etwas reingezogen werden, das dann übermächtig würde. Wenn man mit den Toten spricht, hat man keine Garantie dafür, dass es die richtige Person ist, die durch das Medium spricht.«

»Wie wahr«, stimmte Bark zu. Er war derselben Meinung, doch auf die Fortsetzung war er nicht gefasst.

»Es kann ein böser Geist oder ein Dämon sein, der sich die Stimme des Verstorbenen ausleiht. Eine von diesen verirrten Seelen, die sich vom Unglück anderer nähren und sie in den Tod verwickeln wollen. Oder es ist der Teufel selbst, der einem ins Ohr flüstert.«

25

Kristoffer Bark hatte im Laufe des Nachmittags versucht, sich aus den von der Polizei aufgenommenen Zeugenaussagen ein eigenes Bild von dem Abend, an dem der Mord geschehen war, zu machen. Was ihm besonders auffiel war, dass nur Mikael Fernåker das sich entfernende Auto gehört hatte. Niemand von denen, die sich in der Küche oder im Salon befunden hatten, hatte es bemerkt. Im Übrigen waren die Zeugenaussagen ziemlich übereinstimmend. Es war völlig dunkel gewesen, als der Schuss fiel, doch später, als sich die Tür zum Hof öffnete, hatte man eine schwarz gekleidete Person bemerkt, die nach draußen verschwand. Die meisten hatten diese Person als schmal und etwas über mittelgroß beschrieben. Wahrscheinlich hatte sie sich direkt vor dem tödlichen Schuss bereits im Lokal befunden, denn wenn jemand die Tür geöffnet und hereingekommen wäre, dann hätte das Licht sicherlich Aufmerksamkeit erregt.

Eine andere Sache, die Mikael Fernåker gesagt hatte, war es wert, in Betracht gezogen zu werden: Magdalena hatte ein Auto bemerkt, das ihnen folgte. Wenn das stimmte, könnte es der Mörder gewesen sein, der ihnen nachgefahren war. In dem Fall musste es nicht einmal jemand sein, der Eintrittskarten für die Theatervorstellung gekauft hatte. Bark stimmte sich telefonisch mit Gaby über das weitere Vorgehen ab und machte dann mit seiner Arbeit weiter. Gaby hatte beschlossen, dass der Fall mit dem Mädchen in der Felsengrotte nicht weiter priorisiert werden sollte. Der Fokus sollte ganz auf der Festnahme des Mörders von Magdalena Fernåker liegen. Bark war da anderer Ansicht. Er konnte den Gedanken einfach nicht loslassen, dass beide Fälle zusammengehörten, und würde weiter in der Richtung arbeiten. Was er in seiner Freizeit machte, war seine Sache. Das war – ganz entgegen Gabys Richtlinien – seine feste Überzeugung.

Bark hatte im Laufe des Tages erfolglos versucht, Lorentz Brunnberg zu erreichen, und unternahm jetzt einen letzten Versuch. Von Beatrice Vingård, der Hauswirtschafterin auf Himlagård, erfuhr er, dass Lorentz und seine engste Mitarbeiterin Lisette Duvman nach Sundsvall gereist waren, wo Lorentz einen Vortrag über Gespräche mit den Toten halten wollte. Eine Art nekromantischer Unsinn, hatte Mia gesagt, die jetzt in der Tür zum Turmzimmer stand. »Wärst du bereit, noch mal mit mir nach Vintrosa zu fahren?«

»Hast du mit Ingrid gesprochen?«

Mia schüttelte den Kopf. »Mit Lena. Ingrid kann nicht. Und Lena schafft es auch kaum. Ihr fällt es schwer, den Gesprächsfaden zu verfolgen, und sie ist sehr besorgt um Ingrids Gesundheit. Sie sagt, Ingrid müsste eigentlich in die Psychiatrie eingewiesen werden, um Hilfe zu bekommen, doch sie weigert sich. Nach einem Gespräch mit dem Arzt und einer Beraterin hat sie sich selbst aus dem Krankenhaus entlassen und beteuert, sie habe nicht die Absicht, sich umzubringen. Lena ist davon nicht überzeugt. Sie wagt es nicht, Ingrid allein zu lassen.«

»Ich hoffe, Lena kann eine Vernehmung durchstehen«, sagte Bark mit einem tiefen Seufzer.

Sie gingen hinunter in die Tiefgarage und holten ein Auto. Bark hatte sich noch nicht daran gewöhnt, auf dem Beifahrersitz Platz zu nehmen, aber es fühlte sich zumindest sicherer an, mit Mia Berger zu fahren als mit ihrem Sohn. Jedenfalls aus der Perspektive der Verkehrssicherheit. In anderer Hinsicht fühlte es sich sehr unsicher an. Sie war ganz zweifellos wütend auf ihn. Man merkte es daran, wie steif sie den Nacken hielt, und dass sie seinem Blick auswich. Nicht so wie damals, als sie in der Therapiesituation vertrauter miteinander umgingen, was dann allmählich begann, in etwas anderes überzugehen – unsicheres Gelände für sie beide. Er liebte sie, und das zu erkennen, war schon ein kleiner Schock gewesen.

Als sie aus der Garage heraus waren, spürte er, dass die Stimmung angespannter war als sonst. »Was ist los? Woran denkst du?«

»An deine Beziehung zu Sara. Du hast angefangen, ihre Tochter in die Kita zu bringen. Gaby beschäftigt das auch, sie fragt sich, ob da zwischen euch was ist. Ich meine, der Altersunterschied ist ja ziemlich groß ...«

Bark war perplex. »Das sagt also Gaby. Sie täuscht sich. Wir haben keine Beziehung.«

»Ja, nicht nur sie. Ich frage mich auch, ob es hier um dein Bedürfnis geht, immer der Samariter zu sein, um Bestätigung zu bekommen, oder ob ihr ... noch was anderes macht.« Hätte er nicht eine gewisse Furcht in ihrer Stimme wahrgenommen, dann wäre er jetzt sicherlich richtig wütend geworden.

»Rede Klartext, was meinst du?«

»Ich meine, dass du ja auch deine Ex unterstützt und ihre Miete bezahlst und immer sofort da bist, wenn sie sich wieder kaputtgesoffen hat.«

Jetzt wurde er ebenfalls wütend und konnte es nicht verbergen. »Ella ist Veras Mutter, und obwohl Vera nicht mehr am Leben ist, will ich nicht, dass ihre Mutter untergeht. Dabei geht es um Empathie und Solidarität. Wenn man für die Menschen um sich herum nicht da ist, wenn sie Hilfe brauchen, dann kann man nicht damit rechnen, selbst Hilfe zu bekommen, wenn alles mal den Bach runtergeht.«

»Okay, ich will nur hören, wie du das siehst«, antwortete sie in milderem Tonfall. »Und Sara ... du bist ihr Chef. Sie ist abhängig ...«

»Sara könnte meine Tochter sein. Ich habe Angst, dass sie sich umbringt, wenn sie an die Grenze ihrer Möglichkeiten kommt und in die Armut abrutscht, und ich werde mein Bestes tun, ihr zu helfen, durch diese Krise zu kommen. Außer ihrem Schwager Wilhelm und seiner Frau Antonia hat sie niemand anderen, an den sie sich wenden kann, und wenn die nicht auf Moa aufpassen oder einen kaputten Herd austauschen können, dann springe ich ein und tue mein Bestes, um zu helfen. Ich habe keine Affäre mit Sara, und es würde mir nie einfallen, sie in irgendeinem Zusammenhang auszunutzen. Es enttäuscht mich sehr, dass du diesen Gedanken überhaupt haben kannst.«

»Okay, dann lassen wir das«, sagte Mia, doch Bark war immer noch von Grund auf erschüttert und zornig. Bis er darauf kam, dass Mias Frage vielleicht auch ein Zeichen von Eifersucht war. Im besten Fall. Im schlimmsten Fall war es Gaby, die das Gerücht verbreitete, weil er sich dagegen entschieden hatte, mit ihr zu leben.

Während der Fahrt nach Vintrosa brachte Mia ihn auf den neuesten Stand über das Verhör, das sie am selben Nachmittag mit Mikael Fernåker geführt hatte. »Er war sehr empört darüber, dass es eine Hausdurchsuchung geben würde. Magdalena sei schließlich nicht zu Hause ermordet worden.«

»Was glaubst du? Hat er es getan?«, fragte Bark. »Theoretisch ist es möglich, auch wenn es Details gibt, die dagegen sprechen. Wir haben eine Zeugin, eine Arbeitskollegin von Mikael, die berichten konnte, wie er angezogen war, als das Stück begann, und es scheinen dieselben Kleider zu sein wie die uns vorliegenden. Andernfalls müsste er sich auf der Toilette umgezogen und hinterher wieder die anderen Sachen angezogen haben ...«

»Ja, das ist vielleicht weit hergeholt, außerdem müssten wir die Kleider inzwischen gefunden haben. Und wenn er sie töten wollte, dann hätte er vermutlich einen anderen Ort gewählt als ein Theater mit einer Menge Zeugen. Die Frage ist auch, ob er ein berechnender Mörder ist. Viele Morde geschehen im Affekt, doch hier haben wir es mit einer geplanten Tat zu tun.« Mia dachte kurz nach, dann fuhr sie fort: »Wenn es nun Mikael gewesen sein sollte, der sie getötet hat, was wäre sein Motiv? Wenn man ihm auf den Zahn fühlt und fragt, was er über Magdalenas Verhältnis zu Lorentz denkt, dann wirkt er passiv aggressiv. Die Frage ist, ob er Grund hatte, eifersüchtig zu sein.«

»Konnte er denn die Würgemale und den Bluterguss erklären, die Magdalena hatte?«

»Mikael hat sehr aufgewühlt reagiert, als ich diese Frage gestellt habe. Ich könnte mich täuschen, aber ich habe sein Erstaunen als echt empfunden. Dann wurde er wütend, kontrolliert wütend, und ich konnte ihm ansehen, wie seine Gedanken auf Hochtouren liefen.«

»Glaubst du, dass Mikael sie gewürgt hat?«

»Wenn es nicht Teil eines sexuellen Akts ist, wird Würgen eher als eine Impulshandlung eingeordnet. Ich glaube nicht, dass Mikael versucht hat, sie zu erwürgen. Über Lorentz hingegen gibt es solche Gerüchte. Ich kann dir aber nicht erzählen, woher ich das weiß.«

Bark nahm an, dass es etwas war, das Mia bei ihrer Arbeit mit verfolgten und bedrohten Frauen gehört hatte. »Dann denke ich mal, dass wir ihn selbst fragen«, sagte Bark.

Sie waren inzwischen in Vintrosa angekommen und fuhren im Rondell rechts, dann den Hügel hoch und bogen links ab, vorbei an Einfamilienhäusern mit prächtigen Gärten. Mia parkte auf dem Schotterweg vor Ingrids Häuschen. Die Apfelbäume warfen lange Schatten über das ungemähte Gras, und der Plattenweg zur Treppe des Hauses war fast zugewachsen.

Lena saß draußen bei der Sitzgruppe und schälte Äpfel. Auf dem Tisch standen geblümte Tassen, eine Thermoskanne, ein Apfelkuchen und ein Kännchen Vanillesoße. Wie sich herausstellte, hatte sie die beiden erwartet und Zeit zu reden. Sie trug dieselbe schwarze Tunika und Leggins wie das letzte Mal. Ihr Gesicht war von der Hitze rotfleckig, und die struppigen schwarzen Haare klebten ihr auf der Stirn.

»Wie geht es Ingrid?«, fragte Bark.

»Sie schläft, endlich. Nachts hat sie Albträume. Das haben wir beide immer mal wieder. Es ist die Hölle, in Panik aufzuwachen und nicht wieder einschlafen zu können, weil es einem wie Ameisen unter der Haut kribbelt.«

Mia und Kristoffer ließen sich am Tisch nieder, und Lena bot ihnen Kaffee und Kuchen an.

»Lena, ich muss Sie fragen, was ist in dem Sommer passiert, als Sofia verschwunden ist?«, fragte Mia und lehnte sich, die Kaffeetasse in der Hand, mit dem Rücken an die Hauswand. Im Laufe des Sommers hatte sie eine Reihe von Sommersprossen auf der Nase bekommen, und das wellige dunkle Haar war von der Sonne ausgeblichen und schimmerte jetzt rötlich.

Lena schüttelte verzweifelt den Kopf. »Ich muss wohl ganz vorn anfangen. Ingrid und ich waren acht Jahre alt, als wir bei Konrad und Elvira Gastin abgeliefert wurden. Unsere Eltern starben bei einem Autounfall. Sie wollten ein kinderfreies Wochenende haben. Wir sind vier Geschwister, Ingrid und ich sind die ältesten. Unser Bruder und unsere Schwester sind in andere Familien gekommen und hatten es gut dort. Ingrid und ich aber landeten in der Hölle.«

»Sie waren vier Mädchen, die bei dem Paar Gastin wohnten«, sagte Mia, als Lena verstummte. »Da waren Sie und Ingrid, ein Mädchen, das Annika hieß, und Sofia. Sie sagen, dass Sie in der Hölle gelandet sind, können Sie erzählen, was Sie erlebt haben?«

Lena schloss die Augen und schluckte schwer. »Man hat Experimente mit uns durchgeführt, psychologische und medizinische. Nichts, was er mit dem Jugendamt abgesprochen hatte, das können Sie mir glauben.« Sie lachte, doch es klang einfach nur traurig. »Konrad Gastin war sehr gestört und fest in seiner Überzeugung, dass der Zweck die Mittel heiligt. Er schrieb an einem Buch über die Bedeutung des Blutes für die Seele. Dafür, wer wir sind.« Lena verzog das Gesicht und wischte sich mit dem Ärmel der Tunika den Schweiß aus der Stirn. Sie hatte begonnen zu zittern, und ihr Blick wendete sich nach innen.

»Was für Experimente waren das?«, fragte Bark. Er sah, wie sehr es Lena widerstrebte, darüber zu sprechen, und musste an Ingrids verbrannte Haut unter der Perücke, an Sofias Knochenbrüche und die Albträume der Schwestern denken. Was war damals passiert?

Lena holte tief Luft. »Konrad hatte seine Großmutter zur Heiligen erklärt. Sie war alt und krank. Eine runzlige und zerbrechliche Alte, die auf dem Dachboden wohnte. In einem Glas auf dem Nachttisch schwamm ihr Gebiss. Wir mussten mit Essen zu ihr raufgehen, und ich hatte jedes Mal solche Angst, dass sie tot sein könnte. Obwohl ich so klein war, begriff ich, dass Konrad völlig ausflippen würde, wenn sie starb. Es war unsere Pflicht, Tag für Tag dafür zu sorgen, dass sie überlebte …«

Bark war erstaunt. Was waren das für Experimente gewesen? Denn mit Essen zu einer alten Frau gehen zu müssen, konnte nicht solche Spuren hinterlassen haben. Er wechselte einen raschen Blick mit Mia. Die schüttelte unmerklich den Kopf, was bedeutete: Lass sie in ihrem eigenen Tempo erzählen.

»Sofia wollte nicht. Sie sprang im dritten Stock aus dem Fenster, um es nicht tun zu müssen. Das tat sie mehrere Male, bis sie irgendwann ins Krankenhaus gebracht wurde. Da erzählte sie alles einem Arzt, doch der glaubte ihr nicht. Konrad war so beredt und überzeugend, wenn er mit den Ärzten sprach, und Sofia stotterte und kriegte kein richtiges Wort heraus. Konrad hat dann erzählt, was für ein schwieriges Mädchen sie sei, dass sie sich immer selbst verletzen wolle. Deshalb habe er nur vier Pflegekinder, um ihr die Behandlung und die Fürsorge geben zu können, die sie brauchte. Je mehr er die Inspektoren vom Jugendamt davon überzeugen konnte, dass wir schwierig waren und schwer zu erziehen, desto mehr Geld bekam er. Damals war das so. Niemand begriff, dass Konrad uns sowohl physisch als auch psychisch misshandelte. Der für die Pflegefamilien in der Gegend verantwortliche Inspektor war Alkoholiker, und Konrad hatte keine Probleme, ihn zu manipulieren. Einfach her mit der Flasche, dann war er mit allem einverstanden. Er ist seit vielen Jahren tot.«

Nun konnte Bark eine Frage nicht mehr zurückhalten. »Was hat denn Elvira getan, Ihre Pflegemutter, hat die nicht eingegriffen?«

»Nein, nein, niemals!« Lena schüttelte bedächtig den Kopf, und ihre Augen glühten vor unterdrücktem Zorn.

»Und was ist mit Ihnen passiert, was Sie die Hölle nennen? Warum wollten Sie nicht zu Konrads Großmutter auf den Dachboden gehen?«, fragte er.

»Es ging um Blutgruppe Null.«

»Blutgruppe Null?« Bark versuchte sich an einen unerklärlichen Ausbruch zu erinnern, den Ingrid vor einiger Zeit bei der Arbeit gehabt hatte. Da war das Gespräch um Corona und Blutgruppe Null gegangen. »Was meinen Sie?«

Lena wandte plötzlich den Kopf, und da stand Ingrid in der Tür. Sie war angezogen und sah fast so aus wie immer, nur blasser. Wenn man es nicht wusste, konnte man nicht ahnen, dass sie eine Perücke trug.

»Hör auf, Lena, du darfst nicht … ich bringe mich um, wenn du das erzählst.«

26

Auf der Fahrt zurück hatten Bark und Mia zu ergründen versucht, was Lena nicht erzählen sollte. Ingrid hatte damit gedroht, sich das Leben zu nehmen, und dann einen Wutausbruch bekommen und sie gebeten, sie in Ruhe zu lassen. Dann war sie zusammengebrochen. Sie hatten sie beruhigt, und als sie wegfuhren, wirkte sie gefasst. Aber sie hatte auch gesagt, dass sie nicht vorhabe, auf irgendwelche Fragen zu antworten. Bark hatte gemurmelt, dass sie dann eben warten würden, aber dass er doch hoffte, dass sie es sich in ein paar Tagen anders überlegen würde. So anstrengend das alles emotional auch war, musste sie doch begreifen, wie wichtig es war, dass die Polizei alle Puzzlesteine in der Hand hatte. Vielleicht konnten sie mit Lena ja telefonisch noch weitersprechen.

Als Mia ihn beim Tybble Zentrum absetzen wollte, fragte Kristoffer, ob sie noch auf eine Tasse Tee raufkommen wolle. Doch da fiel ihm ein, dass seine Wäsche zum Trocknen über sämtliche Möbel ausgebreitet lag und dass der Müll noch dastand, und …

»Nein, Kristoffer. Ich muss nach Hause.« Ihr Gesicht war ernst, ohne die geringste Andeutung eines Lächelns. Jetzt war diese Distanz wieder da, obwohl er eben noch das Gefühl gehabt hatte, dass sie sich nach dem Gespräch über Sara wieder angenähert hatten.

»Okay, dann sehen wir uns morgen«, sagte er und lächelte herzlich. »Da gibt es noch einiges, worüber wir reden müssen«, fügte er beim Aussteigen hinzu. Das war doppeldeutig, und die Interpretation, ob es dabei nun um Arbeit oder Privatleben ging, überließ er ihr.

Bark steckte den Schlüssel ins Schloss und betrat seine Wohnung. Sein Vater hatte ihm eine Weinranke geschenkt, die er an dem Ort einpflanzen sollte, wo er sich niederlassen wollte. Im Moment befand sich die Pflanze im Büro, und das hatte eine gewisse Symbolik. Zurzeit schien der Traum von einem eigenen Haus auf dem Land sehr weit entfernt.

Er hängte seinen Mantel auf und zog die Schuhe aus, dann ließ er sich auf das Sofa sinken. Die Gedanken wanderten zurück zu dem, was Mia und Gaby über ihn und Sara gesagt hatten, und wieder verteidigte er sich innerlich, machte sich selbst deutlich, dass er sich für Sara verantwortlich fühlte. Sie war krank und zu Tode erschöpft und würde in Armut und Elend versinken, wenn er ihr und Moa nicht half. Der Herd, den er über Kleinanzeigen gefunden hatte, war mithilfe von Alex installiert worden. Er rechnete damit, ihr mit der nächsten Monatsmiete helfen zu müssen, weil sie sich nicht traute, noch mehr Geld von ihrem Schwager zu leihen. Bark hoffte auf das Urteil des Verwaltungsgerichts, und dass es Sara das Recht geben würde, zu hundert Prozent krankgeschrieben zu sein, bis sie sich langsam wieder in die Arbeit eingliedern konnte – so wie es geplant gewesen war, bevor der Schlag von der Krankenkasse sie zu Boden gestreckt hatte. Hoffentlich hatte Zimmermann Zeit gehabt, mit der HR-Abteilung zu sprechen, damit Sara passende Aufgaben übernehmen konnte, bis sie stark genug war, wieder ihren gewöhnlichen Job zu bewältigen.

Die Situation vor dem Verwaltungsgericht, wo Bark Sara vertreten hatte, war seltsam gewesen. Aufgrund der Corona-Lage war ihnen der Jurist der Versicherung über einen großen Bildschirm zugeschaltet gewesen. Ein strenger Mann im Anzug, der von der Wirklichkeit der Kranken genauso weit entfernt war wie von ihnen im Gerichtssaal. Er hatte gesagt, er könne das ärztliche Attest nicht akzeptieren, weil dort keine objektiven Krankheitssymptome aufgeführt wären. Aber wie sollte man denn objektive Symptome für Angst, Schmerz und Erschöpfung herbeizaubern? Die ganze Psychiatrie beruhte auf dem Vertrauen zwischen dem Patienten und dem Arzt mit seinem Wissen und seiner Erfahrung. Die Meinung des Juristen war, dass der Arzt Sara während eines ganzen Arbeitstages hätte beobachten müssen, um objektive Symptome zu entdecken und zu entscheiden, ob sie imstande wäre, zu hundert Prozent zu arbeiten.

Diese grenzenlose Dummheit hatte Bark fassungslos gemacht. Sollte ein Arzt tatsächlich in seinem vollen Kalender Zeit dafür einplanen, einen Patienten einen ganzen Arbeitstag über zu kontrollieren? Hätte man den zwölf anderen Patienten, die der Arzt an dem Tag zu versorgen hatte, absagen sollen, um die Krankenkasse zufriedenzustellen? Es machte ihn wütend, wenn er daran dachte, dass die Krankenkasse 200 Millionen Kronen verlangt hatte, um weitere Juristen anstellen zu können. Das Geld sollte besser direkt den Kranken zur Verfügung gestellt werden. Jetzt war er so sauer, dass er laut mit sich selbst sprach: »Es gibt nichts, was das Gesundheitssystem so bremst und ineffektiv macht, wie die Forderung der Krankenkasse, dass Ärzte deren Berater medizinische Ausbildung kostenlos fortbilden, indem sie die Entscheidungen der Fachleute infrage stellen. Die Berater aber wollen nicht infrage gestellt werden, weil sie die Direktive haben, die Krankenzahlen niedrig zu halten.«

Er holte tief Luft und dachte an die Schöffen, die so ausgesehen hatten, als wären sie denkende und reflektierte Menschen mit guten Absichten, und an den Richter, der seine Argumente wirklich angehört hatte. Er hoffte auf sie, hoffte, dass es Gerechtigkeit geben würde. Es war doch sowohl für Sara als auch für die Gesellschaft besser, wenn sie der Empfehlung des Arztes, sich auszuruhen, folgen durfte und dadurch gesund wurde und wieder ihrer Arbeit als Polizistin nachgehen konnte.

Während Bark die Wäsche zusammenfaltete, sah er die Nachrichten. Der Mord in Lerbäck war die Hauptneuigkeit, und Regina Zimmermann wurde als Polizeichefin der Region zusammen mit dem Polizeichef des Landes Örebro über die Einsätze der Polizei interviewt. Sie machte das gut, klang vertrauenserweckend und sicher, als sie sagte, dass die Polizei von einer Theorie ausgehe, und dass man gute Aussichten habe, den Schuldigen bald festnehmen zu können. Im nächsten Atemzug sprach sie von Gewalt in Beziehungen, und alle, die die Nachrichten sahen, konnten somit ahnen, dass der Ehemann der Hauptverdächtige war. Zimmermann schaute in die Kamera und sagte, man würde den Ehemann des Opfers vernehmen. Bark bezweifelte, dass er schuldig war, aber im Moment ging es für Zimmermann darum, die Allgemeinheit zu beruhigen und in Ruhe arbeiten zu können.

Bark schenkte sich ein Glas Rotwein ein, setzte sich an den Küchentisch und zündete die Kerze für sein abendliches Plauderstündchen mit Vera an. Er nahm einen Schluck Wein und versuchte, die Ruhe zu finden, die er brauchte, um ihre Nähe zu spüren.

»Warum will Ingrid nicht über ihre Zeit in der Pflegefamilie sprechen?« Er stellte ihr die Frage in Gedanken, und Vera antwortete mit ernster Stimme in seinem Kopf. Ihre Antwort war klar: »Weil sie sich schuldig fühlt.«

»Wie meinst du das? Sie war doch nur ein Kind«, sagte er und dachte im selben Moment an Lenas Worte über Sofias Tod. *Wir haben sie zum Tod verurteilt.*

Veras Tonfall wurde anklagend. »Ich habe mich auch schuldig gefühlt, als Mama und du angefangen habt zu streiten.«

»Es tut mir leid, es tut mir wirklich leid, dass wir uns nicht früher getrennt haben, ehe es zwischen uns zu aggressiv wurde. Wir haben oft darüber gesprochen, dass es nicht deine Schuld war. Wir hätten besser darauf achten sollen, was wir zueinander gesagt haben, wenn du dabei warst. Verzeih! Aber wenn wir jetzt zu Ingrid zurückkehren: Warum will sie nicht mit uns reden?«

»Vielleicht ist es zu angstbesetzt. Sie sieht das, was sie selbst getan hat, mit den Augen eines Kindes.«

»Lena hat gesagt, man hätte sie Experimenten ausgesetzt. Was könnte das gewesen sein? Blutgruppe Null, was meinte sie damit?«

Von Vera kam keine Antwort. In seinem Kopf war es ganz still, und er war sehr müde. Bark sah auf die Uhr. Höchste Zeit, ein bisschen Schlaf zu bekommen, ehe er morgen früh Moa wieder zur Kita brachte.

Als Bark vom Wecker aufwachte, fühlte er sich nicht ausgeruht. Mit zusammengekniffenen Augen schaute er ins Licht, das unter dem Rollo durchsickerte, und blickte sich mit wachsendem Schrecken um. Da lagen Bilder aus Veras Fotoalbum auf dem Fußboden aufgefächert. Er stand auf, um in der Wohnung nach weiteren Anzeichen dafür zu suchen, dass er schlafgewandelt war. Das Küchenfenster stand offen, obwohl er ganz sicher war, dass es zu gewesen war, als er sich schlafen gelegt hatte. Die Aktentasche, die er immer mit zur Arbeit nahm, lag offen auf dem Küchentisch, und die Papiere flatterten im Windzug. Die Erkenntnis überkam ihn eiskalt: Es war also wieder passiert. Er kontrollierte seine Medikamentendose und sah, dass er schon wieder vergessen hatte, seine Epilepsiemedizin zu nehmen. Nur vage konnte er sich an Fragmente seiner Träume erinnern, in denen er sich außerhalb seines Körpers befunden hatte, ohne eine Möglichkeit, diesen mit eigenem Willen zu lenken. Er hatte von Vera geträumt und von Sara, die am Rand der wohlbekannten Felsenklippe stand, die in den Falkasjön abfiel. Dunkle Wolken am Himmel. Veras Flehen: *Tu es nicht.* Doch Sara bekam schwarze Flügel, und sie fiel, ohne Kontrolle über die Flügel zu erlangen, in das dunkle Wasser hinab.

Die Traumbilder waren so real. Bark verspürte eine nagende Sorge. Er konnte kein Frühstück herunterbringen, schaffte es aber noch zu duschen und ging dann los, um einen zeitlichen Puffer zu haben, falls Moa Probleme machen würde. Doch die Kleine hatte strahlende Laune, und Sara schien es ein wenig besser zu gehen. Als er kam, war sie aufgestanden und hatte Frühstück gemacht, und abgesehen davon, dass Moa eine Zeit lang einen Bagger beobachten und ein paar Worte mit einer vorbeistolzierenden Katze wechseln musste, verlief der Weg zur Kita ungewöhnlich glatt.

Um Viertel vor acht betrat Bark das Turmzimmer und bemerkte erstaunt, dass er der Erste war. Er gab der Weinranke einen kleinen Schluck kalten Kaffees, da kam Alex mit schnellen Schritten die Treppe herauf.

»Ich habe gestern Lorentz Brunnberg erreicht. Die Vernehmung ist für drei Uhr heute Nachmittag angesetzt. Und ich habe für heute Vormittag Eva Lovik einbestellt, muss noch checken, welche Zeit. Du weißt schon, die letzte Anruferin auf Magdalenas Handy.«

»Mikael hat von dem Gespräch erzählt. Er hatte den Eindruck, Eva Lovik hätte Magdalena beschimpft«, sagte Mia, die mit dem Fahrstuhl angekommen war und gerade das Turmzimmer betrat – heute in schwarzen Jeans und einem schwarzen T-Shirt.

Alex nickte eifrig. »Lovik ist ja nicht gerade ein häufiger Name. Ich glaube, sie könnte die Mutter eines Mädchens sein, mit der ein Kumpel von mir mal kurz zusammen war. Deren Mutter hieß Eva. Ich habe Jenny ein paarmal in Bars getroffen. Die ist echt durchgeknallt. Ungefähr eine Viertelstunde lang ist sie das heißeste Mädel, was man jemals in einer Kneipe getroffen hat, voller Energie und krass witzig, doch im nächsten Moment kommt es zur Katastrophe, und die Türsteher müssen sie hinauskomplimentieren. Wenn du glaubst, ich hätte eine schlechte Impulskontrolle, dann ist die wirklich nichts dagegen. Ihr Gehirn bräuchte einen Leibwächter! Als wir uns das letzte Mal getroffen haben, hat sie erzählt, dass sie aus Versehen im Fahrstuhl ihren Nachbarn geküsst hat. Sie meinte, das wäre wirklich keine Absicht gewesen. Sie sind zusammen im Fahrstuhl gefahren, und plötzlich hat sie es einfach getan. Sie wusste nicht, warum. In dem Moment fand sie, es sei eine gute Idee.«

Jennys Mutter, Eva Lovik, war in einen Verhörraum gebracht worden. Mia sollte die Befragung leiten und Bark dabeisitzen. Eva Lovik war schick gekleidet, das kurze Haar hatte helle Strähnchen, und sie war in gedämpften Farben geschminkt. Sie sah verärgert aus.

Mia stellte sich vor.

»Wir haben Sie gebeten, hierherzukommen, weil Sie am vergangenen Samstag von 9:12 Uhr bis 9:14 Uhr Telefonkontakt mit Magdalena Fernåker hatten. Worum ging es bei dem Gespräch?« Mia machte eine kurze Pause, um die Reaktion abzuwarten. Das war derselbe Tag, an dem Magdalena ermordet worden war – war das Eva Lovik bewusst?

»Meine Tochter Jenny ist wegen Magdalena Fernåker in die Psychiatrie eingewiesen worden. Es ist bedauerlich, dass die Frau tot ist, aber ich kann verstehen, wenn die Leute außer sich vor Wut auf sie sind. Man übernimmt eine große Verantwortung, wenn man Menschen sagt, wie sie ihr Leben leben sollen.«

»Und Sie waren außer sich vor Wut und haben sie angerufen«, stellte Mia ernst fest und sah ihr in die Augen. »Was ist passiert?«

»Nun, ich habe immer darum gekämpft, dass Jenny ein normales und stabiles Leben führen kann, mit festen Regeln und Routinen, um nicht einfach so aus der Bahn geworfen zu werden. Bei ihr ist nur ganz wenig Ermunterung nötig, dann stürzt sie sich in die größten Verrücktheiten, die sie dann hinterher bitter bereut. Es ist eine ständige Berg-und-Tal-Fahrt.«

Bark dachte an das, was Kristina erzählt hatte: dass Magdalena Fernåker sie gewarnt hatte, weil Jenny es auf ihren Mann abgesehen hatte. Die beiden waren Arbeitskollegen. War Morgan vielleicht auch irgendwelchen Fahrstuhl-Übergriffen ausgesetzt gewesen? Oder war er noch tiefer verwickelt?

Mia fuhr fort. »Aus dem, was Sie erzählen, höre ich heraus, dass Sie zutiefst besorgt um Ihre Tochter sind. Was war Magdalenas Anteil an dieser Sache?«

»Magdalena war ein Bluff. Sie hat genau die Dinge gesagt, die Jenny gerne hören wollte. Dass sie sich keine Sorgen um Geld machen sollte, dass sie sowohl reich als auch erfolgreich werden würde. Jetzt hat sie Spielschulden von 1,4 Millionen Kronen bei verschiedenen Internetcasinos und liegt mit einer Depression in der Psychiatrie. Sie hat gesagt, sie wolle sich umbringen! Ich habe Magdalena erklärt, dass das ihre Schuld ist. Jenny hat ihr vertraut und hat schlechte Ratschläge bekommen, die sie finanziell total ruiniert haben. Sie wird ihre Wohnung verkaufen und bei mir einziehen müssen, wenn sie aus dem Krankenhaus kommt.«

»Haben Sie Magdalena mal getroffen, oder war das Telefonat das einzige Mal, dass Sie Kontakt hatten.«

»Ich habe sie nie persönlich getroffen. Aber ich habe die Reportage über das Mädchen in der Felsengrotte gelesen, zu dem sie einen medialen Kontakt hatte. Jenny hatte das mitgebracht und war völlig erfüllt davon. Als dann später die Polizei die Leiche gefunden hat, wurde

Magdalena zu einem Orakel überhöht. Es gibt sicher noch viele andere, die für ihren Rat bezahlt haben und reingelegt worden sind.« Mia setzte an, eine Frage zu stellen, doch Eva Lovik sprach weiter: »Natürlich werden Sie wissen wollen, was ich am Samstagabend gemacht habe. Da habe ich Jenny in die Psychiatrie gefahren. Wir sind gegen vier Uhr nachmittags dort angekommen und mussten warten. Erst um Mitternacht konnte ich wieder nach Hause fahren. Und dann habe ich in meinem Auto auf dem Parkplatz gesessen und geweint, weil sie ihr Leben ruiniert hat, wo sie doch gerade angefangen hatte, wieder zu arbeiten und es so gut aussah.«

Vor der Tür hängen tote Hähne. Sie haben keine Köpfe, denn Konrad haut sie mit seiner Axt ab. Elvira hält sie fest, und wir Mädchen schauen zu, weil es nützlich ist, zu lernen, wie man das macht, sagt Konrad.

»Von den Hühnern hat man Nutzen, die legen Eier, die Hähne nicht. Die braucht man nur, um Ordnung unter den Hühnern zu halten, genauso wie hier«, sagt er lachend.

»Ich habe gesehen, wie der neue Hahn ankam. Er hat alle seine neuen Frauen vergewaltigt, sodass sie im Hühnergatter nur so geschrien haben«, sagt Annika.

Da lacht Konrad wieder. Ich weiß nicht, was vergewaltigt bedeutet, aber ich habe gesehen, dass der Hahn auf die Hühner draufgeflogen ist, und habe gehört, dass er ihnen wehgetan hat. Wenn keiner von den Erwachsenen da war, habe ich den Hahn getreten, sodass er mehrere Meter geflogen ist. Ich war so wütend, die ganze Zeit war ich so wütend, aber ich habe mich nur getraut, den Hahn zu treten.

»So macht der Hahn das eben, um zu zeigen, dass er bestimmt. Die Hühner müssen begreifen, dass sie gehorchen sollen, ohne rumzugackern.« Konrad schmiert sich wie eine Kriegsbemalung Blut ins Gesicht. Wir starren ihn an. Ich glaube, er tut das, um witzig zu sein. Aber keine von uns lacht. Er sieht schrecklich aus

mit dem Blut, und ich versuche, ihn nicht anzusehen. Da sagt er, dass wir dasselbe tun sollen. »Los, malt euch wie richtige Krieger an!«

Zögerlich stippe ich einen Finger ins Hahnenblut und streiche damit über meine Stirn. Sofia weigert sich und bekommt eine Ohrfeige.

»Du, wo du so ein freches Mädchen bist, schminkst dich doch bestimmt gern. Du musst das hier probieren«, sagt er und taucht ihren Kopf lange in den Eimer mit Blut. Meine Schwester weint leise. Sofia fällt in Ohnmacht, schlägt die Augen aber wieder auf, als sie auf dem Boden liegt. Sie sieht zum Himmel hoch, auf den kleinen Flecken Blau zwischen den dunklen Tannen, den winzigen Streifen Himmels, der im Moment der einzige Weg ist, auf dem sie fliehen kann. Aber ich bin außer mir vor Wut und starre Konrad an, und einen Moment lang sieht er verwirrt aus. Er grinst dämlich, und die dicken Lippen werden breit. Als Sofia aufsteht, holt sie Luft und hustet Blut. Ich spüre die Wut in meinem ganzen Leib, spüre, wie sehr ich ihn hasse. Das ist ein neues und starkes Gefühl. Ich würde ihn am liebsten mit der Axt mitten ins Gesicht schlagen, sodass dieses hässliche Grinsen verschwindet und der Kopf abfällt wie die Spitze bei einem geköpften Frühstücksei. Ich will, dass er stirbt! Ich würde ihn am liebsten töten.

Wenn die Hähne ein paar Tage da gehangen haben, sollen wir die Federn ausrupfen, bis die Körper nackt und traurig schmal sind. Mit ihrer bleichen, pickligen Haut sehen sie verfroren aus. Wir sitzen auf dem Boden vom Hühnerhaus, und alles ist weiß von Federn, die wie bei einem Schneesturm herumfliegen. Dann stellen sie uns Untertassen mit Brennspiritus hin. Elvira holt eine Streichholzschachtel aus ihrer Schürze und zündet den Spiritus an. Sie zeigt, wie man den Vogelkörper über die Flamme halten muss, damit die letzten Daunen weggebrannt werden. Und dann muss man die verbrannten Büschel mit den Fingernägeln abknibbeln. Die Streichholzschachtel liegt noch auf dem Tisch, als Elvira weggeht, um ein Messer zu holen. Wir starren die Schachtel alle vier an, und Annika nimmt sie, während Konrad weitere Hähne holt.

»Du bist verrückt!«, zischt Sofia. »Er wird dich umbringen.«

»Wenn wir hierbleiben, wird er uns sowieso umbringen. Wir brauchen die Streichhölzer, wenn wir abgehauen sind, um Feuer zu machen.« Annika ist sehr entschieden, und Sofia sieht aus, als würde sie gleich weinen.

Elvira kommt mit dem Messer zurück, und wir halten die Luft an. Wenn sie entdeckt, dass die Streichhölzer weg sind, dann sind wir dran. Sie schneidet in den ersten Vogel und schiebt die Hand weit in seinen Körper hinein. Als sie sie wieder herauszieht, ist sie voll von einer blutigen Masse aus Gedärmen und einem Herzen und anderen Eingeweiden. Sie sagt nichts über die Streichholzschachtel, und Annika bittet, auf die Toilette gehen zu dürfen. Mir ist klar, dass sie die Streichhölzer da zusammen mit den anderen Sachen, die sie gestohlen haben, verstecken will. Ich würde gerne mitgehen, wenn sie weglaufen, aber Sofia hat gesagt, wir dürfen nicht, weil wir zu klein sind. Sofia ist so gemein. Ich bin auch auf sie wütend.

»Das ist ja komisch.« Elvira fährt mit ihren rot befleckten Händen über die Schürze. »Ich dachte, ich hätte die Streichholzschachtel …« Sie geht rein, und wir warten nur darauf, dass sie nach Konrad rufen wird.

Er spricht vor sich hin, als er mit den kopflosen Hähnen zurückkommt. »Heute Abend gibt es Hähnchen in Rotweinsoße, und wer den Kopf findet, darf sich was wünschen. Das ist so wie mit der Mandel im Brei. Ich tue immer einen Hähnchenkopf dazu. Einmal habe ich ihn zu lange gekocht, da ist der Schnabel in zwei Teile gegangen. Da gab es zwei Wünsche.«

Im selben Moment steht Sofia auf und rennt ins Haus. Wir folgen ihr ein Stück weit die Treppe hoch, Lena und ich. Oben schlägt eine Tür zu, und man hört Lärm und Schreien. Als wir ins Schlafzimmer der Pflegeeltern kommen, steht das Fenster offen. Durch das Fenster, das auf der Rückseite des Hauses ist, kann man fast die obersten Äste der Tannen erreichen, und wenn es einem gelingt, auf dieser Seite rauszuklettern, wo kein Zaun ist, dann ist man frei. Doch Sofia ist es nicht gelungen. Sie liegt auf der Erde und bewegt sich nicht, und der Gips am Arm ist kaputtgegangen. Konrad schubst uns beiseite und rennt dann runter, als er sieht, was passiert ist. Wir folgen ihm nach draußen und sehen, dass er sie ins Auto trägt. Ihre langen Haare hängen wie zerzauste Bartflechten von seinem Arm, der wie ein dicker Ast in dem Wald aussieht, in den sie fliehen wollte. Ist sie jetzt tot?

27

Daniel stand vor der Notaufnahme der Psychiatrie und blinzelte in den Regen, der aus einem grau verhangenen Himmel fiel. Eine Woche war es her, seit er von der Piva entlassen wurde, wo er wegen seiner Wahnvorstellungen über die Frau in der Kühltruhe gelandet war. Vorhin hatte er Jenny im Krankenhaus besucht. Sie hatte ihn angerufen und gebeten, ihr Zigaretten zu kaufen, denn sie hatte kein Geld und wollte nur sterben. Die Seeräuber-Jenny, wie sie scherzhaft-zärtlich in der Kneipe genannt wurde. Die rief ihn nur an, wenn sie eine Partydroge brauchte, oder wenn sie niemand anders fand, mit dem sie mitten in der Nacht reden konnte, weil alle anderen Idioten schliefen. Sie hatte eine geheime Nummer, weswegen er niemals bei ihr anrufen konnte. Wahrscheinlich wollte sie nicht mit ihm rumhängen, sie spielten nicht in derselben Liga. Trotzdem hatte er sich darauf gefreut, Jenny zu treffen. Doch sie hatte die Zigaretten nicht einmal selbst in Empfang genommen, sondern er hatte sie einem Pfleger geben müssen, der sagte, dass sie gar nicht rauchen dürfe. Jetzt hatte er kein Geld für den Bus nach Hause. Was aber eigentlich auch egal war, denn er wollte sowieso nicht zu Hause sein.

Alles ging den Bach runter. Laban, ein Kumpel von seinem Vater, war eingezogen, und der war so verdammt laut, dass ein Nachbar die Polizei angerufen hatte. Laban konnte nichts dafür, wenn er nachts lärmte. Er hatte Albträume, in denen er von einem Verrückten durch dunkle Tunnel mit Schlangen und eiskaltem Wasser gejagt wurde. Als er in der Nacht zuvor versucht hatte, im Stadtpark zu übernachten, war er ausgeraubt und misshandelt worden. Daniel hatte ihm ein Dach über dem Kopf nicht abschlagen können. Dann war der Strom abgestellt worden, weil Daniel die Rechnungen nicht bezahlt hatte oder besser gesagt die Mahnungen, die er unter der Matratze seines Vaters gefunden hatte, wo der Alte sie hingelegt hatte, damit sie nicht verloren gingen. Kühlschrank, Kühltruhe und Fernseher liefen nicht mehr und auf der Toilette konnte man kein Licht mehr anmachen. Doch Not macht erfinderisch, wie seine Grundschullehrerin immer gesagt hatte, wenn sie seine Brille mal wieder mit Klebeband reparierte. Es gab einen Nachbarn auf demselben Stockwerk, der ein guter Mensch war und sich vorstellen konnte, mit ein bisschen Strom auszuhelfen, bis der Stromversorger es sich anders überlegte. Der Nachbar hatte ihnen sogar eine Verlängerungsschnur geliehen, die Daniel durch seinen Briefkastenschlitz gefädelt hatte und dann weiter zur nächsten Wohnung durch den Briefkasten des Nachbarn. Das funktionierte fürs Erste.

Und trotzdem war das immer noch nicht das Schlimmste. Was ihn am meisten quälte, war, dass er das Bild der Frau in der Kühltruhe nicht loswurde. In der Psychiatrie hatten sie sich darauf geeinigt, dass es die Frau nicht wirklich gab, doch Daniel konnte seinen Teil dieser Absprache nicht einhalten. Die Frau mit dem Raureif in ihren weißen Haaren war für ihn ebenso real wie die

Stromrechnungen und Labans nächtliche Schreie. Das Einzige, was ihn aus dem Zustand der Lähmung, in den er geraten war, herausholen konnte, war, noch ein drittes Mal in den Vorratskeller zu gehen und ein für alle Mal nachzusehen. Wenn die Eishexe nicht da war, dann musste er einsehen, dass es sich um ein Hirngespinst handelte und dass seine Sinne ihm einen Streich gespielt hatten. Aber wenn sie da in ihrem weißen Hemd saß, dann würde er es wieder wagen, seinen Sinnen zu vertrauen, würde sich zusammennehmen, um einen Platz im Entzug bitten oder sich einen Job suchen. Er besaß keinen Computer, doch in der Bibliothek gab es einen. Eine Wohnung von der Sozialhilfe zu bekommen, war ein Privileg, und er war noch nie so nahe dran gewesen, rauszufliegen, wie jetzt. Er musste seinen guten Willen zeigen und sich einen Job suchen, welchen auch immer, und um das zu schaffen, musste er wissen, welche Realität die echte war.

Daniel ging durch den Fußgängertunnel und dann weiter an der Eisenbahn entlang. Es gab Momente schrecklicher Angst, in denen er schon darüber nachgedacht hatte, sich auf die Gleise zu legen, doch er hatte es nie getan, weil er an den Lokführer dachte. Denn wie, verdammt, musste es sich anfühlen, über einen Menschen zu fahren und dann in seinen Träumen von grauenhaften Bildern verfolgt zu werden. In der vergangenen Woche war Daniel schon zweimal auf dem Weg zum Vorratskeller gewesen. Doch die Vorstellung, wieder dort zu sein, war so angstbesetzt gewesen, dass er sich mit einem Joint und Alkohol beruhigen musste. Beide Male war er eingeschlafen und hatte vergessen, wohin er unterwegs gewesen war. Heute hatte er sich überhaupt nicht betäubt, und es fühlte sich an, als säßen die Nerven außen auf der Haut. Er fühlte in der Tasche nach. Der Token für die Kellertür war noch da.

Er zitterte in seinen feuchten Kleidern und ging schneller. Hinter dem Haus von Radio Örebro beim Hutgeschäft bog er ab. Er war total nüchtern und klar im Kopf. Natürlich gab es die Eishexe nicht in Wirklichkeit. Aber wenn … also wenn doch …, dann müsste die Frau doch von irgendwem vermisst werden. Dann hätte doch in den Zeitungen etwas über eine verschwundene Frau stehen müssen. Zum Beispiel so was wie: Ältere Frau letzte Nacht aus ihrer Wohnung verschwunden. Die Polizei sucht mit Helikoptern und Wärmekameras in der Gegend um ihren Wohnort und bittet um Hinweise aus der Bevölkerung. Das nächste Mal, wenn er zur Bibliothek ging, könnte er ja die Zeitungen durchblättern, ob irgendeine alte Frau sich verirrt hatte.

Jetzt stand er, den Rucksack über der Schulter, wieder vor demselben Haus in der Weststadt und zitterte vor Kälte und Nervosität. Auch dieses Mal hatte er Angst, dass sie den Code ausgetauscht haben könnten, oder dass der Token nicht mehr funktionierte, doch vor allem, dass jemand wütend und gewalttätig werden könnte.

Mit vor Kälte steifen Fingern tippte er die Zahlen ein, hörte das Klicken, mit dem sich das Schloss öffnete, und trat ein. Die Tür zum Keller war nur ein paar Schritte entfernt. Er beeilte sich, den Token aus der Tasche zu holen, dabei rutschte er ihm aus der Hand, er sah sich um und nahm ihn wieder auf. Im Treppenhaus war nicht mehr zu hören als das schwache Echo seiner eigenen Atemzüge. Er öffnete die Tür zum Keller und versuchte, mit der

Hand das Geräusch zu dämpfen, als sie sich hinter ihm schloss. Er traute sich nicht, das Licht einzuschalten. Es war dunkel, und Daniel holte die Taschenlampe heraus, die er in seinem Rucksack hatte. Er leuchtete sich den Weg durch den langen Flur, ging wie bei den letzten beiden Malen an der Waschküche vorbei, wo er die Gelegenheit nutzte, für Laban, der seine einzige Jacke irgendwo in der Stadt hatte liegen lassen, eine Kapuzenjacke zu stehlen und ein paar saubere Strümpfe für sich selbst.

Jetzt war Daniel an der Tür zum Kellerraum. Er ging hinein und versuchte, seine aufgeregten Atemzüge zu beruhigen, als er in die Ecke leuchtete, wo er das schreckliche Bild gesehen hatte, das ihn seither verfolgte. Da drinnen stand eine große weiße Kühltruhe, soweit stimmte alles, woran er sich erinnerte, mit der Wirklichkeit überein. Das Schloss, das er aufgebrochen hatte, schien ausgewechselt worden zu sein. Er stellte den Rucksack ab und holte den Bolzenschneider heraus. Das Eisen war diesmal etwas dicker, man konnte es aber trotzdem leicht aufklemmen.

Mit angehaltenem Atem näherte er sich der Kühltruhe. Er horchte auf Geräusche, hob dann langsam den Deckel an und richtete den Lichtkegel der Taschenlampe in das Innere der Truhe. Er ließ den Deckel sofort wieder fallen, wich zurück und hielt die Luft an, damit er nicht laut aufschrie. Sie saß wirklich da, die Eishexe mit den langen weißen Haaren und dem vom Alter runzeligen Gesicht. Er holte tief und zitternd Atem und hob den Deckel noch einmal an, redete sich ein, dass es sicherlich eine Schaufensterpuppe war, doch warum sollte man eine Puppe in eine Kühltruhe stecken? Aber warum steckte man einen toten Menschen in eine Kühltruhe? Damit der Körper nicht verweste. Er berührte die geschlossenen Lider der Toten mit dem Zeigefinger. Wenn sie in dem Augenblick die Augen aufgeschlagen hätte, dann hätte er sich eingepinkelt. Doch das tat sie nicht, denn sie war so tot, wie ein tiefgefrorener Mensch es nur sein konnte. Entlang der Ränder der Truhe war kein dickes Eis, so wie es passiert, wenn man eine so alte Kühltruhe lange nicht abtaut. Sie konnte noch nicht lange hier liegen. Zumindest nicht jahrzehntelang. Daniel zitterte am ganzen Leib. Das hier war total krank. Musste er jetzt nicht die Polizei rufen? Wenn er das tat, dann würden die fragen, was er da zu suchen gehabt hatte, und dann würde er erzählen müssen, dass er der Einbrecher war. Das konnte er aber nicht zugeben, denn dann würde er so sicher wie das Amen in der Kirche seine Wohnung verlieren. Ein silberfarbener Gegenstand zog seine Aufmerksamkeit auf sich. Vorsichtig wand er ihn unter der Leiche heraus. Es war eine Pistole, dazu eine Schachtel Munition. Unfassbar. Er starrte nur auf die Waffe in seiner Hand, während es in seinem Innern jubelte. Wenn er die verkaufte, dann würde es für die Stromrechnungen reichen, und er würde für eine ganze Weile kein Geld für Drogen beschaffen müssen. Er schob die Pistole und die Munition in den Rucksack, eilte aus dem Haus und Richtung Bibliothek.

28

Als Kristoffer Bark zum Empfang hinunterging, um Lorentz Brunnberg zum Verhör zu holen, sprach der Mann gerade intensiv in sein Handy. Trotz der Spätsommerhitze war er ganz in Schwarz gekleidet, mit einem wie ein Kaftan geschnittenen Oberteil und einem großen Peace-Zeichen an einer langen Metallkette auf der Brust. Dazu trug er glänzende schwarze Boots und das schulterlange blondierte Haar war zu einem Seitenscheitel gekämmt, in dem man eine herausgewachsene graue Strähne erkennen konnte.

Bark begrüßte ihn mit einer Geste und gab ihm eine Minute, um das Gespräch abzuschließen. Doch Lorentz zeigte keinerlei Anzeichen der Eile. Seine ganze Erscheinung war selbstgefällig, die Körpersprache ablehnend. Ebenso demonstrativ wie provokativ ließ er Bark warten.

Kristoffer tippte auf seine Uhr, um anzuzeigen, dass es Zeit war. Drei Uhr war ausgemacht gewesen, und er hatte noch mehrere Vernehmungen auf seinem Terminplan, den er einhalten wollte, damit niemand anders unnötig warten musste.

Doch Lorentz nahm keine Notiz von ihm. Es klang, als würde er mit einem Journalisten ein bevorstehendes Interview besprechen. Schon jetzt schien er vor der Kamera zu posieren, in die Höhe gereckt, mit angespannten Muskeln und einem Lächeln in den großen Augen, deren beseelter Blick auf den Betrachter gerichtet war. »Es ist mein tiefster Wunsch, Menschen zu einem in jeder Hinsicht reicheren Leben zu verhelfen. Ja, Menschen zu helfen, ihr wahres Ich zu finden. Das ist die Perspektive, die ich gerne in dem Interview hätte. Und dann möchte ich natürlich auch von meinem neuen Buch *Mit den Toten sprechen* erzählen.«

Menschen haben Komfortzonen. Barks eigene lag ungefähr bei einem Meter, danach fand er, dass ihm jemand zu nahekam. Jetzt stellte er sich – ganz entgegen den aktuellen Empfehlungen der Gesundheitsbehörde – zwanzig Zentimeter vor Lorentz und starrte ihm ins Gesicht.

»Verdammt noch mal!« Lorentz fuhr zusammen und drückte das Gespräch weg. »Verdammt noch mal«, sagte er noch einmal etwas gedämpfter und in Ermangelung anderer Worte.

»Na dann«, erwiderte Bark, »gehen wir mal zum Verhörraum, und ich erwarte, dass Sie während der Vernehmung das Handy ausgeschaltet lassen.«

Mia wartete in dem gebuchten Raum bereits auf sie und startete die Aufnahme des Verhörs, dessen Leitung Bark übernahm. Vielleicht hätte er besser sie weitermachen lassen sollen, denn er war bereits verärgert über die Attitüde dieses Schnösels.

»Wissen Sie, warum Sie hier sind?«, fragte er.

Lorentz setzte eine düstere und passende Miene auf. »Magdalena Fernåker hat auf tragische Weise das verlassen, was wir *das Leben* nennen.«

»Es ist Mord«, erklärte Bark. »Keine verdammte Studienreise auf die andere Seite des Mondes.«

Mia warf ihm einen strengen Blick zu. Lorentz bemerkte das und schenkte ihr ein charmantes Lächeln, mit dem er wahrscheinlich auch sein Publikum einfing. Kristina hatte ja genau dieses Lächeln beschrieben. Es reizte Bark noch mehr, dass Lorentz sich nun mit Mia gegen ihn verbunden fühlte.

»Wo befanden Sie sich am Samstag um 20:25 Uhr?«

Ohne auf die Frage zu antworten, fuhr Lorentz ungeniert fort, Mia zu betrachten.

»Magdalena Fernåker wurde am Samstagabend um 20:25 Uhr erschossen. Wo befanden Sie sich da?« Bark lehnte sich so abrupt vor, dass Lorentz kerzengerade hochschoss. Er schien es nicht gewohnt zu sein, herausgefordert zu werden, und vielleicht fühlte er sich ohne seine Schar von Bewunderinnen etwas verloren.

»Ich habe nichts mit Magdalenas Tod zu tun«, sagte er und glotzte Bark mit gerunzelten Augenbrauen an. »Es war das Böse, das sie selbst auf sich gezogen hat, indem sie Menschen betrogen hat.«

»Und Sie tun das nicht?«, fragte Bark und erntete einen weiteren strengen Blick von Mia.

»Ich bin seriös in dem, was ich tue, doch Magdalena war das nicht. Sie war eine Glückssucherin, deshalb konnten wir sie auch nicht weiter auf Himlagård behalten. Sie wurde auch aus der Ausbildung zum zertifizierten Medium ausgeschlossen.«

»Warum? Wollte sie keinen Sex mehr mit Ihnen?« Mia legte diskret ihre Hand auf Barks Arm, damit er sich beruhigte. Doch Bark scherte sich nicht darum. Nicht jetzt – in einer anderen Situation hätte er ihre Geste sicherlich geschätzt und es schön gefunden, dass ihre Hand auf seinem Arm ruhte. »Sie hatten eine sexuelle Beziehung, nicht wahr?«

Lorentz lachte kurz und tonlos. »Wir hatten Sex, aber keine Beziehung. Dafür können Sie mich aber nicht festnehmen, nicht wahr?«

Mia hatte ihre Hand weggenommen. Anstatt ihn weiter beruhigen zu wollen, wiederholte sie jetzt Barks Frage, wo Lorentz sich am Samstag befunden habe.

»Ich erinnere mich nicht, wo ich genau zu der Zeit war. Das war, bevor meine Kollegin Lisette Duvman und ich nach Sundsvall fuhren. Ich habe da einen Vortrag über den heilenden Prozess durch das Gespräch mit den Toten gehalten. Er war ausgebucht und wurde sehr positiv aufgenommen, doch natürlich erfordern solche Veranstaltungen Vorbereitung. Also ... soweit ich mich erinnere, habe ich mich in meiner Wohnung in der Stadt befunden. Die liegt in Centralpalatset. Die Aussicht über den Fluss hilft mir, zum inneren Gleichgewicht zu finden.«

»Kann jemand bestätigen, dass Sie dort waren?«, fragte Mia.

»Ja, tatsächlich. Ich hatte eine hübsche Studentin zu Besuch, aber ich kann mich nicht erinnern, wie sie hieß. Carina oder Karin oder so etwas. Oder Kim. Wir haben uns auf Himlagård kennengelernt.«

»War das auch Sex, aber keine Beziehung?«, erkundigte sich Mia. »Eine Studentin? Die war dann ja wohl ungefähr im Alter ihrer Enkel.«

»Sie hatte eine reife Seele. Ich habe keine Beziehungen mit Individuen. Das ist weniger kompliziert für alle Beteiligten.«

»Präferieren Sie Würgesex?«, fuhr Mia fort.

Bark warf ihr einen Seitenblick zu. Sie bezog sich auf die blauen Male an Magdalenas Hals.

»Warum soll man sich mit dem Mittelmäßigen zufriedengeben, wenn man höhere Grade der Befriedigung erreichen kann? Wenn Sie das noch nicht probiert haben, dann empfehle ich …«

»Haben Sie Magdalena gewürgt?«, unterbrach ihn Bark.

»Ja, und sie war einverstanden, und danach ist sie nach Hause zu ihrem Mann gefahren, es kann also nicht so schlimm gewesen sein, oder?«

»Wann haben Sie Magdalena das letzte Mal gesehen?«, fragte Mia.

Lorentz warf die langen Haare auf die Seite und hielt beide Hände in einer abwehrenden Geste in die Luft.

»Magdalena ist am Freitag nach Himlagård gekommen. Sie wirkte ängstlich. Sowohl Bea als auch Lisette haben darauf reagiert. Zu mir hat sie gesagt, sie würde erwägen, ihren Mann zu verlassen. Ich bekam das unbehagliche Gefühl, dass sie etwas von mir erwartete.«

»Und was zum Beispiel?« Mias Gesicht war eine Maske der Beherrschung.

»Vielleicht, dass wir eine Beziehung haben würden. Ich hoffe, dass sie das nicht zu ihrem Mann gesagt hat. Sie hat mir nämlich von ihm erzählt. Er ist von der eifersüchtigen Sorte.«

»Wissen Sie, ob Magdalena in irgendeiner Weise bedroht wurde?«

»Anscheinend hatte sie Angst vor der Reaktion ihres Mannes, wenn er das von uns beiden erführe. Es sind nicht alle in ihrer Reife so weit gediehen, dass sie das Ego aufgeben können. Für die Unerleuchteten kann es eine Weile dauern, bis sie alle Bindungen und Erwartungen loslassen können. Und die ganz Primitiven greifen zu Gewalt.«

»Sie hatten also am Freitag Sex«, sagte Mia, um ihn auf die wichtige Frage zurückzuführen, was geschehen war, als die beiden sich getroffen hatten.

»Das war jedenfalls der Plan …«

»Laut Zeugenaussage kam Magdalena mit nassen Haaren und lediglich einem Bademantel bekleidet nach Hause. Das deutet darauf hin, dass sie eilig weggefahren ist … wenn sie nicht mal ihre Kleider mitgenommen hat, oder?«

»Sie war labil und verwirrt.« Lorentz sah aus, als stünde er unter Druck.

»Der Plan war, Sex zu haben, aber irgendetwas ging schief«, schob Mia ein. »Und Sie haben sie gewürgt … und ihr eine Ohrfeige gegeben?«

Jetzt wurde Lorentz zornig. Sein Gesicht bekam eine rote Farbe, und die Röte breitete sich über den ganzen Hals aus. »Sie hat mich heiß gemacht, und ich wollte es zu Ende bringen. Aber sie ist einfach abgehauen!«

Bark reagierte sofort auf diesen Tonfall. »Sind Sie ihr gefolgt?«

»Aus dem See heraus, ja. Ich fand, wir sollten darüber sprechen. Ich bin über die Wiese zum Parkplatz gelaufen. Aber sie hat sich ins Auto gestürzt und ist verschwunden.«

»Sind Sie ihr mit einem Auto gefolgt?«

»Zu so etwas würde ich mich niemals herablassen.«

»Besitzen Sie eine Pistole?«

»Nein.«

»Und am Samstag … sind Sie ihr da nach Lerbäck gefolgt? Vielleicht haben Sie ja schon in Lindesberg auf sie gewartet.«

»Nein!« Lorentz setzte an, aufzustehen und zu gehen.

»Es ist in Ihrem eigenen Interesse, wenn Sie sich wieder hinsetzen und auf die Fragen antworten. Wir sind noch nicht fertig«, sagte Mia mit Betonung auf jeder Silbe, ohne jedoch die Stimme zu erheben. »Als wir Magdalenas Handy überprüft haben, ist uns aufgefallen, dass Ihre Handynummer am Freitagabend blockiert worden ist. Das würde bedeuten, dass sie keinen Kontakt mehr mit Ihnen wollte. Was sagen Sie dazu? Was haben Sie getan, dass sie so empört war und nichts mehr mit Ihnen zu tun haben wollte? Haben Sie versäumt, sich ihrer Zustimmung zu den Würgespielchen und der Ohrfeige zu versichern?«

29

Nach dem Verhör mit Lorentz kehrte Kristoffer Bark ins Turmzimmer zurück, um die Lage mit seinem Team abzustimmen. Mia war von Regina Zimmermann zu einer Besprechung gerufen worden, doch Henrik und Alex waren vor Ort, und Gaby kam im selben Moment mit dem Fahrstuhl an, als Bark die letzte Stufe der Treppe nahm. Sie sah gestresst aus. Die blonden Haare standen in alle Richtungen, und sie wischte sich den Schweiß von der Stirn. »Wie läuft es?«, fragte sie.

Bark erklärte, was bei der Vernehmung herausgekommen war, und gab ansonsten die Frage an Henrik weiter.

Der sah verpennt aus und kratzte sich den allmählich grau werdenden Bart. »Ich habe den Tag damit verbracht, die Überwachungskameras zu kontrollieren, die entlang der Strecke stehen, die Mikael und Magdalena am Samstag gefahren sind, zumindest die letzten Kilometer. Nur bei einer Gelegenheit innerhalb des Zeitrahmens ist ein weißes Auto zu sehen, und es hat so geschüttet, dass man das Nummernschild eigentlich nicht erkennen kann. Aber ich habe ein paar Bilder, die ich euch zeigen kann.«

Sie versammelten sich um Henriks Computer. Das zunächst verschwommene Bild zeigte Mikael und Magdalena in ihrem Volvo. Dann kam ein weißes Auto, vielleicht ein Saab. Das Gesicht des Fahrers konnte man nicht sehen, denn die Sonnenblende war heruntergeklappt.

»Warum hat man die Sonnenblende runtergeklappt, wenn es doch in Strömen regnet?«, fragte Alex. »Ist das nicht komisch?«

»Kann man das etwas mehr vergrößern?«, bat Gaby, doch Henrik schüttelte den Kopf. »Schärfer als so wird es nicht. Das hier ist um 17:12 Uhr, also zehn Minuten bevor die beiden ankommen. Wir dürfen annehmen, dass die Person in dem weißen Auto ebenfalls nach Lerbäck will. Vielleicht sogar zum Theater, wo um sechs Uhr die Bar öffnet.«

»Mikael hat erzählt, dass Magdalena ein weißes Auto hinter ihnen aufgefallen sei, sie hat aber die Marke nicht genannt«, erklärte Bark, weil Gaby das noch nicht wusste. »Alex und ich sind die Zeugenaussagen aus dem Theater durchgegangen.«

»Kommt mal mit«, sagte Alex, ging zu seinem Arbeitsplatz und holte eine Skizze heraus. »Ich habe den Tatort mal gezeichnet und wer neben wem gesessen hat, als der Schuss fiel. Und dabei hat sich herausgestellt, dass niemand außer Mikael im Raum gefehlt hat, als der zweite Akt anfangen sollte. Sämtliche Schauspieler waren an ihren Plätzen, und zwei Personen befanden sich in der Küche. Die geben einander ein Alibi.«

»Und was hat die Hausdurchsuchung ergeben?«, fragte Gaby.

»Nichts«, sagte Henrik, »absolut nichts. Magdalena und Mikael hatten einen gemeinsamen stationären Computer. Sie hatte keinen Laptop und kein iPad, sagt er. Es gab nichts Unerwartetes. Sie hat sich auf verschiedenen Seiten über mediale Entwicklung und solche Sachen informiert, hat Kleider und Schuhe bei Zalando gesucht, Sonderangebote bei Ica und Coop. Ansonsten nichts, was wir in irgendeiner Weise gebrauchen könnten.«

»Was mich annehmen lässt, dass die Person, die Magdalena erschossen hat, von draußen kam und dann in dem Auto verschwunden ist, das Mikael hat wegfahren hören«, meinte Gaby.

»Wenn nicht Mikael derjenige ist, der alles bis ins kleinste Detail geplant hat«, gab Alex zu bedenken. »Und dann muss es ihm noch gelungen sein, die Waffe und die dunklen Kleider zu verstecken. Nein, ich glaube, Lorentz ist unser Mann.«

»Das ist durchaus möglich«, sagte Bark. »Er hat ein Alibi angegeben, das wir überprüfen müssen. Wenn es jemand von außen ist, dann denke ich, es hat mit Himlagård und mit Magdalenas Rolle als Medium zu tun.« Er klärte Gaby über das Verhör mit Eva Lovik auf, deren Tochter Jenny sich im Moment in der Psychiatrie befand. »Laut Eva ist die Tochter wegen Angststörungen und Selbstmordgedanken eingewiesen worden. Die Gründe sind angeblich, dass sie als Folge der schlechten Beratung, die sie von Magdalena erhalten hat, ihre persönlichen Finanzen ruiniert hat. Aber ich bin immer noch der Meinung, dass der Mord an Magdalena durchaus mit dem Mädchen in der Felsengrotte zu tun haben kann.«

Gaby sah nicht so aus, als würde sie diese Meinung teilen. »Wie schon gesagt: Ich finde nicht, dass wir darauf jetzt Ressourcen verwenden sollten. Wir haben Lorentz und Mikael, die in etwas verstrickt sind, was ein Eifersuchtsdrama sein könnte. Darauf konzentrieren wir uns zuallererst.«

Bark hatte sich seine Strategie schon zurechtgelegt. »Mia und ich haben geplant, die Leute, die auf Himlagård arbeiten, morgen vor Ort zu vernehmen und uns die Namen von denen, die zu Magdalenas Sitzungen gekommen sind, zu beschaffen. Henrik geht ihr Jobhandy durch, auf das die Anrufe für mediale Beratung gegangen sind. Ich habe schon einmal versucht, sie auf dieser Nummer zu erreichen. Meine Schwester gehörte zu ihren Klientinnen, das Verhör muss also Mia übernehmen.«

»Wie geht es Ingrid?«, fragte Gaby, als Bark mit ihr zusammen im Fahrstuhl nach unten fuhr.

»Ihre Schwester Lena sagt, es geht ihr nicht gut. Mia hat versucht, mit Ingrid zu sprechen, aber sie weigert sich, uns zu empfangen. Ich versuche täglich Kontakt zu halten, um zu hören, ob es etwas gibt, was wir tun können.« Er zögerte einen Moment. »Ingrid hat Narben von schweren Verbrennungen. Das muss irgendwann, vielleicht als Kind, geschehen sein. Das Haus der Pflegefamilie ist bei einem Brand zerstört worden. Elvira Gastin hat all ihren Besitz Ingrid, ihrer Schwester Lena und Annika Vendelskog, die verschwunden ist, vermacht. Es ist interessant, dass sie Sofia nichts vermacht hat, als hätte sie gewusst, dass die tot ist. Ich war auf dem Weg nach Lindesberg, um Elvira zu vernehmen, doch sie ist kurz bevor ich dort ankam gestorben. Soweit ich bisher weiß, handelte es sich um einen natürlichen Tod. Aber ich hoffe, wir werden bald Nachricht von der Gerichtsmedizin erhalten.«

»Ich höre, was du sagst. Aber du darfst nicht den Fokus verlieren, Kristoffer.« Gaby lächelte ihn an und strich ihm in einer viel zu intimen Geste mit dem Zeigefinger über die Wange. »Was ist zwischen dir und Sara Bredow?«

»Ich helfe ihr, Moa in die Kita zu bringen, weil der Onkel und die Tante des Mädchens, die ihr sonst unter die Arme greifen, im Moment nicht dazu in der Lage sind. Wenn das ein Problem für dich ist, dann musst du dich vielleicht selbst fragen, warum.«

»Ja, warum, Kristoffer? Ich bin eifersüchtig, das ist dir ja wohl klar, und ich will wissen, was du für Sara empfindest.«

Bark wiederholte, was er zu Mia gesagt hatte, als sie ihm dieselbe Frage stellte. Dass Sara Hilfe brauchte. »Ich empfinde für sie, was ich für eine Tochter empfinden würde, und ich betrachte es als meine Verantwortung, ihr zu helfen, wo ich kann. Wir haben definitiv keine Liebesbeziehung.« Die ganze Wahrheit konnte Kristoffer jedoch nicht erzählen, ohne Saras Vertrauen zu verletzen.

Gaby lächelte ihn an. »Mein Angebot steht nach wie vor, obwohl ich wieder zu Sten gezogen bin. Wenn du mich und Ruth haben willst, doch wieder eine Familie gründen willst, dann können wir darüber sprechen.«

Als er nicht sofort antwortete, weil er so erstaunt war, sah Gaby plötzlich unsicher und verletzlich aus. Bark sammelte seine Gedanken und versuchte, sich zu konzentrieren.

»Es tut mir leid, aber meine Gefühle reichen dafür nicht aus. Ich kümmere mich trotzdem gerne um Ruth, wenn sie mein Kind ist. Verstehst du, wie frustrierend es ist, das nicht zu wissen?«

»Wenn du nicht mit mir leben willst, dann hoffe ich, dass du meine Entscheidung respektierst, und meine und

Stens Beziehung nicht zerstörst, indem du einen Vaterschaftstest verlangst. Das ist das Mindeste, was du für mich tun kannst, Bark.« Gaby berührte noch einmal seine Wange, und er nahm ihre Hand weg. »Wie ist es denn, mit Mia Berger zu arbeiten?«, fragte sie vorsichtig.

»Sie ist gut in dem, was sie tut. Ich bin froh, dass wir sie als Unterstützung bekommen haben.« Er hoffte, sich nicht zu verraten. »Wann darf ich Ruth sehen?«

Gaby fuhr sich mit der Hand durch ihr kurzes blondes Haar und schloss für einen Moment die Augen. »Im Moment passt es nicht so gut, Kristoffer. Mein Mann und ich versuchen, wieder zueinander zurückzufinden. Er glaubt, dass es Zufall war, dass du mich in den Kreißsaal gebracht hast. Er denkt, Ruth sei sein Kind, und vielleicht ist sie das ja auch. Im Moment möchte ich das auch glauben. Wenn also aus uns nichts werden kann, dann bin ich dir dankbar, wenn du dich aus der Sache raushältst.«

Bark verließ den Fahrstuhl mit einem Gefühl des Verlusts. Es war so schwer loszulassen. Aber solange er wusste, dass es Ruth gut ging, wäre es egoistisch von ihm, sein Recht einzufordern und die Familie, die sie um sich hatte, zu zerschlagen – auch wenn alles vielleicht auf einer Lüge beruhte. Es hatte damit angefangen, dass Sten untreu gewesen war, und dass Gaby sich an ihm hatte rächen wollen. Niemand hatte mit diesen Konsequenzen gerechnet. Er nickte Gaby kurz zum Abschied zu. In dem Moment meldete sein Handy eine Nachricht. Eine SMS von seiner Schwester Kristina.

Ich werde heute Abend noch zu einem Vortrag nach Himlagård fahren, und danach habe ich mich für eine private Sitzung angemeldet. Kommst du mit? Ich möchte nämlich nicht alleine hinfahren. Hier hatte sie kein Fragezeichen gesetzt. Es war also keine Frage, sondern ein Befehl. Ich bin in der Stadt. Hole dich an der Drakengatan ab. Habe schon für dich bezahlt. Okay?

Okay, schrieb er zurück. Das war eine gute Gelegenheit, einer in der Menge zu sein und Himlagård von innen zu sehen.

»Was hast du denn davon?«, fragte er eine halbe Stunde später, als er in Kristinas Auto einstieg. »Warum willst du dafür bezahlen, dass jemand dir Familiengeheimnisse entlockt und dir doppeldeutige Botschaften vermittelt, die du dann selbst interpretieren musst?«

»Ganz so sehe ich es nicht«, erwiderte sie zögernd. »Das Leben ist kompliziert. Zum Teil finde ich es einfach spannend, und zum Teil brauche ich einfach jemanden, mit dem ich reden kann.«

»Du kannst mit mir reden!«, entgegnete er und hörte, dass er seinen Ärger nicht ganz verbergen konnte. »Ich höre gratis zu!«

»Du hörst überhaupt nicht zu. Du lässt mich nicht ausreden und kommst mit Ratschlägen, um die ich nicht gebeten habe. Das tut ein Medium nicht. Bei einem Medium kann man seine Wahrheit selbst finden.«

»Das ist verdammt noch mal klar, dass du bei einem Medium so viel reden kannst wie du willst, denn das Taxameter tickt ja schließlich.« Er verkniff sich alles, was er noch sagen wollte, damit sie nicht sauer wurde, ehe er die wichtigste Frage gestellt hatte: »Hast du mit Morgan gesprochen?«

»Ja, ich habe deinen Rat befolgt, und jetzt herrscht

Chaos. Ich habe ihn damit konfrontiert, und nun ist er sauer, weil ich ihm misstraue. Vielen Dank für diesen Ratschlag!«

»Und was sagt er?«

»Dass er von ihr fasziniert gewesen sei. In den ersten Wochen ging es ganz gut, aber dann sei sie übergriffig geworden und wollte ihn umarmen und seine Hand halten. Es stimmt, dass sie versucht hat, ihn zu küssen, als sie in Loka waren. Aber er hat Kollegen, die bestätigen können, dass er versucht hat, sich zu wehren, und dass er »Nein!« gesagt hat. Wenn Jenny nicht gewesen wäre, dann wäre das Ganze ein fantastisches Erlebnis gewesen mit dem guten Essen, dem großen Wellnessbereich und der schönen Umgebung, in der man spazieren gehen kann. Sagt er.«

»Aber jetzt weißt du wenigstens die Wahrheit. Ist das nicht gut?«, versuchte er.

»Nein, denn Morgan ist sauer auf mich. Er ist aus dem Schlafzimmer ausgezogen und schläft jetzt auf dem Sofa. Und das ist deine Schuld!«

»Das sehe ich anders«, sagte er resigniert. »Du bist zu einem Medium gegangen, das dir eine Menge falscher Ideen eingeredet hat, und du hast vor, damit noch weiterzumachen, und jetzt ziehst du mich auch noch mit rein.«

Ihr Streit war noch nicht beendet, als sie auf dem Parkplatz von Himlagård aus dem Auto stiegen.

»Du wirst schon sehen«, sagte Kristina. In der Entfernung erkannte sie Nana, die Freundin, die mit ihnen im Naturschutzgebiet Skärmarboda gewandert war, und winkte ihr. »Den ganzen Tag schon habe ich versucht, sie zu erreichen, aber sie ist nicht ans Handy gegangen.

Wenn ich gewusst hätte, dass sie hier ist, dann hättest du nicht mitkommen müssen.«

»Vielen Dank auch«, erwiderte Bark. Er trat beiseite und rief die Leitzentrale der Region an. »Ich befinde mich auf Himlagård und habe die Möglichkeit, mit Lorentz Brunnberg und Magdalenas Kollegen zu sprechen.«

»Okay«, sagte der Chef vom Dienst ohne Umschweife.

Bark hatte schon befürchtet, dass er anfangen würde, von Überstunden zu reden.

Er sah sich um, und da stand Lorentz, von ihn bewundernden Damen umgeben. Sein Lächeln gefror, als er Bark erblickte. Der ging zu ihm. »Ich würde gerne ein paar Worte mit Ihnen sprechen. Wir können das hier machen oder woanders hingehen.«

»Ich muss gleich auf die Bühne.«

»Gut, dann gleich hier. Haben Sie die Kontaktadresse zu ihrem Alibi, der Studentin, von der Sie erzählt haben, für mich parat?«

»Ja, das habe ich.« Lorentz suchte in der Tasche seiner weiten schwarzen Hose und reichte ihm einen Zettel mit einem Namen. »Sie wird eine Menge Mist reden und Sachen behaupten. Obwohl ich es ihr ganz deutlich gemacht habe, glaube ich doch, dass sie sich eingebildet hat, wir hätten eine Beziehung. Okay, jetzt haben Sie, wofür Sie hergekommen sind. Dann könnten Sie uns jetzt wieder in Ruhe lassen, oder? Sie bringen negative Energien mit.« Lorentz bohrte seinen Blick in Kristoffers.

Der nahm die Herausforderung an und wich nicht aus. »Ich habe vor, hierzubleiben und Ihren Vortrag zu hören.«

Als Lorentz auf dem Absatz kehrtgemacht hatte und hinter der Bühne verschwunden war, rief Bark die Studentin an, die Lorentz' Alibi für den Abend des Mordes war. Er erkundigte sich, wo sie am Samstag um 20:25 Uhr gewesen war, und sie bestätigte Lorentz' Aussage. Sie war bei ihm gewesen, um einen väterlichen Rat zu erhalten, wie sie ihrer Mutter erklären sollte, dass sie vorhatte, ins Ausland zu ziehen. Doch Lorentz habe die ganze Situation völlig falsch verstanden. Bark notierte das und bestellte sie für den folgenden Tag zu einem formellen Verhör.

30

Bark hatte geglaubt, in der Menge der Zuhörer verschwinden zu können, doch das war eine Fehleinschätzung gewesen. Das Auditorium bestand ausschließlich aus Frauen. Er war der einzige Mann und außerdem über eins neunzig groß. Er setzte sich ganz hinten in die linke Ecke des Raumes. Irgendwann hatte er mal gelesen, dass Störer und Skeptiker sich im Klassenzimmer immer auf diesen Platz setzten, während die Streber ganz vorne rechts hockten. Genau dort in der ersten Reihe saßen seine Schwester und ihre Freundin. Kristina flüsterte Nana etwas ins Ohr, und dann wurde das Licht gedimmt. Es knisterte in den Lautsprechern, und irgendwelche Trommeln waren zu hören. Es klang wie ein eintöniger Gesang, und man konnte nicht feststellen, ob die Laute von einem Menschen kamen oder von einem Tier, einem Delfin vielleicht oder einem eingeklemmten Hamster. Eine Frau um die Sechzig mit langem, feuerrotem Haar und Batikkleid in blauen Farbnuancen trat auf. Sie stellte sich als Lisette vor, ohne ihren Nachnamen zu nennen. Sie hatte hübsche Gesichtszüge, und sicherlich war sie in ihrer Jugend eine atemberaubende Schönheit gewesen. Ihre Stimme war ungewöhnlich tief und melodisch, als sie alle zum Vortrag des Abends, »*Heilen durch das Gespräch mit den Toten*«, einlud. Nach einer kurzen Vorstellungsrunde, in der sie auch die kommenden Kurse in Mediation und Achtsamkeit und die Bücher, die man vor Ort kaufen konnte, erwähnte, begrüßte sie Lorentz. Der betrat die Bühne mit gerader Haltung und hatte die Arme zu einer segnenden Geste ausgebreitet.

»Meine Freundinnen, willkommen auf einer Reise zu einem gesünderen, glücklicheren und reicheren Leben. Ich kann euch nur gratulieren. Gemeinsam werden wir herauszufinden versuchen, was einem reicheren Leben im Wege steht, alle Hindernisse wegräumen und euer Leben vor Erfolg erblühen lassen. Wie gut klingt das? Und, meine Freundinnen, es funktioniert. Ja, es funktioniert! Nur ihr selbst könnt euch daran hindern, ein reiches Leben zu leben. Die Hindernisse, die ich sehe, sind das Ego, die Unsicherheit, die Gier und der Machthunger. Und Krankheit. Und was ist es, das uns krank macht?«

Eine Frau mitten im Raum, die Bark als Krankenschwester aus der Gesundheitszentrale in Fjugesta kannte, hob die Hand und murmelte: »Viren und Bakterien.« Doch Lorentz kam ihr zuvor: »Krankheit entsteht, wenn Körper und Seele nicht im Gleichgewicht sind, wenn unsere Energien daran gehindert werden, frei zu fließen. Das kann durch Luftverunreinigungen kommen oder durch Gifte in dem Essen, das wir zu uns nehmen. Aber es können auch vergiftete Worte und Beziehungen sein, in denen wir uns nicht trauen, wir selbst zu sein, oder es nicht können. Heute Abend möchte ich, dass wir uns auf Verknotungen und Bindungen konzentrieren, also auf Hindernisse, die uns nicht einmal bewusst sind … weil die Seelen, die diese Hindernisse geschaffen haben, nicht mehr bei uns in dieser Dimension, die wir *die Realität* nennen, sind. Wie ihr euch sicher denken könnt, geht es um Versöhnung mit dem Vergangenen, mit denen, die vor uns ins nächste Leben gegangen sind. Und es geht darum, sich von alten Bindungen und Gedankenmustern zu befreien. Es ist meine Überzeugung, dass die Toten sich versöhnen wollen.«

Danach ging der Vortrag in eine neue Dimension über. Die Beleuchtung wurde noch etwas weiter gedimmt, und der Sonnenuntergang draußen beeindruckte in all seiner Schönheit mit den Blumenwiesen im Vordergrund. Lorentz ging auf der Bühne auf und ab, und seine Stimme wurde intensiver. »Ich spüre, dass hier im Raum ein Geist ist, der eine Botschaft hat. Es ist ein älterer Mann im Rollstuhl. Er trägt irgendeine Uniform ... und hatte einen Hang zur Flasche. Gibt es hier jemanden, der ihn zu kennen meint?«

»Mein Vater war Lokführer«, sagte eine Frau am rechten Rand und ergriff damit sogleich Besitz von dem Geist. »Ein Zug hat ihm die Beine abgetrennt, als er die Gleise unvorsichtig überquert hat. Er hatte Schmerzen und war verbittert und hat sich zu Tode gesoffen.«

»Dein Vater sagt, dass er heute hierhergekommen ist, um dich um Verzeihung zu bitten, weil er dich geschlagen hat.« Lorentz' Erscheinung wurde von einem sakralen Licht umgeben, als die Strahlen der untergehenden Sonne seine dunkle Gestalt von hinten beleuchteten und sein Haar dadurch wie eine glühende Gloriole um seinen Kopf stand.

»Er hat uns niemals geschlagen!«, protestierte die Frau.

»Er hat es mit Worten getan«, entgegnete Lorentz. »Worte können mehr verletzen als physische Gewalt. Das trägst du in dir wie ein Krebsgeschwulst. Er bittet dich um Versöhnung, und wenn du ihm verzeihst, werden deine Krämpfe verschwinden.« Noch ehe die Frau irgendwelche Krämpfe bestätigen oder dementieren konnte, wandte sich Lorentz ab und schloss sie mit seinem Rücken aus, während er sich dem linken Teil des Publikums zuwandte. »Da ist ein neuer Geist, der um Aufmerksamkeit bittet und sehr darauf bedacht ist, hervortreten zu dürfen. Um sie ist es kalt, sehr, sehr kalt. Ich spüre es am ganzen Leib. Sie will mit ihrer Tochter sprechen. Gibt es hier eine Tochter, die mit ihrer Mutter sprechen will?« Kurz danach musste Bark in dem dunklen Saal eingeschlafen sein. Erst als die Zuhörerinnen anfingen, sich von den Stühlen zu erheben und auf dem Boden zu scharren, erwachte er und sah sich nach Kristina um.

»Schämen muss man sich für dich, Kristoffer. Du hast dagesessen und mit offenem Mund geschlafen. Ja, das hast du wirklich. Alle haben es gesehen. Lorentz hat gesagt, du bist eingeschlafen, weil das alles zu überwältigend für dich war, und dass einige Menschen sich einfach verabschieden, weil sie mit starken Erlebnissen nicht umgehen können.«

Bark versuchte zu protestieren, hatte aber keine Chance, denn nun fuhr Kristina in begeistertem Tonfall fort. »Ist er nicht ein charismatischer und engagierter Redner? Ich finde es so spannend, neue Einsichten zu gewinnen. Jetzt gehen wir rüber und bezahlen, und dann werden wir eine Sitzung mit Lisette haben, du und ich. Versuch der Sache eine Chance zu geben, hör mit offenem Sinn auf das, was sie sagt, und leg deine Vorurteile ab.«

»Natürlich, aber nur für dich, Schwesterchen«, antwortete er widerwillig. Sie gingen in den Eingangsbereich hinaus, wo es einen kleinen Laden gab, in dem man Steine und Minerale, Tempelglöckchen, Traumfänger und Räucherstäbchen kaufen konnte. Es gab Bilder mit Engeln, kleine gehäkelte Engel als Schlüsselanhänger und Mobiles mit fliegenden Engeln, die man über Wickeltische hängen konnte. Dazu eine Menge Bücher zu verschiedenen Themen wie Träume, Seelenwanderung, Aura-Transformation, Tierkommunikation und das Austreiben von bösen Geistern aus Gebäuden. An einem Tresen mit Kasse und Kartenzahlgerät stand eine schlanke, grauhaarige Frau in einem beigen Kleid, niedrigen Pumps und einer Brille, die sie an einer Kette um den Hals trug. Als sie näher kamen, sah sie zu Barks Erstaunen aus, als wäre sie nicht älter als Lisette, doch sie war ungeschminkt und hatte eine eher gedämpfte Mimik. Die Augen waren hübsch und grün meliert, der Blick ängstlich. Bark wurde klar, dass dies Beatrice Vinberg sein musste.

»Wir haben bereits telefoniert«, sagte er.

»Ja, wegen Magdalena.« Beatrice senkte den Blick. »Ich habe für morgen Vormittag einen Termin zur Befragung.«

»Gut«, sagte Bark. »Wenn ich es richtig verstanden habe, sind Sie hier die Hausdame. Könnten Sie mir bis morgen eine Liste der Klienten, die Magdalena als Medium getroffen hat, erstellen, am liebsten in chronologischer Ordnung mit dem jüngsten Termin zuerst?«

»Das ist kein Problem. Sie hatte einen Kalender mit ihren Buchungen, den habe ich im Büro. Ich kann Ihnen Kopien machen.«

»Danke, das ist sehr freundlich«, sagte er und lächelte sie an.

Beatrice Vinberg senkte wieder den Blick und sah mit einem Mal aus, als wüsste sie nicht recht, wohin mit sich. Sie lächelte unsicher.

Kristina bezahlte die Sitzung mit dem Handy. »Jetzt komm schon!«, sagte sie und zog ihn am Arm. »Lisette wartet. Beatrice und Lorentz waren vor langer Zeit einmal ein Paar. Das hat Magdalena erzählt. Sie haben das Unternehmen Himlagård gegründet, und zwar schon lange bevor sie die schönen Räumlichkeiten hier nutzen konnten. Beatrice hat all ihr Geld investiert. Vor einem Jahr dann hat sich Lisette angeschlossen. Ein echter Zugewinn. Sie hat ein Zertifikat von den wirklichen Meistern.«

»Aha«, sagte Bark, ohne zu offenbaren, was er wirklich dachte.

Lisette wartete in ihrem kleinen, fensterlosen Raum im Anbau auf sie. Die Wände waren mit Spiegeln verkleidet, um den Raum, wie Bark annahm, größer wirken zu lassen. Er setzte sich in einen der Sessel, ein Stück von dem runden Tisch entfernt. Kristina ließ sich neben ihm nieder. Entlang der einen Wand standen Regale mit verschiedenfarbigen Steinen und Mineralen. Die Beleuchtung war gedämpft. Lisette sah sie forschend an, wartete, bis Ruhe eingekehrt war, und fragte dann mit ihrer dunklen, weichen Stimme, ob sie ihnen die Karten legen sollte, oder ob sie lieber Fragen stellen würden.

»Ich möchte Kontakt mit meiner Mutter«, sagte Kristina. »Mein Bruder ist dabei, weil er an das alles nicht glaubt. Ich möchte, dass er selbst erlebt, dass es wahr ist.«

Auf diese Ansage von Kristina war Kristoffer nicht

vorbereitet gewesen. Er hatte keine Lust, dass eine fremde Person in den Erinnerungen graben würde, die er an seine Mutter hatte. Aber er hatte Kristina versprochen, schweigend dabeizusitzen und zuzuhören.

»Wie hieß ihre Mutter?«

»Ally«, antwortete Kristina. »Sie ist gestorben, als wir noch Kinder waren.«

»Dann stimme ich mich auf Ally ein«. Lisette lehnte sich zurück und schloss die Augen. Ihr Brustkorb hob und senkte sich, während sie tief atmete. »Sie ist hier. Ich spüre es. Sie hat sich solche Sorgen gemacht, dass Sie es ohne sie nicht schaffen würden, aber sie freut sich, dass Sie zu so schönen Menschen herangewachsen sind.« Lisette sog geräuschvoll Luft durch ihre Nasenlöcher ein, und ihre Stimme veränderte sich. »Trauert nicht um mich. Ich habe es gut, da wo ich bin. Manchmal habt ihr vielleicht das Gefühl, dass ich ganz in der Nähe bin, dass meine Hand eure Wangen streichelt, wenn der Wind vorbeizieht, und dass meine Hand beschützend über euren Köpfen liegt. Du hast eine viel zu große Verantwortung für mich übernommen, als ich krank war, Kristoffer. Du hast viel geopfert, indem du dich um mich und um deine Geschwister gekümmert hast. Jetzt ist es an der Zeit, dass du an dich selbst denkst. Daran, was du wirklich vom Leben haben willst. Es ist an der Zeit, das Leben in die Hand zu nehmen, ehe es zu spät ist.«

Bark nickte. Sicherlich hatte Kristina das alles Magdalena erzählt, wahrscheinlich führten die Medien eine Art Notizbuch, um sich an alle Details zu erinnern und sie auch miteinander zu teilen. Lisette öffnete die Augen und starrte vor sich hin. »Es fühlt sich an, als würde ich meinen Körper verlassen. Als würde ich neben mir stehen und mich selbst ansehen und ihn nicht lenken können. Ich bin hellwach, aber abgeschnitten von allem, und mein Körper wandert durch die Räume, während mein bewusstes Ich von einem Punkt an der Seite aus zusieht. Jetzt spüre ich, dass hier noch jemand ist. Eine junge Frau. Aber sie sagt, ihr könnt reden, wenn ihr nach Hause kommt, ein wenig privater.« Lisettes Stimme lachte, und der Ton war leicht. »Wenn du nicht glaubst, dass ich hier bin, dann möchte ich, dass du deine Hand ausstreckst, Papa.«

Kristoffer wusste nicht, ob er wütend werden sollte, weil das Medium sich über ihn lustig machte, oder ob er das Theater weitergehen lassen sollte. Er entschied, die Hand auszustrecken.

»Mach die Augen zu«, sagte Lisette mit ihrer mädchenhaften Stimme, die auf erschreckende Weise der von Vera ähnelte.

»Okay.« Bark schloss die Augen und spürte, dass ein kleiner Gegenstand mit Gewicht in seine ausgestreckte Hand gelegt wurde. Er schloss die Faust um den Stein und öffnete die Augen.

»Einen solchen habe ich von dir bekommen, Papa. Und ich habe ihn bis zu meinem Tod jeden Tag getragen.«

Kristoffer öffnete die Hand und schaute auf den durchsichtigen Stein. Es war ein geschliffener Bergkristall.

31

Bark konnte sich hinterher nicht erinnern, was während der restlichen Sitzung mit dem Medium Lisette Duvman gesprochen worden war. All seine Gedanken waren darum gekreist, was Kristina über ihre Kindheit und über Vera und das Schmuckstück, das sie immer getragen hatte, erzählt haben könnte. Er nahm sich vor, sie danach zu fragen und eine aufrichtige Antwort darauf zu verlangen, sobald sie Himlagård verließen. Vor der Sitzung hatte er Lisette vorgewarnt, dass er mit ihr eine formelle Vernehmung würde durchführen müssen. Jetzt, da sie auf der Veranda draußen saßen und er das Aufnahmegerät eingeschaltet hatte, fiel es ihm aber immer noch schwer, sich zu konzentrieren.

»Wie gut kannten Sie Magdalena Fernåker«, fragte er, als die Formalitäten aufgesprochen waren. Lisette hatte zwei große Gläser Rosé mit hinausgenommen, und obwohl er ja nicht Auto fahren musste, entschied er, seines zumindest bis nach dem Verhör unberührt zu lassen. Doch Lisette trank gierig.

»Sie tauchte im Frühjahr hier auf, war auf mehreren Vorträgen von Lorentz und ließ sich immer mehr von ihm einfangen. Er sagte, sie hätte Talent. Das sagt er immer zu Frauen, zu denen er sich hingezogen fühlt. Glauben Sie mir, ich war eine davon. Ebenso wie Magdalena habe auch ich mich von seinem Charisma und von dem Gefühl einlullen lassen, dass er mich als die sehen würde, die ich bin, und dass ihm gefiel, was er da sah. Er ist ein fantastischer Redner, das müssen Sie zugeben. Niemand verlässt bei ihm den Raum, ohne gefühlsmäßig beeinflusst worden zu sein. Für eine verirrte Seele kann er eine väterliche Gestalt sein, ein großer Bruder oder ein überhöhter Guru und Liebhaber. Die Lehre oder Lebensstrategie, die er weitergibt, ist etwas, was er einmal von einem indischen weisen Mann gelernt hat. Und manchmal frage ich mich, ob dieser weise Mann in Indien, wenn er denn existiert, nicht die Hälfte der Gewinne, die hier gemacht werden, verdient hätte.« Lisette lächelte, nahm einen großen Schluck Wein und schenkte sich selbst nach. »Ich habe vor, diesen Ort zu verlassen. Lorentz hat verhindert, dass meine Schwester sich so früh wie möglich einer Krebsbehandlung unterzieht. Aber es war auch meine Schuld. Ich werde mir nie verzeihen, dass ich nicht rechtzeitig und mit voller Kraft protestiert habe. Das macht es schwerer. Doch ich habe mich entschieden, Lorentz und Bea zu verlassen. Die kommerzielle Seite von all dem hier passt mir nicht. Ich wäre lieber eine kluge Alte in einer Hütte im Wald, mit Katze, Kaminfeuer und Schaukelstuhl. Vielleicht können wir uns zusammentun?« Sie lachte entwaffnend. »Was war noch die Frage?«

Bark war unzufrieden. Das hier war ein formelles Verhör, das aufgenommen wurde, und sie flirtete offen. »Wie gut kannten Sie Magdalena?«

»Wie gesagt … ich habe sie meine eigenen Fehler wiederholen sehen. Mit dem einzigen Unterschied, dass ich keinen anderen betrogen habe, so wie sie ihren Mann. Ich habe sie und Lorentz am Freitagabend unten bei seinem Steg gesehen und eine eisige Furcht verspürt. Lorentz kann nicht damit umgehen, abgewiesen zu werden. In keiner Hinsicht, und das ist seine größte Schwäche. Es muss etwas passiert sein. Ich habe nicht genau gesehen, was, aber er hat sie nackt über die Wiese gejagt, und ich spürte – aber das ist natürlich nichts, was vor Gericht Bestand hat –, dass er sie in diesem Moment gern getötet hätte.«

»Hat Lorentz ein weißes Auto?« Henrik sollte das überprüfen, aber Bark hatte noch keine Antwort auf diese Frage bekommen.

»Ja, einen älteren Mercedes und einen neueren Lexus. Meist stehen die Autos in einer Garage in der Stadt, aber hier neben seinem Haus gibt es auch eine Garage.«

»Haben Sie gesehen, ob er Magdalena gefolgt ist, als sie am Freitag von hier geflüchtet ist?«

»Im Adamskostüm? Das kann ich mir nicht vorstellen. Er ist zurück zu seinem Haus gegangen und hat sich angezogen. Ob er ihr dann gefolgt ist, weiß ich nicht. Ich habe kein Auto losfahren hören, zumindest habe ich nicht darüber nachgedacht. Den ganzen Samstag über habe ich eine mahlende Sorge in mir verspürt. Und dann, am Sonntagmorgen, haben wir ja erfahren, dass Magdalena tot war, erschossen.«

»Wissen Sie, ob Lorentz eine Waffe besitzt?«

»Keine Ahnung.« Lisette sah erstaunt auf ihr leeres Glas und schenkte sich den letzten Rest ein, der noch in der Flasche war.

»Wo waren Sie selbst am Samstagabend?«

»Ich wünschte, ich könnte von einem fantastischen

Fest mit interessanten Menschen oder von einem Wochenende in Paris erzählen. Doch ich war hier und habe zusammen mit Beatrice den ganzen Samstag über Großputz gemacht. Um sechs Uhr war ich todmüde und habe mich hingelegt und noch ein paar Stunden gelesen, ehe ich dann eingeschlafen bin.«

»Haben Sie Beatrice Vinberg im Laufe dieses Abends gesehen oder gehört?«

»Nein, glaube ich nicht. Ich habe nicht drüber nachgedacht. Sie wollte zum Laden in Mullhyttan fahren, ehe der zumachte. Mehr weiß ich nicht.«

»Und was glauben Sie, wer Magdalena getötet haben könnte?«

»Eine Frau. Als ich mich meditativ eingestimmt und zur Geisterwelt Kontakt aufgenommen habe, da sah ich eine schwarz gekleidete Frau. Sie trug eine Sturmhaube. Und ich konnte ihre Wut spüren, als sie die Pistole erhob. Aber meine Wahrnehmungen sind natürlich nichts, was Sie als Zeugenaussage benutzen können.«

»Nein, das stimmt. Eine andere Sache«, sagte Bark. »Magdalena hat hier im Frühling selbst einen Vortrag gehalten, und es ist ein Interview für die Zeitschrift *Grenzland* über das Kind in der Felsengrotte daraus entstanden. Was halten Sie davon?«

»Dass sie auf ganz schön dünnem Eis unterwegs war, keinen Boden unter den Füßen hatte und nicht begriff, welche Kräfte sie da in Bewegung setzte. Magdalena war ein Bluff. Aber irgendwoher musste sie diese Wahrheit haben, die dann zu ihrem Tod geführt hat.«

»Ihrer Meinung nach hängt also ihr Tod mit diesem Zeitungsbericht zusammen?«, fragte Bark, und erhielt von Lisette ein Nicken als Antwort. Er erwog zu sagen, dass er versucht hatte, Kontakt zu Elvira Gastin aufzunehmen, aber zu spät gekommen war. Doch dann beendete er das Verhör und schaltete das Tonbandgerät aus, bevor er die nächste Frage stellte: »Was denken Sie als Medium über diese Sache mit dem Mädchen in der Felsengrotte? Was für Bilder haben Sie in Ihrem Kopf? Würden Sie auch Kontakt zu dem Mädchen aufnehmen können? Das hier wird nicht aufgenommen, und Sie können selbst entscheiden, ob Sie darauf antworten wollen oder nicht.«

»Man sollte niemals Alkohol trinken und gleichzeitig Kontakt zur Geisterwelt aufnehmen. Es würde mir zum Beispiel niemals einfallen, Tarotkarten anzurühren, wenn ich getrunken habe. Das ist gefährlich. Man muss wachsam sein und darf den bösen Kräften nicht einmal seinen kleinen Finger reichen, denn es kann passieren, dass sie nach der ganzen Hand greifen. Und jetzt habe ich getrunken«, sagte sie und schielte sehnsüchtig auf Barks Glas, das er nicht angerührt hatte. »Wenn Sie mich als Medium in Anspruch nehmen wollen, dann müssen Sie an einem anderen Tag zurückkommen.«

»Aber Sie müssen doch irgendetwas gedacht oder gefühlt haben, als Sie Magdalenas Geschichte von dem Mädchen in der Grotte gehört haben«, beharrte er.

Lisette lachte sanft, und es klang fast peinlich berührt. »Ich war neidisch. Es war eine fantastische Geschichte, und sie hat dafür in der Branche und von Lorentz sehr viel Anerkennung bekommen. Und ja, ich habe seltsame Bilder im Kopf gehabt, als ich versucht habe, mich auf das Mädchen in der Felsengrotte einzustimmen. Keine fertigen Antworten, keine deutlichen Bilder, nur Fragmente.«

»Können Sie die beschreiben?«, fragte er mit mehr Neugier, als er zugeben wollte. Lisette war eine faszinierende Frau, und sie wirkte aufrichtig, wenn auch ein bisschen verrückt.

»Ich habe sogar eine Frau in einer Kühltruhe gesehen, aber ich weiß nicht, was die mit dem Mädchen in der Grotte zu tun hat. Auf jeden Fall hatte sie lange weiße Haare und ein weißes Hemd. Ich habe Wahnsinn und Angst und einen rasenden Zorn verspürt. Aber das sind nur kleine Scherben eines zerbrochenen Spiegels – ich kann es nicht besser erklären. In der Dimension, in der sich die Toten aufhalten, hört die Zeit auf. Soll heißen, ich kann zwischen den Fragmenten, die ich erlebe, keine chronologische Ordnung herstellen.«

Plötzlich stand Kristina hinter Bark und legte ihre Hände auf seine Schultern. »Wie ich sehe, habt ihr es nett. Aber vielleicht sollten wir trotzdem mal nach Hause fahren.«

»Ja.« Bark bedankte sich und sah im Augenwinkel, wie Lisette nach seinem unberührten Weinglas griff. Als er sich umdrehte, um ihr zum Abschied zuzulächeln, war das Glas nur noch halb voll.

»So ist es«, sagte sie. »Ich muss trinken, um mein Leben auszuhalten.«

»Geben Sie gut auf sich Acht«, sagte er und meinte das wirklich. Er dachte an Ella, die, als Vera verschwunden war, zu trinken angefangen hatte, um die Ungewissheit zu ertragen. Was quälte Lisette so, dass sie sich betrinken musste? Ihre Schwester, die sie mit ihrer Krebserkrankung im Stich gelassen hatte? Oder die Wahrnehmungen im Grenzland?

Kristina schloss den Wagen auf, und sie hatten sich kaum angeschnallt, als sie fragte, wie er denn den Abend gefunden hätte.

»Es war in vielerlei Hinsicht ein interessanter Abend«, sagte er ausweichend, weil er sich noch nicht entschieden hatte, was er von Lisette halten sollte. Lorentz hingegen war seiner Ansicht nach ein Hanswurst. »Ich muss dich was fragen, Kristina, und ich möchte, dass du ganz ehrlich antwortest. Ich werde die Verwandtschaft mit dir nicht aufkündigen, ich werde vielleicht nicht einmal wütend werden und dich anschreien. Ich will die Wahrheit wissen. Was hast du Lisette über Mama und über Vera erzählt?«

»Nichts! Aber sie kann natürlich nachgeprüft haben, wann Mama gestorben ist und wie alt wir damals waren. Das ist möglich! Oder Magdalena kann ihr davon erzählt haben, ich erinnere mich nicht genau, was ich erzählt habe.«

»Hast du Magdalena oder Lisette von meiner Epilepsie erzählt? Mama hat das ja auch gehabt, und Lisette hat das Phänomen, sich außerhalb des Körpers zu befinden, auf den Punkt genau beschrieben.«

»Es ist durchaus möglich, dass ich das getan habe. Ich erinnere mich wirklich nicht. Ich habe mit Magdalena über dich gesprochen und habe gefragt, wie du zur Liebe finden könntest.«

»Überaus fürsorglich, danke, aber ich bin voll und ganz fähig, für mich selbst zu sorgen.« Er legte seine Hand auf ihre, als sie den Zündschlüssel umdrehen wollte. »Hast du etwas über Vera gesagt? Ich meine, natürlich kann man sie auch im Register finden, aber hast du den Bergkristall erwähnt, den sie immer getragen hat?«

»Nein, das habe ich nicht. Da bin ich ganz sicher.«

Es gibt Abendessen, und wir sitzen in dem grünen Licht im Wohnzimmer. Sofia ist zurück. Sie hat einen neuen Gips am Arm, und ihr Bein ist auch eingegipst. Sie hat solche Schmerzen in der Brust, dass sie kaum atmen kann. Sie holt in kurzen Stößen Luft und kann nicht mit geradem Rücken dasitzen, wie man es eigentlich soll. Ein paar ihrer Rippen haben Risse bekommen. Sofia und Annika haben sich zerstritten, weil Sofia ohne sie abhauen wollte. Ich habe gehört, wie sie geschrien haben, und jetzt sitzen sie voneinander abgewandt.

»Wir brauchen mehr Blut«, sagt Konrad und schaut uns eine nach der anderen an. Er spricht leise, fast freundlich, aber ich höre, dass er verzweifelt ist, weil Großmutter auf dem Dachboden sehr schwach ist. »Weil es ja so offenkundig schwer ist, ein bisschen Mitmenschlichkeit zu zeigen, werdet ihr jetzt abstimmen dürfen. Ihr vier sollt wählen, wer von euch Blut geben soll. Ihr schreibt den Namen auf einen Zettel und faltet ihn zusammen und gebt ihn Elvira. Und zwar jetzt. Wer die meisten Stimmen bekommen hat, geht mit mir auf den Dachboden.«

Ich sehe meine Schwester an. Sie sieht mich an. Es heißt, wir gegen die anderen. Wir werden uns niemals gegenseitig wählen, aber wir müssen für dieselbe stimmen. Annika kann uns helfen zu fliehen. Sofia hat

Schmerzen und kann sich kaum rühren. Wenn einem Blut abgezapft worden ist, dann ist man mehrere Tage lang erschöpft und schwindlig, und die Lippen werden gelblich-weiß. Sofia ist diejenige von uns, die am häufigsten auf den Dachboden hinaufgezwungen worden ist. Meine Schwester hat denselben Gedanken wie ich, das merke ich, als sie den Buchstaben S in meine Hand schreibt.

Annika hat auch Sofia auf ihren Zettel geschrieben, weil die beiden Streit haben. Als Elvira zum dritten Mal Sofias Namen liest, schreit die, und obwohl sie eine Ohrfeige bekommt, hört das Schreien nicht auf. Es erfüllt den ganzen Raum und ist in meinem Kopf – für den Rest meines Lebens.

Weil Sofia sich weigert, trägt Konrad sie die Treppe rauf. Ich bin unglücklich, habe Angst und fühle mich schuldig, weil ich sie gewählt habe, aber was hätte ich denn sonst tun sollen? Ich folge ihnen auf den Dachboden. Durch einen Spalt in der Tür sehe ich, wie Konrad den Verband von Sofias Arm wickelt und die Nadel einsticht. Die Alte liegt regungslos und mit geschlossenen Augen im Bett. Ich kann ihr Gesicht hinter den dünnen, schwarzen Gardinen erahnen. Die Lippen sind bleich, das Gesicht bläulich-blass. Als Konrad den Schlauch mit der Alten verbinden will, keucht er plötzlich. Ich drücke mich an die Wand.

»Großmutter, bist du wach? Hörst du mich? Wach auf, du musst aufwachen. Ich werde dich retten, das Blut wird dich retten.«

Sofia bewegt sich auf dem Fußboden. »Ich will nicht«, sagt sie, und ihre Stimme ist sehr schwach.

Ich bemerke eine Bewegung hinter meinem Rücken. Rasche, erschrockene Atemzüge. Elvira ist auch die Treppe raufgeschlichen, um zu sehen, wie es läuft. Konrad entdeckt sie. »Komm hierher!«, schreit er in einem Ton, der mein Herz rasen lässt.

Er packt Elvira und schlägt ihr mit der flachen Hand ins Gesicht. »Halt sie fest. Halt Sofia fest, damit sie sich nicht bewegt, wenn ich den Schlauch verbinde. Großmutter darf nicht sterben.«

»Aber Sofia schafft das nicht. Sie ist so schwach«, sagt Elvira und sieht ängstlich aus.

»Dann werden sie wohl über Kreuz im Sarg liegen müssen«, zischt Konrad.

Und ich sehe Elvira an, mit meinem strengsten Blick, um sie dazu zu bringen, Sofia loszulassen. Doch sie wendet sich ab.

32

Daniel Johansson betrachtete das Chaos. In der Einzimmerwohnung, die zu einer Herberge für seinen Vater und dessen wohnsitzlosen Kumpel geworden war, herrschte eine unfassbare Unordnung. Um Unzufriedenheit und Ärger im Zaum zu halten, hatte Daniel eine Pyramide aus leeren Bierdosen auf dem Tisch aufgebaut. Jetzt zielte er auf die oberste Dose. Die Pistole, die er in der Kühltruhe neben der toten Frau gefunden hatte, verlieh ihm ein Gefühl von Macht und Selbstvertrauen, wie er es lange nicht erlebt hatte. Die aufgestapelten Dosen symbolisierten die Arschlöcher, die sich dafür qualifiziert hatten, zu sterben. Und obwohl er niemals den Mut hätte, sie im wirklichen Leben zu töten, gefiel ihm doch die Vorstellung davon: auf sie zu zielen, ihre Angst zu sehen und den Augenblick zu beherrschen. Ganz oben auf der Pyramide stand eine rote Dose der Marke Pistonhead, mit einem Totenkopf, bitterem Geschmack mit einem Einschlag von Rauch und Pomeranze, wenn man der Beschreibung glaubte. Die repräsentierte Hugo, einen gestörten Typen, der ihn die gesamte Grundschule über gemobbt hatte, ohne dass irgendjemand das je ernst genommen hätte. Dessen Mutter war Psychologin und hatte eine Kolumne in der Zeitung. Sie war die Expertenmama, und niemand durfte ein böses Wort über ihren Hugo sagen und darüber, wie sie ihn erzog. Die Expertenmama wurde durch das billigste tschechische Bier des Unternehmens vertreten: Král lev pivo für 7,90.

Daniels Lehrer in der Oberstufe hatte gewusst, dass ihm regelmäßig der Kopf in die Toilette gedrückt wurde, aber er hatte geschwiegen, weil er selbst ein Mobbingopfer war. Ihn repräsentierte Hops District Pilsner, ein Bier für zehn Kronen, auf dessen Vorderseite ein Typ mit Bierbauch, Hut und herumzappelnden Armen wie bei der Göttin Shiva abgebildet war. Der Sportlehrer, der die Kinder ihre Konflikte selbst lösen und sie ihre Mannschaften selbst einteilen ließ, wobei Daniel immer als Letzter gewählt wurde, war Däne gewesen und wurde durch eine Dose Dansk Fadøl für 8,90 vertreten. Tante Inez vom Treppenaufgang nebenan, die immer Gemeinheiten über Mama flüsterte, bekam ein Innis & Gunn IPA, nicht, weil sie es wirklich verdiente, sondern weil er gerecht sein wollte. Einmal hatte er bei ihr Saft und Zimtschnecken bekommen, als seine Mutter im Krankenhaus gewesen war.

Die Pistole war geladen. Daniel zielte sorgfältig auf Idioten-Uffe, der ihn als Laufjunge in seiner Gang akzeptiert hatte. Für ihn hatte er den Verkäufer im Alkoholgeschäft nach dem pissigsten IPA des Hauses gefragt und war gebeten worden, den Laden zu verlassen.

Daniel betrachtete seinen Stapel Dosen. Ein Attentat würde sich herrlich anfühlen – einfach reingehen und alle Feinde erschießen, um sie dann für immer ausgelöscht zu haben. Aber gleichzeitig wollte er die Wohnung so verzweifelt gern behalten. Laban, der Kumpel seines Vaters, hatte ihn darüber informiert, dass es verboten war, innerhalb der städtischen Bebauung zu schießen. Trotzdem liefen fast alle, die er kannte, bewaffnet herum. Auf dem Schwarzmarkt konnte man für 10.000 Kronen eine Pistole kriegen, je nachdem, wo die schon dabei gewesen war, und wie sehr die Polizei darauf aus war, sie zu finden. Natürlich hatte die Pistole aus der Kühltruhe mit der Toten eine Vergangenheit. Das Beste wäre, sie zu verkaufen. Doch es war auch verlockend, sie zu behalten. Während er noch darüber nachdachte, legte er sie in den Putzschrank hinter Klo- und Fensterputzmittel, das alles noch aus der Zeit stammte, als seine Mutter noch lebte. Da würde niemand suchen, weil niemand je putzte. Der Entzug kribbelte wie Nägel unter der Haut, und er fror, obwohl es in der Wohnung 22 Grad warm war. Er brauchte einen Schuss. Das bedeutete, dass er losgehen und irgendetwas beschaffen musste, was er dem Hehler beziehungsweise dem Pusher in Oxhagen verkaufen konnte, Markenkleidung, Rinderfilet oder Elektronik. Leider waren die Läden immer besser darin geworden, solche Sachen mit Alarmmodulen zu versehen. Bei Willys musste man das Personal bitten, tiefgefrorenes Rinderfilet herauszuholen, und dann ließen sie einen nicht aus den Augen. Das Geld zu beschaffen, würde den ganzen Tag dauern, und er zitterte jetzt schon. Sein Vater schlief auf dem Balkon und schnarchte wie ein Schwein. Daniel checkte heimlich das Portemonnaie und die Tasche, die sein Vater mitgebracht hatte. Mit irgendetwas konnte er ja wohl zur Miete beitragen. Aber darin herrschte verdammte Leere.

Wenn Daniel mies drauf war, dachte er gern über die Bedeutung von Wörtern nach. Also, ihren Kern und was in ihnen mitschwang. Manche würden vielleicht sagen, er sei lebensstilkriminell. Er wiederholte das Wort für sich selbst. Lebensstilkriminell. Das neue Wort, das die Polizei benutzte, war *verbrechensaktiv*, und das implizierte nicht ganz so deutlich, dass alles zur Hölle gehen musste und vorherbestimmt war, dass man Verbrechen beging. Es verschob den Fokus von dem Punkt, wer man war, zu dem, was man tat, zum Beispiel, um seinen Lebensunterhalt zu verdienen. Und in diesem Moment nun musste er verbrechensaktiv sein, um der Gesellschaft nicht zur Last zu fallen, indem er wieder auf Entzug kam und im Krankenhaus landete.

Vier Stunden später war er zurück in der Wohnung. Er zitterte und klapperte mit den Zähnen, doch nicht nur wegen des Entzugs. Tiefgefrorenes Rinderfilet auf dem nackten Körper zu tragen, war eine echte Herausforderung, und es war eine Erleichterung gewesen, es in Oxhagen eintauschen zu können. Auf dem Weg zu seiner Wohnung war es ihm gelungen, in der Waschküche des Hauses, in dem er die Frau in der Kühltruhe gefunden hatte, eine verfärbte Daunenjacke zu stehlen. Die lag da im Trockner und rumpelte mit drei Tennisbällen herum, damit sie fluffig und schön wurde, und es war fast, als würde sie nach ihm rufen. Diesmal hatte er es unterlassen, nach der Eishexe zu schauen. Sicherlich lag sie noch da, tiefgefroren in ihrem Sarkophag, und in diesem Moment war ihm völlig egal, warum sie das tat. Während er seinen Schuss vorbereitete, dachte er über das Wort *gleichgültig* nach, und als das Heroin reinkickte, fing er an zu lachen. Gleichgültig bedeutete irgendwie *uninteressiert*. Für ihn klang es gerade wie *leichgültig*, und er war total uninteressiert an der Leiche in der Kühltruhe, denn wenn er sich für die Eishexe interessierte, würde er wieder in der Psychiatrie landen oder alternativ mit den falschen Typen in Streit geraten, weil er zu neugierig war. Die Eishexe war tot. Jemand hatte sie aus dem Weg geräumt. Das konnte eine schiefgegangene Erpressung gewesen sein, oder sie hatte versucht, der Polizei etwas zu stecken und wartete jetzt auf eine passende Grabstelle. Weiter kam er nicht in seinen Überlegungen.

Es klingelte an der Tür, und da stand Seeräuber-Jenny in bis zum Oberschenkel reichenden schwarzen Stiefeln und einem Minikleid, das kaum bis zur Baumgrenze reichte, wie seine Mama das weibliche Gebüsch zu nennen pflegte.

»Hast du was?«, fragte sie ohne Umschweife und schenkte ihm ein Lächeln, das ihn die Fassung verlieren und glücklich werden ließ, obwohl er auf der Hut sein musste. Sie hatte ihn schon mal reingelegt und würde es wieder tun. Er war ein Niemand. Sie hingegen war ein strahlender Stern, der im Luxus lebte, wenn sie ihre Sugardaddys wie Bowlingkegel abgezockt und ausgeknockt hatte. Heute war sie wahrscheinlich pleite und benötigte seine Dienste.

»Heroin, Gras, Ecstasy und LSD«, sagte er. Jenny war ein Pulverhuhn. Sie nahm keine stärkeren Drogen, lebte aber gefährlich. »Kannst du bezahlen?«, fragte Daniel. »Ich brauche Geld, denn sie haben den Strom abgeschaltet, und ich habe kein WLAN mehr, und mein Vater braucht Herzmedikamente.« Er sagte nichts von der Pistole, denn er hatte noch nicht entschieden, ob er sie verkaufen würde oder nicht.

Ihr Lächeln verbreiterte sich. Im Gegenlicht des Treppenhauses war sie schön wie eine Göttin. »Jenny hat kein Geld, aber eine Idee. Ich finde, wir ziehen nach Stockholm los und sehen mal, was abgeht, auf die Weise kriegt man mehr Geld zusammen.« Sie zog elegant die eine Augenbraue hoch. »Warum hast du so eine hässliche Daunenjacke?«

Daniel fühlte sich allmählich behaglich benebelt. Das Böse, das ihn gejagt hatte, verschwand wie Schatten in der Ecke, und die Nervosität schmolz dahin. »Die ist leicht ... wie eine Feder ... Ich folge der Feder, wie Forrest Gump seiner Feder folgte, und es wird bis zu dem Tag funktionieren, an dem das Huhn sie zurückwill.«

»Das ist eine Gans, die sie dafür gerupft haben, kein Huhn. 'ne Kanadagans oder irgendein anderer verdammter Vogel. Ich habe zwei Fahrkarten nach Stockholm. Wir hauen jetzt ab, und ich will das, was du aufgezählt hast, und noch was, um wieder runterzukommen.«

»Okay.« Daniel fühlte sich träge. Es war schön, dass Jenny das Kommando übernahm. Sie fing an, die Bierdosen von der Pyramide zu pflücken, und fragte etwas dazu. Es gelang ihm aber nicht, seinen Gedankengang zu erläutern. Und ohne, dass er wusste, wie es zuging, saßen sie wie von Zauberhand im Zug nach Groß Stuggi, der Hauptstadt. Die Augen der Schaffnerin sahen aus wie Schnapspralinen, und ihre Stimme klang wie ein Drucker, der mehr Kopien rausknattert als man jemals wollte, weil einem der Finger gezittert hat und man 11 statt 1 gedrückt hat. Aber Jenny hatte die Fahrkarten bereit, und wenn sie aufhören würde zu motzen, dann würde sie vielleicht auch im Zug bleiben dürfen.

»Komm«, sagte Jenny und zog ihn mit sich auf die

Toilette und begann in seiner Hose herumzuwühlen. Er war nicht sicher, was sie wollte, und eigentlich war es auch egal, denn er fühlte sich rundherum wunderbar träge. Wenn sie was wollte, dann war Selbstbedienung angesagt.

»Okay, okay.«

»Warum warten, bis wir da sind, wenn wir auch hier feiern können.« Sie nahm die Tüte mit Ecstasy aus seiner Hosentasche und legte eine Tablette auf seine Zunge, während sie ihm gleichzeitig das Messer in ihrem Stiefelschaft zeigte. »Jenny ist ein großes Mädchen, das sich selbst verteidigen kann. Und du hast eine hässliche Jacke!«

Bald spürte er, wie das lauwarme Heroingefühl durch eine neue psychedelische Energie ersetzt wurde. »Mein Farbanalytiker sagt, Taubenkackegrün sei eine meiner besten Akzentfarben.«

»Die ist verdammt hässlich!«, rief sie lachend und schnitt mit dem Messer in den Stoff, sodass die Daunen rausquollen. Sie füllte die Hände damit und warf sie in die Luft, füllte die Hände wieder und ließ die Daunen in großen, weißen Büscheln fliegen, während sie laut lachte.

»Hast du mit mir ein Gänschen zu rupfen?«, rief sie, und das war unfassbar komisch. Es schneite übers Handwaschbecken und das Klo, und jemand donnerte an die Tür und fragte, was zum Teufel sie da machten, was weitere Lachkrämpfe auslöste. Jenny hob die kaputtgeschnittene Daunenjacke an und schüttelte sie so, dass das Schneeunwetter noch zunahm, genau wie in dem Märchen von Frau Holle, die ihre Mägde die Daunendecken ausschütteln lässt, sodass es auf der Erde schneit, die Faulen mit klebrigem Pech bestraft und die Fleißigen mit

Gold. Das Gehirn lief auf Hochtouren. Teer und Federn ließen ihn an Richard Löwenherz denken und an mittelalterliche Strafen. Ein Dieb sollte in kochenden Teer getaucht werden und dann in Federn gerollt, um schließlich zum Spießrutenlaufen zu kommen. »Ich glaube gar nicht, dass man in Teer so schnell laufen kann«, sagte er, als es wieder an die Tür donnerte.

»Verdammt, was das schneit«, lachte Jenny, und im selben Augenblick wurde die Tür von der Schaffnerin aufgeschlossen. Hinter ihr standen zwei Polizisten.

»Wir sind in Arboga, und hier steigen Sie bitte aus.«

33

Es war Donnerstagmorgen. Bark sollte Moa in die Kita bringen, und die Kleine wollte unter allen Umständen mit dem Fahrrad fahren. Das Rad stand im Schuppen und musste aufgepumpt werden. Moa behauptete entschieden, dass sie ebenso gut Fahrradfahren konnte wie die Leute, die mit gepunkteten Trikots im Fernsehen die Berge hoch- und runterfuhren. Sie hatte deswegen schon vorsorglich ihr rosafarbenes Bergtrikot angezogen, damit alle sehen konnten, dass sie die Beste auf der ganzen Welt war. Sie brauchte nicht einmal mehr diese Stange, die hinten angebracht war, und die Papa immer gehalten hatte, damit sie nicht umfiel. Sie konnte es alleine.

»Wenn man nur strampelt, dann funktioniert es«, erklärte sie.

Sara schlief nach einer weiteren sorgenvoll durchwachten Nacht. Am Abend zuvor, als Kristoffer gerade von Himlagård zurückgekommen war, hatte sie ihn angerufen und verzweifelt geweint. »Ich bin krank und schaffe es nicht, mich um mein eigenes Kind zu kümmern. Was soll ich tun, wenn der Arzt aufgibt, weil die Krankenkasse das, was er schreibt, nicht akzeptiert? Er will Kranke heilen, keine Gutachten schreiben. Ich will mein Krankengeld nicht verlieren. Wenn wir vor dem Verwaltungsgericht ein Nein bekommen, was passiert dann, wenn ich kein Geld mehr habe und wohnungslos werde? Nehmen sie mir dann Moa weg?«

Bark hatte zugehört und versucht sie zu trösten. »Wir lösen das, Sara. Ich bin dabei, Zimmermann und der HR-Abteilung das alles klarzumachen, wir werden Aufgaben finden, die du bewältigen kannst.«

»Ich kann nichts bewältigen. An manchen Tagen würde ich es nicht mal schaffen, zur Arbeit zu kommen, geschweige denn irgendetwas zu leisten, für das jemand würde bezahlen wollen.«

»Einer von uns aus dem Team kann dich mit dem Auto abholen. Und …«

»Wenn mir etwas zustößt, ich meine, was Schlimmes, kümmerst du dich dann um Moa?«

In dem Moment war ihm eiskalt geworden, und er hatte geradeheraus gefragt: »Hast du Selbstmordgedanken, Sara?«

»Jeden Tag, aber ich tue es nicht«, hatte sie geantwortet. »Moa hat schon ihren Vater verloren, und ich … will ihr das nicht antun, obwohl es Momente gibt, in denen ich gerne die Demütigung loswerden würde, die es bedeutet, dauerhaft krank zu sein.«

»Ich verspreche, mich jetzt und so lange, wie es nötig ist, um Moa zu kümmern. Wir stehen diese Sache zusammen durch, mit oder ohne Geld von der Krankenkasse.« Er wusste, dass er wahrscheinlich zu viel versprach, doch er musste sie beruhigen.

Jetzt schaute er zu Sara hinein, die ruhig schlief, und deshalb beschloss er, dass Moa und er weniger laut wären, wenn die Kleine das Fahrrad nehmen durfte. Hinterher war er froh, dass er die Stange nicht abmontiert hatte, denn die kleine Dame hatte mit ihren fünf Jahren natürlich noch keinerlei Sinn für Straßenverkehr. Sie fuhr wie eine Wahnsinnige und kontrollierte ihre Klingel, während sie darauf drückte. Sie wäre geradewegs auf die Straße gefahren, wenn er sie nicht an der Stange festgehalten hätte. Und ihm tat der Rücken weh vom Hinunterbeugen.

Als er durchgeschwitzt bei der Arbeit ankam, war Mia gerade im Begriff, nach Himlagård aufzubrechen. Er hatte nicht vor, sie alleine dorthin fahren zu lassen, zumal Lorentz dort auftauchen könnte. Also erklärte er sich bereit, mitzukommen, bat allerdings um etwas Zeit für eine rasche Dusche.

Auf dem Weg nach Mullhyttan erzählte er von Lorentz' Vortrag und von dem Verhör mit Lisette Duvman. Er hatte am Abend zuvor auch vorgehabt, Beatrice Vinberg zu verhören, doch die hatte mit den Gästen alle Hände voll zu tun gehabt. Und Mia hatte sie außerdem bereits für eine Vernehmung einbestellt.

Mia hörte ihm aufmerksam zu. Ab und zu unterbrach sie ihn mit einer Frage. »Hattest du das Gefühl, Lisette könnte die Mörderin sein, die wir suchen? Ist das hier vielleicht ein Eifersuchtsdrama?«

»Sie hatte eine Affäre mit Lorentz, hat sich aber eines Besseren besonnen. Mir schien eher, als hätte Magdalena ihr leidgetan, und es klang so, als habe sie vor, Himlagård zu verlassen und etwas Eigenes zu gründen.«

»Magdalena hat Lorentz' Nummer blockiert und alle Nachrichten gelöscht, und Lisette will weggehen. Ganz schön hart für Lorentz, wenn die Schar der Bewunderinnen ihn im Stich lässt«, stellte Mia fest.

»Aber die Studentin hat ihm ein Alibi gegeben. Oder hat sie etwas an ihrer Aussage verändert, als du mit ihr gesprochen hast?«, fragte Bark. Mia hatte die Studentin früher am Morgen bereits verhört.

»Nein, das Alibi besteht weiterhin, und sie sagt gleichzeitig, dass er sie verstört habe. Sie wollte ihn nicht anzeigen, aber wie sie schon am Telefon sagte, hat er die ganze Situation angeblich völlig falsch verstanden. Sie kam dorthin, nachdem sie für eine private Sitzung bezahlt hatte, doch die wurde viel privater, als sie hätte ahnen können. Als sie Nein sagte, versuchte er, sie zum Sex zu überreden, und als sie sagte, sie würde jetzt gehen, da würgte er sie. Nicht so, dass es blaue Flecke gab. Es war mehr die Geste selbst, die ihr Angst gemacht hat. Ich habe gesagt, dass sie ihn eigentlich hätte anzeigen *sollen*, denn es könnte noch mehr Frauen geben, die von ihm bedrängt würden. Aber sie wollte es nicht. Ich habe versucht, Druck auf sie auszuüben, und vielleicht bin ich etwas zu weit gegangen … Sie hat angefangen zu weinen. Ich habe mich entschuldigt, habe aber auch gesagt, dass wir Frauen zusammenhalten müssen.«

»Das mit dem Würgegriff ist ja im Vernehmungsprotokoll dokumentiert, also haben wir es in jedem Fall schwarz auf weiß«, gab Bark zu bedenken. »Wie auch immer gibt ihre Erklärung ihm ein Alibi und befreit ihn vom Mordverdacht. Aber vielleicht kann man ihn wegen sexuellen Übergriffs drankriegen.«

Aus ihren Erfahrungen im Frauenhaus wusste Mia, dass, auch wenn eine Anzeige nur selten zu einer Verurteilung führte, es doch die einzige Art war, zu zeigen, was wirklich geschehen war, und wie alltäglich es in engen

Beziehungen war, zu verletzen und zu töten. Die Zeugenaussage der Studentin würde vielleicht einer anderen Frau helfen, die sich nicht traute, Anzeige zu erstatten.

»Achtzig Prozent der misshandelten Frauen erfahren Gewalt durch eine bekannte Person, bei Männern sind es 45 Prozent«, erklärte Mia.

Hin und wieder blickte er sie von der Seite an, während sie nach Süden durch Wälder, Ackerlandschaften und kleine Dörfer fuhren. Das schöne Profil, der rote Mund und das gewellte dunkle Haar, das ihn an Juliette Binoche aus dem Film *Chocolat* erinnerte. Und er spürte, dass er sie immer an seiner Seite haben wollte. Noch niemals hatte er so etwas für einen anderen Menschen gefühlt, nicht einmal für Ella. Es erschreckte ihn, und doch wurde ihm dabei warm ums Herz.

Nach einer rumpeligen Fahrt über Schotterstraßen kamen sie auf Himlagård an. Die Sonne glitzerte auf dem See und warf fröhliche Lichtpunkte über das Gras. Ganz unten auf dem Steg, gekleidet in Leinenanzug und Strohhut, stand Lorentz. Er sah, wie sie aus dem Auto stiegen, und näherte sich dem Haus, tat aber so, als würde er sie nicht bemerken, als Bark die Hand zum Gruß erhob. Beatrice Vinberg stand grau wie ein Schatten vor dem Eingang zum Hauptgebäude. Sie trug ein lindgrünes Kleid vom selben Schnitt wie das naturfarbene, das sie tags zuvor angehabt hatte. Das blondierte Haar war zu einem strengen Pferdeschwanz gebunden. Sie hielt ein Tablett in den Händen und bat sie, ihr auf die Veranda zu folgen. Dort ließen sie sich nieder. Beatrice Vinberg stellte Tassen hin und servierte Kräutertee. Bark hoffte, der würde seinen Magen bis zur Heimfahrt mit Mia nicht zu sehr in Aufruhr bringen. Er schaute mit zusammengekniffenen Lidern ins scharfe Morgenlicht und spürte, wie seine Augen tränten.

»Was hat Lisette gesagt?«, fragte Beatrice Vinberg in scharfem Tonfall, noch ehe sie das Verhör beginnen konnten. »Sie weigert sich zu sagen, was sie Ihnen erzählt hat … und so läuft das hier einfach nicht. Wir haben eine Übereinkunft, einander über alles zu informieren, was mit dem Unternehmen zu tun hat. Lorentz gefällt es nicht, dass Sie hier sind.«

Bark überlegte, ob sie vielleicht nicht begriffen hatte, dass es hier um eine Mordermittlung ging. Also entschied er sich, ihre Frage mit einer Gegenfrage zu beantworten. »Wo waren Sie am Samstagabend?«

Beatrice rang die Hände im Schoß. »Sie meinen, was ich getan habe, als Magdalena ermordet wurde? Schrecklich ist das. Ich denke daran, was sie wohl in der Geisterwelt erlebt haben muss, ehe das passierte. Sie muss es doch geahnt haben, sie muss es gespürt haben, dass sie bald sterben würde. Ich fühle nichts, ich … aber ich bewundere alle, die diese Gabe besitzen. Man stelle sich nur mal vor, dass sie Kontakt zu dem Mädchen in der Felsengrotte aufnehmen und die Polizei dorthin führen konnte. Das zeigt, dass sie die Fähigkeit besaß. Nach der Reportage in *Grenzland* waren plötzlich mehr Menschen denn je an unseren Kursen interessiert. Da war Lorentz sehr zufrieden mit ihr.«

»Wo waren Sie am Samstagabend?«, wiederholte Bark.

»Lisette und ich haben den ganzen Tag geputzt. Am Samstag hatten wir keine Vorträge und keine Übernachtungsgäste. Sie hat hier im Hauptgebäude geputzt, den

Vortragssaal und die Zimmer für die privaten Sitzungen im Anbau, und ich habe die Gästezimmer und Lorentz' Haus unten am Wasser geputzt.« Sie zeigte dorthin, obwohl ganz klar war, wo dieses Haus lag. »Ich bin die Einzige, die seinen privaten Bereich in der Anlage putzen darf. Nur mir ist das anvertraut«, fügte sie hinzu, und eine leichte Röte breitete sich auf ihren farblosen Wangen aus.

»Kann er nicht selbst putzen?«, entfuhr es Bark unwillkürlich, und Mia schenkte ihm den Hauch eines Lächelns.

»Nein, mein Lieber, dazu ist seine Zeit viel zu kostbar. Er muss sich auf seine wichtige Arbeit konzentrieren. Er besitzt die Fähigkeit, das wahre Ich in den Menschen zu sehen, zu erkennen, wer man in seinem tiefsten Innern ist. Ich war ein Wrack, aber er hat mich geheilt. Ohne ihn wäre ich nicht mehr, deswegen habe ich mein Leben der Arbeit auf Himlagård gewidmet.«

Bark versuchte, den zeitlichen Ablauf für den Mord wieder ins Blickfeld zu rücken. »Haben Sie sich am Samstag den ganzen Abend hier aufgehalten?«

»Ja, oder nein … Lisette ist einfach verschwunden und hat sich gegen sechs Uhr in ihrem Zimmer eingeschlossen. Da fand sie offensichtlich, dass die Arbeit beendet war. Ich hatte gedacht, dass wir den Abend gemeinsam verbringen würden, aber sie wollte allein sein, und da entschied ich mich, nach Hause in die Stadt zu fahren. Lorentz hat das ja auch getan, er ist am Samstagvormittag hier weggefahren, um nicht durch das Putzen gestört zu werden. Ich war um kurz nach sieben in der Stadt, habe noch eine Weile gehäkelt und mich dann schlafen gelegt. Ich häkele Engel, aus denen wir Schlüsselringe machen, die wir dann an der Kasse verkaufen.«

»Kann jemand bestätigen, dass Sie um 20:25 Uhr am Samstagabend zu Hause waren?«

»Nein, ich lebe allein. Deshalb arbeite ich auf Himlagård, die Gemeinschaft ist mein Lohn.«

»Wenn ich es richtig verstanden habe, haben Sie dem Unternehmen Himlagård eine große Geldsumme geschenkt«, sagte Bark. Er hatte Henrik zuvor gebeten, einen Blick in die finanziellen Verhältnisse der Firma zu werfen, und der sollte damit bis zum Nachmittag fertig sein.

»Ja, als mein Vater starb, habe ich alles verkauft und mir in Örebro eine Einzimmerwohnung zum Übernachten zugelegt. Doch die meiste Zeit bin ich hier. Die Summe, die übrig war, habe ich Himlagård geschenkt.«

»Kommt es vor, dass Sie das bereuen?«, hakte er nach.

Beatrice Vinberg sah aus, als würde sie die Fassung verlieren. Sie nickte fast unmerklich, schüttelte dann den Kopf und wurde flammend rot im Gesicht. »Niemals, auf gar keinen Fall! Lorentz hatte eine Vision, was wir mit dem Geld anfangen würden. Wie wir einen Treffpunkt und ein Kraftfeld für gute Energien schaffen würden.«

Mia schob eine Frage ein: »Was hielten Sie von Magdalena?«

Beatrice versuchte, ihre erhitzten Wangen mit den Handflächen zu kühlen. »Sie war schön und talentiert … und sie nahm, wenn ich es mal so sagen darf, unangemessen viel Raum im Kollektiv ein. Sie hat Lorentz' Zeit stark in Anspruch genommen, und seine wichtige Arbeit musste dann warten. Ich meine, persönlich hatte ich nichts gegen sie, sie war eine Schwester in unserer Gemeinschaft. Aber Lorentz fand, dass sie nicht putzen oder mir in der Küche helfen müsse. Sie hätte ja zu Hause ihre Aufgaben und einen Mann zu versorgen.« Beatrice nickte vielsagend.

»Gestern habe ich Sie gebeten, eine Liste von den Klienten zu erstellen, die Magdalena medial betreute.«

»Ja.« Beatrice holte ein paar zusammengefaltete Blätter aus der Tasche ihres Kleides und reichte sie Bark, der sie so hielt, dass Mia auch draufschauen konnte.

»Hat Magdalena von jemandem gesprochen, der sie bedrohte, ihr vielleicht zu nahe kam oder zu engagiert war?«

»Es gab eine Frau, die sich bei Lorentz gemeldet hat. Sie war sehr enttäuscht von Magdalena, weil die ihrer Tochter Jenny allzu fragwürdige finanzielle Ratschläge gegeben hatte. Ich war dabei, als er das Gespräch annahm, und Lorentz erklärte ihr, dass der Begriff Reichtum so viele verschiedene Aspekte hat. Wenn man seine Lieben um sich hat und gesund ist, kann man sich reich fühlen, ohne eine einzige Öre zu besitzen. Offensichtlich war Magdalena zu sehr ins Detail gegangen und hatte Jenny gesagt, dass sie Geld investieren und es wieder zurückbekommen würde und dass sie sich keine Sorgen machen müsse.«

»Aber die Mutter machte sich Sorgen?«

»Ja, vor allem, da Jenny wegen Selbstmordgedanken psychiatrische Hilfe aufsuchen musste. Lorentz hat ihr versprochen, dass Magdalena hier nicht mehr sein dürfe, damit Jennys Mutter mit dieser Sache nicht an die Presse ging. Ein solcher Fehler könnte unserem Unternehmen sehr schaden.«

»Sind sonst noch irgendwelche von Magdalenas Klienten auffällig gewesen?«

Beatrice nannte einige weitere, die unzufrieden oder vielleicht ein wenig zu anhänglich gewesen waren, und Bark machte hinter deren Namen auf der Liste ein Zeichen. Die Ermittlung würde völlig aus dem Ruder laufen, wenn sie nichts Konkretes fanden, das eine Richtung vorgab. Dies hier war eine erste Priorisierung von Magdalenas Kontakten als Medium.

»Sie haben gesagt, dass eine Reihe von Magdalenas Sachen noch hier ist«, sagte er.

»Ja, ich habe sie in einer Tasche zusammengepackt, für den Fall, dass Sie die Möglichkeit haben, sie ihrem Mann zu übergeben.« Beatrice stand eilig auf und kam mit einer Stofftasche zurück, die das Logo von Himlagård trug: ein Engel auf einer Wolke. Er erinnerte an die Glanzbilder, die Barks Mutter immer auf die Weihnachtskaramellen geklebt hatte, als er noch ein Kind war.

»Magdalena liebte Engel. Sie sprach oft von Schutzengeln. Dass jeder von uns einen Engel an seiner Seite habe. Doch das hat ihr offenbar nicht geholfen. Als die Zeit so weit war, geschah es dennoch«, erklärte Beatrice. »Ich hoffe, dass sie es auf der anderen Seite gut hat, jetzt, da ihr Auftrag hier auf der Erde zu Ende gebracht ist.«

Bark fiel auf, dass ihre Hände zitterten, als sie ihm die Tasche reichte. »Eine letzte Frage«, sagte er. »Mit was für einem Auto sind Sie am Samstag in die Stadt gefahren?«

»Ich habe eines von Lorentz' Autos ausgeliehen. Einen weißen Mercedes.«

34

»Mir will der Gedanke einfach nicht aus dem Kopf, dass die beiden Fälle zusammengehören«, sagte Bark, als sie wieder im Turmzimmer standen, wo die Sonne aus drei Himmelsrichtungen durch die großen Fenster brannte. Er ging in die kleine gelbe Teeküche, um sich eine Tasse Kaffee zu holen, und warf dabei einen Blick in die Abseite, wo Ingrid sonst immer saß. Da war es traurig leer. Bark kehrte zu den anderen zurück. Auf der Fahrt in die Stadt hatte er seine Überlegungen mit Mia Berger geteilt, jetzt berichtete er noch einmal Alex, Henrik und auch Gaby davon, die für eine Zusammenfassung herübergekommen war. Er fuhr fort: »Ich habe das schon einmal gesagt, und ich sage es noch mal: Mir will der Gedanke nicht aus dem Kopf, dass der Fund der sterblichen Überreste des Mädchens in der Felsengrotte und der Mord an Magdalena Fernåker zusammengehören.«

Gaby wollte ihn eben unterbrechen, doch Bark hob abwehrend die Hand. »Hör mir zu! Als wir gerade von Himlagård losfuhren, hat Ali mich angerufen. Die Obduktion von Elvira Gastin hat ja gezeigt, dass sie an einer Lungenentzündung erkrankt war, als sie starb, und wir haben angenommen, dass dies auch die Todesursache war. Jetzt aber ist die Analyse der Proben gekommen, und wir wissen, dass sie an einer Überdosis Morphium gestorben ist. Laut der Krankenschwester vom Pflegedienst in Lindesberg, mit der ich gesprochen habe, hat Elvira von keinem Arzt Morphium verschrieben bekommen. Morphium hätte also in der Blutanalyse nicht auffindbar sein sollen. Das heißt, alles deutet darauf hin, dass sie ermordet wurde. Als wir auf Himlagård waren, haben Mia und ich auch die Alibis für den Donnerstag geprüft. Weder Lorentz noch Lisette oder Beatrice hatten eines. Warum nun jemand von ihnen Elvira ermordet haben könnte, ist noch unklar, aber vielleicht taucht das Motiv später auf.«

Doch so schnell wollte Gaby nicht aufgeben. »Kann da nicht ein Fehler bei der Pflege vorliegen, hat das Personal Elvira vielleicht das falsche Medikament gegeben? Etwas, was eigentlich für einen anderen Patienten bestimmt war?«

»Sie hatte keine Krankenpflege beauftragt, sondern nur Hilfe beim Putzen und beim Einkaufen«, entgegnete Bark. »Bei der Menge, die in ihrem Blut gefunden wurde, sprechen wir von einer intravenösen Injektion, die zehnmal höher war als das, was man einer so alten Dame zur Schmerzlinderung verabreichen würde. Die Einstichstelle wurde, so sagte Ali, im Trapezmuskel, der über Schulter und Nacken verläuft, gefunden. Also keine normale Stelle für eine Injektion.«

Gaby betrachtete ihn eine Weile, dann sagte sie: »Ja, in dem Fall ist das wirklich seltsam. Vielleicht hast du tatsächlich recht. Könnte Magdalena sie getötet haben, damit sie niemandem erzählt, dass die Geschichte vom Mädchen in der Felsengrotte eigentlich von ihr stammte? Das hätte ja die Lüge über Magdalenas mediale Fähigkeiten offenbart. Aber wer hat dann Magdalena getötet?«

»Wir können nicht beweisen, dass Magdalena Elvira getötet hat«, sagte Bark. »Ihre Kollegen hatten ebenfalls die Möglichkeit. Aber es kann natürlich auch jemand von außen gewesen sein. Die Terrassentür stand ja schließlich nur angelehnt. Ich denke, dass es nicht gut ist, wenn wir uns ausschließlich darauf fokussieren, dass Magdalenas Tod ein Eifersuchtsdrama gewesen sein soll. Allerdings sollten wir den Gedanken natürlich nicht völlig außen vor lassen.«

»Eine andere Sache«, sagte Henrik zögernd. »Ich habe mir erlaubt, den Inspektor vom Jugendamt zu überprüfen, der die Verantwortung für die Pflegefamilie hatte, in der Sofia Arensjö gelebt hat, bis sie verschwand, und ich bin auf eine polizeiliche Ermittlung aus dem Jahre 1970 gestoßen. Mats Jordbro ist tot in seiner Wohnung aufgefunden worden, und zwar am selben Tag, als das Haus des Ehepaares Gastin brannte. Die Todesursache war ein Schlag auf den Hinterkopf. Jordbro lebte allein, und es gab keine Zeugen für den Mord. Laut der gerichtsmedizinischen Untersuchung kann er sich die Verletzung aber nicht selbst zugezogen haben. Wir haben also drei Tote mit einer Verbindung zu der Pflegefamilie: Sofia, Elvira und den Inspektor des Jugendamtes. Plus den Pflegevater Konrad Gastin und seine Großmutter, die bei dem Brand ums Leben kamen.«

»Ich habe das Gefühl, Magdalena hat in ein Wespennest gestochen, als sie mit der Geschichte des toten Mädchens an die Presse ging«, sagte Bark. »Es gab jemanden, der nicht wollte, dass die Toten reden. Vielleicht jemand, der wirklich an sie als Medium glaubte und Angst hatte, was sie noch alles erzählen würde. Die Einzigen, die etwas wissen und mit denen wir sprechen können, sind Ingrid und ihre Zwillingsschwester. Ich habe vor einer Stunde Kontakt zu Lena aufgenommen, und da habe ich erfahren, dass Ingrid wieder im Krankenhaus ist und keinen Besuch empfangen darf. Lena hat ausdrücklich gesagt, dass wir sie beide im Hinblick auf das, was Ingrid gerade durchmacht, in Ruhe lassen sollen. Sie möchte im Moment auf keine einzige Frage zu dem, was in der Pflegefamilie passiert ist, antworten müssen.« Er zögerte einen Moment, dann teilte er ihnen seine Befürchtung mit: »Ich glaube, Ingrid hat einen Selbstmordversuch unternommen.«

Gaby sah bekümmert aus. »Mia, du bist am besten geeignet, um mit Ingrid zu sprechen. Ich möchte, dass du so schnell es geht einen Versuch unternimmst.«

Mia nickte, sagte aber nach kurzem Überlegen: »Können wir Ingrid und ihre Zwillingsschwester wirklich aus der Reihe der Mordverdächtigen streichen?« Gaby starrte sie erstaunt an, doch noch ehe sie etwas sagen konnte, fuhr Mia fort: »Es war schließlich ihre Kindheit, in der Magdalena herumgewühlt hat, nicht wahr? Sofia ist gestorben. Woher wissen wir, dass sie nicht von einem der anderen Mädchen getötet wurde? Ingrid, Lena oder Annika, die wir nicht finden können? Es könnte ja auch ein Unfall gewesen sein.«

»Stimmt, wir müssen überprüfen, ob Ingrid und Lena für den Mord an Magdalena Alibis haben, und außerdem herausfinden, wo sie sich befunden haben, als Elvira Gastin starb«, sagte Gaby mit einem Seufzen. »Und ich möchte, dass sie alles, was sie über Sofias Tod wissen, erzählen.«

»Okay«, sagte Mia. »Ich werde versuchen, so schnell wie möglich mit den beiden zu sprechen. Aber ich werde vorsichtig vorgehen müssen.«

Mit einem Nicken knöpfte Gaby ihr Jackett auf. »Hat jemand das Alibi von Jenny Lovik für die Zeit des Mordes an Magdalena kontrolliert?«

»Das wollte ich eben machen, also herausfinden, wann sie in die Psychiatrie eingeliefert wurde und wann sie dann das Krankenhaus wieder verlassen hat«, sagte Henrik. »Aber es war schwierig, jemanden zu finden, der die Schweigepflicht aufheben kann.«

»Wissen wir mehr über die Waffe?«, fragte Bark.

»Nein«, erklärte Henrik. »Wir wissen, welche Art von Munition gebraucht wurde, aber wir brauchen eine Waffe, um sie zu vergleichen. Weder auf Mikael noch auf Lorentz sind irgendwelche Waffen registriert, ebenso wenig auf eine von Magdalenas Kolleginnen auf Himlagård und auch auf die Frau nicht, die den letzten Anruf bei Magdalena getätigt und sie ausgeschimpft hat, Eva Lovik oder ihre Tochter Jenny. Aber das schließt natürlich nicht aus, dass sich trotzdem jemand von denen eine Pistole besorgt haben kann.«

Plötzlich fuhr Alex von seinem Stuhl hoch und starrte auf sein Handy, als wäre es ein Gegenstand aus dem All. »Yes! Yes! Yes!«, jubelte er.

»Was ist denn?«, fragte Bark.

Alex beugte sich vor und zeigte ihm ein dunkles und sehr verschwommenes Foto. »Als wir die Leute in Lerbäck verhört haben, habe ich diejenigen gebeten, die im Laufe des Abends Fotos gemacht haben, mir alle zu schicken, und jetzt trudelt eins nach dem anderen ein. Schau dir das hier an. Das Foto ist um 20:25 Uhr gegen das Licht in dem Raum gemacht worden, in dem Magdalena ermordet wurde. Wir sehen sie am Tisch, wenige Sekunden bevor sie erschossen wird. Die Kamera ist auf ein paar Leute gerichtet, die neben Magdalena sitzen, aber sie ist zufällig auch mit auf dem Bild. Und nicht nur sie. Die Kamera zeigt auf die lange Wand, in der sich ein paar Fenster und ein Ausgang befinden. Seht ihr auch, was ich sehe? Da steht jemand in der offenen Tür. Jemand, der eine Waffe in der Hand hält. Ich glaube, es sieht aus wie eine Pistole. Die Person mit der Waffe scheint eine Frau zu sein. Natürlich gibt es auch Männer mit Titten, aber das sind doch dann meist eher speckige Personen, oder? Das hier sieht so aus, als wäre es eine sehr schlanke Frau, kein Mann mit Bierbauch.«

»Darf ich mal sehen?«, bat Gaby und beugte sich vor.

»Mehrere Zeugen haben ausgesagt, dass der Mörder exakt an dieser Stelle stand, als der Schuss losging«, sagte Bark. »Kann man aus dem Bild noch mehr rausholen?«

»Ich werde es versuchen«, sagte Henrik. »Mithilfe der Gegenstände, die sich in der Nähe befinden, kann man ziemlich exakt berechnen, wie groß die Person ist.«

»Das schließt in dem Fall ja Magdalenas Mann und Lorentz aus«, sagte Mia. »Aber nicht Ingrid. Ich habe ein ganz übles Gefühl. Eigentlich wollten wir euch nichts erzählen, aber jetzt finde ich, wir müssen es tun.« Sie warf Bark einen flehenden Blick zu und fuhr fort: »Ingrid hat schon am Donnerstag einen Selbstmordversuch unternommen. Bark und ich haben sie gerade noch rechtzeitig gefunden. Das war am selben Morgen, als der Pflegedienst festgestellt hat, dass Elvira tot ist. Ich möchte überhaupt nicht daran denken, dass Ingrid ihre Pflegemutter umgebracht haben könnte, aber es ist doch ein seltsames Zusammentreffen.«

Bark ging sofort zur Verteidigung über. »Wenn Ingrid oder ihre Schwester Elvira hätten töten wollen, dann wäre doch schon längst Gelegenheit dazu gewesen. Es sind seither schließlich fünfzig Jahre vergangen.«

»All diese Jahre über hat Elvira allerdings geschwiegen und keine Gefahr bedeutet. Der Fund ihrer Kameradin in der Felsengrotte kann die Reaktion ausgelöst haben«, sagte Mia nachdenklich. »Ich hoffe von ganzem Herzen, dass es nicht so ist. Aber wir müssen uns erlauben, auch darüber nachzudenken.«

»Wenn noch mehr Fotos reinkommen, dann will ich sie sehen.« Bark wollte gerade noch etwas sagen, wurde aber von Henrik unterbrochen, der erschüttert aussah. Ihm war offenbar gerade etwas eingefallen.

»Ingrid besitzt eine Pistole, eine Luger. Das weiß ich, weil wir darüber gesprochen haben. Sie ist Sportschützin, und in ihrer Abseite hängen mehrere Urkunden an der Wand.«

Gaby ging sofort darauf ein. »Ich sorge dafür, dass jemand die Pistole holt.« Sie rief den Chef vom Dienst an, der Kontakt zu Lena aufnehmen sollte. Im besten Fall hatte sie einen Schlüssel zu Ingrids Haus und zum Waffenschrank, in dem die Luger aufbewahrt sein sollte.

»Ich habe eine Besprechung mit Zimmermann. Muss mich beeilen«, entschuldigte sich Gaby und war schon in der Tür, als sie sich noch einmal umdrehte. »Und du musst mal dein Handy einschalten, damit man dich erreichen kann, Bark!«

»Okay.« Er schaltete das Handy ein und sah, dass er einige SMS bekommen hatte, beschloss aber, sie vorerst nicht zu lesen. »Die Frauen, die in der Ermittlung vorkommen, sind Lisette und Beatrice von Himlagård sowie Eva Lovik, die Magdalenas letzter Telefonkontakt war. Ingrid und Lena müssen auch dahingehend überprüft werden, zu welchem Auto sie Zugang haben«, erklärte Bark. »Nichts deutet darauf hin, dass es eine dieser Frauen war, aber irgendwo müssen wir anfangen. Magdalena hat ein weißes Auto gesehen, das sie verfolgt hat. Beatrice Vinberg hatte sich den weißen Mercedes von Lorentz ausgeliehen. Vermutlich war er vor ihrer Wohnung in der Weststadt geparkt.« Bark wandte sich an Henrik. »Kannst du das bitte überprüfen und dann mal sehen, was du mit dem Foto machen kannst?«

»Und ich?«, fragte Alex.

»Nimm noch mal Kontakt zur dänischen Polizei auf und bitte sie, noch einmal zu versuchen, herauszufinden, wo das vierte Mädchen aus der Pflegefamilie, Annika, sein könnte, das mit seiner Mutter nach Dänemark verschwunden ist. Wenn die beiden noch leben, dann müsste Annika um die 60 Jahre alt sein und ihre Mutter knappe 80.«

Mia sagte: »Man fragt sich wirklich, was den vier Mädchen passiert ist. Wir sehen nur die Nachwirkungen von etwas, das ursprünglich geschehen ist, wie Ringe auf dem Wasser. Sofias Frakturen. Ingrids gewaltsame Reaktion. Die Toten. Irgendwo in dieser Sache gibt es einen Kern, eine Ursache von damals für das, was heute passiert. Das glaube ich. Und sicherlich hast du recht, Kristoffer, ein Eifersuchtsdrama erklärt nur den Mord an

Magdalena, aber nicht die Morde an Elvira und dem Inspektor vom Jugendamt. Denn alles deutet darauf hin, dass sie ermordet wurden, und dass die Morde einen gemeinsamen Nenner haben, der wiederum zu der Pflegefamilie führt. Du glaubst ja schließlich nicht an Zufall, Bark.«

»Nein. Henrik, hast du noch etwas über den Brand und die Umstände um Konrad Gastins Tod herausfinden können?«

»Nein, das habe ich beiseitegelegt, als Gaby meinte, wir sollten andere Prioritäten setzen. Soweit ich mich erinnere, sollte Ingrid die Akte dazu aus dem Archiv holen, aber ich glaube nicht, dass sie das getan hat. Und dann ist sie krank geworden.«

»Sieh du dir die alte Ermittlung im Archiv an, dann versuche ich, Kontakt zu Ingrids Schwester aufzunehmen.« Als sein Handy vibrierte, sah er nach. Er hatte vier SMS von Sara bekommen. »Bitte ruf mich an. Ich brauche Hilfe!«

35

Kristoffer Bark rief Sara an und verspürte die Sorge wie einen brennenden Wirbel im Magen.

»Was ist los?«, fragte er, als sie nach so vielen Klingeltönen endlich ranging, dass er schon fast hatte auflegen wollen.

»Mir ist so schwindlig. Ich komme nicht aus dem Bett. Die von der Kita haben schon zweimal angerufen, aber ich schaffe es nicht, Moa abzuholen und Essen zu kochen. Verdammt, Kristoffer, ich schäme mich so, die ganze Zeit um Hilfe bitten zu müssen.«

Bark versuchte sowohl sie als auch sich selbst zu beruhigen. »Nun mal eins nach dem anderen. Ich rufe die Kita an und sage, dass ich auf dem Weg bin. Es ist alles okay, Sara, ich werde was zu essen mitbringen.« Sara hatte zuvor mit dem Sozialamt gesprochen, und da hatte man ihr gesagt, sie würde einen Kredit bekommen, den sie aber zurückzahlen müsste, sobald ihre Wohnung verkauft war. Und dann? Wenn sie keine Wohnung mehr hatte? Was, wenn sie vor dem Verwaltungsgericht verlieren würde? Wenn es Sara ein wenig besser ging, würde er sie fragen, ob er nicht in ihrem Auftrag das Sozialamt kontaktieren sollte. Aber auch das könnte ihr zum Nachteil gereichen … schließlich hatte sie Angst, das Sorgerecht zu verlieren, weil sie sich nicht um Moa kümmern konnte.

Eine Stunde später stand Bark in Saras Küche und briet Scholle. Moa stand neben ihm. Sie hatte den Fisch mit Ei eingepinselt und ihn in Paniermehl gewendet. Kristoffer machte Kartoffelbrei mit viel Butter und fetter Milch dazu. Dann sorgte er dafür, dass Moa ins Bett kam. Mit jedem Einschlafritual schien sich die Prozedur um einen oder mehrere Punkte zu verlängern. Noch eine Geschichte, und alle Kuscheltiere mussten mit im Bett sein, und dann wurde eins nach dem anderen schlafen gelegt, und dann hatte sie Durst, und dann fiel ihr ein, dass der Bär eine ganz eigene Bärengeschichte brauchte, die sie sich selbst ausdachte, und schließlich wollte sie, dass sie von der Trollmama sangen, die ihre elf kleinen Trolle ins Bett gebracht hatte.

Als Moa endlich schlief, war es halb neun. Sara saß in eine Decke gewickelt mit geschlossenen Augen auf dem Sofa. »Verdammt, was soll ich nur tun? Ich kann nicht von deinem Geld leben. Wenn ich die Wohnung verkaufe, für die ich ja einen Kredit aufgenommen habe, dann reicht das Geld höchstens vier Monate, und dann wäre auch das vorbei. Außerdem weiß ich nicht, wie ich einen Umzug schaffen sollte. Und wir haben nichts, wo wir hinkönnen.«

»Ich helfe dir, ein Schritt nach dem anderen. Ich komme morgen und sorge dafür, dass Moa in die Kita kommt, und ich hole sie auch ab, wenn das nötig ist. Du legst die Rechnungen, die reinkommen, für mich auf einen Stapel. Jetzt hast du erst mal Essen im Kühlschrank, sodass du klarkommst. Morgen gibt es Pfannkuchen aus der Tiefkühltruhe, keine Delikatesse, aber es wird Moa bei Laune halten.«

»Danke, du bist so lieb. Ich vermisse die Person, die ich war, ehe ich krank wurde. Ich war eine ziemlich gute Polizistin, ich habe Theater gespielt und eine Gruppe für Wassergymnastik geleitet, ich habe im Chor gesungen und hatte Freunde zum Abendessen zu Besuch. Inzwischen kommt mir dieses Leben wie eine weit entfernte Fata Morgana vor.«

»Mach alles in dem Tempo, das richtig für dich ist, dann schaffst du auch den Weg zurück. Lass mich alle Kontakte zu den Behörden halten, gib mir alles, was dich stresst. Wir schaffen das, Sara. Wir schaffen das!«

»Danke«, sagte sie und wischte die hartnäckigen Tränen weg. Sie seufzte, und ein Schaudern ging durch ihren Körper. »Es ist nur so schwer, immer wieder Hilfe annehmen zu müssen.«

»Denk nicht daran. Alles wird gut.« Er war nicht so überzeugt, wie er klang, aber er würde alles in seiner Macht Stehende tun, damit diese kleine Familie nicht zerstört wurde. Als er in den warmen Abend hinausging, dachte er daran, wie schnell die staatliche Krankenversicherung zurückgebaut und die Loyalität mit den Kranken verkauft worden war. Und er dachte an die Angestellten in der Pflege, die schon vor der Pandemie in unterbesetzten Teams gearbeitet hatten und bald den ganzen Pflegestau würden abarbeiten müssen. Dasselbe Pflegepersonal, das jetzt zu übermenschlichen Arbeitseinsätzen gezwungen war, um Leben zu retten. Wie viele von ihnen würden, von schweren Erschöpfungssyndromen heimgesucht, langzeitkrankgeschrieben, aus dem Krankengeld ausgesteuert und für ihren heroischen Einsatz mit bitterer Armut bestraft werden?

Als er das Handy wieder einschaltete, das er während Moas Bettgehritual ausgestellt hatte, war es bereits neun Uhr abends. Henrik hatte angerufen, also rief er ihn zurück. Wenn Henrik auch Kinder ins Bett gebracht hatte, dann hatten sie ja ein ähnliches Timing, musste er mit einem Lächeln denken.

»Henrik«, antwortete der verschlafen.

»Hier ist Bark, du hast mich angerufen.«

»Ja, vor Stunden. Während meiner Arbeitszeit!«

»Hast du etwas von Ingrid gehört?«

»Ich habe Lena erreicht, und wir haben Ingrids Pistole abgeholt. Sie liegt jetzt bei Ali für einen Abgleich, sobald wir nach der Obduktion von Magdalenas Leiche eine Kugel zum Vergleich haben.« Henriks Stimme verschwand in einem Flüstern, so, als ob er Angst hätte, dass jemand anders ihn hören könnte. »Ich wage nicht daran zu denken, was es bedeuten würde, wenn die Kugel zur Waffe passt.«

»Ich auch nicht«, sagte Bark und verspürte einen leichten Schwindel. »Lena hat also Zugang zu dem Waffenschrank?«

»Ja, und Ingrid hat nach dir gefragt. Aber zurzeit ist es natürlich nicht erlaubt, jemanden im Krankenhaus zu besuchen.«

»Wenn Ingrid mit mir sprechen will, dann ist es wohl wichtig. Ich werde das schon irgendwie hinkriegen.« Während er durch den Fußgängertunnel ging und dann die Järnvägsgatan entlang, sprach er weiterhin mit Henrik, der, genau wie angenommen, ein Kind ins Bett gebracht hatte und dann selbst auf dem Fußboden davor eingeschlafen war. Jetzt beklagte er sich, dass ihm jeder einzelne Muskel weh tat und ein Berg schmutziges Geschirr, ein Haufen Wäsche und die Reinigung des Katzenklos auf ihn warteten. Doch je früher Bark eine Zusammenfassung dessen erhielt, was sein Team in den letzten Stunden erarbeitet hatte, desto schneller würde Henrik wieder zu seinem Berg an Hausarbeit zurückkehren können.

»Wegen des Brands mit Todesfolge von 1970«, begann Henrik. »Der Alarm wurde von einem Autofahrer ausgelöst, der vorbeigekommen war. Lena hatte es hinaus auf die asphaltierte Straße geschafft. Ingrid war schwer verletzt. Beide sind ins Krankenhaus gekommen. Als Feuerwehr und Polizei vor Ort ankamen, stand das ganze Haus in Flammen. Die brandtechnische Untersuchung zeigte, dass Konrad Gastin im Feuer ums Leben gekommen war. Man konnte auch feststellen, dass die Tür zu dem Schlafzimmer, in dem er sich befand, von außen abgeschlossen war. In einem Eichensarg im Keller, der den Brand ziemlich gut überstanden hatte, fand man seine Großmutter. Es ist unklar, ob sie an einer Rauchvergiftung starb oder schon tot war, als das Feuer ausbrach. Überreste von Annika oder Sofia wurden nicht gefunden, und niemand hat sie seither wiedergesehen. Später hat die Polizei Elvira Gastin gefunden. Sie war am Abend nach Nora gefahren, um zu tanken, während Konrad mit den Kindern zu Hause blieb. Eine Streife fand sie in ihrem Auto an der Tankstelle. Sie stand unter schwerem Schock.«

»Elvira hat ihren Besitz per Testament an die Zwillinge und an Annika vermacht«, schob Bark ein. »Das Testament ist im selben Jahr, nämlich 1970, unterzeichnet worden. Derzeit umfasst es das Haus in Lindesberg und alles, was sie auf der Bank hatte.«

Henrik fuhr fort. »Elvira war lange die Hauptverdächtige für die Brandstiftung, doch man konnte es nicht beweisen. Es wurde auch spekuliert, dass Annika oder Sofia das Haus angezündet haben könnten, oder vielleicht Annikas leibliche Mutter, die aufgetaucht und daraufhin zusammen mit ihrer Tochter nach Dänemark verschwunden wäre. Zwei voneinander unabhängige Zeugen haben behauptet, Mutter und Tochter gesehen zu haben. Die Spur verläuft sich aber auf der Fähre über den Öresund. Später meinte ein Zeuge, sie in Christiania gesehen zu haben.«

Henriks Stimme entfernte sich, man hörte eine Kinderstimme, und dann kam Henrik mit voller Kraft zurück: »Nein, hör auf! Hör jetzt damit auf! Das Katzenklo soll nicht in die Toilette geleert werden. Warum? Weil die dann verstopft!« Henrik wechselte die Tonlage. »Entschuldige, das war nicht an dich gerichtet, sondern an die kleinen Brandstifter, mit denen ich zusammenlebe. Ich habe mit unseren dänischen Kollegen gesprochen, doch die haben keine weiteren Ideen.« Im Verlauf des Gesprächs war Bark am Krankenhaus angekommen. Er fand eine Pflegerin, die wahrscheinlich gerade hinausgehen wollte, um heimlich zu rauchen, zeigte seinen Polizeiausweis und fragte nach Ingrid Johansson. Ingrid hatte ausdrücklich darum gebeten, mit ihm zu sprechen, und es konnte wichtig sein.

Bark wurde gebeten, vor der Tür der Abteilung zu warten. Als er gerade schon fürchtete, die Krankenschwester hätte ihn vergessen, tauchte sie wieder auf. »Kommen Sie mit, ich habe einen Gesprächsraum gefunden. Aber halten Sie es kurz. Sie ist sehr mitgenommen.«

Als Bark in das kleine Zimmerchen kam und Ingrid erblickte, die in einem Rollstuhl saß, erkannte er sie kaum wieder, obwohl sie die Perücke trug. Ihre ganze energische Person war in sich zusammengefallen. Der Blick war trübe und die Mimik träge. »Wie geht es dir?«, fragte er, nahm einen Stuhl und setzte sich mit ihr auf Augenhöhe.

»War schon besser. Danke, dass du gekommen bist!«

»Selbstverständlich.« Es tat ihm weh, sie so verändert zu sehen, auch wenn es nicht mit dem Schock vergleichbar war, sie unter Drogen und bewusstlos aufzufinden.

Ingrid fasste ihm mit ihren zitternden Händen an die Wangen, als hätte sie Angst, dass er wieder verschwinden würde. »Sie war hier!«, sagte sie mit vor Angst weit aufgerissenen Augen.

»Wer war hier?«, fragte er, unsicher, wie klar sie im Kopf war.

»Annika. Ich habe sie nach all den Jahren wiedererkannt.«

»Bist du sicher?« Vielleicht war das etwas, das sie geträumt oder halluziniert hatte, als die Gedanken an die Vergangenheit sie einholten. Bestimmt hatte sie auch eine ganze Menge Medikamente bekommen.

Ingrid klammerte sich an seinen Arm, und ihre Stimme war sehr schwach. »Annika war hier. Aber sie hatte einen Mundschutz, und die Haare waren anders, aber ich habe ihre Augen wiedererkannt. Ich war gerade aufgewacht. Sie stand mit einer Spritze über mir. Aber dann kam ein Pfleger ins Zimmer, und da ist sie verschwunden. Ich bin ganz sicher, und ich habe Angst! Du musst Lena warnen!«

36

Es war Samstag. Kristoffer Bark saß zu Hause auf dem Balkon und trank seinen Morgenkaffee. Zwei Wochen waren seit dem Mord an Magdalena Fernåker vergangen. Die Spuren, die man von dem Mörder hatte, waren zum einen das verschwommene Foto einer maskierten Person, bei der es sich wahrscheinlich um eine Frau handelte, und zum anderen Mikael Fernåkers Aussage, dass Magdalena auf der Fahrt im Rückspiegel ein weißes Auto aufgefallen war, das sie verfolgt hatte. Nach dem Gespräch mit Ingrid im Krankenhaus hatte er sofort Kontakt zu Lena aufgenommen und sie gewarnt. Ingrid fürchtete, dass Annika einen neuen Versuch unternehmen würde, ihr zu schaden, und dass sie es auch auf Lena abgesehen haben könnte. Während der vergangenen Woche hatte man versucht, Ingrid und Lena über die Pflegefamilie und den Tod von Sofia Arensjö zu befragen, doch Ingrid fiel es trotz mehrerer Versuche schwer, darüber zu sprechen, ohne Panikanfälle zu bekommen. Lena hatte sich ebenfalls verschlossen. Sie war mit den Nerven fertig, sprach unzusammenhängend, und die Vernehmungen hatten überhaupt nichts erbracht. Ingrid war in ihr Haus in Vintrosa zurückgekehrt, und Lena behielt sie Tag und Nacht im Blick, weil sie schwere Ängste plagten, aber auch aus Furcht, dass Annika wieder auftauchen könnte. Wenn

Lena einkaufen oder etwas anderes erledigen musste, blieb eine Nachbarin oder eines der anderen Geschwister bei Ingrid. Wie lange würden sie das durchhalten?

Bark holte sich noch mehr Kaffee. Er hatte frei, konnte aber an nichts anderes als an die Ermittlung denken. Die Angehörigen hatten jetzt die Erlaubnis erhalten, Magdalenas Beerdigung zu organisieren, denn die gerichtsmedizinische Obduktion war beendet. Die Kugel war durch den Okzipitallappen eingedrungen und hatte noch im Frontallappen gesteckt. Am Montag würde Ali mit der ballistischen Untersuchung fertig sein und eine Aussage dazu machen können. Die einzige Pistole, mit der sie die Kugel vergleichen konnten, gehörte Ingrid. Da sie Zivilangestellte war, trug sie natürlich keine Dienstwaffe und nahm auch nicht an den obligatorischen Schießübungen teil, doch sie war Mitglied in einem Schützenverein. Bark mochte überhaupt nicht daran denken, dass sie etwas mit dem Mord an Magdalena zu tun haben könnte. Doch wenn es so war, dass Ingrid oder Lena schuldig waren, dann musste das damit zusammenhängen, dass Magdalena die Tür zur Hölle ihrer Kindheit weit geöffnet und in den Medien über das Mädchen in der Felsengrotte gesprochen hatte. Könnten sie den Mord gemeinsam begangen haben? Ingrid besaß einen weißen Toyota, doch keiner der Zeugen hatte das Auto oder jemanden, der Ingrid oder Lena ähnlich sah, am Tatort gesehen. Lena war stark übergewichtig, sie konnte also nicht die maskierte Frau sein, die geschossen hatte. Ingrids körperliche Konstitution passte da schon eher. Oder könnte es Annika gewesen sein, die Magdalena zum Schweigen bringen wollte?

Alex und Bark hatten das Personal verhört, das auf der psychiatrischen Station arbeitete, auf der Ingrid gewesen war. Alle vom Personal waren identifiziert, und Ingrid hatte bestätigt, dass die Frau, die sie als Annika erkannt hatte, nicht dabei war. Könnte sie sich mit jemandem, der draußen geraucht hatte, auf die Station geschlichen haben? Oder war Annika nur eine Ingrids verwirrtem Kopf entsprungene Fantasie?

Vorgestern hatten sie die Obduktionsergebnisse von Magdalena Fernåker erhalten. Es waren verschiedenste Verletzungen des Opfers festgestellt worden, die, abgesehen von dem tödlichen Schuss, von Blutergüssen auf der linken Wange nach einer Ohrfeige und am Hals nach einem Würgegriff bis hin zu Unterleibsverletzungen und Platzwunden aufgrund grober Gewalteinwirkung reichten. Lorentz hatte das bereits zugegeben und gesagt, Magdalena wäre mit den gewaltsamen Sexpraktiken einverstanden gewesen, bei denen sie mit groben Gegenständen penetriert worden war, und deren Folgen jetzt auch fotografiert und dokumentiert waren. Das Opfer konnte das nicht mehr dementieren … Den Rest der Woche über waren Henrik und Bark noch einmal alle Zeugenaussagen durchgegangen und hatten die Fotos angesehen, die während des Theaterabends in Lerbäck gemacht worden waren.

Bark seufzte schwer und starrte von seinem Balkon über den Spielplatz mit seinen grünen Hügelchen, Wiesenblumen, Klettergestellen und Schaukeln. Spät gestern Abend hatte Mikael Fernåker angerufen. Er war definitiv nicht nüchtern gewesen, und die erste halbe Stunde hatte sich Bark einfach seine große Verzweiflung anhören müssen, die dann in Anschuldigungen übergegangen war. Warum hatte die Polizei den Wahnsinnigen noch nicht festgenommen? Und mit dem Wahnsinnigen meinte er Lorentz. Als der schlimmste Zorn abgeebbt war, erklärte Bark, dass Lorentz ein Alibi habe. Seine Aussage war von mehreren Zeugen bestätigt worden. Bark und Mikael hatten eine weitere halbe Stunde in etwas vernünftigerem Ton gesprochen, als Mikael plötzlich sagte: »Können Sie zur Beerdigung kommen? Es würde mir sehr viel bedeuten, wenn Sie dort wären. Wer weiß, man hat ja in Fernsehkrimis schon gesehen, dass Mörder manchmal auf Beerdigungen auftauchen. Wir werden nicht viele sein. Magdalenas Kolleginnen aus dem Pflegedienst, ihre Mutter und meine Schwester.« Mikaels Stimme wurde von einem Schluchzen erstickt.

»Ja, ich komme. Wenn ich niemand anders einen Platz wegnehme.«

Bark duschte und zog den einzigen schwarzen Anzug an, den er besaß. Erstaunlicherweise passte er perfekt, obwohl er ihn schon vor fünfzehn Jahren zu einem Dreikönigs-Ball im Schloss gekauft hatte. Er fand auch einen schwarzen Schlips dazu und ein weißes Hemd, das ziemlich zerknittert war, aber es würde ja nicht viel von dem Hemd rausgucken, und ein Bügeleisen besaß er nicht. Als er fertig war, nahm er den Bus in die Stadt, stieg am Bahnhof in den 303er nach Lindesberg um und war eine Stunde vor Beginn der Beerdigung dort. Also unternahm er einen Spaziergang entlang des Sees. Das Wasser war sicherlich wärmer als die Luft, denn die Menschen badeten und saßen auf den Bänken entlang der Strandpromenade und auf dem Steg in der Sonne. Er konnte den Gedanken nicht loslassen, ob Annika wirklich im Krankenhaus aufgetaucht war. Der Arzt hatte gesagt, dass Ingrid hohe Dosen Beruhigungsmittel bekommen habe, aber wenn … wenn Ingrid recht hatte, dann war sie natürlich in Gefahr. Er hatte die Sache mit Gaby und Zimmermann besprochen, doch die beiden fanden das Bedrohungsszenario nicht ausreichend, um Ingrid Personenschutz zu gewähren.

Rechtzeitig zum Glockenläuten kehrte Bark zur Kirche und zu dem Platz zurück, in dessen Mitte der Springbrunnen mit der schönen Königin Leda und Zeus als Schwan stand.

Das Erste, was Bark auffiel, als er die Kirche betrat, waren die drei schönen Bogenfenster mit bleigefassten Glasmalereien. Eine Perlenkette von Bildern aus Christi Leben und den vier Evangelisten in einer farbensprühenden Kavalkade, so weit von der Schwere einer Beerdigung entfernt, wie man nur kommen konnte. Das Altartuch war grün. Davor stand ein weißer, mit einem Blumenarrangement aus roten Rosen und weißen duftenden Freesien bedeckter Sarg. Es dauerte eine Weile, bis sich seine Augen an die Dunkelheit gewöhnten. Ganz vorne saß Mikael neben Magdalenas Mutter. Die weinte so heftig, dass ihre Schultern zuckten. Mikael hielt seinen Arm um sie. Die anderen saßen auf den Bänken dahinter, alle auf der rechten Seite, weil sie nur so wenige waren, insgesamt mit Kantor und Pfarrer vielleicht zwanzig Personen. Bark ließ sich in der letzten Reihe hinter Verwandten und Freunden nieder. Er wusste, wer sie waren, denn er war Magdalenas Bekanntenkreis mit Mikael, Magdalenas Mutter und der Chefin des Pflegedienstes wieder und wieder durchgegangen, um die Personen einzuordnen, die Magdalena gekannt hatte. Es war sinnvoll anzunehmen, dass es zwischen Opfer und Täter, oder vielleicht sollte man Täterin sagen, eine Verbindung gab. Auf dem verschwommenen Bild war mit größter Wahrscheinlichkeit eine Frau zu sehen gewesen, und nach vielen Bildbearbeitungen hatten sie mit Sicherheit eine Pistole identifizieren können. Acht Personen der Versammelten waren Frauen, mit fünf von ihnen hatte er schon Verhöre geführt: Magdalenas Mutter, Vivianne, die Chefin des Pflegedienstes, Magdalenas beste Freundin Carola sowie Lisette und Beatrice von Himlagård. Die anderen waren von Kollegen vernommen worden – alle außer einer mageren Frau mit kurzen, dunklen Haaren. Die würde er ansprechen müssen, wenn die Zeremonie vorüber war. Ihre Art, den schmalen Nacken zu beugen, kam ihm irgendwie bekannt vor, und das unmerkliche Kopfschütteln entging ihm nicht. Lorentz war nicht aufgetaucht. Ein wenig Selbsterhaltungstrieb und Instinkt schien er ja doch zu besitzen. Mikael hätte ihm wahrscheinlich einen fetten Haken versetzt, der ihn schon auf der Kirchentreppe zu Boden geworfen hätte.

Nur ein Tag, ein Augenblick. Bark stimmte ein und befand sich plötzlich wieder auf der Beerdigung seiner Tochter. Ein junger Mann mit Baritonstimme sang vorne am Altar ein Solo von *Halte mein Herz*. Die Gefühle überwältigten Kristoffer, und ihm kamen die Tränen, obwohl er versuchte, sie zu unterdrücken. Fünf Jahre lang hatte er entlang des Sees Hjälmaren nach seiner Tochter gesucht, ehe sie eine Beerdigung abhalten konnten. Die einzigen Erinnerungsobjekte, die ihm wirklich etwas bedeuteten, waren eine CD, die Vera ihm gebrannt hatte, und eine Halskette mit einem Bergkristall. Warum hatte Lisette unter allen Steinen ausgerechnet den Bergkristall genannt? Die einzige logische Erklärung war, dass Kristina etwas ausgeplaudert hatte. Seine Schwester besaß die ärgerliche Angewohnheit, loszureden, ohne nachzudenken, wenn sie nur etwas Aufmerksamkeit und Aufmunterung bekam.

Die Rede des Pfarrers war trotz des Schrecklichen, was geschehen war, bewegend und hoffnungsvoll. Eine Predigt mit dem Fokus auf dem Schönen, dem, was von Liebe und Fürsorge geprägt gewesen war. Magdalena, die sich im Pflegedienst so gut um die alten Menschen gekümmert hatte. Magdalena als Freundin und Ehefrau. Das war ebenso wahr wie das andere, was auf der negativen Seite stand – der Betrug und die Lügen. Man musste nur den richtigen Blickwinkel wählen. Die Psalmen und Gesänge waren wohlbekannt, und die Gemeinde sang mit. Zu den Tönen von *Autumn Leaves* verließen sie nacheinander die Kirche. Auch Bark machte sich bereit, schlug sein Gesangbuch zu und erhob sich, um den nächsten Angehörigen seinen Respekt zu erweisen. Als die dunkelhaarige ältere Frau an ihm vorbeikam, und er ihr Gesicht und den mageren, sehnigen Körper in einem schwarzen Kleid sah, erkannte er sie sofort. Dies war Kristinas Freundin Nana, die mit ihnen zusammen gewandert war. Er war erstaunt, sie hier zu sehen, schließlich hatte sie Magdalena doch nur ein paarmal getroffen und gehörte nicht zur Familie. Ein Gefühl der Abneigung durchfuhr ihn.

Es gab Menschen, die auf Beerdigungen gingen, obwohl sie die Toten nicht kannten, einfach weil es ihnen Spaß machte, auf Beerdigungen zu gehen und zusammen mit anderen zu weinen. Das war ihm im Dienst schon ein paarmal begegnet. Ein seltsames Verhalten. Krank oder menschlich? Das vermochte er nicht zu sagen.

Als er aus der Kirche kam, ging er zu Mikael und umfasste kurz seine Oberarme, sah ihn warmherzig an und nickte, ehe er losließ. Es gab keine Worte, die das Schwere leichter machen konnten. Worte machten es nur schlimmer, wo doch eine Geste des Wohlwollens völlig ausreichte, das wusste Bark aus eigener Erfahrung. Mikael erwiderte sein Nicken und ging weiter zur nächsten Person, die ihm ihr Beileid aussprechen wollte. Bark hob den Blick. Nana stand allein und sah etwas verwirrt aus. Sie schien mit niemandem hier zu sein und auch niemanden zu kennen, und erst als er auf sie zuging, bemerkte sie ihn. Doch anstatt ein Lächeln des Wiedererkennens zu zeigen, sah sie bestürzt aus, als hätte er sie in etwas sehr Privatem gestört.

»Wenn du nicht zur Erinnerungsstunde angemeldet bist, dann würde ich gern mit dir sprechen«, sagte er. Mikael hatte deutlich gemacht, dass die nachfolgende Erinnerungsstunde nur für die Familie gedacht war. »In dem Viertel da hinten gibt es ein nettes Café, wo wir etwas trinken können«, schlug Bark vor. »Mit eigener Konditorei.«

»Ich weiß nicht, ob ich …?«

»Die Krabbenbrote sind fantastisch und ebenso die süßen Teilchen.«

»Ist das ein Verhör, oder was?«, fragte sie, und er vernahm den feindseligen Unterton. »Ich bin nämlich bereits von einem deiner Kollegen verhört worden. Es gibt nichts mehr zu sagen.« Nana ging los, und er folgte ihr.

»Von wem?«

»Kann mich nicht erinnern. Doch, Alex hieß er. Dieser Alex wollte noch mehr darüber wissen, wie das war, als wir das Mädchen im Naturschutzgebiet Skärmarboda gefunden haben. Das war ja wohl unnötig. Du warst schließlich dabei.«

»Ich würde gerne über etwas anderes mit dir sprechen. Wie gut kanntest du Magdalena?«

»Ich kannte sie nicht. Nicht persönlich. Nur als Medium. Aber ich habe sie bewundert und wollte einen letzten Abschied von ihren sterblichen Überresten nehmen. Ihre Seele lebt weiter, und ich werde versuchen, über Lisette wieder Kontakt mit ihr aufzunehmen. Die sagt, das ist vielleicht möglich.«

In diese Diskussion wollte sich Bark am Tag der Beerdigung nicht hineinbegeben. »Wo warst du, als Magdalena erschossen wurde.«

»Ich war mit meiner Tochter zusammen, sie kann das bestätigen. Ich habe dem anderen Polizisten meine Adresse gegeben.«

»Hat Mikael dich eingeladen, weil du sie als Medium bewundert hast?«, fragte er erstaunt.

»Nein, ich habe Kontakt zu ihm aufgenommen und gesagt, wir wären Arbeitskolleginnen gewesen. Eine kleine Notlüge, um Magdalena in der Stunde des Abschieds nahe sein zu können. Aber wenn du meine private Meinung haben willst, dann glaube ich, dass sie von einem sehr gefährlichen Mann ermordet wurde. Ich nenne keine Namen, aber ich bin fest überzeugt davon.«

»Warum? Hast du irgendwelche Beweise dafür?«

37

Auf dem Weg in die Stadt rief Bark bei Alex an, damit er ihm die Informationen zusammenfassen würde, die er über Nana Blymark hatte. Alex' Gehirn war rund um die Uhr mit dem Internet verbunden, und Bark ging davon aus, dass er ihm auf ein paar einfache Fragen antworten konnte, ohne dass er selbst dafür in die Zentrale fahren musste.

»Verdammt noch mal, ein Erdbeben auf der kompletten Ebene der Region Närke? Wenn die nur aufhören würden, Kanu zu fahren …« Offensichtlich tauchte Alex aus einem Traum auf, und die Verbindung zur Realität war noch etwas unstet.

»Hier ist Bark …«

»Schon klar. Keiner meiner Freunde würde so früh an einem Samstag anrufen«, sagte Alex nach einer langen Eloge aus Gefasel und Flüchen. »Man ruft Leute nicht einfach so an, man schickt eine SMS und macht eine Zeit aus, wann man anrufen wird.«

Bark wiederholte, weshalb er anrief, und war froh, dass er gerade keinen Chauffeur brauchte. In dem Zustand, in dem Alex sich befand, würde das noch mehr Lebensgefahr als sonst bedeuten. Da war es sicherer, den Bus zu nehmen.

»Kannst du mir eine SMS schicken?«, bat Alex, aber

das war sicher nur ein Trick, um wieder in Ruhe gelassen zu werden. »Ich antworte dir dann. Etwas später. Ruf nicht an. Kein vernünftiger Mensch in meinem Alter ruft noch Leute an. Und das hat seinen guten Grund.«

Nach einer Weile des Lamentierens erkannte Bark, dass dies hier keinen Sinn hatte. Er rief Mia Berger an, von der er annehmen konnte, dass sie an einem Samstag um zwölf Uhr bereits auf den Beinen sein würde. Ihr erzählte er, wer auf der Beerdigung dabei gewesen war. »Irgendetwas ist komisch daran, dass Nana Blymark einfach da auftaucht. Ein gefährlicher Mann, hat sie gesagt, und ich nehme an, dass sie damit Lorentz meinte. Ich habe versucht, sie unter Druck zu setzen, damit sie sagt, was sie weiß, doch sie hat beschlossen zu schweigen.«

»Auf dem Foto war eine Frau«, schob Mia ein. »Wir gehen jedenfalls davon aus, dass es eine Frau ist. Ich frage einfach mal: Wäre eine der Frauen auf Himlagård bereit zu töten, wenn Lorentz sie darum bäte?«

»Keine von beiden hat ein Alibi. Die Frage ist, ob sie mit einer Waffe umgehen können.« Er hatte schnell gesprochen, um alles sagen zu können, ehe Mia darauf hinweisen würde, dass Wochenende war und sie auch bis Montag damit warten könnten. Er wusste, dass sie ihre gesamte freie Zeit im Frauenhaus verbrachte, und ab und zu lud sie wie eine gute Mutter wohl auch Alex zum Abendessen ein.

»Es ist übrigens seltsam. Kannst du Gedanken lesen? Ich wollte dich eben anrufen«, sagte Mia zu seiner großen Erleichterung. »Die Polizeileitung hat mir Überstunden bewilligt, und ich möchte ein neues Verhör mit Ingrid in Angriff nehmen. Aber wie du weißt, hat Ingrid ausdrücklich verlangt, in Ruhe gelassen zu werden, und aus ihrer Schwester ist nichts Vernünftiges herauszukriegen. Irgendwie muss man sie aber doch erreichen können. Man weiß so wenig über die Menschen um sich herum und darüber, was sie durchgemacht haben. Als ich mit Lena über das Mädchen in der Felsengrotte gesprochen habe, habe ich sie rundheraus gefragt, ob es in der Pflegefamilie zu sexuellen Übergriffen gekommen sei. Doch das hat sie ganz entschieden verneint. ›Das lief auf einer ganz anderen Ebene ab‹, sagte sie, was auch immer damit gemeint war. Physischer oder psychischer Missbrauch – irgendetwas haben sie erlebt, was so grässlich war, dass es Ingrid heute in einen Zustand versetzt, in dem sie schwere Panikanfälle bekommt und sich das Leben nehmen will.«

Auch Bark war besorgt. »Man fragt sich, wie weit das noch gehen soll. Lena scheint auch nicht stabil zu sein. Wie lange wird sie das noch aushalten? Ich finde, wir fahren noch einmal zu Ingrid, koste es, was es wolle. Sie kann uns ja rausschmeißen, wenn sie gar nicht reden will.«

»Ich wollte gerade dasselbe vorschlagen«, sagte Mia. »Ich hole dich am Bahnhof ab, wenn dein Bus ankommt.«

»Dafür liebe ich dich«, sagte er und war erstaunt, wie er wohl darauf kam, so etwas zu sagen. Da hatte er mal eben sein größtes Geheimnis offenbart. Verdammter Sigmund Freud! »Ich meine … es …«

»Abgemacht«, antwortete sie, als hätte sie nicht gehört, dass er ihr eben seine Liebe gestanden hatte.

Den Rest der Busfahrt grübelte er über diesen Lapsus nach und über die Tatsache, dass er immer noch in Beerdigungskleidung unterwegs war und kein Mittagessen gehabt hatte.

Mia hatte sich nicht die Zeit genommen, ein Auto aus der Polizeigarage zu holen, sondern kam in ihrem eigenen Wagen. Er stieg in ihren Magnolienduft ein, und sein Herz machte einen Satz. Sie fuhren Richtung Vintrosa. Als Kollege konnte er Ingrid nicht vernehmen, aber er konnte wie ein Freund mit ihr sprechen. Mias Auftrag als Psychologin war etwas formeller. Sie und Ingrid waren nicht auf derselben Ebene Kolleginnen. Im besten Fall würden sie eine formelle Vernehmung zustande bringen.

»Schaffen wir es, noch irgendwo was zu essen?«, fragte er und knüllte das schwarze Jackett in den Rucksack, löste seinen Schlips und öffnete die obersten Knöpfe des weißen Hemdes. »Ich habe ein Lieblingsrestaurant an Stortorget. Asiatisches Essen, komplett vor Ort hergestellt. Ruhige Atmosphäre und eine nette Besitzerin. Da fühle ich mich wie zu Hause.«

»Mii Soo«, sagte sie lächelnd. »Gaby hat mir erzählt, dass ihr dort wart.«

»Einmal. Meist gehe ich allein dahin«, erklärte er, damit Gabys Geist die Stimmung nicht ruinierte. Das Mii Soo war ein Ruhepunkt, ein Ort der Kontemplation und Seelenruhe, wo man ohne Stress Tee aus kleinen, hübschen Tassen trinken und ein gutes Abendessen bekommen konnte. Nichts von alldem verband er mit Gaby, die einmal zufällig dort aufgetaucht war, als er auch da war.

Sie bekamen einen Fenstertisch. Die Bedienung war schnell. Er bestellte Lachs in Bananenblättern, und Mia schloss sich ihm an. Als er ihr gegenübersaß, fühlte es sich fast so an, als wären sie zurück im Therapieraum – warm und vertraulich. Ihr sanfter Blick ruhte wieder auf ihm, nicht die blitzenden braunen Blicke, wenn sie wütend war. Er erzählte von seinen Überlegungen, sich eine Hütte an einem See zuzulegen, und sie scherzte, dass er dann ja Nachbar von Himlagård oder den Nacktbadern am Multen werden könnte. Er wäre gerne noch sitzen geblieben und hätte Nachtisch und Kaffee bestellt, doch gleichzeitig war es ihm auch wichtig, so schnell wie möglich zu Ingrid zu kommen.

»Wenn Annika wirklich bei ihr aufgetaucht ist, wenn die lebt und hier in Örebro ist, finden wir sie vielleicht. Dann begegnet sie uns möglicherweise irgendwo in der Mordermittlung in Sachen Magdalena Fernåker«, sagte er. »Nehmen wir mal an, dass Annika die Reportage über das Mädchen in der Felsengrotte gelesen und erkannt hat, dass es sich um Sofia handelt. Das könnte sie doch hierhergelockt haben, um herauszukriegen, was Ingrid und Lena sagen, und was die Polizei weiß. Die Frage ist, ob es sich um Rache handelt. Oder gibt es etwas, was nicht ans Tageslicht kommen darf? Ich würde Ingrid und Lena gern die Fotos von den Frauen anschauen lassen, die irgendeine Rolle in der Ermittlung spielen. Ein reiner Schuss ins Blaue, aber im Moment haben wir nicht mehr als ein verschwommenes Bild von einer Frau und eine Zeugenaussage aus zweiter Hand über ein weißes Auto.«

»Hattest du nicht das Foto aus Elvira Gastins Haus im Handy? Wo die vier Mädchen vor dem Haus stehen?«

»Ja, aber das gibt mir keinen Hinweis, wer Annika heute sein könnte. Es sind fünfzig Jahre vergangen. Über eine so lange Zeit hinweg verändern sich die meisten sehr stark.«

Schon als sie von der E18 abbogen, hörten sie aus der Ferne die Feuerwehr. In Vintrosa gab es eine Freiwillige Feuerwehr aus Ortsbewohnern, die bei Autounfällen und Bränden ausrückte, sowie die Sirenen losgingen. Als Mia und Bark an die Kreuzung am Supermarkt kamen, sahen sie den Rauch vom Solbergavägen her aus der Richtung, in der Ingrids Haus lag. Sie fuhren den Hügel hinauf, und als sie links abbiegen wollten, sah Bark den Krankenwagen hinter ihnen. Mia fuhr an den Straßenrand und ließ ihn passieren.

Sie sahen, wie er am Wendeplatz vorbei auf den Schotterweg einbog.

»Brennt es womöglich bei Ingrid?« Bark stieg aus dem Auto und begann zu rennen. Mia folgte ihm, konnte jedoch mit seinem Tempo nicht mithalten. Er kam zuerst an und sah, wie die Feuerwehrleute mit einer Trage aus Ingrids Haus kamen. Im Gras saßen Lena und eine jüngere Frau, vielleicht eine Nachbarin, die versuchte, sie dazu zu bringen, aufzustehen und sich vom Feuer zu entfernen. Bark lief in den Garten, um zu helfen, wurde aber aufgehalten. Er zeigte seinen Polizeiausweis, durfte vorbei und half dann, Lena aus dem Garten hinaus zu dem Krankenwagen zu führen, in den Ingrid gerade auf der Trage hineingeschoben wurde.

»Was ist passiert?«, fragte er und verfluchte, dass sie sich die Zeit für ein Mittagessen genommen hatten.

Lena versuchte zu antworten, doch es fiel ihr schwer, sich zu konzentrieren und Worte zu finden. »Es hat oben auf dem Dachboden angefangen zu brennen. Ingrid lag im oberen Stockwerk und hat sich ausgeruht. Sie hat da eine kleine Butze, in der sie sich sicher fühlt.« Lena begann zu weinen, und für einige atemlose Sekunden schwand ihr die Stimme, bis sie weitersprechen konnte. »Ich habe sie die Treppe heruntergekriegt, aber dann ist sie in Ohnmacht gefallen, und ich bekam keine Luft mehr. Es fühlte sich an, als würden meine Lungen verbrennen. Als würde sich die Hölle wiederholen. Wie das Feuer, als wir Kinder waren, aber da war sie es, die mich gerettet hat.«

Eine Sanitäterin kam zu ihnen.

»Wie geht es Ingrid?«, fragte Bark.

»Es ist ernst. Der erste Krankenwagen fährt jetzt mit ihr ins Krankenhaus, der nächste holt Sie.« Sie sah Lena an. »Sie haben Rauch eingeatmet und müssen behandelt werden, damit sie nicht später ein Lungenödem entwickeln. Wahrscheinlich wird man Sie heute Nacht im Krankenhaus behalten.«

»Kann ich nicht mit Ingrid fahren, im selben Wagen?«, flehte Lena mit tränenerstickter Stimme.

»Nein. Wir brauchen den Platz, um sie schon im Krankenwagen behandeln zu können.« Die Sanitäterin sah Bark an. »Sorgen Sie dafür, dass sie mit dem nächsten Wagen nachkommt?«

»Ja.« Vorsichtig legte er den Arm um Lena und half ihr, sich auf die niedrige Steinmauer zu setzen, die um Ingrids Garten verlief. »Haben Sie etwas gesehen? Oder etwas gehört?«

Lenas Stimme war kaum wahrnehmbar, weil die Tränen ihr die Kehle zusammenschnürten. »Nein, aber Ingrid hat gesagt, sie hat Annika wiedergesehen.«

Sommer 1970.

Es ist Nacht, und die Alte auf dem Dachboden ist tot. Sie haben uns alle in der Küche versammelt. Konrad sitzt am Tisch, trinkt Alkohol direkt aus der Flasche und weint. Wir anderen stehen an der Wand entlang, um außer Reichweite zu sein, wenn er anfängt zu schlagen. Elvira hat einen großen blauen Fleck auf der einen Wange, und beide Arme sind voller hässlicher blauroter Male. Als sie zum Tisch geht und abdeckt, sieht man, dass sie Schmerzen hat. Etwas früher am Abend habe ich sie in Konrads Büro um Hilfe schreien hören, doch keine von uns wagte es, hineinzugehen, als er brüllte, dass es ihre verdammte Schuld sei, dass seine Großmutter gestorben war.

Konrad schluchzt, schnäuzt sich in die Hand und schleudert den Rotz klatschend auf den Boden. »Niemand wird mich zwingen, meine Großmutter zwischen Würmern und Larven zu begraben, und sie soll auch nicht verbrannt werden! Ich werde ihr ewiges Leben geben, ich werde sie von den Toten auferwecken. Wenn ich die richtige Kombination aus Tinkturen mit Formalin finde, wird sie wieder auferstehen. Jungfrauenblut, es muss Jungfrauenblut und Formalin sein. Eines Tages in der Zukunft wird sie aus ihren eigenen Zellen wieder erschaffen werden.« Entschlossen knallt er beide Handflächen auf den Tisch und nimmt einen weiteren

Schluck aus der Flasche, auf der »Branntwein« steht. Die ist jetzt fast leer, und er trinkt den letzten Rest, erhebt sich schwankend und hält sich am Geländer fest, als er die Treppe zum Dachboden hinaufgeht. Im oberen Stockwerk fällt er mit lautem Krachen über irgendetwas. Wir sehen einander an, ich blicke zu Elvira. Ich weiß, dass der Schlüssel zum Eisengitter und zur Freiheit in dem kleinen Schrank in der Diele hängt. Der ist auch verschlossen, aber Elvira hat den Schlüssel dazu an einer Kette um ihren Hals. Sie scheint meine Gedanken zu lesen, schüttelt langsam den Kopf, und ihre Augen werden unruhig und ganz feucht. »Er ist verrückt. Er tötet uns, wenn wir es versuchen.«

Konrad kommt mit schweren, unsicheren Schritten die Treppe wieder hinunter. Er trägt die Alte im Arm Richtung Diele. »Wir gehen jetzt alle in den Keller. Geht ihr vor, damit ich sehe, dass ihr auch mitkommt.«

Auf der Treppe lässt er sie fallen und flucht schrecklich. Ich warte auf einen Wutanfall und halte mich zurück. Aber er hebt die Alte von der Steintreppe auf und legt sie in den Sarg mit dem glänzenden Stoff, und dann beginnt er ein Lied in einer fremden Sprache zu singen, das ich noch nie gehört habe. Er weint und singt, und in mir steigt plötzlich ein Lachen auf, weil es mit all den Grimassen so aussieht, als würde er Theater spielen. Meine Schwester kneift mich fest in den Arm, damit ich mich zusammenreiße. Elvira sucht Kerzenstummel aus den Schubladen und zündet sie an, massenhaft Kerzen, die sie in eine Kiste mit Sand steckt, in der sonst über den Winter Möhren gelagert werden. Als ich die Spitzen der verschrumpelten Mohr-

rüben zwischen den Kerzen herausstehen sehe, drängt sich noch mehr Lachen in mir. Ich kann mich nicht beherrschen. Elvira wirft mir einen strengen Blick zu, aber das Lachen sprudelt einfach wie ein Schnauben aus meinem Mund. Die Ohrfeige kommt wie erwartet und wirft mich zu Boden. Geräusche kommen und gehen, schwingen in meinem Bewusstsein ein und aus.

»Du verdammtes Kind des Teufels, stehst du hier und lachst?«, brüllt er. Ich bekomme es mit der Angst, als ich seinen rasenden Blick sehe. Er hebt den Fuß, um mich zu treten, und ich rolle weg. Fast verliert er das Gleichgewicht, und das macht ihn noch wütender. Dann zerrt er mich an meinen Haaren vom Boden hoch, hält mein Haar fest im Griff und gibt mir eine Ohrfeige, sodass die Wange wie Feuer brennt und ich Blut in meinem Mund schmecke. »Du bleibst heute Nacht hier. Du hältst Leichenwache bei Großmutter, bis ich dich hole. Wenn du dann noch lebst. Vielleicht will die Tote ja deinen lebendigen Leib im Austausch gegen ihren eigenen haben.« Er treibt die anderen vor sich hinauf, und ich bleibe mit der Leiche und den flackernden Kerzen allein. Licht und Schatten wischen über das Gesicht der Alten, und es sieht aus, als würden sich ihre Lippen murmelnd bewegen. Ich gehe näher ran. Das lange, weiße Haar klebt an den Wangen. Die Haut ist gelblich-weiß und die Lippen blau. Ihr Mund steht weit offen und glänzt wie ein schwarzer See. Plötzlich ruckt ihr Hals. Mit Entsetzen sehe ich, dass sie Luft holt. Sie röchelt und hustet, sodass ihr braunrotes Blut über das Kinn läuft und das Hemd rot färbt. Dann wird sie ganz still.

38

Daniel Johansson hatte Jenny seit der Zugreise, auf der sie seine Daunenjacke zerschnitten hatte, nicht gesehen. Die Toilette hatte sich in eine von diesen Schneekugeln verwandelt, die man an Weihnachten hat und in der es schneit, wenn man sie umdreht. Die Daunenjacke war total zerstört, aber das machte nichts. Jenny hatte sie sowieso hässlich gefunden. Wahnsinn, was sie gelacht hatten! Die Miene der Schaffnerin war den halben Fahrpreis wert gewesen. In Arboga hatten die Polizisten sie freundlich gebeten, auszusteigen und mit zum Revier zu kommen. Jenny war high wie ein Hochhaus gewesen. Daniel auch, aber nicht so abgedreht wie sie. Er hatte den Arm um sie gelegt und ihr eine wichtige Sache zugeflüstert und gehofft, dass sie klar genug wäre, den Ernst der Lage zu begreifen. »Die werden dich in eine geschlossene Anstalt schicken, wenn du nicht sagst, dass du freiwillig Hilfe suchst. Du musst nur ein paarmal freiwillig dahingehen, dann kannst du drauf scheißen. Dann bist du wieder frei. Ist das klar?« Als der Polizist nach Namen und Adresse fragte, starrte Jenny ihn nur hilflos an und sagte: »Ich wohne bei Danne.«

»Ja, wir wohnen zusammen.« Er hatte keine Ahnung, wo sie wohnte, gab aber seine Adresse und seine Handynummer an, und sie hatten ihn laufen lassen. Jenny behielten sie da, weil sie Drogen bei sich gehabt hatte – seine Drogen, die sie ihm geklaut hatte – und außerdem ziemlich desorientiert war. Er hoffte, sie würde auf seinen Rat hören. Das war nicht ganz uneigennützig. Er wollte nicht, dass sie auf den Hund kommen und wie so viele von seinen Freunden untergehen würde. Jetzt drohte ihn die große Sinnlosigkeit zu ersticken, die Einsamkeit und das Gefühl, so verdammt gescheitert zu sein. Aber Jenny würde es vielleicht schaffen, wenn sie Hilfe bekam.

Im Drogensumpf gab es bessere und schlechtere Tage. Im Moment saß Daniel auf einer Bank am Schloss und sah den Fluss sachte Richtung Schleuse vorbeigleiten. Hinter ihm stand die Statue »Der Befreier«. Ein athletischer Mann, der mit einem Steinblock auf Leben und Tod kämpfte, um einen Wasserstrahl zu befreien. Er musste dabei an Sisyphos aus der griechischen Mythologie denken. Manchmal hatte Daniel den Verdacht, dass die Autoren der griechischen Mythologie auch ganz schön gekokst hatten – eine Ansicht, die er ohne großen Erfolg im Philosophieunterricht in der Schule zum Besten gegeben hatte. Er hatte wirklich ein brennendes Interesse daran gehabt, Mythen zu diskutieren, denn wenn man sie mal analysierte, handelten sie doch vom Leben selbst. Die Götter aus der Mythologie waren nicht fehlerlos, die begingen Fehler genau wie die Menschen, idiotische Fehler aus Liebe, Eifersucht oder Machtgier. Sisyphos war im Totenreich angekettet worden. Seine einzige Chance freizukommen, war, einen Steinblock einen hohen Hügel hinaufzurollen. Aber jedes Mal, wenn er es nach einem Tag der Schufterei bis oben geschafft hatte, verlor er den Steinblock aus dem Griff, der rollte den Abhang wieder hinunter, und Sisyphos musste von vorne anfangen. Dieser Mythos handelte davon, wie beschissen alles doch war, und war nicht schwer in die Realität zu übersetzen. Wieder und wieder hatte Daniel versucht, wie alle anderen zu leben, doch das ging nicht, da er mit dem einen Bein im Totenreich feststeckte. Er schlug immer wieder auf dem Grund auf. Die anderen in seinem Alter hatten einen Job, jemanden, mit dem sie ihr Leben teilen konnten, vielleicht Kinder. Die hatten spannende Reisen unternommen und hatten Pläne. Daniels einziger und täglich wiederkehrender Plan war, das zusammenzustehlen, was sein Dealer in Oxhagen als Bezahlung für den nächsten Schuss oder die nächste Tablette forderte.

Daniel hatte die Pistole in die Innentasche gesteckt, ehe er von zu Hause wegging, doch er hatte sie nicht geladen. Es hatte sich zu ... dramatisch angefühlt. Sicher würde es genügen, sich auf diese Weise Zigaretten oder im besten Fall etwas Bargeld zu erpressen. Er musste ja nicht schießen. Nur drohen. Und niemanden verletzen. Es fühlte sich verdammt mies und unangenehm an, einen Lebensmittelladen überfallen zu müssen, aber jetzt konnte er sich erst noch einen kleinen Moment wegträumen und die Sonne genießen, die ihm ins Gesicht schien. Er sah sich um, dann holte er eine Dose Bier aus dem Rucksack und öffnete sie. Persönlich fand er ja, dass es störender war, sich auf einem öffentlichen Platz in der Nase zu bohren, als Bier zu trinken, vor allen Dingen in Coronazeiten. Er lehnte sich zurück und dachte an die Schulzeit zurück. Am liebsten war er in den Geschichtsunterricht gegangen. Tatsächlich war er, bevor er anfing zu schwänzen, um bei den Coolen dabei sein zu können, Klassenbester in Geschichte gewesen.

Vor ihm lag das Schloss, umgeben vom Wasser des Wallgrabens, und sah aus wie ein friedliches Idyll. Heute wohnte nur noch der Regierungspräsident der Provinz Närke dort, und seit den Kämpfen von 1568 war nichts Schlimmeres passiert, als dass einer der Präsidenten aus der jüngeren Zeit die Residenz so dermaßen runtergewohnt hatte, dass sie total saniert werden musste, ehe der nächste Präsident dort einziehen konnte. Das hätte man als eine kriegerische Handlung auffassen können, doch wurde es nicht mit irgendwelchem Blutzoll gelöst, sondern mit Diplomatie und tüchtigen Handwerkern.

Ansonsten spukte nur noch der alte Engelbrekt im Schloss. Der hinkte und war schon so durchs Leben gestolpert, und als Toter versuchte er nun in den Nächten, wenn der Vollmond schien und die Geister unruhig wurden, einfach so weiterzumachen. Manchmal spukte vielleicht auch der Architekt herum, der die Kanzleibrücke konstruiert hatte. Der Arme hatte eine solche Angst gehabt, dass die Brücke während der Einweihung zusammenbrechen könnte, dass er sich einen Tag zuvor auf dem Dachboden erhängt hatte … Und die Brücke hielt! Er hatte sich also völlig unnötig erhängt.

Eigentlich hatte Daniel die Schule gemocht, aber die Schule mochte ihn nicht. Er war gern in den Unterricht gegangen, doch er war ein Außenseiter gewesen, und für die Eintrittskarte in die Gruppe der coolen Klassenkameraden, die auf dem Weg in kriminelle Gangs waren, musste er sich so verhalten, dass er von ihnen akzeptiert werden konnte. Seine Mutter hatte geweint. Sein Schwedisch- und Geschichtslehrer hatte zum Vater gesagt, dass er ein schlauer Kopf sei und studieren könne, doch sein

Vater hatte das als reine Verunglimpfung betrachtet und ihn Pimmelkopf genannt. Seiner Meinung nach versorgte sich ein richtiger Kerl mit seinen eigenen Fäusten und auf der Seite des Gesetzes, wo ihm am meisten Respekt entgegengebracht wurde. Momentan versorgte sich der Alte überhaupt nicht, sondern ließ sich mit gestohlenem Geld versorgen. Aber in seiner Welt war das sicher besser, als von irgendeinem studierten Idioten über Wasser gehalten zu werden.

Daniel verlor sich noch eine Weile in der Geschichte. Das Schloss hatte ganz unten an den südlichen Türmen Kerkerfenster. Mit Schaudern dachte er daran, wie es wohl gewesen war, in jener Zeit als Dieb entlarvt und zusammen mit Ratten und Läusen in den Kerker geworfen zu werden. So wie der große Dieb Lilja, der in Stockholm im Riddarhuset eingebrochen war, oder der im ganzen Land berühmte Lasse-Maja, der in Frauenkleidern ehrenhaften Menschen ihr letztes Hemd abgeschnackt hatte. Das wäre immer noch eine brauchbare Idee. Vielleicht konnte er sich ein paar Kleider von Jenny ausleihen, sie müssten die gleiche Größe haben. Wenn er sich als jemand anders verkleidete, in eine Rolle schlüpfte, dann fühlte es sich vielleicht nicht so schlimm an, Menschen zu berauben.

Widerwillig erhob sich Daniel von der Bank. Er fühlte nach, ob die Pistole noch in der Jacke war. Nach fünf Bier musste er dringend pinkeln und erleichterte sich, verborgen hinter dem Befreier und einem stacheligen Busch. Jemand schrie ihn an, dass er ein verdammtes Ekel sei, und er war fast geneigt, zuzustimmen. Aber wenn man nicht im Pissoir an Järntorget ermordet werden wollte, dann musste man seine Notdurft eben in der freien Natur verrichten. In einem Papierkorb vor dem Kiosk hatte er einen schmutzigen Mundschutz gefunden, den er aufsetzte, ehe er den Bus bestieg. Das war für die Rushhour von der Gesundheitsbehörde empfohlen worden und gleichzeitig in Kombination mit der Mütze auch eine gute Maskierung, da er ja nun das Lebensmittelgeschäft in der Nordstadt überfallen wollte, zu dem er einen Tipp bekommen hatte. Angeblich hatten die noch Bargeld vor Ort, und die Zigaretten waren nicht eingeschlossen.

Er bestieg den Bus und verspürte Unbehagen, als er sich an die Halluzinationen erinnerte, die er gehabt hatte, in denen die Gesichtslosen die Welt übernehmen sollten und Schakale und Wölfe ihn in Stücke rissen. Er fing schon an zu frieren, und seine Hände zitterten beunruhigend vom Entzug. Er musste Stoff kriegen, ehe es noch schlimmer wurde. Wenn er nicht bis zur letzten Minute da am Schloss rumgehangen hätte, dann würde es ihm jetzt nicht so schlecht gehen. Eine alte Dame stand wackelig im Bus und hielt sich an einem von der Decke hängenden Griff fest. Er überließ ihr seinen Platz und erhielt ein freundliches Lächeln als Antwort. Da wurde ihm warm ums Herz. Sie hatte keine Angst und schreckte nicht zurück, sondern lächelte ihn an und sagte Danke. Sie war so nett und ähnelte seiner geliebten Großmutter so, dass er sie am liebsten umarmt hätte. In seiner Fantasie erwiderte sie seine Umarmung und sagte, dass er ein guter Junge war und dass sie stolz auf ihn war. Doch Großmutter war tot, und es war vielleicht auch gut, wenn sie ihn nicht so sehen musste. Wenn sie ihn von ihrem Himmel aus beobachten könnte, dann würde sie sicherlich weinen. Die Gedanken an seine Großmutter wühlten eine Menge Gefühle auf. Er wischte sich die Augen mit dem Handrücken und sah sich um. Doch die übrigen Passagiere taten so, als wären sie allein im Bus und starrten weg. Je mehr er darüber nachdachte, desto lächerlicher schien es zu sein, genauso wie sie dazustehen, und er hatte nicht übel Lust, ihnen zuzurufen: *Hallo, ich SEHE euch!*

Jetzt musste er aussteigen. Er war immer noch den Tränen nahe und verletzlich, als er zu dem Laden ging. Drinnen standen zwei kleine Mädchen und kauften Eis. Die ältere Frau an der Kasse lachte über etwas, was die beiden sagten. Auch sie hatte Züge von seiner Großmutter und war so süß, wenn sie lachte. Die Stimmung im Laden war so leicht wie ein Luftballon, und er würde ihn gleich kaputt schießen. Er wartete, bis die Mädchen draußen waren, und sah zu, wie sie sich auf ihre Fahrräder setzten und wegfuhren. Jetzt ging es ihm verdammt schlecht.

Daniel zog die Pistole und hielt sie an seiner Seite, als er die Tür zum Laden öffnete. Das Herz hämmerte hart in seiner Brust, und auf der Stirn brach ihm der Schweiß aus. Er streckte die Pistole vor, doch die ältere Dame schien sie nicht bemerkt zu haben, denn sie sagte immer noch mit dem Schimmer eines Lachens auf dem faltigen Gesicht und fröhlichen wachen Augen: »Hallo, was kann ich für Sie tun?«

Er wedelte auffordernd mit der Pistole. »Das hier ist ein Überfall, packen Sie alle Zigaretten und alles Bargeld hier rein.« Er legte den Rucksack auf den Tresen und versuchte, sie streng anzusehen, aber die ärgerlichen Tränen kamen einfach weiter und ließen alles verschwimmen. »Verdammt noch mal, beeilen Sie sich!«

Er sah, wie erschrocken die Frau war, wie ihre Hände zitterten und auch ihre Stimme. »Bitte, tun Sie das nicht! Wir brauchen das Geld. Ich muss sonst den Laden schließen. Meine Tochter ist schwer krank, und mein Mann ist gerade gestorben.« Sie begann zu weinen.

Das konnte er nicht mitansehen. Er versuchte, sich zu wappnen, doch das schlechte Gewissen schnürte seine Kehle zusammen, und die Tränen flossen nur so. »Verdaaammt-Teufel-noch-mal-elende-Pisse, ich scheiß auf das hier. Entschuldigen Sie bitte von ganzem Herzen.« Er rannte hinaus, und die Tür schlug mit einem Knall hinter ihm zu.

39

Kristoffer Bark saß mit Mia Berger im Wartezimmer der Notaufnahme. Er trug immer noch die schwarze Hose und das weiße Hemd von der Beerdigung. Sowohl Ingrid als auch Lena mussten akut behandelt werden, und es hatte bisher keine Möglichkeit gegeben, mit einer von beiden zu sprechen. Kristoffer und Mia warteten auf Nachricht von dem Arzt, der die Schwestern in Empfang genommen hatte. Wie schlimm war es? Wann würde man mit ihnen sprechen können? Doch hier hatten es alle eilig.

Schließlich kam eine Krankenschwester zu ihnen. »Wir möchten nicht so viele Personen im Wartezimmer haben, deswegen muss ich Sie leider bitten zu gehen. Aber wenn der Arzt sich geäußert hat, können wir Sie anrufen. Wenn Sie mir eine Telefonnummer dalassen …«

Bark gab ihr seine Visitenkarte, und sie gingen zum Parkplatz.

»Ingrid hat gesagt, es sei Annika gewesen, sie sei im Haus gewesen«, dachte er laut. »Das ist das zweite Mal, dass sie behauptet, Annika gesehen zu haben. Das letzte Mal hatte sie den Eindruck, sie wolle ihr eine Spritze verpassen, und diesmal gab es ein Feuer im Haus, das als Brandstiftung einzuordnen ist. Was zum Teufel geht hier vor?«

»Oder sie ist paranoid«, gab Mia zu bedenken. »Sie hat Alkohol und Tabletten kombiniert, das hier ist das dritte Mal hintereinander, dass sie ins Krankenhaus eingeliefert wird. Es hat im oberen Stockwerk gebrannt, wo sie sich befand. Könnte Ingrid das Feuer auch selbst gelegt haben? Oder hat sie geraucht und ist mit der Zigarette eingeschlafen?«

»Aber Brandstiftung ist keine Methode, die man wählt, um sich umzubringen, das wäre allzu weit hergeholt. Ich habe sie noch nie rauchen sehen, aber das bedeutet natürlich nicht, dass sie es nicht täte, wenn sie unter Druck steht. Nehmen wir mal an, Ingrid hat Annika gesehen, und sie hat recht damit, dass Annika es auf sie abgesehen hat.«

Bark hielt Mia die Eingangstür auf. Sie gingen über den Parkplatz zu ihrem Auto.

»Ingrid ist stark, und wenn sie zusammenbricht, dann passiert es so richtig. Sie hat offenbar sehr viel verdrängt«, sagte er zögernd. »Soweit ich weiß, hat sie niemals mit jemandem zusammengelebt und ist ständig in Konflikt mit Vorgesetzten geraten. So ist sie auch im Fahrradlager gelandet. Sie lässt sich von niemandem etwas bieten! Es muss einen Grund dafür geben, dass sie so geworden ist, oder?«

Sie diskutierten die Sache, bis Mia fragte, ob sie ihn nach Hause fahren solle. Es war sehr verlockend, sie womöglich noch einmal auf eine Tasse Tee einladen zu können, um das Gespräch fortzusetzen. Doch er musste ins Turmzimmer, um seinen Computer zu holen. Alex war heute da gewesen und hatte gearbeitet, und im besten Fall gab es noch mehr Bilder von Zeugen aus dem Theater in

Lerbäck, die sie durchsehen konnten. »Ich laufe zum Gerichtszentrum. Ich muss ein paar Sachen prüfen.«

»Es ist Samstagabend«, sagte Mia lächelnd. »Manchmal ist es gut, Arbeitszeit und Freizeit voneinander zu trennen.«

»Hast du eine bestimmte Idee im Kopf?«, fragte er und hoffte, sie würde die Frage so interpretieren, wie sie gemeint war.

Sie sah aus, als wollte sie antworten, doch dann überlegte sie es sich anders und schüttelte nur den Kopf.

»Schade«, sagte er. »Ansonsten hätte ich nämlich etwas Quiche im Kühlschrank, die wir uns teilen könnten, und Kaffee, der einfach am besten ist, wenn man ihn am Wochenende zu Hause frisch aufbrüht, statt den abgestandenen in der Kanne aufzuwärmen.«

»Das ist wirklich ein verlockendes Angebot, aber ich habe die Waschküche gebucht, und Alex wollte vorbeikommen. Wir wollen uns Essen bestellen und einen Film auf Netflix ansehen.«

»Dann einen schönen Abend«, sagte er und meinte es auch so.

Die Kantine des Gerichtszentrums war menschenleer, als er die Treppe zum Turmzimmer hinaufstieg. Mit Erstaunen und Freude sah er, dass Henrik an seinem Computer saß und arbeitete. Es gab frischen Kaffee, und sie ließen sich beide am ovalen Tisch nieder. Bark erzählte von dem Brand, und dass Ingrid zum zweiten Mal gesagt hatte, sie hätte Annika gesehen.

»Die aus dem Krankenhaus melden sich, sowie wir eine von beiden vernehmen können. Ich habe mit dem Pflegepersonal gesprochen und darauf hingewiesen, dass sie auf unbefugte Personen achten sollen. Zimmermann meint, wir hätten nicht die Ressourcen, Ingrid und Lena zu bewachen, nicht, wenn die Gründe so vage sind. Ich teile ihre Definition von *vagen Gründen* nicht. Im Moment gehen unsere Kollegen in Vintrosa von Tür zu Tür, um Zeugen zu finden. Sie haben in Ingrids Haus Fingerabdrücke genommen und die Umgebung mit Hunden abgesucht, was aber leider nichts ergeben hat.«

Jeden Abend nach der Arbeit hatte Bark über den Zeugenaussagen aus dem Theater in Lerbäck gesessen, hatte die Aussagen gegeneinander abgewogen und die Informationen mit der Skizze der Sitzverteilung an den Tischen verglichen. Jetzt wollte er noch einmal das Bildmaterial durchgehen. »Wie gut, dass du die Möglichkeit hattest, dieses Wochenende hier zu arbeiten«, sagte er.

Henrik warf ihm einen strengen Blick zu. »Du musst dir die Hände desinfizieren, bevor du hier alles anfasst.«

»Ich habe mir die Hände gewaschen, als ich auf der Toilette war. Ich schwöre. Wie wäre es, wenn wir jetzt die Bilder durchsehen, die Alex heute bekommen hat?«, schlug Bark vor, um Henrik auf andere Gedanken zu bringen. Als Hypochonder in Coronazeiten zu leben, musste die ultimative Herausforderung sein. Entweder würde Henrik jetzt vor Stress wahnsinnig werden oder abgehärtet und geheilt. Das musste die Zukunft zeigen.

Alex hatte die neuesten Bilder in einigermaßen anständige Auflösung in FILIP – den Ordner für interne Files der Polizei – abgelegt. Sie ließen sich vor dem Bildschirm nieder. Es gab drei Bilder, die aufgenommen worden waren, ehe das Licht vor dem zweiten Akt ausging. Magdalena war im Vordergrund zu sehen. Sie sah besorgt aus, und ihr Blick ging in die Richtung, aus der Mikael kommen musste, wenn er auf der Toilette war. Die Tür hinter ihrem Rücken war geschlossen. Die nächsten Bilder waren vor dem ersten Akt um 18:15 Uhr von der Bar aus gemacht worden. Auf diesen Bildern konnte man Mikael und Magdalena jeweils mit einem Drink sehen, laut Aussage ein Gin Tonic. Neben Mikael stand eine jüngere Frau, und es sah aus, als würden sich die beiden unterhalten.

»Eine Kollegin von ihm«, sagte Henrik. »Guck dir mal Magdalenas Gesicht an. Sie sieht nicht so aus, als würde ihr das gefallen. Ist vielleicht auch ein wenig Eifersucht im Spiel?«

»Leute, die selbst untreu sind, reagieren gerne mal eifersüchtig«, sagte Bark. Das hatte Mia gesagt, und er fand, es klang wie eine haltbare These.

Die nächste Serie von Fotos befand sich auf einem USB-Stick, den ein Zeuge ihnen geschickt hatte. Die Bilder waren draußen auf dem Hof zwischen 17:56 und 18:06 Uhr, kurz vor Beginn des ersten Akts, gemacht worden. Dort standen einige Leute zusammen. »Die Mörderin, die Frau auf dem verschwommenen Bild, könnte ja auch schon früher vor Ort gewesen sein, oder?«, sagte Henrik nachdenklich.

»Möglich ist es. Wenn sie ihnen gefolgt ist, dann könnte sie vor Ort gewesen sein, ehe die Vorstellung begann.«

Mithilfe von Passfotos und den Bildern, die Alex zuvor schon durchgegangen war, versuchten sie, die Personen zu identifizieren. Da war eine junge Frau, die Bark irgendwie bekannt vorkam. Schmal, dunkelhaarig, etwas kantige Gesichtszüge. »Wer ist das hier?«, fragte er.

Henrik scrollte durch die Liste mit Gesichtern. »Frida Blymark, 27 Jahre, aus Örebro.«

»Frida Blymark«, murmelte Bark. »Der Nachname kommt mir bekannt vor.«

»Sie ist von ihrer Mutter hingebracht worden und sollte dann mit einer Freundin nach Hause fahren.«

Bark erstarrte, als ihm die Einsicht kam. »Sieh mal nach, wie ihre Mutter heißt! Blymark ist nicht sonderlich verbreitet.« Er wartete nervös auf die Antwort, und seine Befürchtungen wurden bestätigt.

»Nana Blymark. Ich schaue im Kraftfahrzeugregister nach. Sie fährt einen ... weißen Saab, das 2006er-Modell.«

»Adresse?«, fragte Bark, während sein Gehirn auf Hochtouren lief. Nana Blymark könnte vom Alter her die Annika sein, die sie suchten, und sie hatte sich sowohl am Tatort als auch auf der Beerdigung befunden. Doch die brennendste Frage war, wo sie sich im Moment aufhielt.

»Das ist Kristinas Freundin und Nachbarin, die mit in Skärmarboda wandern war und auch auf Magdalenas Beerdigung aufgetaucht ist.«

»Verdammt, Bark, das ist Kristinas Nachbarin?« Henrik sah ihn bestürzt an. »Die war das also, die dabei war, als ihr das Mädchen in der Felsengrotte gefunden habt? Kann sie jetzt bei deiner Schwester sein?«

Bark rief Kristina an. Es klingelte unendlich lange, ohne dass jemand ranging. »Wir fahren sofort hin!«

»Okay!« Henrik stand auf und nahm sein Jackett. »Glaubst du, dass deine Schwester in Gefahr sein könnte? Sollten wir unsere Waffen mitnehmen?«, fragte er besorgt.

Bark konnte nicht antworten, denn plötzlich hatte er Kristinas Stimme im Ohr.

»Kristina Barklöv.«

»Bist du alleine?«, fragte er.

»Hallo Kristoffer. Nein, ich fühle mich nicht sonderlich allein. Nana ist hier. Wir schauen eine alte DVD. Erinnerst du dich, *Das Geisterhaus*? Isabel Allende hat es geschrieben und Bille August hat Regie geführt. Der mit Antonio Banderas und Meryl Streep, du weißt schon. Ein richtiger Klassiker.«

»Ist Morgan zu Hause?«

»Nein, deshalb habe ich Nana eingeladen. Sie wird hier übernachten. Ich will nachts nicht alleine sein, wenn Morgan auf Dienstreise ist.«

»Ist Nana in Hörweite?«

»Ja, wieso denn? Was ist denn, Kristoffer? Warum klingst du so komisch?«

40

Als sie losfuhren, hatte es schon begonnen dunkel zu werden. Während der Fahrt nach Kumla rief Bark den Chef vom Dienst an und teilte ihm mit, wohin sie unterwegs waren. In der Nähe war keine Streife, aber sie würden Verstärkung bekommen, sobald es ging. In Vivalla gab es eine Messerstecherei, in einem Laden in der Nordstadt hatte es einen bewaffneten Raubüberfall gegeben, bei dem der Täter das Geschäft verlassen hatte, ohne Beute mitzunehmen, und in Frövi jagte eine Streife einen betrunkenen Fahrer. Bark beendete das Gespräch, rief Gaby an und gab ihr eine kurze Zusammenfassung.

»Warte auf die Verstärkung, Bark. Wenn Nana wirklich Annika ist, dann ist sie wahrscheinlich bewaffnet.«

»Ich weiß.« Bark hatte verschwiegen, dass seine Schwester in Todesgefahr sein könnte. Sie hatten keine Zeit, auf die Verstärkung zu warten. Er war gezwungen, jetzt einzugreifen! Er musste sich zusammenreißen, um Kristina nicht noch einmal anzurufen. Wenn sie sich der Gefahr nicht bewusst war, dann konnte sie unbefangen bleiben. Nana durfte nicht ahnen, dass die Polizei ihr auf der Spur war, und dass sie des Mordes an Magdalena Fernåker und vielleicht sogar an Elvira Gastin verdächtigt wurde.

Henrik setzte das Blaulicht aufs Dach, als sie auf die

Autobahn fuhren, und schaltete es aus, als sie das letzte Rondell in Kumla verlassen hatten und sich dem Wohngebiet näherten.

»Womit müssen wir rechnen?«, fragte er.

»Sie könnte bewaffnet sein.« Bark schüttelte den Kopf. »Am meisten Angst habe ich vor einem Geiseldrama, und dass Kristina etwas passiert.«

»Du weißt schon, dass du nicht mal dabei sein solltest, wenn sie bei deiner Schwester ist«, sagte Henrik. »Jeder Mensch könnte in einer solchen Situation Probleme mit der Impulskontrolle bekommen. Und du bist, was die Explosivität angeht, Alex beunruhigend ähnlich, und der ist ein Typ mit galoppierendem ADHS! Du bist ja wegen deiner mangelnden Impulskontrolle sogar bei Mia Berger in Therapie gewesen.«

»Ja, und jetzt bin ich geheilt. Das habe ich schwarz auf weiß.«

»Und wenn du einen epileptischen Anfall bekommst?«, fragte Henrik, der getreu seiner Gewohnheit die gesamte Liste über alles, was schiefgehen konnte, durchging.

»Warum sollte ich? Ich nehme Medikamente.«

»Ja, aber du darfst nicht Auto fahren ...«

»Das habe ich auch nicht vor. Ich habe vor, reinzuspazieren und Nana freundlich zu bitten, mit mir in die Polizeizentrale zu kommen. Wenn sie sich weigert, dann gibt es ein Problem. Für sie. Wir sind bewaffnet, wir haben schusssichere Westen, und wir sind vorbereitet.«

»Mir gefällt das alles nicht, Bark, ich hasse Gewalt und Streit. Deshalb bin ich ja Ermittler geworden, und in der Jobbeschreibung stand nicht, dass ich dich zu lebensgefährlichen Aufträgen chauffieren muss. Ich verabscheue

Waffen, ich habe diese Woche das Kompetenzschießen nicht geschafft, und ich habe fünf kleine Kinder …«

»Ich weiß, und eine Frau mit PMS, und jetzt hältst du mal den Mund, damit ich nachdenken kann.« Bark machte mehr aus Reflex ein Stoppzeichen und bat Henrik eine Häuserreihe vor der Adresse, wo seine Schwester wohnte, anzuhalten. »Die sitzen also im Wohnzimmer und schauen einen Film. Wie ich meine Schwester kenne, ist die Hintertür nicht verschlossen. Sie schließt immer erst ab, wenn sie schlafen geht. Du gehst hintenrum, und ich klingele an der Eingangstür vorn. Dann müsste Kristina öffnen. Ich sorge dafür, dass sie in Sicherheit kommt, während du Nana unter Kontrolle bringst. Okay?«

Henrik parkte, und sie stürzten aus dem Auto zu Kristinas Haus, das am Ende einer Querstraße lag. Bark sah das flimmernde Licht des Fernsehbildschirms. Er versuchte, kontrolliert zu atmen und sich zu sammeln.

Sie teilten sich auf, und Bark ging zur Vorderseite des Hauses und klingelte. Wie erwartet, öffnete Kristina. Sie sah ihn erstaunt an. Bark legte ihr die Hand über den Mund. »Du befindest dich in Lebensgefahr. Lauf, so schnell du kannst, bitte einen Nachbarn, dich reinzulassen. Ich rufe dich an, wenn alles vorbei ist!«

Kristina kämpfte, um sich aus seinem Griff zu befreien. Er sah ihr in die Augen, bohrte seinen Blick in ihren, bis sie begriff, dass es ihm ernst war. Dann ließ er sie los, und sie rannte. Bark ging weiter ins Haus hinein. Nana saß mit dem Rücken zu ihm. Inzwischen hätte Henrik durch die Hintertür kommen müssen, doch der war nicht zu sehen. Bark zog seine Dienstwaffe. »Polizei. Die Hände über den Kopf!«

Nana wandte sich um. »Kristoffer Bark! Ist das ein Witz, oder wird hier ein Film gedreht?«

»Nein, hoch mit den Händen, sodass ich sie sehen kann!«

Nana tat, was er verlangte. Sie stand auf, drehte sich um und zeigte ihre leeren Hände. »Was soll das hier, Kristoffer? Entschuldige, aber ich begreife gar nichts.«

»Ich möchte, dass du mit in die Zentrale kommst. Es gibt eine Menge Fragen, die wir dir stellen müssen, und zwar in einem richtigen Verhör.«

»Na klar, kein Problem.«

Kristoffer ging zu ihr und kontrollierte, ob sie eine Waffe dabeihatte. Dann atmete er aus und steckte seine Pistole ins Holster. Henrik war immer noch nicht zu sehen. Aber er hörte das Geräusch eines sich nähernden Autos, das auf der Straße stehen blieb. Im besten Fall war jetzt die Polizeistreife angekommen.

»Nun gut. Dann fahren wir in die Stadt«, sagte er.

»Sind wir in Gefahr? Wohin ist Kristina verschwunden?«, fragte Nana und sah sich mit einer raschen Bewegung um. Im selben Moment tauchte Henrik mit gezogener Waffe auf. Offenbar hatte er die Situation völlig falsch verstanden, denn die Pistole in seiner Hand zitterte besorgniserregend, und seine Augen waren in reinem Entsetzen aufgerissen. Er zielte auf Nana und schrie: »Auf den Boden und die Hände über den Kopf!«

»Was soll das denn?« Nana sah Kristoffer an.

»Hinlegen, verdammt noch mal!«, schrie Henrik und kam näher, während er immer noch auf sie zielte. Kalter Schweiß und Tränen tropften ihm vom Kinn, und die Pistole bewegte sich in seinen Händen hin und her.

»Alles ruhig, Henrik. Es ist unter Kontrolle«, versuchte Bark ihn zu beruhigen. Er wollte gerade sagen, dass Nana unbewaffnet war, als die Eingangstür, die er offen gelassen hatte, mit einem Knall zufiel. Ein Schuss löste sich, und Bark sah, wie Henrik zusammensackte. Nana schrie auf und drückte sich erschrocken an die Wand. Bark spürte, wie es in seiner Wade brannte, und als er hinsah, färbte sich das Hosenbein langsam rot. Er hinkte zu Henrik und entwaffnete den Kollegen, der unkontrolliert zitterte.

»Ich kann nicht, ich schaffe das nicht …«

Im selben Moment kamen vier Streifenpolizisten mit gezogenen Waffen ins Haus. Bark erklärte, dass Nana Blymark unbewaffnet war, aber zum Verhör in die Polizeizentrale gebracht werden sollte. Eine Streife kümmerte sich um den Transport, und ein Kollege von der anderen Streife erbot sich, sie in Henriks Auto zu fahren, weil der nicht mehr fahrtüchtig war. Vor der Abfahrt rief Bark seine Schwester an. Er erklärte, dass sie einen Fehler gemacht hätten, und sagte, sie könne nach Hause zurückkehren. Und dass er später mehr dazu sagen würde. Sie schrie ihn an, er sei ein Idiot.

Henrik war immer noch blass und zittrig, und Bark versuchte, auf dem Weg zur Zentrale die Situation aufzulockern.

»Es ist alles ok«, sagte er und lächelte Henrik zu.

»Ich habe dir ins Bein geschossen.« Erst jetzt hatte er sich so weit gesammelt, dass er das Elend benennen konnte. »Es war so schlimm … verdammt … ich …«

»Ist nur ein oberflächlicher Kratzer«, versicherte Bark, der in Kristinas Badezimmer gewesen, die Wunde ausgewaschen und ihren Verbandskasten durchstöbert hatte, bis er eine Kompresse und eine Binde fand. Er sah Henrik an. »Was ist mit dir passiert?«

»Ich habe es doch vorher schon gesagt. Ich kriege Panik.« Er holte tief Luft. »Meine Eltern sind erschossen worden. Ein Überfall im Ausland. Ich war fünf Jahre alt und habe es gesehen. Der Schreck steckt immer noch in mir.«

»Wie furchtbar für ein so kleines Kind, zusehen zu müssen, wie seine ganze Sicherheit ausgelöscht wird«, sagte Bark. »Hast du Hilfe bekommen, um das zu verarbeiten? Was hat der Psychologe in der Ausbildung dazu gesagt?«

»Ich bin bei meiner Tante aufgewachsen, die habe ich Mama genannt. Wir haben nicht darüber gesprochen, und ich habe es auch keinem Außenstehenden erzählt. Vor allen Dingen nicht dem Psychologen in der Ausbildung.«

»Aber es beeinträchtigt dich.« Bark fühlte sich verantwortlich. Er hätte zuhören sollen, aber der Gedanke, dass Kristina in Gefahr sein könnte, hatte ihn blockiert. In einer bedrohlicheren Situation hätte das richtig gefährlich werden können.

»Ja, und als ich gerade meinen Polizeiausweis bekommen hatte, ist auch etwas passiert. Es gab eine interne Ermittlung, aber ich bin freigesprochen worden. Irgendwann werde ich vielleicht davon erzählen können, aber nicht jetzt.«

»Ich werde ein gutes Wort für dich einlegen«, sagte Bark. »Doch bis dahin bist du von größerem Nutzen für uns, wenn du am Schreibtisch sitzt. Du bist ein guter Ermittler, das weißt du!« Bark fragte sich, ob Zimmermann wusste, wie es um Henrik stand, und ob sie ihm, als er die Verantwortung für das Team übernahm, vielleicht das eine oder andere verheimlicht hatte. Wahrscheinlich würde Henrik das Recht, eine Dienstwaffe zu tragen, verlieren. Im besten Fall würde es weniger Gehalt geben, im schlimmsten Fall würde er suspendiert werden. Die Wartezeit, bis das Ergebnis der internen Ermittlung vorlag, würde schwer für Henrik sein. Und daran, was Zimmermann zu diesem ganzen Einsatz sagen würde, wagte er nicht einmal zu denken.

Eine knappe halbe Stunde später saß Nana mit Bark und Mia Berger im Vernehmungszimmer. Mia war aus ihrem gemütlichen Samstagabend gerissen worden, um die Vernehmung von Nana Blymark zu leiten, die man nun des Mordes verdächtigte.

Das Verhör begann, und Mia kam sofort zur Sache. »Wo befanden Sie sich am Samstag vor zwei Wochen um 20:25 Uhr?«

Nana ruckte mit dem schmalen Nacken und schüttelte ihren Körper. Die kurzen Haare waren strähniger als sonst, der Gesichtsausdruck angespannt. »Ich erinnere mich wirklich nicht. Ich bin immer noch sehr schockiert davon, beschossen worden zu sein.«

Bark hatte Mia vor dem Verhör das Geschehen zusammengefasst. »Dann werde ich Ihnen helfen, sich zu erinnern. Sie haben Ihre Tochter nach Lerbäck gefahren, weil sie eine Karte für das Theater hatte. Wo sind Sie hingefahren, nachdem Sie Ihre Tochter dort abgesetzt hatten?«

»Ich bin zurück nach Kumla gefahren. Sie wollte mit einer Freundin zurückkommen. Sie müssen sie einfach nur fragen, ich habe keine Geheimnisse.«

»Das haben wir schon getan. So weit ist alles korrekt. Sind Sie direkt nach Hause gefahren?«

»Nein, ich habe beim Kvantum eingekauft, und dann bin ich zu Kristina gefahren.«

»Haben Sie die Quittung von Ihrem Einkauf noch?«

»Natürlich. Ich hebe alle Quittungen auf und kontrolliere jeden Monat, was ich ausgegeben habe. Jetzt, da ich mich von meinem Mann getrennt und beschlossen habe, das Haus zu kaufen, muss ich mein Budget sehr streng unter Kontrolle halten.«

»Wann sind Sie an dem Samstag bei Kristina angekommen?«

»Vor acht Uhr abends, und ich bin über Nacht geblieben, denn ihr Mann sollte erst am Sonntagmorgen zurückkommen, und Kristina wollte nicht allein sein.«

Mia unterbrach das Verhör, und sie verließen den Raum. Während sie sich das Alibi von Nana Blymark durch Kristina Barklöv bestätigen ließ, suchte Bark im Vorstrafenregister nach Nana. Sie kam dort nicht vor. Bis vor Kurzem war sie verheiratet gewesen und nach der Trennung nach Kumla umgezogen. Sie hatte eine 27-jährige Tochter.

»Was soll das eigentlich?«, fragte Nana, als sie zurückkamen. »Wenn es um den Mord an Magdalena Fernåker geht, so bin ich unschuldig. Ich mochte Magdalena und hatte keinen Grund, ihr Böses zu wollen. Ich besitze keine Waffe, ich habe noch nicht einmal eine Schusswaffe je in der Hand gehalten. Gibt es sonst noch etwas?«

»Haben Sie irgendwann einmal Ihre Identität gewechselt?«, erkundigte sich Mia. Nana sah genauso misstrauisch aus wie jemand, dem der Verdacht kommt, bei der

Versteckten Kamera dabei zu sein. »Meine Mutter wohnt hier in der Stadt. Sie ist abends lange auf, Sie können mit ihr und mit meiner Tante sprechen. Seit sie Witwen geworden sind, wohnen die beiden in einer Wohnung, und ich habe vier Cousinen und Cousins, die bezeugen können, dass ich ich bin.« Sie lächelte vorsichtig. »Wer glauben Sie denn, dass ich wäre?«

»Wir werden das kontrollieren, und natürlich hoffen wir, dass Sie Nana Blymark sind«, sagte Bark und unterzog sich einer strengen Selbstkritik. War dieser Einsatz wirklich notwendig gewesen? Ja, aber niemand hätte sich vorstellen können, dass es so dramatisch werden würde.

Nana Blymark wurde nach weiterer Recherche im Register und einigen Telefongesprächen am späten Abend wieder auf freien Fuß gesetzt, nachdem sie geprüft hatten, dass sie auch für den Mord an Elvira Gastin ein Alibi hatte.

»Du blutest am Bein«, sagte Mia. »Vielleicht solltest du mal ins Krankenhaus fahren und das ansehen lassen.«

»Für Henrik ist es schlimmer«, sagte Kristoffer aufrichtig. »Und es tut mir leid, dass ich deinen Samstagabend ruiniert habe.«

»Das macht nichts. Alex ist gar nicht nach Hause gekommen. Er hat beschlossen, mit seinen Freunden auszugehen. Die Notaufnahme nimmt dich bestimmt auf. Ich fahre dich hin und dann auch wieder nach Hause, wenn du fertig bist.« Sie sah ihn freundlich an. »Und denk nicht mehr über das nach, was passiert ist. Ihr hättet nicht anders entscheiden können.«

41

Als er im Wartezimmer der Notaufnahme saß, rief Kristoffer noch einmal seine Schwester an und musste sich eine Standpauke anhören, die sich gewaschen hatte. Offensichtlich war Nana schneller gewesen und hatte ihre Freundin informiert, nachdem sie wieder frei gewesen war. Er versuchte, so leise wie möglich zu reden, erntete aber dennoch kritische Blicke der anderen im Wartezimmer.

»Ich würde es immer wieder tun, wenn ich der Meinung wäre, dass dein Leben in Gefahr ist«, gab er zurück.

»Wie bist du auf die Idee gekommen, Nana hätte Magdalena ermordet?«

»Das darf ich nicht sagen. Du musst ganz einfach darauf vertrauen, dass ich gute Gründe für diesen Verdacht hatte. Ich wollte dich beschützen und war gezwungen, einzugreifen. Dass Henrik so reagieren würde, konnte ich nicht wissen.«

»Ich sitze im Auto auf dem Weg in die Stadt. Das Geringste, was ich jetzt tun kann, ist ja wohl, Nana abzuholen und nach Hause zu fahren. Es wird weniger peinlich, wenn du den Bus nimmst. Ich kann nicht euch beide im Auto haben, das ist dir ja wohl klar.«

»Kein Problem.« Kristina glaubte, er sei noch in der Polizeizentrale, und das sollte sie auch ruhig weiter glauben. Er erklärte ihr nicht, wo er sich befand.

Mia hatte im Auto auf ihn gewartet, während er verarztet wurde.

»Ich habe Kontakt zum Krankenhaus aufgenommen und sie noch mal gebeten, auf Personen zu achten, die nicht dorthin gehören. Es könnte schließlich sein, dass Annika in Krankenhauskleidung dort auftaucht. Wenn nichts mehr dazwischenkommt, können wir morgen kurz mit Ingrid und Lena reden. Keine von beiden hat ernsthafte Brandverletzungen, doch sie haben Rauch eingeatmet und müssen heute Nacht unter Beobachtung bleiben. Ich nehme an, dass Ingrid dann zu Lena nach Hause ziehen wird. Die wohnt in einer Zweizimmerwohnung in der Stadt. Ingrid wird nicht in ihrem Haus wohnen können, bis alles mit der Versicherung geklärt und das Haus nach dem Brand saniert worden ist. Das kann dauern. Zum Glück hat sie mehrere Geschwister, die ihr aushelfen können.« Mia startete den Wagen, und sie rollten aus dem Parkhaus. »Ich bin Einzelkind und war immer neidisch auf alle, die Geschwister haben, mit denen man das ganze Leben lang ganz selbstverständliche Beziehungen hat.«

»Ja, wohl wahr«, sagte er mit einem Lächeln. »Ich bin gerade eben von meiner Schwester so richtig ausgeschimpft worden. Ich glaube, da hättest du lieber nicht mit mir getauscht.«

»Ich bin mit einem großen Bruder aufgewachsen. Er war nett und stark und hat mich immer verteidigt. Aber er ist mit neunzehn Jahren bei einem Unfall mit Fahrerflucht ums Leben gekommen. Dennoch war es immer so, als würde er noch in der Familie leben, denn wir haben viel von ihm gesprochen.«

Die Fahrt nach Tybble verging viel zu schnell. Er wollte den Moment der Vertrautheit bewahren, nichts Falsches sagen, nichts kaputt machen. Wie ein Geschenk fühlte es sich an, dass sie es wagte, etwas Persönliches über sich selbst zu erzählen. Während der Zeit als seine Therapeutin hatte sie mehr über ihn erfahren, als ihm jetzt angenehm war, doch sie hatte niemals von sich selbst gesprochen. Da mussten sie ins Gleichgewicht kommen. Zu seinem großen Erstaunen fragte sie ihn, ob die Einladung zur Tasse Tee denn noch bestehen würde. »Manchmal ist eine Tasse Tee nur eine Tasse Tee«, sagte sie lachend, als sie seine Miene sah. »Ich dachte, wir müssen ein bisschen über die Arbeit reden ... nach allem, was heute Abend passiert ist. Betrachte es als ein Debriefing.«

»Zum Glück«, antwortete er, »ich hatte schon befürchtet, du würdest eine private Tee-Einladung mit Tarotkarten, süßen Teilchen und vielleicht einem Gläschen Portwein erwarten.« In seinem Kopf ging er schnell durch, was er ihr anbieten konnte: gewöhnlichen Beuteltee, keine besonderen Sorten. Knäckebrot, einen Zipfel Wurst und eine Rolle Marmeladenkekse. Er trug immer noch sein weißes Hemd und die gute Hose und hätte gern eine Dusche genommen und sich umgezogen.

»Ein einfacher Tee ist gut. Egal, welche Sorte«, sagte sie, als würde sie seine Gedanken erahnen. In der Wohnung roch es ein wenig muffig, und er öffnete die Balkontür.

»Es ist das erste Mal, dass ich zu dir zu Besuch komme, also hätte ich eigentlich eine Blume oder eine Flasche Wein dabeihaben sollen«, sagte sie und schaute sich um. Er erinnerte sich, dass sie einmal in der Diele gestanden hatte. Jetzt versuchte er sein Zuhause mit ihren Augen zu sehen. Von der Diele kam man in ein helles Wohnzimmer mit einer Sofagruppe aus grauem Leder, die von Bücherregalen umgeben war. Davor stand ein Couchtisch mit Keramikplatte, auf den man auch ohne Untersetzer Töpfe und heiße Ofenformen direkt auf den Tisch stellen konnte. Der Fernseher gegenüber war von normaler Größe, aber es gab keine Bilder an den Wänden. Im Grunde hatte er nicht vorgehabt, längere Zeit hier zu wohnen, doch ein Tag war auf den anderen gefolgt, und die Jahre waren vergangen. Die Tür zu Veras ehemaligem Zimmer war zu, doch aus der Diele hatte man einen Blick in die Küche mit ihrem Fußboden im Schachbrettmuster und den chilifarbenen Küchenschränken. Die Tür zum Schlafzimmer war angelehnt. Er war nicht sicher, ob er sein Bett gemacht hatte.

Sie öffnete die Tür zum Balkon weiter, und ein kühler Wind zog herein.

»Wenn der Nachbar von unten nicht gerade dasitzt und Kette raucht, ist es sehr schön«, sagte er und ließ sie für einen Moment allein, um den Tee zuzubereiten. Es war ein großes und besonderes Gefühl, sie hier zu haben. Worüber wollte sie eigentlich mit ihm sprechen? Sollte er es wagen, etwas mehr da hineinzulesen, oder war diese Tasse Tee wirklich nur eine Tasse Tee?

Als er ins Wohnzimmer zurückkam, hatte sie sich aufs Sofa gesetzt. Er hatte zwei unterschiedliche Becher dabei, mit dem jeweiligen Logo der lokalen Fußball- und der Hockeymannschaft, die seine einsamen Wochenenden und Abende vergoldeten. Er reichte ihr den einen.

»Kommen wir gleich zur Sache«, sagte Mia, und Bark

bangte vor dem, was nun kommen würde. »Als ich vorhin im Auto saß, hat mich Zimmermann angerufen, um zu hören, wie das Team mit der Mordermittlung klarkommt. Jemand hatte ihr von Henriks Zusammenbruch heute Abend erzählt.«

»Und was hast du geantwortet?«, fragte er und setzte sich neben sie.

»Ich habe gesagt, dass du einzigartig bist, aber deine Arbeitsbelastung zu hoch ist. Sara ist krankgeschrieben, und du übernimmst viel Verantwortung für sie. Ingrid ist aus der Ermittlung ausgeschlossen und war vermutlich einem Brandanschlag ausgesetzt. Henrik hat mehr im Gepäck, als wir hätten ahnen können, und funktioniert in gefährlichen Situationen nicht. Alex hat Probleme mit seiner Impulskontrolle, und die Leute ärgern sich über ihn, weil er so unstet ist.«

»Ganz so sehe ich es nicht«, entgegnete Bark. »Ich sehe lieber, was jede Person im Team tatsächlich beitragen kann. Und das ist ziemlich viel, wenn man sie nicht in Situationen zwingt, die sie nicht bewältigen können. Sowohl Ingrid als auch Henrik sind geschickte Ermittler, wenn sie in Ruhe arbeiten können, und Alex denkt schnell und out of the box und manchmal auch außerhalb der Galaxie. Doch das bringt uns auch weiter. Er ist immer gut gelaunt und engagiert und nimmt den Job sehr ernst.«

»Das hast du schön gesagt. Wie du dir wahrscheinlich vorstellen kannst, war es nicht immer leicht, die Mutter von Alex zu sein. Ich will einfach nur, dass er mit seiner Arbeit klarkommt, Freunde hat und vielleicht jemanden findet, mit dem er leben kann.«

»Ja.« Er merkte, wie Mia ihn von der Seite ansah, und wandte sich ihr zu. »Und was hat Zimmermann gesagt, kriegen wir Verstärkung?«

»Sie hat erwogen, das Team aufzulösen, aber ich habe ihr entschieden davon abgeraten und auf die früheren Erfolge hingewiesen. Also kommt zwar keine Verstärkung, aber ihr könnt immerhin weiterarbeiten.«

Bark war erschüttert. Es war also schlimmer, als er geahnt hatte, aber Mia hatte die Kuh vom Eis geholt. »Gute Arbeit!«

»Jetzt ist schon Sonntag«, sagte sie und sah auf die Uhr.

Bark wollte nicht, dass sie aufbrach, der Moment war magisch. »Obwohl Wochenende ist, werde ich arbeiten«, sagte er. »Zunächst einmal werde ich Ingrid und Lena vernehmen, wenn ihr Zustand das zulässt. Wir müssen nach Zeugen des Brandes suchen, um irgendwelche Hinweise darauf zu finden, wer Ingrids Haus angezündet haben könnte. Und wir müssen Annika finden. Ich glaube, wir sollten davon ausgehen, dass sie existiert und sich in Örebro aufhält. Vor einigen Stunden dachte ich noch, Nana sei Annika, aber ich habe mich getäuscht. Ich habe nicht vor, daran festzuhalten, sie ist von der Liste der Mordverdächtigen runter. Bleiben noch die Damen auf Himlagård, Beatrice Vinberg und Lisette Duvman. Könnte eine von ihnen Annika sein? Ich würde Ingrid und Lena gerne Fotos von den beiden zeigen, doch der Arzt hat uns gebeten, damit zu warten. Und ich möchte wissen, wo sie sich befunden haben, als Ingrids Haus in Flammen aufging.« Bark nahm einen Schluck von dem Tee, der inzwischen kalt geworden war. »Wäre es eventuell möglich, für morgen Vormittag einen Chauffeur nach Himlagård zu buchen? Ich denke, wir sollten unsere Ankunft nicht ankündigen. Die werden vor Ort sein, denn morgen um zehn Uhr beginnt ein neuer Kurs.« Bark korrigierte sich: »... heute um zehn Uhr.«

»Ja, aber vielleicht musst du mal schlafen?«

»Überhaupt nicht. Das hier ist wichtig. Es ist wichtig zu wissen, wo wir einander haben.«

»Wissen wir das?«, fragte sie und berührte seine Hand. Sie legte ihren kleinen Finger um seinen, genau wie damals auf dem Konzert, nach dem er ein ganzes Himmelreich in diese Geste hineininterpretiert hatte.

»Auf der privaten Ebene: nein. Ich habe dir während der Therapie nicht alles erzählt. Es gab einen Grund, dass ich meine Epilepsie nicht erwähnt habe. Ich dachte, ich sei verrückt und wollte meinen Job nicht verlieren. Es gibt auch einen Grund, dass ich nicht von meinem Fehltritt mit Gaby erzählt habe. Ich wusste nicht, dass sie schwanger war, und ich fand, dass unsere höchst kurzfristige Verbindung ebenso ihre wie meine Privatsache war. Ich weiß immer noch nicht, ob ich der Vater der kleinen Ruth bin, und werde es vielleicht nie erfahren. Aber was ich sicher weiß, ist, dass ich nicht mit Gaby leben will. Das ist mein vollständiges Geständnis, und jetzt will ich deins hören. Ich fand, dass die Therapie zu abrupt zu Ende ging. In meinem Kopf habe ich dir immer noch weiter mein Leben erzählt. Du bist für mich wichtig geworden, und dann bist du plötzlich verschwunden. Ich verstehe, dass es so sein muss, aber dennoch wollte ich nicht loslassen.«

Mias große, braune Augen füllten sich mit Tränen, und

er musste seinen Impuls unterdrücken, sie in seine Arme zu nehmen und zu küssen.

Sie ahnte die Geste, und ihre Mimik erstarrte. Ihr Blick flackerte, und sie schluckte, als hätte sie Angst.

»Was ist denn?«, fragte er.

»Du kannst das nicht verstehen. Ich bin auf der Flucht vor dem Leben, das einmal meines war. Ich heiße nicht Mia Berger, und ich kann nichts über mich erzählen. Es bringt viele Einschränkungen mit sich, eine geschützte Identität zu haben. Ich will nicht auf Fotos zu sehen sein, ich möchte keine Menschen in großen Ansammlungen treffen. Ich wage es nicht, jemanden zu lieben, der um meinetwillen misshandelt oder getötet werden könnte, wenn dieser Wahnsinnige freigelassen wird.« Mia beugte sich vor. Einen kurzen, schwindelerregenden Moment dachte er, dass sie ihn doch küssen würde, doch sie griff nur nach ihrem Handy. Das klingelte, und er hatte es nicht einmal gemerkt, weil er sich so darauf konzentriert hatte, was sie sagte.

»Entschuldige, das ist Alex.« Sie lehnte sich zurück und schloss die Augen. »Okay, okay. Aber das war nun wirklich unnötig. Ja, ich komme.« Sie wandte sich wieder Kristoffer zu. »Er hat den letzten Bus verpasst, und eine Mutter ist eben nur eine Mutter.«

Mia sammelte schnell ihre Sachen zusammen und eilte in die Diele hinaus. So nahe waren sie einem entscheidenden Augenblick gewesen. Sie hatte sich geöffnet und begonnen, ihm ihre Gedanken und Gefühle mitzuteilen, und dann waren sie von Alex gestört worden. Sie blieben direkt voreinander stehen. Er wagte kaum zu atmen, doch der Zauber war gebrochen. Sie sah gestresst aus. Er traute sich nicht, die Arme nach ihr auszustrecken und zu versuchen, sie an sich zu ziehen. Das, was zwischen ihnen war, war so zart, so zerbrechlich, und nichts durfte schiefgehen.

Da sah sie ihn an und lächelte ihr wunderbares Lächeln. »Du bist ein Guter, Kristoffer«, sagte sie und strich ihm vorsichtig über die Wange. Dieselbe Zärtlichkeitsbezeugung, die Gaby ihm zuvor gezeigt hatte, doch unendlich willkommener.

»Du auch, Mia Berger«, erwiderte er und sah ihr nach, als sie mit leichten Schritten die geschwungene Treppe hinunterging und in die mondlose Nacht hinaus verschwand.

42

Um sieben Uhr am Sonntagmorgen rief Henrik von zu Hause an. Das Ereignis mit dem fahrlässig abgegebenen Schuss hatte ihn nicht fertiggemacht, sondern ihm eine ängstliche Energie verliehen. Da er ständig daran dachte, wie der Vorfall wohl beurteilt werden würde und welche Folgen er für ihn haben könnte, hatte er nicht schlafen können. Doch anstatt sich über das zu grämen, was er nicht ändern konnte, hatte er seine wachen Stunden darauf verwandt, im Register zu surfen und so eine andere Art der Recherche betrieben. Dazu hatte er vermutlich katastrophale Mengen von Energy Drinks getrunken, denn jetzt war er wie auf Speed.

»Mal zusammengefasst«, sagte er zu Bark, der nach einer Nacht glücklicher Mia-Berger-Träume ebenso verschlafen wie verwundert auf der Bettkante saß. »Mal zusammengefasst ist Lisette Duvman 52 Jahre alt, in Värnamo geboren und hat eine ältere Schwester in Örebro. Die Eltern haben sich scheiden lassen, als sie vier Jahre alt war. Beide sind jetzt tot. Nach dem Gymnasium ist sie sieben Jahre lang als Revuekünstlerin durch die Lande getingelt, kombiniert mit Gelegenheitsjobs bei einem Herrenausstatter. Sie war zweimal verheiratet, hat einmal mit jemandem zusammengelebt, hat aber ihren Mädchennamen behalten. Später hat sie an der Universität Psychologie, Verhaltenswissenschaften und Religion studiert und dabei gleichzeitig als Putzfrau gearbeitet. Sie war immer wieder krankgeschrieben, und in den letzten Jahren hat sie in verschiedenen Konstellationen als Medium gearbeitet, sowohl in eigener Regie als auch für andere, meist per Telefon. Vor einem Jahr dann hat sie sich Himlagård angeschlossen. In einer Reportage, die ich gefunden habe, steht, dass ihr Leben eine neue Wendung nahm, als sie Lorentz Brunnberg getroffen hat. Beide sind auf dem Foto zu sehen, wo sie einander anstrahlen. Es wird nicht gesagt, dass sie ein Paar sind, aber aus dem Zusammenhang geht trotzdem hervor, dass sie seine Hemden bügelt, oder wie soll man das sonst interpretieren? Obwohl bei uns zu Hause ich derjenige bin, der bügelt.«

Bark, der jetzt langsam wach wurde, hatte eine Frage: »Hast du rausgekriegt, was sonst noch bestätigen könnte, dass die Frau, mit der wir das Verhör geführt haben, wirklich Lisette Duvman ist? Wir müssen annehmen, dass Annika Vendelskog eine falsche Identität angenommen hat. Die Pässe und Führerscheine der infrage kommenden Frauen sollten also von einem Spezialisten geprüft werden. Außerdem müssen wir mit Personen reden, die sie seit Kindertagen kennen. Am liebsten hätte ich einen Schülerausweis aus der Zeit, als sie sieben Jahre alt waren, um das Foto mit dem bei Elvira zu vergleichen. Aber am wichtigsten ist, Ingrid Fotos von den beiden zu zeigen, weil sie ja glaubt, Annika gesehen zu haben.«

»Es wäre jetzt nicht so günstig, Leute mitten in der Nacht anzurufen, aber ich werde heute weiter daran arbeiten, wenn alle etwas wacher sind, um Fragen zu beantworten.« Man hörte, wie Henrik lächelte. »Ich habe die Kontaktinformationen früherer Nachbarn und einiger Klassenkameraden gesammelt. Weiß nicht, ob das was bringt. Wir hatten kürzlich ein Klassentreffen nach zwanzig Jahren, und ehrlich gesagt waren vier dabei, an denen ich in der Stadt einfach so vorbeigegangen wäre, ohne sie zu bemerken. Einen Typen, der immer sehr schüchtern war, erkannte niemand, sodass wir fragen mussten, ob er wirklich in unserer Klasse war.« Es klang, als wolle Henrik noch weiter von dem Klassentreffen berichten, doch Bark unterbrach ihn.

»Und was hast du über Beatrice Vinberg herausgefunden?« Bark klemmte sich das Handy zwischen Schulter und Ohr und streckte sich nach einem Stift und dem Traumtagebuch, das auf dem Nachttisch lag und in dem er immer Anzeichen dafür notierte, dass er schlafgewandelt war, oder in dem er Gedanken aufschrieb, die ihn wachhielten.

»Beatrice stammt aus Kiruna. Sie ist 58 Jahre alt. Sie hat eine Pflegeausbildung und in Kiruna als Krankenschwester gearbeitet, bis ihr Vater vor elf Jahren starb. Damals waren die Eltern schon lange geschieden. Die Mutter wohnt hier in der Stadt. Beatrice hat keine Geschwister. Sie war nie verheiratet und hatte auch nie eine eingetragene Lebensgemeinschaft.«

»Wie ist sie in Örebro gelandet?«

»Sie war die Tochter eines sehr vermögenden Mannes, Hilding Vinberg, der viel Geld als Grubenbesitzer und mit Aktien verdient hat. Beatrice hat alles verkauft und war damit wirtschaftlich unabhängig. Vor zehn Jahren hat sie Lorentz Brunnberg kennengelernt und wurde Gesellschafterin der Aktiengesellschaft Himlagård. Ich habe sogar einen Artikel darüber in einem Lifestyle-Magazin aus der Zeit gefunden. Beatrice Vinberg hat ihr ganzes Vermögen der Aktiengesellschaft geschenkt, deren Vorsitzender Lorentz Brunnberg ist, der wiederum allein über das Geld des Unternehmens verfügen kann. Die Aktiengesellschaft Himlagård hat derzeit 23 Millionen Kronen eigenes Kapital und 7 Millionen in unbesteuerten Rücklagen. Die Immobilie ist auf 12 Millionen geschätzt und kaum mit Hypotheken belastet.«

»Da fragt man sich, wie Beatrice auf die Konkurrenz von Lisette und Magdalena reagiert hat. Wenn sie Lorentz so sehr geliebt hat, dass sie ihm erst ihr ganzes Vermögen überlässt, um dann für einen Hungerlohn auf der Anlage zu schuften, war das dann wegen der guten Sache oder aus platonischer Liebe zu Lorentz? Oder um sich wertvoll und in etwas Größeres eingebunden zu fühlen? Das ist schwer zu glauben. Ich würde das nicht mal für den Fußballclub Örebro machen«, sagte Bark, »und trotzdem kann ich da jedes Spiel anschauen und unter Gleichgesinnten sein und mich angenommen fühlen. Meine Vermutung ist, dass sie ihn mit Leib und Seele geliebt hat und es vielleicht immer noch tut. Sie hat kein Alibi für den Mord an Magdalena. Sie hätte also durchaus, nachdem Lisette sich in ihrem Zimmer eingeschlossen hatte, nach Lerbäck fahren können. Und sie hatte die Möglichkeit, Elvira zu töten. Dasselbe gilt auch für Lisette. Eine von ihnen kann Annika sein, und wir müssen Ingrid dazu bringen, sich zu überwinden, die Fotos anzusehen.«

»*Wo dein Schatz ist, ist auch dein Herz*, sagte meine Großmutter immer, weshalb es wahrscheinlich in der Bibel steht, denn da pflegte sie ihre Zitate herzuholen«, sagte Henrik. »Ich habe mir heute von der Familie freigenommen. Ich habe ein ganzes freies Wochenende zum Geburtstag geschenkt gekriegt und habe beschlossen zu arbeiten. Ein kleiner Dank wäre vielleicht angebracht.«

»Ein großer Dank. Ich kann etwas Gutes zum Nachmittagskaffee mitbringen, wenn du dann noch wach bist.« Bark schaute auf die Uhr. Langsam musste er sich beeilen, wenn er noch duschen und frühstücken wollte, ehe er von Mia im Büro abgeholt würde. Er beendete das Gespräch mit Henrik und rief im Krankenhaus an. Lenas Zustand war kritisch. Das kam unerwartet, denn sie war ja bisher diejenige gewesen, der es am besten ging. Nun hatte sie im Laufe der Nacht ein Lungenödem entwickelt. Was Ingrid betraf, war ihr körperlicher Zustand nicht mehr alarmierend, doch nach den Beruhigungsmitteln, die sie ihr hatten geben müssen, als sie hörte, dass Lena auf die Intensivstation verlegt worden war, schlief sie tief. Im besten Fall würden sie Ingrid im Laufe des Nachmittags vernehmen können. Bark bat einmal mehr, auf Personen zu achten, die nicht auf die Station gehörten. Auch wenn er und Mia die Absicht hatten, Beatrice und Lisette in den nächsten Stunden zu beobachten, dann könnten Sie sich doch auch täuschen. Vielleicht war die Frau, die Magdalena erschossen hatte, eine Person aus der Peripherie ihres Bekanntenkreises oder eine unbekannte Verrückte.

Bark duschte heiß und versuchte, die Träume der Nacht zu rekonstruieren, doch obwohl er wusste, dass sie schön und vielversprechend gewesen waren, entglitten sie ihm immer wieder. Er dachte auch darüber nach, was passiert wäre, wenn Alex nicht angerufen und alles ruiniert hätte, nur weil er den dämlichen Bus verpasst hatte. Wenn alle seine Wünsche erhört würden und Mia seine Frau werden würde, dann wäre er auch der Stiefvater von Alex. Das musste er ganz klar so sehen: Zwar war der Welpe schon von zu Hause ausgezogen, doch war er keineswegs erwachsen. Alex hatte noch nicht mitgeschnitten, dass Bark verzweifelt in seine Mutter verliebt war. Für ihn würde das sicher ein Schock sein.

Sein Handy meldete eine SMS. Mia war vor Ort. Er bestätigte, dass er ebenfalls unterwegs war, und verließ seine Wohnung. Das Wetter war in einen grauen, kalten Nieselregen umgeschlagen. Als er mit schnellen Schritten die Treppe zum Turmzimmer hochstieg, duftete es nach frischem Kaffee. Mia erhob sich von Alex' Computer und setzte sich an den ovalen Tisch. Bark holte ihnen beiden Kaffee und warf einen Blick aus dem Fenster, wo er den Bahnhof sehen konnte. Es war Sonntag und fast kein Mensch zu sehen.

»Henrik ist auf dem Weg hierher, um zu arbeiten«, sagte Mia.

»Das habe ich angenommen. Er hat mich in der frühen Morgendämmerung angerufen und geweckt. Bevor ich von zu Hause weggegangen bin, habe ich noch im Krankenhaus angerufen. Mit viel Glück können wir Ingrid heute Nachmittag vernehmen, aber dazu muss es wirklich gut laufen. Ich habe das Foto von den vier Mädchen bei der Familie Gastin ausgedruckt und eingesteckt, und ich möchte, dass du es dir anschaust, ehe wir noch mal die Frauen von Himlagård treffen.« Er reichte ihr das Bild, das er bei Elvira Gastin aufgenommen hatte. »Hier haben wir Annika, Sofia und die Zwillinge. Sie stehen vor dem Haus der Pflegefamilie. Würdest du sagen, dass Annika wie Lisette oder Beatrice aussieht? Die Haare könnten anders sein, immerhin ist viel Zeit vergangen, aber erkennst du irgendwelche Ähnlichkeiten?«

»Sie haben beide grünblaue Augen, aber ansonsten ... ich weiß nicht. Das Foto ist vergilbt. Aber ich werde es im Gedächtnis behalten, wenn wir sie treffen.«

»Wenn sie da sind. Ich habe keinen Kontakt zu ihnen aufgenommen. Hoffentlich ist Lisette noch nicht abgehauen. Ihr Name stand auf dem Programm für heute, aber das ist natürlich keine Garantie.«

Nachdem sie den Tag geplant und den Kaffee ausgetrunken hatten, fuhren sie in Mias Auto nach Himlagård. »Irgendwie fühlt sich die Reisezeit mit jedem Mal kürzer an, je besser man den Weg kennt«, stellte Bark fest.

Mia stimmte ihm zu. Plötzlich lächelte sie.

»Was gibt es?«, fragte er neugierig.

»Ich habe Alex erzählt, dass ich, als er angerufen hat, zu Hause bei dir war und Tee getrunken habe, und rate mal, was er gesagt hat. Er hat gefragt, ob du mit deinem Waldmesser Fleischwurst abgeschnitten und sie auf Brotscheiben gelegt hättest, wenn du Gäste hast. Ich wusste nicht, was er damit meint – war er denn schon mal zum Essen bei dir?«

»Gegen Fleischwurst ist überhaupt nichts einzuwenden. Wahrscheinlich glaubt er, dass Kochen nicht gerade zu meinen größten Interessen gehört, aber da täuscht er sich. Ich habe eine Reihe Paradegerichte, alle unter zehn Kronen die Portion. Kartoffelpuffer, Arme Ritter, Bauernomelette und eine unfassbar gute Gemüsesuppe, die meine

Mutter immer mit Möhren, Blumenkohl, Sellerie, Zwiebeln, Steckrüben und Bouillon gemacht hat. Als alleinerziehender Vater einer Teenagertochter, die in der Haltung teuer ist, muss man alle Fantasie und Kreativität aufwenden, damit das Geld bis zum Ende des Monats reicht.«

Während der Fahrt nach Mullhyttan rief unerwarteterweise Ali, der Chef der technischen Abteilung an. Offensichtlich war auch er bei der Arbeit. »Ich konnte einfach nicht warten, sondern musste mit Ingrids Pistole ein Probeschießen machen. Und ich habe mir gedacht, dass du das Ergebnis gerne hören würdest.«

»Ja, sehr gern!« Bark merkte, wie er die Luft anhielt.

»Magdalena Fernåker ist nicht mit dieser Pistole erschossen worden, und es ist die einzige, die Ingrid in ihrem Waffenschrank hatte.«

»Gut, vielen Dank, dass du dein Wochenende dafür geopfert hast«, sagte Bark.

»Wie geht es ihr? Habt ihr was gehört?«, erkundigte sich Ali besorgt.

Bark erzählte, was er wusste, und beendete dann das Gespräch. Jetzt waren sie fast vor Ort. »Laut Kursprogramm werden wir ziemlich genau zum Vormittagskaffee kommen. Wen von beiden möchtest du verhören? Der Fokus liegt natürlich darauf, wo sie sich gestern Abend befanden, als das Feuer in Ingrids Haus ausbrach.« Im selben Moment klingelte Barks Handy.

»Hier ist Lisette. Ich wollte einfach nur wissen, ob Sie auf dem Weg sind. Es geht um Lorentz, Sie müssen ihn aufhalten. Er verbrennt wichtige Papiere … Ich muss auflegen. Es kommt jemand. Beeilen Sie sich!«

»Siehst du den Rauch da hinten?«, fragte Mia. »Unten an Lorentz' Haus brennt es.« Sie hielt den Wagen an, und sie stiegen aus und rannten los – den Brand bei Ingrid in frischer Erinnerung. Bark konnte kein Feuer sehen, sondern nur Rauch. Brannte es im Haus? War jemand da drinnen?

Er war schneller, Mia folgte ihm. Er hörte ihren Atem hinter sich. Kristoffer sah ihn zuerst. Lorentz war so konzentriert auf das, was er da tat, dass er gar nicht merkte, dass sie angerannt kamen. Erst als sie nur noch wenige Meter von ihm entfernt waren, sah Bark, was er tat: Er verbrannte Papiere, die wie Buchhaltungsunterlagen aussahen, in einer Tonne. Bark machte einen Schritt nach vorn und griff sich das Bündel, an dem schon die Flammen leckten.

»Was tun Sie da, verdammt noch mal?«, schrie Lorentz. »Es geht doch mit dem Teufel zu, dass man nie in Ruhe gelassen wird!«

43

Bark schaute die Papiere mit wachsendem Interesse an. Es herrschte kein Zweifel darüber, dass Lorentz Brunnberg eine doppelte Buchführung in der kriminellsten Bedeutung des Wortes geführt hatte. Oder, wie Mia es nannte, nachdem sie sich die Zahlen angeschaut hatte: kreative Buchführung im Dienste des Ich.

»Wir behalten das hier«, sagte Bark, der so gegen die Tonne getreten hatte, dass sie zischend in den See hinaus gerollt war, ehe weitere Dokumente Feuer fangen und vernichtet werden konnten.

»Sie haben Gäste, um die Sie sich kümmern müssen, Brunnberg. Unsere Kollegen vom Dezernat für Wirtschaftskriminalität werden später mit Ihnen sprechen.«

»Ich werde Sie verdammt noch mal anzeigen. Ich werde mit Regina Zimmermann persönlich sprechen und …«

»Gut, die kann Sie dann auch gleich darüber informieren, welche Regeln und Gesetze für steuerpflichtige Unternehmen gelten. Wo sind Beatrice und Lisette?«

»Sie werden mich verdammt noch mal nicht schikanieren. Meine Anhänger werden …«

»Sagen Sie es laut, Brunnberg, was werden Ihre Anhänger tun, und wen werden Sie in diesem Fall aufwiegeln? Im Moment habe ich keine Zeit für Ihre Buchführung, das wird, wie gesagt, eine Aufgabe für das Dezernat für Wirtschaftskriminalität sein. Und dann können Sie vor Gericht ja ein bisschen darüber sprechen, wie viele Jahre das geben wird. Wir haben anderes zu tun, was dringender ist.«

Beatrice stand auf der Veranda des Hauptgebäudes, und Mia ging ihr entgegen. Bark würde Lisette verhören und lief los, um unter den Kursteilnehmern des Tages nach ihr zu suchen. Doch sie war nicht da. Er fand sie schließlich in ihrem Zimmer. Die Wände waren mit einer hellblauen Tapete voller schwebender Engel auf fluffigen Wolken tapeziert. Sie hatte gepackt. Ein Koffer stand auf dem Boden, eine kleinere Tasche auf dem Bett, und sie sah gestresst aus. »Ich muss mich auf meinen Vortrag vorbereiten«, erklärte sie. »Bitte, sagen Sie nicht, dass ich angerufen und Ihnen einen Tipp gegeben habe, was Lorentz da gerade macht.«

»Ich brauche Antworten auf ein paar kurze Fragen«, sagte Bark ohne Umschweife.

Lisette protestierte schwach. Doch dann ließen sie sich auf den Stühlen nieder, die auf beiden Seiten eines kleinen Tisches am Fenster standen. Draußen breitete sich die Blumenwiese zum See hin aus. Eine fantastische Aussicht. Er schaltete die Aufnahme ein und nahm die Formalien auf, um sie dann zu befragen, wo sie zum Zeitpunkt des Brandes bei Ingrid Johansson am Tag zuvor gewesen war.

Lisette lächelte verhalten. »Bea und ich waren hier, wir haben Linsensuppe für die Kursteilnehmer gekocht. Ich habe Zwiebeln gehackt und dabei geweint.«

»Kann sonst noch jemand bestätigen, dass Sie hier waren?«

»Nein, wir waren allein. Lorentz war in der Stadt. Er

ist früh am Vormittag gefahren, hat dort übernachtet und kam erst heute Morgen wieder her. Warum fragen Sie?«

Noch ehe Bark antworten konnte, klopfte es an der Tür. Es war Mia. »Wir haben die Genehmigung des Arztes, mit Ingrid zu sprechen.«

»Dann fahren wir sofort los.« Bark beendete das Gespräch mit Lisette Duvman, und sie fuhren Richtung Stadt. »Was hat das Verhör mit Beatrice gebracht?«, fragte er, als sie auf den Schotterweg einbogen.

»Sie hat gesagt, sie hätte gestern zu der Zeit, als das Feuer bei Ingrid ausbrach, zusammen mit Lisette Linsensuppe gekocht.«

»Das stimmt mit dem überein, was Lisette gesagt hat. Entweder ist es wahr, oder sie geben sich gegenseitig ein Alibi. Sonst noch was?«

»Dass Himlagård die Familie und der Zusammenhang ist, nach dem sie sich immer gesehnt hätte. Und ich habe sie gefragt, ob Magdalena ihr das Gefühl gegeben habe, ausgeschlossen zu werden, weil sie so viel Aufmerksamkeit bekam.«

»Und was hat sie darauf geantwortet?«

Mia lächelte schief. »Ganz regelgetreu: dass sie sich über eine weitere Schwester in der Gemeinschaft gefreut hätte.«

»Aber wir dürfen annehmen, dass die Gefühle zwiespältig waren, da die kleine Schwester Lorentz' Aufmerksamkeit in Anspruch nahm.«

»Könnte eine von ihnen Annika sein?«, fragte Bark mehr sich selbst als Mia. »Hoffen wir, dass Ingrid eine der beiden identifizieren kann. Henrik hat die Passfotos von Lisette und Beatrice ins System gestellt, sodass wir sie Ingrid zeigen können. Auch wenn sie nicht zu einem formellen Verhör in der Lage ist, kann sie sicherlich entscheiden, ob eine der Damen von Himlagård Annika ist.«

Sie diskutierten verschiedene Strategien und kamen zu dem Schluss, dass Mia mit Ingrid sprechen und Bark eine passive Rolle einnehmen sollte. Eine knappe Stunde später parkten sie vor dem Eingang des Universitätskrankenhauses. Bark kaufte Lakritzkonfekt und eine Wochenzeitung für Ingrid, ehe sie zu ihr gingen. Blumen durfte man nicht mitbringen, soweit er sich erinnerte. Er fürchtete sich davor, zu sehen, in welchem Zustand Ingrid wohl sein würde, und hoffte, dass sie von den Beruhigungsmitteln nicht völlig apathisch war.

Sie wurden auf die Station gelassen. Ingrid war allein im Zimmer, Lena befand sich immer noch auf der Intensivstation. Ein sanftes Tageslicht sickerte durch die halb geschlossenen Lamellen der Jalousien. Ingrid hatte ihre Perücke nicht auf, und es fiel Bark schwer, die verbrannte Haut auf ihrem kahlen Kopf zu sehen. Sie saß mithilfe der Rückenstütze aufrecht im Bett. Bark hockte sich auf einen Stuhl neben dem Bett, um besser mit ihr in Blickkontakt zu kommen. »Wie geht es dir?«

»War schon besser«, sagte sie und versuchte zu lächeln, doch ihre Stimme klang rau und tonlos. Bark reichte ihr einen Pappbecher mit Wasser, der auf dem Nachttisch stand, und sie nahm einen Schluck.

»Das denke ich mir«, sagte er ernst. »Es gibt etwas, worum ich dich bitten möchte. Wir haben eine Reihe Fotos, und wir hätten gern, dass du versuchst zu erkennen, ob eine von diesen Frauen Annika sein kann, die

Annika, die du in deinem Haus gesehen hast, als es anfing zu brennen.«

Ingrid nickte und packte seinen Unterarm, als hätte sie Angst, dass er wegrennen würde. »Ich weiß, dass sie es war. Es war Annika Vendelskog. Sie hatte damals immer so eine bestimmte Miene, wenn sie wütend war. Schmale, schwarze Augen, die Lippen geschürzt und eine besondere Falte an der Nasenwurzel. Ich weiß, dass sie es ist, obwohl es fünfzig Jahre her ist, seit sie das Haus unserer Pflegeeltern angesteckt hat. Es ist ihre Schuld, dass meine Haare verbrannt sind, aber auch ihr Verdienst, dass ich meine Kindheit überhaupt überlebt habe.«

»Meinst du, dass du mir davon erzählen kannst?«, fragte Mia.

»Ich glaube, ich muss es tun, sonst werden noch mehr Menschen sterben. Sie hat es auf Lena und mich abgesehen. Sie will um jeden Preis verhindern, dass jemand über das spricht, was im Sommer 1970 geschehen ist.« Ingrid sah genau hin, als Bark die Fotos von Lisette, Beatrice und einer Reihe anderer Frauen im selben Alter vor sie legte. Sie betrachtete sie einen kurzen Moment und schüttelte dann den Kopf. »Es ist keine von denen«, sagte sie enttäuscht.

»Bist du ganz sicher?«, fragte Bark nach.

»Ich bin sicher.« Ingrid wandte sich Mia zu. »Ich muss es euch von Anfang an erzählen, sonst werdet ihr das nie verstehen. Es ist wirklich schwer, es ist so ungeheuer schwer, darüber zu sprechen. Mein Leben wurde 1970 in Stücke geschlagen. Meine drei Geschwister und ich waren Waisen, nachdem unsere Eltern bei einem Autounfall ums Leben gekommen waren. Lena und ich kamen in

dieselbe Pflegefamilie. Es war die Hölle. Unsere Geschwister wurden in guten Pflegefamilien untergebracht.«
Ingrid wandte ihren Blick nach innen und kehrte in ihre Kindheit zurück. Während sie erzählte, wirkte es, als würde sie all die schrecklichen Erfahrungen noch einmal erleben.

Es ist Sommer, aber ich friere. Ich halte meine Schwester fest an der Hand, als wir zu dem fremden Haus im Wald kommen, wo die Schatten dicht sind und die Bäume bis zum Himmel hinaufreichen. Der Tannenwald verschlingt das Haus mit seinem finsteren Rachen. Das Sonnenlicht reicht nicht bis hierher. Ich will hier nicht sein. Ich will nach Hause. Tante Elvira sagt, dass das nicht geht. Sie hat kleine Schweißtropfen auf der Oberlippe und alte Schweißringe unter den Achseln auf ihrem Kleid, die aussehen wie die Jahresringe der Bäume. Sie schaut uns mit traurigen Augen an und sagt, dass Mama und Papa tot sind. …

Bark lauschte der Erzählung mit wachsendem Entsetzen und Zorn. Wenn Ingrid verstummte, half Mia ihr mit neuen Fragen weiter. Man spürte, wie wichtig es für Ingrid war, endlich ihre Erlebnisse mit ihnen teilen zu können, obwohl der innere Schmerz so groß war. Die ganze Zeit hielt sie Barks Arm krampfhaft fest, ihre Fingernägel gruben sich in sein Fleisch. Aber er blieb sitzen, traute sich nicht, die Stellung zu wechseln, wagte kaum zu atmen aus Angst, dass sie zusammenbrechen und verstummen würde. Doch als sie einmal angefangen hatte, reihte sich ein Teil ihrer Kindheitsgeschichte an den anderen, und sie schien nicht mehr aufhören zu können.

Ich weiß nicht, ob es immer noch Nacht oder schon Morgen ist. Ich bin noch im Keller, zur Strafe bei der Toten eingesperrt. Leichenwache hat Konrad es genannt. Ich sitze oben auf der Treppe, dicht an die Tür gedrückt, die zur Diele führt. Anstatt an die Leiche zu denken, versuche ich, mich mit den Fragen abzulenken, welchen Sarg und welche Blumen ich gerne hätte, wenn ich begraben werde. Es fühlt sich traurig und schön an. Heute Nacht habe ich einen Katalog mit Särgen gefunden und einen anderen mit Blumenarrangements für Särge, liegende oder stehende Sträuße und Nachwurfsträuße. Ich will einen weißen Sarg mit Glockenblumen drauf, hellblauen blanken Stoff und massenhaft rosafarbene Rosen. Daran denke ich, als ich plötzlich jemanden kommen höre. Die Schritte sind leicht und schnell. Das kann nicht Konrad sein, denke ich, und da höre ich Annikas Stimme.

»Wir hauen jetzt ab. Ich nehme Sofia mit. Sie glaubt nicht, dass sie es schafft, aber ich habe nicht vor, allein zu gehen.«

»Bitte, bitte, lass mich und Lena auch mitkommen«, flüstere ich.

»Das geht nicht. Konrad hat den Schlüssel zum Keller. Ich verspreche dir, dass ich später komme und dich und Lena hole. Wenn wir unsere Grotte eingerichtet haben, dann komme ich. Sofia hat wahnsinnige Schmerzen, sie kann sich kaum mehr

rühren. Aber wir klauen die Fahrradkarre, und ich habe jede Menge Konservendosen und dicke Decken. Ich komme und hole euch, wenn ich Sofia versteckt habe.«

»Kannst du nicht einfach jemanden bitten, die Polizei zu rufen?«

»Das traue ich mich nicht. Sofia hat mit der Polizei gesprochen, aber obwohl sie erzählt hat, wie es hier ist, haben die Konrad angerufen, und der ist dann gekommen und hat sie geholt. Niemand hat ihr geglaubt.«

»Könnt ihr nicht meine Schwester mitnehmen, bitte, rettet Lena!«

»Sie weigert sich, ohne dich abzuhauen.«

»Wir gehen jetzt!«, flüstert Sofia. »Ich habe solche Angst, dass Konrad aufwachen könnte. Wir müssen uns beeilen, ehe es hell wird.«

Ich horche auf ihre flüsternden Stimmen, die sich entfernen, und weine, weil wir nicht mitkommen dürfen. Wir hätten neben der Fahrradkarre herlaufen können. Ich kann schnell rennen und schnell Fahrrad fahren. Und ich denke daran, wie Annika und Sofia es wohl schaffen wollen, wenn es Winter wird. Kann man im Winter in einer Höhle im Wald wohnen? Die Höhlenmenschen haben das getan, aber die hatten ja auch Pelz auf dem Körper und dicke Augenbrauen. Bei dem Gedanken muss ich eingeschlafen sein. Als ich aufwache, höre ich das wohlbekannte Geklapper aus der Küche, wenn Elvira Frühstück macht. Jeden Morgen um sechs Uhr steht sie auf, obwohl Sommer ist und alle frei haben. Ich frage mich, wie es wohl im Herbst wird. Ob wir dann auch hier eingesperrt sein werden, oder ob wir in die Schule gehen dürfen? Ich hoffe, dass wir in die Schule dürfen, denn wenn wir da sind, können wir weglaufen.

Jetzt ist Konrad aufgewacht. Ich höre all die Altmännergeräusche. Er ist verärgert und hat einen Kater und schreit Elvira an, dass sie hässlich ist und dumm im Kopf und alles falsch macht. Ich spanne meinen ganzen Leib an, denn bald, sehr bald werden sie entdecken, dass Annika und Sofia weg sind. Ich hoffe, dass die beiden es weit weg geschafft haben, und dass sie das Fahrrad und die Fahrradkarre gut versteckt haben, sodass niemand sie findet.

Jetzt höre ich, wie Elvira nach Annika und Sofia ruft. Doch auf der Treppe, auf dem Weg in die Küche hinunter, höre ich nur die Schritte meiner Schwester.

»Sag den anderen, dass sie runterkommen sollen, es gibt Frühstück«, befiehlt Elvira.

Die Schritte meiner Schwester verschwinden nach oben. Sicherlich weiß sie, dass die beiden abgehauen sind, und tut alles, um den Moment der Erkenntnis hinauszuzögern. Indem sie trödelt, hilft sie Annika und Sofia, Zeit zu gewinnen. Ich frage mich, was mit uns passieren wird, wenn Konrad begreift, was los ist. Als ich seine schweren Schritte auf der Treppe in den zweiten Stock hinauf und dann das Gebrüll höre, begreife ich, dass er uns Böses antun wird. Er wird uns schlagen, und wenn er damit mal anfängt, kann er gar nicht mehr aufhören, denn es macht ihm Freude.

44

Daniel saß auf einer Bank vor dem Haga Zentrum und hatte Schüttelfrost vom Entzug. Die Angst zerrte an seinen Eingeweiden, und es ging ihm verdammt dreckig. Die Vorübergehenden warfen ihm Blicke zu, und er schämte sich für seine elende Erscheinung. Die Pistole hatte er in der Jacke und die Schachtel mit Munition in der Hosentasche. Die Polizei war nach dem missglückten Überfall am Wochenende, als er wie ein kleines Kind losgeheult hatte, weil die Tante an der Kasse aussah wie seine Großmutter, hinter ihm her. Als nervliches Wrack war er in die Wohnung zurückgekehrt, wo eine Party lief. Sein Vater hatte gegen ein paar Flaschen Wodka und einige gemischte *Süßigkeiten* wie Ecstasy, Gras und Tramadol noch einen weiteren Mitbewohner aufgenommen. Und zu seinem Erstaunen war auch Jenny da gewesen, um mit ihm zu sprechen. Sie war ziemlich laut gewesen und wütend, weil sie von einem Typen, der ihr einen Job in Stockholm versprochen hatte, wenn sie Sex haben würden, reingelegt und dann rausgeschmissen worden war.

Daniels Nachbar auf derselben Etage hatte irgendwann gegen drei Uhr nachts das Kabel rausgerissen, das sie heimlich gelegt hatten, um Strom zu haben, deshalb waren die Lampen ausgegangen, und es war stockfinster geworden. Dann hatte der Nachbar den Hausmeister angerufen. Daniel hatte Angst, dass sie gestört haben könnten, denn dann bestand die Gefahr, dass er die Wohnung verlieren und auf der Straße landen würde. *And the winter is coming*, wie es so wahr in *Game of Thrones* hieß. Er war so stolz und froh über das Vertrauen gewesen, das die Beraterin vom Sozialamt in ihn gesetzt hatte, und jetzt war sein Vater drauf und dran, alles zu ruinieren. Er hatte versucht, der Beraterin zu erklären, dass mit seinem Vater nicht gut Kirschen essen war, und dass der nicht gerade jemand war, den man einfach so rauswarf, wenn er gekommen war, um zu bleiben. Trotz seines Alters war er immer noch stark wie ein Stier mit speckigem Nacken, Blumenkohlohren von all den Schlägereien und einem Ring in der Nase, passend zu dem Stier, der er war.

Nun saß Daniel auf der Parkbank vor dem Laden und wartete auf Jenny, die dorthin kommen wollte. Sein Vater hatte einen Käufer für die Pistole besorgt, und sie hatte versprochen, ihn dorthin zu fahren. Jetzt, da die Polizei hinter ihm her war, fühlte es sich nicht mehr gut an, das Ding zu besitzen. Und er brauchte das Geld, um die Miete und die Stromrechnung zu bezahlen, wenn er auch nur den Schimmer einer Chance haben wollte, in der Wohnung bleiben zu dürfen. Daniel hatte Jenny ein schickes Abendessen im Elite Hotel versprochen, wenn sie ihm half. Sie würden sich fein anziehen und stilvoll einen schönen Abend verbringen, an den man sich immer würde erinnern können, wenn alles wieder Alltag und Elend war. Aber sie war nicht so romantisch drauf. Sie wollte Prozente vom Verkauf, und zwar in Cash.

Daniel dachte an die Frau, die er in der Tiefkühltruhe entdeckt hatte, und das fühlte sich wieder eher wie eine

Entzugshalluzination an. Aber er war doch da gewesen und hatte kontrolliert, dass die Eishexe im Keller des Hauses in der Weststadt saß. Wenn er ein gewöhnlicher spießiger Schwede gewesen wäre, dann hätte er die Polizei angerufen, aber ein gewöhnlicher spießiger Schwede brach nicht in die Keller von anderen Leuten ein und hätte die Frau deshalb gar nicht gefunden. Und nicht zuletzt bestand auch noch die Gefahr, dass man ihn verdächtigen würde, die Alte umgebracht zu haben.

Etwas am Rande seines Gesichtsfelds fing seine Aufmerksamkeit ein, und da kam Jenny auf einer kanariengelben Vespa angefahren, schwarz gekleidet, das lange blonde Haar flatterte im Fahrtwind.

»Steig auf!«

»Wohin fahren wir?«, fragte er lahm. Man wusste nie, was passierte, wenn man mit Jenny unterwegs war. »Woher hast du die Vespa?«

»Die habe ich ausgeliehen«, sagte sie lachend, und er sah an den großen Pupillen, dem Lächeln und der laufenden Nase, dass sie sich anständig mit Kokain zugedröhnt hatte.

»Hättest du nicht eine etwas diskretere Farbe nehmen können? Wir wollen doch vermeiden, Aufmerksamkeit zu erregen«, sagte er ängstlich. Die Polizei war schließlich hinter ihm her, doch die Fähigkeit, diskret zu sein, existierte nicht auf dem Jenny-Planeten. Im nächsten Moment flogen sie in halsbrecherischer Fahrt die Karlslundsgatan hinauf. Jenny fuhr Slalom zwischen den Autos und juchzte vor Freude, während Daniel sich zu Tode erschrocken um ihre Taille klammerte. Durch ihre Haarsträhnen, die ihm wie Peitschen über die Augen schlugen, sah er die panischen Gesichter der Autofahrer und mehrere runde Kinderaugenpaare, die ihn anstarrten, als sie nur wenige Millimeter von der Todesgrenze entfernt an ihnen vorbeifuhren. Als Jenny endlich stehen blieb, stieg er ab und kotzte in den Rinnstein.

»Komm eben mit rauf in die Wohnung, ich muss aufs Klo.«

Sie hatten vor dem Haus gehalten, in das Daniel eingebrochen war und wo er die Pistole gefunden hatte. Er kotzte noch einmal und vermochte dieses zufällige Zusammentreffen nicht einzuordnen. Die ältere Dame, der er damals mit dem Rollator geholfen hatte, wohnte im Erdgeschoss, während Jennys Wohnung im dritten Stock lag. Sie lief vor ihm her und ließ die Tür offen, sodass er hereinkommen konnte. Die Wohnung war verblüffend sauber und ordentlich mit hellrosa Gardinen vor den Fenstern, Teppichen auf dem Boden und Nippes aus Porzellan. Es roch nach Kaffee und grüner Seife und tantigem Parfüm.

»Darf ich mal die Pistole sehen?«, fragte sie, sowie sie gespült hatte. Für einen kurzen Moment dachte er, dass die Pistole, die er neben der Toten in der Kühltruhe gefunden hatte, Jenny gehören könnte. Doch sie zeigte keine Anzeichen des Wiedererkennens, als er ihr das Ding reichte. Also informierte er sie lieber nicht darüber, woher er sie hatte. »Wohnst du hier?«, fragte er. Nichts in der kleinen Zweizimmerwohnung schien Jennys Stil zu sein, wenn man sie nun überhaupt auf einen Stil reduzieren konnte. Alles war puppig süß und goldig.

»Im Moment wohne ich hier«, sagte sie, und er fragte nicht weiter, denn Jenny holte unerwartet für jeden ein Bier aus dem Kühlschrank und gab ihm eine Pille, die er wiedererkannte. »Wenn du deine Pistole verkaufen willst, dann müssen wir dein Selbstvertrauen ein wenig boostern«, sagte sie lächelnd und zeigte dabei eine Reihe makelloser weißer Zähne, die ihr für einen Moment das Aussehen eines Fotomodells verliehen. »Was glaubst du, kann man für die Pistole kriegen? Ist die heiß?«

»Das glaube ich nicht«, sagte er und dachte an die Kälte in der Tiefkühltruhe. Alle Gedanken schmolzen zu einem fröhlichen Ball zusammen, der in seinem Magen herumsauste. Für einen Moment die erstickende Angst los zu sein, die ihn in die Hölle zerrte, war alles, was er wollte. Ausruhen zu dürfen. Sie mussten die Pistole nicht jetzt verkaufen. Das konnte warten. Gerade war alles gut, keine Eile.

»Ist die Pistole heiß?«, fragte sie noch einmal und schüttelte ihn, sodass er meinte, eine Gehirnerschütterung zu bekommen.

»Nein, nein«, war alles, was er herausbringen konnte.

»Und du hast einen Käufer?«

»Ja. Heute Nacht gibt es einen Fight, und die brauchen alle Waffen, die sie kriegen können.«

»Und ich soll dich also hinfahren? Das tue ich auch, wenn ich dafür gut bezahlt werde.« Jenny legte ihre Pille auf die Zunge und setzte sich rittlings auf ihn. Er dämmerte weg, musste eingeschlafen sein. Als er wieder aufwachte, wurde es schon dunkel. Jenny stand auf dem französischen Balkon und rauchte wie wild. Er hatte Angst, dass der im Wind flatternde Vorhang Feuer fangen würde. Er ging zu ihr. Es war so windig, dass sich die Kronen der Bäume bogen, und ein eisiger Nieselregen fiel auf seinen nackten Körper. Er traute sich nicht, sie zu fragen, ob sie Sex gehabt hatten oder nicht, denn man konnte ja eigentlich erwarten, dass er über eine solche Sache selbst den Überblick hätte. Eigentlich war es auch egal, und er hoffte nur, dass sie nicht enttäuscht war. »Gibt es etwas zu essen?« Er war total ausgehungert.

Jenny zeigte auf den Kühlschrank. »Du kannst dir ein Brot machen, und dann hauen wir ab.«

Daniel riss ein Stück von einem Brotlaib ab und nahm ein paar Wurstscheiben auf die Hand. »Wir sind verdammt spät dran. Die warten auf uns.«

»Wer sind die?«, fragte sie.

Daniel verspürte eine eisige Kälte im Magenbereich. »Je weniger du weißt, desto besser. Ich kriege 15.000 für die Pistole. Aber da muss ich garantieren, dass es keine Waffe ist, für die sich die Polizei interessiert.«

»Dann will ich die Hälfte davon.«

»Spinnst du? Du willst die Hälfte, nur weil du mich hinfährst?« Er konnte nicht glauben, dass sie das ernst meinte. »Verdaaammt, sind wir spät dran! Die sind jetzt wahrscheinlich schon total sauer.«

»Wenn du gefahren werden willst, will ich die Hälfte des Geldes«, sagte sie sehr entschieden, und er gab auf.

»Okay, okay.«

»Und woher kommt die Pistole jetzt?«

Es wäre der reine Wahnsinn gewesen, ihr zu erzählen, dass er sie in ihrem Keller gefunden hatte. Dann würde sie sofort behaupten, dass sie ihr gehörte, und alles Geld dafür haben wollen, und dann würde er keine Öre für Miete und Stromrechnung bekommen. »Ich hab sie eingetauscht. Ist alles okay.« Plötzlich packte ihn die Angst davor, wen sie gleich treffen würden, und er lud die Pistole. Aber eigentlich wollte er aus der Sache raus. Sein Vater hatte von einem Fight gesprochen, und so was war ja verdammt gefährlich.

Als würde Jenny ahnen, was er dachte, sagte sie: »Wir haben einen Deal. Wenn du dich rausziehst, dann hast du ein Problem.«

Er nickte, öffnete erneut den Kühlschrank und hatte wieder das Gefühl, dass hier eigentlich ein älterer Mensch wohnte. Da stand eine Flasche Saft ohne Etikett und Marmelade, die selbst gemacht aussah. Eier und Milch und zwei Pakete Hefe für süßen Teig. Hier musste jemand wohnen, der backte und Essen kochte und kein fertiges Zeug kaufte. Doch er fragte nicht weiter nach.

Weil keine Zeit mehr war, den Bus zu nehmen, fuhren sie in der Abenddämmerung auf der gelben Vespa Richtung Varbergaskogen, einem Naturreservat mit Grillplätzen, einem Teich und Wanderwegen mitten in der Stadt. Falls sie von der Polizei angehalten würden, war es ein unnötiges Risiko, dass sie ihn fuhr. Doch auf dem Ohr war Jenny taub. Sie liebte die Gefahr, notwendige wie unnötige. Das gab ihr das Gefühl, lebendig zu sein, behauptete sie.

Es regnete, und Daniel war schon auf halber Strecke nach Varbergaskogen völlig durchnässt und eiskalt gefroren. Es war eine idiotische Idee, ihr die Hälfte des Geldes zu geben, denn dann hätte er die Pistole auch entspannt in Oxhagen verkaufen können. Da hätte er ohne weitere Schwierigkeiten 7.500 dafür bekommen, was exakt das war, was er jetzt unter Einsatz seines Lebens in einem Gangfight bekommen würde, zu dem sie unterwegs waren.

Jenny bremste abrupt, bog dann auf den Weg zum

Naturreservat und zum VOX-Park mit seinem Märchenpfad ein und fuhr an einem aus Holz geschnitzten Adler vorbei. Mitten im Niemandsland war eine große Menge alter Autoreifen wie ein griechisches Amphitheater arrangiert, mit Treppenstufen oder Sitzplätzen auf beiden Seiten von einer Art Sportplatz mit Trapezen und Lianen und noch mehr Autoreifen. Sie stiegen von der Vespa und schauten sich im Dunkel um.

Plötzlich knallte ganz in der Nähe ein Schuss. Daniel warf sich zu Boden und kroch bäuchlings hinter einen Baum. Mit zitternden Händen holte er die Pistole heraus und hielt sie vor sich. Ein weiterer Schuss fiel, und auf beiden Seiten der Grube voller Autoreifen wurden mehrere dunkle Figuren sichtbar. Jenny rannte. Jemand fiel zu Boden, und ein schrecklicher Schrei war zu hören. Er sah, dass es Jenny war, wagte sich aber nicht vor, um nachzusehen, was mit ihr war. Er zitterte vor Kälte und Angst unkontrollierbar am ganzen Leib. Plötzlich wurde ein Autoscheinwerfer eingeschaltet, leuchtete ihm direkt ins Gesicht und verriet sein Versteck.

»Scheiße, scheiße, scheiße!«, murmelte er. Plötzlich fühlte er eine Hand auf seiner Schulter, und vor Schreck gab er versehentlich einen Schuss ab. Nach dem Knall konnte er nichts mehr hören. Jemand sprach zu ihm, aber er begriff nicht. Im rechten Bein brannte es, dann fing es an, richtig wehzutun. Er fühlte mit der Hand nach, und sie war feucht von etwas Warmem und Klebrigem. Er wusste nicht, ob es Blut war oder ob er sich eingepinkelt hatte. Er wusste nur, dass sein letztes Stündlein geschlagen hatte.

45

Kristoffer Bark erwachte davon, dass die Zeitung durch den Briefkasten in seinen Flur fiel. Er dachte an Ingrid und an das, was sie von ihrer Kindheit erzählt hatte. Sie hatte lange mit ihnen gesprochen, und er war von Grund auf erschüttert über das, was er gehört hatte. Natürlich war es enttäuschend, dass sie weder Lisette noch Beatrice als Annika erkannt hatte, und auch Nana war nicht die Person, die mit einer Spritze in der Hand an Ingrids Krankenhausbett aufgetaucht war.

Bark kochte sich Kaffee, schmierte ein paar Brote und setzte sich dann mit seinem Frühstück an den Küchentisch, um zu lesen, was in der Welt passiert war. Abgesehen von den großen Schlagzeilen war die aufregendste lokale Nachricht eine Gangschießerei in Varbergaskogen. Zwei Personen waren ins Krankenhaus gebracht worden, doch es gab keine Informationen über irgendwelche Toten. Bei der Arbeit würde er sicher bald mehr darüber erfahren. Heute musste er Moa nicht in die Kita bringen, darum würde sich ihre Tante kümmern. Allerdings hatte Sara ihn gefragt, ob er die Kleine um fünf Uhr abholen könnte, und er hatte zugesagt.

Bark stellte sich unter die Dusche, zog sich an und nahm den Bus zum Schloss, wo er ausstieg, um das letzte Stück zur Polizeizentrale zu Fuß zu gehen. Schwere

Regenwolken hingen über den Hausdächern, und ein eisiger Wind wehte als Vorbote des Herbstes.

Als Bark die Treppe zum Turmzimmer hochgestiegen war, wartete Gaby schon auf ihn – doch nicht nur sie: auch Alex, Henrik und Ali Khatami waren früh vor Ort. Ali sah ausnahmsweise mal müde aus, und die Haare, die sonst immer frisch gewaschen und ordentlich mit Seitenscheitel lagen, waren unheilverkündend zerzaust.

»Wir haben eine Waffe«, sagte er, und ein Grinsen breitete sich auf seinem kantigen Gesicht aus. »Ich habe gestern spätabends von der Schießerei gehört und gleich den Chef vom Dienst angerufen. Die Polizei hatte einen Tipp über einen Gangfight im Varbergaskogen bekommen. Die Kollegen haben zugeschlagen und eine Reihe Waffen eingesammelt. Dabei tauchte die Pistole, die wir im Zusammenhang mit dem Mord an Magdalena Fernåker gesucht haben, unerwartet auf. Ich habe alles geprüft, und es herrscht kein Zweifel, dass es sich um die Tatwaffe handelt. Derjenige, der die Pistole mit sich trug, ist in gewisser Weise ein Bekannter von uns. Ein kleiner Dieb, Daniel Johansson. Er befindet sich jetzt im Universitätskrankenhaus, und es würde mich nicht wundern, wenn die Kugel, die heute Nacht aus seinem Oberschenkel operiert worden ist, auch zu der Pistole passt. Laut Zeugen stand er unter Drogen und hat sich selbst ins Bein geschossen. Im ersten Verhör in der Notaufnahme hat Daniel Johansson ausgesagt, er habe die Waffe mitgebracht, um sie zu verkaufen. Doch es ist unklar, wie er daran gekommen ist. Er hatte Morphium gegen die Schmerzen im Bein bekommen und lallte irgendetwas von einer Eishexe in einer Tiefkühltruhe.«

»Dann möchte ich ihn schnellstmöglich verhören.« Bark spürte, wie sein Puls stieg. War es ihnen wirklich gelungen, den Mörder zu stellen? Und wie passte das dazu, dass Zeugen am Tatort eine Frau gesehen hatten?

Gaby wollte noch etwas hinzufügen: »Beim Eingreifen der Polizei tauchte auch noch eine andere Person von Interesse auf: Jenny Lovik, die am Rande unserer Mordermittlung vorkam. Sie hat einen verstauchten Fuß und ein paar Schürfwunden, weil sie hingefallen ist. Und eine Kugel hat ihre Schulter gestreift. Ich bin der Ansicht, dass wir uns auf diese beiden konzentrieren und die Annika-Spur erst mal ruhen lassen sollten. Auch wenn Ingrid ganz sicher ist, müssen wir doch bedenken, dass ihre Urteilskraft durch die Medikamente, die sie bekommen hat, gelinde gesagt getrübt war. Das habe ich schon von Anfang an gesagt, und ich bleibe dabei. Könnte Jenny Lovik die Frau sein, die Magdalena erschossen hat? Kannten Daniel und Jenny sich?«

»Ich weiß es nicht. Aber Jenny hat ein Alibi. Als Magdalena erschossen wurde, war sie in der Psychiatrie«, erwiderte Alex.

»Dann möchte ich, dass ihr Alibi noch einmal überprüft wird«, entschied Bark. »Eva Lovik, ihre Mutter, hat sie hingefahren und war im Verlauf des Mordabends mit ihr auf der Station, das haben sie zumindest in dem Verhör gesagt, das wir mit ihnen geführt haben. Das müssen wir noch einmal überprüfen. Schließlich war Eva Lovik diejenige, die Magdalena am Morgen des Mordes angerufen und beschimpft hat.«

Alex war ganz aufgeregt und stand so abrupt vom Stuhl auf, dass der fast umfiel. »Könnte Daniel sich so wie Lasse-Maja dereinst als Frau verkleidet und Magdalena erschossen haben? Nur so ein Gedanke. Er ist nicht sonderlich groß und sehr schmal, wie Jenny. Er könnte ihre Kleider ausgeliehen und sich mithilfe von ein paar Socken oder so Brüste gebastelt haben. Jenny war sicherlich wütend auf Magdalena, weil sie ihr als Medium einen Rat gegeben hatte, der zu einer finanziellen Katastrophe mit enormen Spielschulden geführt hat. Sie muss doch mindestens ebenso wütend sein wie ihre Mutter.« Alex setzte sich wieder und schlug mit den Handflächen auf den Tisch. »Die sind es, ich hab's im Gefühl!«

Bark hätte gern etwas über Gefühle und Fakten gesagt, wollte aber keine Zeit darauf verschwenden. »Kann man sie jetzt gleich vernehmen? Ich habe nichts dagegen, noch einmal zum Krankenhaus zu spazieren.«

»Jenny Lovik ist hier«, sagte Henrik. »Ich habe einen Verhörraum gebucht. Daniel hat einen Schock erlitten und einiges an Blut verloren, den müsste man wohl im Krankenhaus vernehmen.«

»Informiert mich, sobald ihr etwas habt«, sagte Gaby.

Bark wandte sich Henrik und Alex zu. »Ihr wisst, was ihr zu tun habt.«

Er nahm die Treppe nach unten, verließ das Gerichtszentrum und ging rüber in die Polizeizentrale. Als Bark sich näherte, um Jenny Lovik zum Verhör zu holen, wurde er von lautem Geschrei und Flüchen begrüßt. Zwei Kollegen hielten sie jeder an einem Arm – etwas, das man nur macht, wenn es auch wirklich notwendig ist.

»Lassen Sie mich los, sonst zeige ich Sie wegen sexueller Übergriffe an. Ich kann verdammt noch mal selbst laufen!« Jennys dunkle Augen blitzten.

»Hier entlang«, sagte Bark. »Ich kümmere mich um sie. Nehmt ihr die Handschellen ab.«

Die Kollegen sahen zögerlich aus, als würden sie ihm das nicht zutrauen.

Jenny baute sich vor ihm auf und starrte ihn mit aufgerissenen Augen an. »Was zum Teufel soll das hier? Was zum Teufel habe ich getan? Warum zur Hölle werde ich nicht in Ruhe gelassen? Ich bin angeschossen. Schwer verletzt! Und ich habe einen verstauchten Fuß. Ich habe Schmerzen, verdammt noch mal.«

»Nach Aussage des Arztes war es nur eine Schramme, die Kugel hat die rechte Schulter gestreift«, informierte der Kollege. »Ein Pflaster hat genügt.«

Bark nickte ihm kurz zu und schenkte Jenny seine ganze Aufmerksamkeit. »Wir setzen uns jetzt mal in aller Ruhe hin, und dann können Sie alles erzählen, was Sie wissen.«

Jenny lächelte ihn an und warf den anderen Polizisten einen triumphierenden Blick zu, als glaubte sie, Bark um den kleinen Finger wickeln zu können.

Im Verhörraum wartete Mia Berger. Auf dem Weg zum Empfang hatte Bark sie angerufen und gebeten, nur dabeisitzen zu dürfen, während sie die Vernehmung führte. Mia konnte die schwierigsten Personen dazu bringen, ihre besseren Seiten zu zeigen.

Mia ging zuerst auf das ein, was in der Nacht passiert war. »Warum befanden Sie sich so spät gestern Abend in Varbergaskogen?«

Jenny hatte sich inzwischen beruhigt und antwortete freundlich. »Ich wollte meinem Freund zeigen, wie schön es in dem Naturreservat ist.«

»Nach zehn Uhr abends im Dunkeln und bei Regen?«, hakte Mia nach.

Jenny fuhr eifrig fort: »Wir hatten nichts anderes vor, und die Spazierwege sind ja beleuchtet. Wir waren gerade zu diesem Tarzan-Klettergerüst mit Autoreifen gekommen. Und plötzlich tauchten aus dem Nichts schwarz gekleidete Männer auf und fingen an, aufeinander zu schießen. Wir befanden uns mitten in der Schusslinie. Ich bin hier an der Schulter getroffen worden und vor Schmerzen zusammengebrochen.«

»Wo befand sich Daniel da?«

»Er war bei mir und suchte Schutz hinter einem Baum. Er wurde ins Bein geschossen.«

»Wissen Sie, woher Daniel die Pistole hatte?«

Jennys Miene schlug in reines Erstaunen um – eine Leistung, für die sie den Oscar für das beste weibliche Fragezeichen verdient gehabt hätte. »Ich habe doch gesagt, dass er angeschossen wurde. Daniel hatte keine Pistole.«

»Doch, das hatte er. Daniel hielt eine Pistole in den Händen, als die Polizei ihn heute Nacht festgenommen hat, und er hat sich selbst ins Bein geschossen. Er hat es zugegeben. Er wollte die Pistole verkaufen.«

»Ach was, bestimmt war er total daneben, als er das gesagt hat. Er hat sie auf der Erde oder in einem Busch gefunden, ich erinnere mich nicht.«

»Gehört Daniel zu einer der Gangs? Könnte er die Pistole mitgenommen haben, um an dem Fight teilzunehmen?«

»Auf keinen Fall. Er war mit mir zusammen.«

Mia wechselte das Thema. »Kannten Sie eine ältere

Frau namens Elvira Gastin? Sie hat in Lindesberg gewohnt.«

»Gastin? Nein. Und wer zum Teufel will schon in Lindesberg wohnen?« Jenny grinste und sah Mia direkt in die Augen, doch das war keine Garantie dafür, dass sie die Wahrheit sagte. Sie gingen durch, was Jenny an dem Tag gemacht hatte, als Elvira tot in ihrem Bett gefunden worden war. Für den Mord an Elvira hatte sie kein Alibi.

»Eine andere Sache. Wo befanden Sie sich am Samstag, dem 29. August, als Magdalena Fernåker erschossen wurde?«

»Darauf habe ich schon geantwortet. Ich war in der Klapse, weil es mir schlecht ging. Und das war ihre verdammte Schuld.«

»Haben Sie Magdalena erschossen?«

»Nein, sage ich doch. Sie hat gesagt, die Sterne würden richtig stehen, ich solle alles setzen und würde gewinnen, und ich ging in einem Internet-Casino *all in* und habe 1,4 Millionen Kronen verloren. Mein ganzes Leben ist zerstört worden. Mama musste mich in die Psychiatrie fahren.« Jenny sah Mia vorwurfsvoll an. »Das habe ich hier schon mal gesagt, Sie könnten sich verdammt noch mal ruhig merken, was ich ausgesagt habe. Checken Sie das alles mit denen in der Klapse, dann werden Sie schon sehen.«

»Hat Daniel Magdalena erschossen?«

»Wie können Sie das glauben?«, erwiderte Jenny mit derselben erstaunten Miene wie zuvor. Es war unmöglich zu erkennen, wann sie log und wann sie die Wahrheit sagte, dachte Bark.

»Ich frage Sie«, beharrte Mia.

»Sie meinen, ob Daniel sie meinetwegen erschossen hat?« Jenny sah aus, als hätte sie gerade ein schönes Kompliment erhalten. »Wenn er sie erschossen hat, weil sie mein Leben ruiniert hat, werde ich ihn lieben, solange ich lebe.«

46

Als Kristoffer Bark den Verhörraum zusammen mit Mia Berger verließ, hing ihm der Duft von Jenny Loviks schwerem Parfüm noch in den Kleidern. Er fühlte sich völlig entkräftet. Jenny hatte etwas an sich, das einem totale Wachsamkeit abverlangte, um nicht in ihre abrupten Wendungen und wuseligen Bewegungen hineingezogen zu werden.

»Was meinst du?«, fragte Mia.

»Das hier war ein einleitendes Verhör, und es werden noch weitere folgen. Ist es wahrscheinlich, dass Daniel als Frau verkleidet Magdalena um Jennys willen getötet hat? Das kommt mir irgendwie ein bisschen übertrieben vor, sich noch auszustaffieren.«

»Alles an Jenny ist übertrieben«, gab Mia zurück. »Mein Eindruck ist, dass sie sich in einer manischen Phase befindet, oder könnte das hier ihr Normalzustand sein?«

»Bei den Schulden wäre jeder andere deprimiert, aber sie wirkt im Moment himmelhoch jauchzend und leidenschaftlich.«

Bark meinte, ein schnelles Lächeln in Mias Augen wahrzunehmen, doch er war nicht sicher. Es fühlte sich an, als würde etwas zwischen ihnen geschehen, doch noch war es zerbrechlich und verlangte große Umsicht, damit er sie nicht verschreckte.

Gemeinsam spazierten sie die Järnvägsgatan zum Krankenhaus hinunter. Daniel Johansson lag in der Orthopädie im siebten Stockwerk. Man erwartete sie, und es war ein Gesprächsraum gebucht worden. Sie bekamen Kaffee in Pappbechern und jeweils einen Keks, kleine Zeichen der Fürsorge, die das Herz erwärmten.

Daniel wurde in einem Rollstuhl hereingeschoben. Er befand sich in einem bedauernswerten Zustand. Obwohl er eine Krankenhausdecke um die Schultern hatte, fror er so, dass seine Zähne klapperten. Wahrscheinlich war er auf Entzug. Bark startete die Aufnahme und stellte die einleitenden Fragen. Dann übernahm Mia.

»Sie wurden ins Bein geschossen. Können Sie erzählen, wie das passiert ist?«

Daniels Blick flackerte, er kratzte sich an den Armen und dann auf der Kopfhaut. Alles deutete auf Entzug hin, und damit kamen auch die Wahnvorstellungen.

»Sie kamen von allen Seiten auf uns zu. Die schwarz Gekleideten aus meinen schlimmsten Albträumen. Die mit den Wolfsgesichtern und den langen Zungen waren dort, um mich zu töten. Ich bekam es mit der Angst, war zu Tode erschrocken und holte die Pistole raus und habe aus Versehen abgedrückt. Ich habe niemand anders verletzt.«

Mia sah ihn freundlich an und versuchte, Blickkontakt herzustellen.

»Was haben Sie in der Nacht in Varbergaskogen gemacht?«

»Ich sollte eine Pistole verkaufen. Jenny hat mich dorthin gefahren.«

»Jenny Lovik. Ist das Ihre Freundin?«, fragte Mia.

»Nein, ich glaube nicht. Hat sie das gesagt?«, fragte er schleppend.

Mia antwortete nicht darauf. »Aber sie wohnt bei Ihnen?«

»Was man so wohnen nennt. Wenn sie es sagt … Jenny ist keine, die irgendwo wohnt. Irgendwie IST sie einfach nur.« Daniel sah aus, als würde er gleich aus seiner Haut kriechen. Für den Fall, dass sein Zustand sich verschlechtern würde, mussten sie die wichtigsten Fragen zuerst stellen. Bark tauschte einen Blick mit Mia, und sie fuhr fort: »Die Pistole, die Sie in der Hand hatten, als Sie heute Nacht von der Polizei festgenommen wurden, ist die Waffe, mit der Magdalena Fernåker ermordet worden ist. Haben Sie Magdalena erschossen?«

»Nein, ich weiß nicht, wer das ist.«

»Wo waren Sie am Samstagabend, dem 29. August?«

»Keine Ahnung. Wahrscheinlich zu Hause oder auf einer Parkbank in der Stadt. Ich weiß fast nie, was für ein Tag ist. Die fließen alle ineinander. Ich kann nicht darüber nachdenken, ich kann einfach nicht …«

»Daniel, Sie werden verdächtigt, Magdalena Fernåker ermordet zu haben. Wie stehen Sie dazu? Ist Ihnen klar, was das bedeutet?«

»Ich habe niemanden erschossen. Ich habe versucht, ein Geschäft zu berauben, aber es nicht hingekriegt. Ich bin überhaupt nichts wert«, sagte er und ließ den Kopf hängen. »Und ich habe Schmerzen, und der Arzt gibt mir nicht so viele Medikamente, wie ich brauche, weil ich noch andere Drogen im Körper habe. Es ist doch klar, dass ich eine höhere Dosis als andere brauche, die sonst gar nichts nehmen. Können Sie mit denen hier sprechen und irgendwas ausmachen? Hinterher rede ich, so viel Sie wollen.«

Bark ignorierte die Frage. Die medizinische Behandlung lag in der Verantwortung der Ärzte. »Soweit wir sehen, haben Sie keine Waffenlizenz. Woher kommt die Pistole.«

»Ich habe sie gefunden.«

»Gefunden? Wo haben Sie die gefunden?«, fragte Mia, und Bark konnte eine gewisse Ungeduld heraushören.

»In einem Keller. Ich habe einen Abstellraum aufgebrochen. Die Pistole habe ich bei der Eishexe gefunden. Die lag in einer Kühltruhe, und die langen weißen Haare glänzten wie Silber. Sie musste uralt sein, in der Morgendämmerung der Menschheit geboren, und vielleicht wird sie am Jüngsten Tag wieder zum Leben erwachen. Oder zu einem neuen Leben in einer anderen Zeit geboren werden.« Er sah sie mit treuherzigen blauen Augen an. »Glauben Sie an Reinkarnation?«

Mia schüttelte den Kopf über seine Erzählung. »Soll ich das so interpretieren, dass sie unter Drogeneinfluss standen, als sie die Pistole ›gefunden‹ haben?«

»Krass auf Entzug, möglicherweise psychotisch. Das ist widerlich. Der Sog zwingt einen, Dinge zu tun, die man nicht tun will.«

»Wie zum Beispiel Magdalena Fernåker zu töten?«, ergänzte Mia.

»Nein, ich weiß nicht einmal, wer das ist. Ich habe es nicht getan.« Er sah leidend aus. »Ich habe Schmerzen. Ich brauche jetzt etwas gegen die Schmerzen!«

»Wir unterbrechen das Verhör an dieser Stelle und kommen wieder«, sagte Mia. Sie bemerkten, dass im Flur vor Daniels Krankenzimmer zwei Kollegen Wache standen. Sicherlich hatte Gaby das organisiert. Er sollte keine Chance haben zu verschwinden.

Bark sah, dass Gaby angerufen hatte, und als sie aus dem Fahrstuhl kamen, rief er zurück.

»Ich habe eine Hausdurchsuchung bei Daniel Johansson genehmigt«, berichtete Gaby. »Ali ist vor Ort. Er möchte, dass du vorbeikommst.«

»Das mache ich sofort. Es ist von hier aus nicht weit zu Fuß, und wir sind gerade auf dem Weg aus dem Krankenhaus heraus.«

Mia fuhr für ein neues Verhör mit Jenny Lovik weiter zur Polizeizentrale, und so trennten sich ihre Wege. Eine Viertelstunde später fand sich Bark bei der Adresse von Daniel Johanssons Einzimmerwohnung ein. Er klingelte, und das Elend, das sich ihm darbot, gehörte zum Schlimmsten, was er in seinen Jahren als Polizist gesehen hatte. Es war nicht nur der Gestank von Müll, Erbrochenem und anderen Widerlichkeiten oder die Pyramide aus Bierdosen auf dem Couchtisch, sondern die Individuen, die in verschiedenen Stadien des Entzugs auf den schmutzigen Matratzen und den heruntergekommenen Sesseln lagen und jammerten. Ali hatte einen Krankenwagen gerufen, um diejenigen, die in der schlimmsten Verfassung waren, ins Krankenhaus zu bringen. Alle anderen wollte er nur aus der Wohnung heraus haben. Sie sollten sich ausweisen und befragt werden. Bark nahm Kontakt zum Chef vom Dienst auf, um von den Streifenkollegen, die sich in der Nähe befanden, Hilfe anzufordern. Ein hochgewachsener Mann mit Ring in der Nase und Stiernacken verhielt sich bedrohlich. Doch draußen versammelten sich schon neugierige Nachbarn, und nach einigem Hin und Her ließ sich der Stier darauf ein, aus eigener Kraft die Wohnung zu verlassen, anstatt zur allgemeinen Belustigung hinausgetragen zu werden.

Ali öffnete ein Fenster. Er würgte ein paarmal und sog frische Luft ein. Diese Fixerhöhle war so weit von seiner gut gebügelten Persönlichkeit des reinen Lebens entfernt, wie man nur kommen konnte. Er kommentierte nichts, aber seine Körpersprache sagte alles, als er seine Schutzausrüstung anzog und seinen Kollegen Rödeby ermahnte, dasselbe zu tun.

»Was sollen wir hier finden, was erwartest du?«, fragte Ali.

Bark war unsicher. »Mehr Waffen, Drogen, Bargeld, Hehlerware, die uns zu der Adresse führen kann, an der Daniel Johansson in den Besitz der Pistole gekommen ist. Im besten Fall finden wir etwas, das klarstellt, ob er sich am 29. August in Lerbäck befunden hat oder nicht. Er besitzt keinen Führerschein, Jenny auch nicht, aber sie können ja trotzdem hingefahren sein.« Bark musste an das weiße Auto denken, das Magdalena und ihrem Mann nach Lerbäck gefolgt war. Er erwähnte es noch einmal gegenüber Ali und ging dann auf die Straße hinaus, um nachzusehen, welche Autos in der Nähe des Mietshauses geparkt waren, und notierte die Kennzeichen der Wagen, die infrage kommen könnten. Da Ali seine Hilfe nicht mehr benötigte, um die Wohnung zu räumen, kehrte Bark in die Zentrale zurück.

Als er gerade seine Karte durch die Eingangskontrolle zog, rief Zimmermann an. Er sollte sich unmittelbar in ihrem Büro einfinden. Als er dorthin kam, war auch

Gaby schon da. Weil sie einen Mann festgenommen hatten, der des Mordes an Magdalena Fernåker verdächtigt wurde, sollte Zimmermann eine Pressekonferenz abhalten, und jetzt wollte sie alle Details wissen.

»Es ist wirklich ein großer Durchbruch in der Ermittlung, dass wir Daniel Johansson festgenommen haben. Das ist genau, was wir brauchen, um Ressourcen von der Mordermittlung zum Kampf gegen das organisierte Verbrechen rüberschieben zu können. Sobald wie möglich will ich Mia Berger für diese Arbeit haben.« Während sie sprach, wanderte sie auf und ab, und die hohen Absätze knallten auf das harte Parkett.

»Ja«, sagte Gaby. »Der Mord an Elvira Gastin und das tote Mädchen in der Felsengrotte scheinen nichts mit diesem Fall zu tun zu haben. Es gibt keine Verbindung zu Daniel Johansson.«

Bark kommentierte das nicht. Er hatte es eilig, zurückzukommen, um an dem nächsten Verhör mit Jenny Lovik teilnehmen zu können. Auf dem Weg zum Verhörraum rief er Henrik an, um zu hören, ob sie Jennys Alibi hatten bestätigen können. Doch Henrik erklärte, er und Alex würden im Moment mit dem Personal sprechen, das während der Mordnacht auf der psychiatrischen Station gearbeitet hatte. Er würde sich später wieder melden.

Kurz vor fünf, als es für Bark an der Zeit war, Moa aus der Kita abzuholen, kam Ali unangemeldet ins Turmzimmer. Bark wollte gerne hören, was er bei der Hausdurchsuchung gefunden hatte, doch gleichzeitig war er unter Zeitdruck. Das Personal in der Kita sollte keine Überstunden machen müssen, weil er nicht rechtzeitig kam.

»Ich höre«, sagte Bark. »Ich nehme an, dass du etwas gefunden hast.«

»Ja, Hehlerware. Alex hat eine Liste angefertigt, in welchen Häusern es zu Diebstählen gekommen ist.«

»Und?«, sagte Bark und wartete auf eine Fortsetzung.

»Hier gibt es eine interessante Koinzidenz«, sagte Ali.

47

Ingrid Johansson saß in ihrem Krankenbett und wartete auf Mia Berger, die versprochen hatte, gegen fünf Uhr zu kommen, um das Gespräch vom Vortag fortzusetzen. Die Sorge um Lena, die immer noch auf der Intensivstation lag, drohte sie in Stücke zu reißen. Bei jedem Geräusch vom Flur, bei jedem Klopfen an der Tür fuhr sie zusammen und wartete auf den Bescheid, der nicht kommen durfte. Lena musste überleben. Obwohl es auf der Station Pflegepersonal gab, machte das Gefühl, dem allen ausgeliefert zu sein, sie fertig. Seit dem Morgen hatte sie kein Beruhigungsmittel mehr genommen. Für den Fall, dass Annika wieder auftauchte, musste sie wach sein. Im Radio hatten sie gesagt, dass ein 24-jähriger Mann im Zusammenhang mit dem Mord an Magdalena Fernåker festgenommen worden war. Ingrid wusste in ihrem tiefsten Innern, dass er unschuldig war. Alles hing zusammen.

Ingrid war sicher, Annika auf der Station gesehen zu haben. Mit einer Spritze in der Hand hatte sie sich über sie gebeugt, als ein Pfleger ins Krankenzimmer kam. Im Flur hing eine Tafel mit Fotos von allen aus dem Personal: Ärzte, Krankenschwestern, Hilfsschwestern, Berater, Psychologinnen und Assistentinnen der Ärzte. Annika war nicht dabei. Niemand hatte sie gesehen. Alle sagten, dass Ingrid wahrscheinlich geträumt oder sich getäuscht hatte oder von den Medikamenten verwirrt gewesen war. Kristoffer und Mia waren die Einzigen, die wirklich zuhörten, doch sie kannte Kristoffer gut genug, um zu spüren, dass selbst er seine Zweifel gehabt hatte. Sie war überzeugt davon, dass Annika psychisch krank war und Hilfe brauchte. Und ihr war klar, dass man nur überleben konnte, indem man das, was geschehen war, akzeptierte und sich selbst verzieh. Um jeden Preis zu verleugnen, wer man war und was man getan hatte, war gefährlich, sehr gefährlich. Es war nicht unsere Schuld, dass Sofia gestorben ist! Wenn Annika mit ihrer drogenabhängigen Mutter nach Christiania gezogen war, dann hatte der Albtraum sich dort sicher einfach fortgesetzt. War sie geschlagen oder missbraucht worden? Hatte sie Hunger leiden müssen, da ihre Mutter nicht imstande war, dafür zu sorgen, dass sie etwas zu essen bekam? Wer war sie geworden? Für Ingrid und Lena hatte die Zeit in der Gastin-Pflegefamilie das Vertrauen in andere Menschen ausgelöscht. Wenn sie nicht einander gehabt hätten, wären sie untergegangen. Annika hatte nur ihre Mutter gehabt, die nicht einmal für sich selbst sorgen konnte. Wird vererbt, was man selbst in seiner Kindheit erlitten hat? Ingrid hatte sich nie getraut, ernsthaft eine Beziehung einzugehen. Und sie hatte es wegen der hässlichen Brandverletzungen auch immer vermieden, sich auszuziehen. Als sie elf Jahre alt war, hatte ein Junge in der Schule sie einmal an den Haaren gezogen, sodass die Perücke abfiel. Er hatte sie angewidert und erschrocken angesehen und war weggelaufen. Aus Angst, dass er den anderen etwas erzählen würde, hatte sich Ingrid fortan geweigert, das Haus zu verlassen, bis die neuen Pflegeeltern sich bereit erklärten, sie und Lena auf eine neue Schule zu schicken. Doch nicht nur ihr Äußeres war gebrandmarkt, sondern auch ihre Seele. Ingrid hatte eine starke Kraft aus dem gewonnen, was sie durchgemacht hatte, eine wütende Entschlossenheit, sich nie wieder irgendwelchen Mist bieten zu lassen. Sie hatte massenhaft Bekannte und Kontakte, ließ aber niemanden näher an sich heran. Nicht einmal Lena, denn auch ihr gegenüber musste sie sich stark zeigen.

Es klopfte an der Tür, und Ingrid setzte sich kerzengerade hin, bereit, sich zu verteidigen, falls es Annika wäre. Niemand durfte scharfe Gegenstände oder etwas anderes, womit man sich verletzen konnte, auf der Station haben. Ihr war alles abgenommen worden, als sie dorthin kam. Aber sie war bereit, zu kämpfen. Sie konnte schon nicht mehr zählen, wie viele Selbstverteidigungskurse sie im Laufe der Zeit besucht hatte.

Eine Krankenschwester öffnete die Tür. »Ich habe eine gute Nachricht für Sie. Ihre Schwester wird auf eine normale Station verlegt.«

»Nein, nein lassen Sie nicht zu, dass sie alleine ist. Sie wird bedroht. Jemand ist darauf aus, uns zu töten!«

»Okay …«, sagte die Krankenschwester zögernd.

»Ich bin gesund. Ich möchte sofort entlassen werden!« Sie versuchte ruhig zu bleiben und sich nicht von Panik überwältigen zu lassen. »Oder sorgen Sie dafür, dass Lena hierher in mein Zimmer verlegt wird, damit ich sie bewachen kann. Lenas Leben ist in Gefahr. Verstehen Sie?«

Im selben Moment tauchte Mia in der Tür auf, und Ingrid konzentrierte sich darauf, stattdessen sie zu bearbeiten. »Ich muss hier weg!« Sie versuchte, es zu erklären, doch die Worte kamen falsch heraus. Das alles klang, als wäre sie völlig verwirrt, nicht sachlich und klar. Doch Mia schien sie zu verstehen.

»Wir nehmen das hier ernst. Kristoffer hat Alex rübergeschickt, dass er auf Lena aufpasst. Er ist jetzt bei ihr. Wir sind beide nicht sicher, dass die Polizei die richtige Person festgenommen hat. Ich bin jetzt bei dir, und ich hätte gern, dass du, wenn du kannst, an der Stelle weitererzählst, wo wir zuletzt aufgehört haben.« Mia nahm einen Stuhl, setzte sich neben Ingrids Bett und griff nach ihrer ausgestreckten Hand. Allmählich wurden Ingrids Atemzüge ruhiger. Sie zog die Decke enger um sich und holte tief und zitternd Luft, dann erzählte sie weiter.

Wir dürfen nicht mehr fernsehen, und es kommt keine Zeitung. Ich weiß nicht, was für ein Tag ist, aber die Äpfel werden langsam reif. Konrad hat wieder angefangen zu arbeiten. Nachts, wenn er weg ist, werden Lena und ich in den Keller gesperrt. Elvira könnte uns helfen, zu fliehen, aber sie weint nur und liegt bei zugezogenen Vorhängen in ihrem Bett. Wir hören, wie er sie anschreit, und wir hören ihre Hilferufe, aber wenn wir rausgelassen werden, sagt sie nichts. Wenn sie in der Küche steht und Suppe kocht, ist es, als würde sie uns nicht sehen. Die Tage vergehen. Meine Schwester und ich sprechen von Annika und Sofia und darüber, wie es ihnen wohl geht, da draußen im Wald. Sie müssen es geschafft haben. Das macht Hoffnung, aber ich bin auch wütend auf sie, weil sie uns hier zurückgelassen haben. Annika hat doch versprochen, uns zu holen.

Es ist Nacht. Die Lampe im Keller ist kaputtgegangen, wir sehen also nichts, aber wir spüren den erstickenden Geruch von Konrads Großmutter im Sarg. Als Elvira an einem Morgen die Tür aufgeschlossen hat und ich mich einmal umgedreht habe, konnte ich sehen, dass sie immer noch im Sarg liegt. Auf dem Kinn der Alten und auf ihrem Hemd ist immer noch das Blut, und Konrad muss sich wohl ein bisschen beeilen, wenn er sie von den Toten auferwecken will, denn die Ratten werden sie bald aufgefressen haben. Wir hören, wie sie auf dem Steinfußboden hin und her rennen, und wie sie knabbern.

Lena und ich sitzen an die Tür gepresst und horchen auf Geräusche. Ich frage mich, ob Elvira wohl bald aufwachen wird, als ich ein Fenster oder eine Tür höre, die geöffnet wird, und kleine, schnelle Schritte, die ich wiedererkenne. Es ist Annika. Sie tut etwas in der Küche, sehr leise, aber ich höre, wie sie die Tür zur Speisekammer öffnet, denn die macht ein ganz bestimmtes Geräusch. Natürlich holt sie mehr Essen. Sie hat uns nicht vergessen, sie ist hergekommen, um uns abzuholen. Ich wage es nicht, irgendeinen Laut von mir zu geben und lege einen Zeigefinger auf die Lippen, damit Lena still ist. Jetzt nähern sich die Schritte.

»Ich bin's, Annika«, sagt sie. »Seid ihr da unten?«

»Ja, kannst du uns rauslassen?«

»Ich werde es versuchen. Hat Konrad den Schlüssel? Seine Schuhe sind hier und seine Jacke auch, er kann also heute Nacht nicht gearbeitet haben. Ich hoffe, er schläft.«

»Der Schlüssel ist wahrscheinlich in seiner Hosen-

tasche im Schlafzimmer. Das ist sehr gefährlich«, sage ich. »Ist Sofia noch im Wald?«

Darauf antwortet sie nicht. »Jetzt müsst ihr still sein und abmarschbereit. Ich versuche, den Schlüssel zu holen. Wenn ich es nicht schaffe und schnell wegrennen muss, dann gibt es noch einen Ausweg. Ein Fenster im Wohnzimmer ist offen, und ich habe mich hinter den Johannisbeerbüschen unter dem Zaun durchgegraben. Es hat mehrere Nächte gedauert, den Tunnel zu graben, und ich habe Essen in Tüten rausgetragen. Die stehen draußen vor dem Zaun. Bald wird es hell werden.«

»Wo ist Sofia? Wie geht es ihr?«

Annika antwortet nicht. Ist sie gegangen?

»Wo ist Sofia?«, frage ich wieder.

»Sofia ist tot.« Annika schabt leicht an der Tür. »Sie ist schon nach ein paar Tagen gestorben. Ich habe sie ganz hinten in unsere Grotte gelegt, damit nicht der Fuchs … damit sie nicht friert. Das Essen ist alle, und ich habe Hunger.«

»Sie ist tot? Richtig tot? Wie ist sie gestorben? Hat Konrad euch gefunden?« Ich bekomme keine Antwort darauf und spüre, wie die Schuld sich wie ein Eisenband um meinen Hals schließt. Wir haben Sofia ausgewählt, und Konrad hat ihr so viel Blut abgenommen, dass sie sich danach nicht mehr bewegen, sondern nur noch schwach die Augenlider heben konnte.

Meine Schwester und ich halten uns ganz, ganz fest an den Händen. Wir warten auf Annikas Schritte, dass sie die Treppe wieder herunterkommt, und auf den Schlüssel, der ins Schloss gesteckt werden soll und das

Licht, das uns für eine kostbare Sekunde blind machen wird, ehe wir den Weg hinaus erkennen können. Wir flechten unsere Finger ineinander, und ich lehne meine Stirn an ihre. Mit der Kraft der Gedanken versuche ich, Annika zu helfen, den Schlüssel zu finden. Als ich ihren Schrei höre und Konrads abgrundtiefes Brüllen, begreife ich, dass alles verloren ist.

48

Kristoffer Bark öffnete das Tor zur Kita und schaute über den Spielplatz. Moa saß einsam auf einer Schaukel und stocherte mit dem einen Schuh im Sand. Sie sah bekümmert aus, und das bedrückte ihn. Er rief sie, und als sie ihn erblickte, leuchtete ihr ganzes kleines Gesicht in einem großen Lächeln auf. Sie lief ihm mit offenen Armen entgegen und warf sich in seine Arme.

»Wo warst du so lange?«

»Es ist fünf Uhr«, sagte er lachend und hob sie hoch.

»Die Uhr geht so langsam. Du hättest kommen sollen, als es sich wie fünf Uhr Moa-Zeit angefühlt hat.« Sie beugte sich zurück und sah ihn ernst an. »Wenn Mama sich nicht um mich kümmern kann, werde ich dann bei dir sein?«

Eine direkte Frage, die eine direkte Antwort erforderte. Hatte Moa zugehört, als Sara ihn danach gefragt hatte?

»Ja, dann wirst du bei mir sein. Das habe ich versprochen. Und bei deiner Tante und deinem Onkel. Aber deine Mutter wird total lange leben und eine alte Frau werden, um die du dich dann kümmern musst, und die du im Rollstuhl schieben musst, damit sie an die frische Luft rauskommt.«

»Und wer schiebt dann deinen Rollstuhl?«, fragte sie.

Er dachte an Vera, und plötzlich ergriff ihn Trauer.

Und dazu die Ungewissheit mit Ruth. Das waren so leicht zu erweckende Gefühle, und es war so schwer, sich dagegen zu wehren, wenn ein Kind solche Fragen stellte.

»Ich weiß es nicht«, sagte er. »Wenn ich so alt werde, fliegt man vielleicht schon mit solchen Dingern durch die Gegend, die sie mit dem Gehirn verbunden haben, sodass man mit Gedankenkraft fliegen kann. Oder was meinst du?«

»Ja, aber wenn das nicht funktioniert, weil du mit deinen Gedanken zu müde geworden bist, dann schiebe ich dich und Mama immer abwechselnd, wenn ich groß bin und superstark.« Moa warf sich zurück und zeigte stolz ihre Armmuskeln, und er musste sie schnell festhalten, damit sie nicht stürzte. Ihr Vertrauen war unverbrüchlich.

Sara saß auf dem Sofa, als sie nach Hause kamen, graubleich im Gesicht und mit dunklen Ringen unter den Augen. Die Waschmaschine und die Spülmaschine liefen. »Heute war ein besserer Tag«, sagte sie, doch ihre Stimme klang hohl, und ihr Lächeln sah gezwungen aus. »Wenn das so bleibt, dann würde ich gerne wieder zur Arbeit kommen und … es mal ausprobieren. Vorsichtig mit fünfundzwanzig Prozent anfangen.«

»Vielleicht kannst du für den Anfang mal kommen, wenn wir Kaffee trinken, und einfach dabei sein.« Sein Bauchgefühl sagte ihm, dass sie eher nicht auf dem Weg der Besserung war. Er wusste, dass die Sorge vor der Zukunft sie Stück um Stück fertigmachte.

Bark kochte Abendessen, während Moa am Küchentisch saß und zeichnete. Es gab Kartoffelbrei und Würstchen, serviert auf einem Igelteller mit Stacheln.

»Ich kann sie ins Bett bringen, wenn wir gegessen

haben«, sagte Sara, und die Worte klangen, als säßen sie ganz fest in ihr.

»Bist du sicher? Ich kann …«

»Ich weiß, wie viel Arbeit du hast. Und ich schaffe das.«

Bark versuchte, sich nicht anmerken zu lassen, wie erleichtert er war. Die Gedanken an die Bedrohung, die über Ingrid und Lena hing, ließen ihm keine Ruhe. Er hatte schließlich noch nie einen Grund gehabt, etwas zu bezweifeln, was Ingrid gesagt hatte, und sie war überzeugt davon, dass Annika vorhatte, sie zum Schweigen zu bringen. Und gleichzeitig war da noch die Sorge um Sara. Irgendetwas an ihrem Tonfall stimmte nicht. Eine Furcht, die in der schrecklichen Erfahrung gründete, eine Tochter verloren zu haben. Die unmittelbare Sorge, dass Sara sterben könnte, lag somit vielleicht nur bei ihm selbst.

Moa fand, sie sollten sich alle drei umarmen, und so taten sie es. Dann eilte Bark zurück zur Polizeizentrale. Auf dem Weg dorthin rief er Mia und Alex an, und erfuhr, dass sie wie geplant im Krankenhaus waren.

Im Turmzimmer angekommen, ging er die Liste durch, die er von Ali bekommen hatte, ehe er sich auf den Weg zu Moa gemacht hatte. Als er den Namen sah, den Henrik unterstrichen hatte, begriff er sofort, was daran so bemerkenswert war. In einem der Häuser in der Weststadt, in dem mehrfach eingebrochen worden war, wohnte eine Frau von ungefähr 80 Jahren, die Kajsa Lovik hieß. War das Zufall oder eine Koinzidenz? Der Nachname war ungewöhnlich. Er dachte an Jenny Lovik und ihre Mutter Eva. Laut ihren Informationen sollte Jenny in Daniels Einzimmerwohnung wohnen. Doch da befand sie sich jetzt nicht, und es schien ihm auch höchst unwahrscheinlich, dass sie irgendwann in diesem Rattenloch gewohnt haben könnte. Bark recherchierte und fand die Telefonnummer von Kajsa Lovik. Sie hatte ein Festnetztelefon, kein Handy. Er sah auf die Uhr. Es war viertel nach sieben am Abend. Er rief die Nummer an, und eine Frauenstimme sagte: »Hallo!«

»Mit wem spreche ich?«, fragte er.

»Wenn Sie das nicht wissen, dann lege ich auf!«

»Sind Sie Kajsa Lovik?«, fragte er, obwohl die Stimme der Frau zu jung für eine 80-Jährige klang.

»Warum sollte ich darauf antworten? Wenn Sie was verkaufen wollen, dann können Sie zur Hölle fahren! Oder Sie geben mir Ihre Telefonnummer, dann kann ich Sie später heute Nacht anrufen. Und dann werde ich zu Ihnen nach Hause kommen, damit wir darüber reden können. Also, was verkaufen Sie?«

Sie ließ es so klingen, als hätte sie die Taschen voller Drogen und müsste nur noch Zeit und Ort ausmachen.

»Nichts. Ist Kajsa da?«

»Was ist das für ein verdammtes Gerede? Kajsa kann jetzt nicht mit Ihnen reden. Sie ist nicht da.« Das Gespräch wurde unterbrochen.

Bark war ziemlich sicher, dass er mit Jenny gesprochen hatte. Ihm war nicht ganz klar, was er eigentlich wollte, es war nur ein Bauchgefühl, doch das wurde immer stärker. Er rief die Handynummer an, die Jenny Lovik bei früheren Verhören angegeben hatte, erhielt aber keine Antwort. Also schickte er eine Nachricht und bat sie, sich umgehend zu melden.

Dann rief er Gaby an. Die ging sofort ran. Er hörte die

kleine Ruth im Hintergrund quengeln, Gaby war also wahrscheinlich zu Hause. Er erklärte ihr, was er über Jenny Lovik und die Einbrüche im Haus in der Weststadt erfahren hatte, und ihm wurde klar, dass das nicht viel war.

»Ich würde gerne eine Hausdurchsuchung durchführen«, sagte er.

»Bei Kajsa Lovik, einer Dame von 82 Jahren, ohne dass sie eines Verbrechens verdächtigt wird? Jetzt reiß dich mal zusammen, Bark!«

»Und was, wenn sich herausstellt, dass Jenny Lovik dort wohnt?«

»Dann sieht es anders aus. Und wenn alle diesbezüglichen Zweifel ausgeräumt sind und es in der Wohnung noch weitere Beweise gegen Daniel Johansson geben könnte, dann kriegst du meine Genehmigung nachträglich.« Er hörte an ihrer Stimme, dass sie lächelte. »Ich nehme mal an, dass du schon so gut wie unterwegs bist.«

Das war er.

Bevor er losging, nahm Bark noch einmal Kontakt zu Mia auf, um zu hören, ob im Krankenhaus alles ruhig war. Als er es bis zum Fußgängertunnel unter der Bahn geschafft hatte, holte Ali ihn auf dem Fahrrad ein. »Möchtest du Gesellschaft? Ich war auf dem Weg nach Hause und habe von Gaby gehört, wohin du willst. Sie fand, du solltest nicht allein sein.«

»Wie fürsorglich. Hast du vor, mich auf dem Gepäckträger mitzunehmen?«

»Jetzt stell dich mal nicht so an«, sagte Ali. »Wonach suchen wir?«

»Sag du's mir. Ich hoffe, dass wir Beweise finden.«

Ali sprang vom Fahrrad und ging neben Bark her. »Niemand hat die Pistole als verschwunden gemeldet. Sie ist nicht in Schweden registriert. Aber ich habe sie in Kopenhagen aufgespürt, wo sie 2008 für einen Einbruch benutzt worden ist.«

»Daniel behauptet, er habe sie in einem Keller in der Weststadt gefunden. Er hat von einer Eishexe in einer Tiefkühltruhe fantasiert. Ehrlich gesagt, Ali, weiß ich nicht, wonach ich suche. Ich mache das hier als reine Selbstkasteiung, anstatt mit einem Bier auf dem Sofa zu sitzen und Sport zu gucken.«

Einige Zeit später waren sie an der entsprechenden Adresse angekommen. Es handelte sich um ein Mehrfamilienhaus mit Mietwohnungen. Die Tür war verschlossen, doch als Bark einer älteren Dame mit Rollator seinen Polizeiausweis zeigte, wurden sie hereingelassen. Laut der blauen Tafel, die unten im Eingang hing, sollte Kajsa Lovik im dritten Stock wohnen. Ihre Schritte auf der aus Beton gegossenen Treppe hallten im Haus wider. Die Wohnungstüren, an denen sie auf dem Weg nach oben vorbeikamen, waren abgenutzt und hatten im Laufe der Zeit den einen oder anderen unsanften Schlag abbekommen, als Mieter ein- und ausgezogen waren, sich neue Möbel oder neue Partner angeschafft hatten. Bei einer der Türen im zweiten Stock konnte sich Bark vorstellen, wie irgendein Verrückter dagestanden und dagegengetreten hatte, denn die Schuhabdrücke waren ebenso deutlich wie bei einem Schulungsbeispiel für angehende Polizisten. Sie kamen in den dritten Stock und klingelten. Mehrere Male drückten sie lange auf die Klingel, doch niemand öffnete.

»Man kann die Tür aus den Angeln heben«, sagte Ali und legte seinen Rucksack ab, um zu Werke zu schreiten. In eben diesem Augenblick wurde die Tür weit geöffnet, und da stand Jenny mit einem Vorlegemesser in der Hand. Sie sah erschrocken aus, und ihr Gesicht war in konzentriertem Zorn erstarrt.

»Verdaaammt, was soll das hier? Lassen Sie mich in Ruhe!«

Ali, den Jenny noch nicht kannte, stand ganz vorn. Bark schob sich an ihm vorbei. »Polizei. Sie kennen mich.«

»Verdaaammt, was wollen Sie?«

»Mit Ihnen reden«, sagte Bark, umfasste ihre Handgelenke und wand das Messer aus ihrer Hand. »Wen wollten Sie denn so barsch willkommen heißen?«

»Kann ich doch nicht wissen! Ich wohne schließlich nicht hier, sondern meine Mutter.«

»Eva Lovik«, sagte Bark zu Ali gewandt. »Der letzte Anruf auf Magdalenas Handy kam von Eva Lovik. Aber unter der Adresse erscheint Kajsa Lovik. Können wir uns irgendwo hinsetzen und reden?«

Jenny vollführte eine wütende Kopfbewegung in die Wohnung hinein, sodass das lange, blonde Haar flog. Alles in der Wohnung wies auf eine bedeutend ältere Frau als Jenny hin.

»Wo ist Kajsa? Wohnen Ihre Mutter und Ihre Großmutter gemeinsam hier?«, fragte Ali nicht ohne Grund. Es gab nur ein Einzelbett in dem Schlafzimmer, in das sie hineinsehen konnten, als sie sich aufs Sofa im Wohnzimmer gesetzt hatten.

»Bloß vorübergehend«, antwortete Jenny und setzte sich halb auf die Armlehne eines der beiden Sessel.

»Und Sie, wo wohnen Sie?«

»Ich wohne auch vorübergehend hier.«

»Drei Generationen in derselben Zweizimmerwohnung? Gehen Sie sich nicht gegenseitig auf die Nerven?«, fragte Bark.

»Großmutter ist verreist. Sie ist in Spanien.«

»Können wir uns mal umschauen?«

»Ja, wenn es schnell geht. Ich muss los.« Jenny nahm eine kleine, schwarze Schminktasche und einen Spiegel heraus und zog geübt ein paar kräftige Linien mit dem Kajalstift. Bark und Ali schauten sich die Wohnung an, ohne mehr zu entdecken als ein nicht gemachtes Bett und ein kariertes Hemd auf dem Fußboden.

Jenny beobachtete sie. »Das gehört Daniel, er hat es hier gestern vergessen, bevor wir nach Varbergaskogen gefahren sind.«

»In diesem Haus ist eingebrochen worden«, sagte Bark. »Wissen Sie, ob bei Ihnen irgendetwas fehlt?«

»Nein, das glaube ich nicht.«

»Gibt es im Keller einen Verschlag, der zu dieser Wohnung gehört?«

»Ja, aber ich weiß nicht, wo der Schlüssel ist. Den hat Großmutter wahrscheinlich mit nach Spanien genommen, oder meine Mutter hat ihn.«

»Können Sie uns zeigen, wo der Verschlag ist?«, fragte Ali.

»Kapieren Sie nicht? Ich muss los. Ich schaffe es sonst nicht pünktlich.« Jenny machte eine ausladende Geste mit den Armen und erhob sich.

Bark stellte sich zwischen sie und die Tür.

»Ich möchte, dass Sie uns jetzt den Verschlag zeigen.

Wir müssen hier eine Hausdurchsuchung durchführen. Wie Sie wissen, geht es um den Mord an Magdalena Fernåker. Sie ist mit der Pistole erschossen worden, die wir bei Daniel Johansson gefunden haben, nachdem er hier bei Ihnen war. Woher hatte er sie?«

»Das haben Sie mich schon gefragt, und ich habe geantwortet, dass ich es nicht weiß. Wohin soll ich denn gehen, wenn ich nicht hier sein darf?«

Ali antwortete an Barks Stelle. »Wir können Sie mit in die Zentrale nehmen und gemeinsam überlegen. Wenn die Gefahr besteht, dass Sie Beweise zerstören könnten, dann werden wir Sie über Nacht dabehalten.«

»Machen Sie sich meinetwegen keine Mühe, ich finde bestimmt jemanden, bei dem ich schlafen kann, wenn ich mit Sex bezahle. Hätten Sie das gern?«

»Während die Hausdurchsuchung stattfindet, werden wir für Sie und Ihre Mutter eine Übernachtungsmöglichkeit organisieren«, sagte Bark.

»Okay, dann gehen wir jetzt mal in den Keller«, sagte Ali, der langsam ungeduldig wurde.

Bark ging vorneweg, Ali kam zuletzt – Jenny hatten sie zwischen sich, damit sie nicht abhauen konnte.

»Es ist ganz hinten auf der linken Seite.«

Als sie hinunterkamen, schaltete Bark das Licht ein, und sie gingen an der Waschküche vorbei durch einen langen Korridor mit Verschlägen auf beiden Seiten, die meisten mit Vorhängeschloss an den Türen aus Drahtgeflecht – eine Konstruktion, die ehrbare Menschen abhielt, für einen Dieb aber leicht zu überwinden war.

Das Netz des Verschlags, auf den Jenny zeigte, war aufgeschnitten, das Vorhängeschloss kaputt. Darin standen ein Bücherregal und eine Kühltruhe. Ali und Bark tauschten Blicke. Ali zog sich Handschuhe über und ging zu der Kühltruhe. Bark blockierte den Weg für Jenny, denn ihm kam ein schrecklicher Gedanke, was die Truhe enthalten könnte.

»Wie lange ist Ihre Großmutter schon verreist?«, erkundigte er sich.

»Ein paar Monate. Mama sagt, sie sitzt wegen irgendeiner Quarantäne in Spanien. Ihr Handy scheint nicht okay zu sein, denn sie geht niemals ran, wenn ich anrufe. Aber Mama hat mehrmals mit ihr gesprochen.«

Ali hob den Deckel der Truhe an. Bark sah, wie seine konzentrierte Miene sich in Schrecken auflöste.

»Ich glaube, wir haben Kajsa Lovik gefunden«, sagte er.

Jenny stürzte hin und starrte auf die weiß gekleidete Eishexe, die auf dem Boden der Truhe saß. Ihr Schrei sollte sich für lange Zeit in Barks Erinnerung einbrennen: »Großmutter, das ist meine Großmutter!«

49

»Meine Großmutter ist tot! Wie konnte sie in der Kühltruhe sein?« Jennys Schrei war verstummt und in Schluchzen übergegangen. Es war jetzt nach zehn Uhr am Abend, und Jenny befand sich in einem Verhörraum, in dem Kristoffer Bark versuchte, ihr unzusammenhängendes Gestammel zu durchschauen.

Auch Henrik war trotz der späten Stunde ins Büro gekommen. Ehe sie in den Verhörraum gingen, hatte er noch etwas zu berichten. Die Anstrengungen bei der Überprüfung von Eva Loviks Alibi hatten sich gelohnt. Es gab eine Lücke von drei Stunden, in denen sie allein in der Cafeteria des Krankenhauses gesessen und darauf gewartet hatte, als Jennys Angehörige mit einem Arzt sprechen zu dürfen. Laut Evas eigener Aussage hatte sie sich auf der Station befunden, doch das wurde von dem Pfleger verneint, der an dem Abend, als Magdalena ermordet wurde, für Jenny verantwortlich gewesen war. Henrik hatte noch eine andere wichtige Sache entdeckt: Eva arbeitete stundenweise als Putzkraft in der Klinik, in der Ingrid gelegen hatte. Sie besaß eine Passierkarte. Das konnte erklären, warum Ingrid glaubte, Annika Vendelskog dort gesehen zu haben, denn Henrik war in dem Moment klar geworden, dass es sich bei Eva Lovik und Annika Vendelskog wahrscheinlich um dieselbe Person handelte.

Bark hatte Ali angerufen, der in der Wohnung in der Weststadt geblieben war, und ihn gebeten, nach Papieren Ausschau zu halten, die bestätigen könnten, dass Eva Lovik die Annika war, die in derselben Pflegefamilie gewesen war wie Ingrid. Das Alter stimmte. Er hatte Kontakt zu Mia und Alex aufgenommen und ihnen ein Foto von Eva Lovik geschickt, um zu sehen, ob Ingrid sie wiedererkannte, und dann das Personal im Hinblick auf diese Person besonders aufmerksam sein konnte. Und er hatte mit dem Chef vom Dienst gesprochen, der alle verfügbaren Ressourcen ins Krankenhaus schicken sollte.

Jetzt saßen er und Henrik mit Jenny Lovik im Verhörraum.

»Ihre Großmutter Kajsa ist also im Mai nach Spanien gereist, und seither haben Sie nichts von ihr gehört. Ist das korrekt?« Jenny schluchzte, und die Tränen liefen. Bark reichte ihr ein Päckchen Papiertaschentücher. »Ja, und ich fand es schon seltsam, dass sie es gewagt hat, während der Pandemie zu reisen, und außerdem hatte sie gerade erst einen Herzinfarkt gehabt. Sie hat nicht sonderlich gesund gelebt, wenn man das so sagen kann. Sie hat geraucht und getrunken und Beruhigungsmittel geschluckt. Wie konnte sie in der Kühltruhe sein? Ist doch völlig unmöglich, dass sie da selbst reingeklettert ist.«

Bark ließ die Frage unbeantwortet. »Ihre Mutter wohnt also in der Wohnung, die eigentlich Ihrer Großmutter, Kajsa Lovik, gehört?«

»Ja, weil sie Schulden hat. Eigentlich sind es meine Schulden. Sie hat mehrere Jobs, damit wir über die Runden kommen. Früher hat sie meist in Büros gearbeitet, aber wenn alle im Homeoffice sitzen, ist das ja nicht mehr nötig. Also putzt sie im Krankenhaus und auf Baustellen. Und wenn mal Geld übrig ist, stehen sofort die Steuerbehörden da. Deshalb sind wir in Großmutters Wohnung gezogen.«

»Könnte Ihre Mutter gewusst haben, dass Ihre Großmutter tot ist?« Bark stellte diese Frage auf diplomatische Weise, damit Jenny sich nicht völlig verschloss.

Jenny riss die Augen auf, als würde ihr jetzt erst klar, dass Eva etwas mit dem Tod der Großmutter zu tun haben könnte. Dass sie Kajsa sogar möglicherweise ermordet hatte. »Ich weiß es nicht, ich weiß es nicht. Ich muss nachdenken!« Sie vergrub ihr Gesicht in den Händen.

Bark war immer fester davon überzeugt, dass es sich bei Eva Lovik um die Person handelte, die Magdalena Fernåker getötet hatte. Rasend vor Wut hatte sie das Medium beschuldigt, die Ursache von Jennys immensen Spielschulden zu sein, die das Mädchen in die Psychiatrie gebracht hatten. Und Daniel hatte Dinge aus dem Kellerverschlag in eben jenem Haus gestohlen, in dem Kajsa Lovik wohnte. Hatte er die Pistole dort gefunden? Als Putzfrau im Krankenhaus könnte Eva die Möglichkeit gehabt haben, an das Morphium zu kommen, mit dem die Pflegemutter Elvira Gastin ermordet worden war. Vieles wies auf Eva Lovik hin.

»Wissen Sie, wo Ihre Mutter jetzt gerade ist? Wir können sie zur Fahndung ausschreiben, aber es ist einfacher, wenn wir sie so finden. Was meinen Sie, wo sie sein könnte?«

»Ich weiß es nicht. Sie putzt auf Baustellen«, antwortete Jenny zögernd. »Leute bauen und renovieren wie blöd, wenn sie nicht ins Ausland reisen können.«

»Wo putzt sie?«

»Woher soll ich das wissen?«

»Wenn es so ist, dass sie schwarz arbeitet, müssen Sie sich keine Sorgen machen. Das ist mir egal, das ist Sache der Steuerbehörden.«

Im selben Moment vibrierte Barks Handy. Es war Ali. Er ging hinaus in den Flur, um das Gespräch entgegenzunehmen. »Du hattest recht, Bark. Kajsa Lovik hat zwei Pässe, und wir dürfen annehmen, dass der eine davon falsch ist. Ich habe einen Führerschein gefunden, den sie vielleicht aus nostalgischen Gründen aufgehoben hat. Ihr wirklicher Name war Kerstin Vendelskog. Vor 58 Jahren hat sie eine Tochter geboren, die den Namen Annika erhielt.«

»Als Annika neun Jahre alt war, endeten alle Spuren der beiden in Dänemark«, erwiderte Bark. »Da wurden sie Kajsa und Eva Lovik. Wenn man im Register sucht, findet man sie nicht. Es hat sie dort nie gegeben.«

Ali fuhr fort: »Und ich habe in ihren Unterlagen einen Zeitungsausschnitt von dem Brand gefunden, bei dem der Pflegevater ums Leben gekommen ist. Aber nicht nur das. Die Todesanzeige des Inspektors vom Jugendamt ist auch dabei, und sie hat die Reportage von Magdalena Fernåker in der Zeitschrift *Grenzland* aufgehoben.«

Bark kehrte in den Verhörraum zu Jenny zurück. Sie und Henrik diskutierten.

»Ich will nicht, dass ihr meine Mutter einsperrt. Sie hat verdammt noch mal ihr ganzes Leben gekämpft, damit wir über die Runden kommen. Wir sind von einem Ort zum anderen gezogen. Mama hatte nie irgendwo Ruhe, hat niemals länger an einem Ort bleiben können. Ich konnte nie mehr als ein halbes Jahr in einer Schule verbringen, dann sind wir umgezogen, weil sie Angst hatte, dass sie das Sorgerecht für mich verlieren würde. So wie meine Großmutter, als Mama klein war und in eine Pflegefamilie gekommen ist.«

»Wo könnte Ihre Mutter sein? Es könnte sein, dass sie andere unschuldige Menschen in Lebensgefahr bringt oder sich selbst verletzt. Wir wissen, dass Eva Lovik nicht ihr richtiger Name ist. Es gibt nichts mehr, was Sie verheimlichen müssen. Hat Ihre Mutter Ihnen von der Pflegefamilie und von dem, was da passiert ist, erzählt?«

»Nein, aber ich habe Mama und Großmutter darüber reden hören, als sie glaubten, ich würde nicht zuhören. Großmutter wollte es wissen, und Mama weigerte sich, ihr zu antworten. Sie haben ziemlich gestritten.«

»Hat Ihre Mutter von einer bestimmten Baustelle gesprochen, wo sie sauber macht? Bitte helfen Sie uns, Jenny«, bat Henrik. »Sie müssen kein Teil von dem hier werden. Sie können über Ihr eigenes Leben entscheiden. Für Ihre Mutter macht es keinen Unterschied, denn wir werden sie finden. Aber für Sie macht es einen. Wo ist sie?«

Jenny schloss die Augen und antwortete dann: »Ich glaube, sie ist auf einer Baustelle in der Gegend von Bista.«

»Können Sie uns das auf einer Karte zeigen?«

»Ich glaube, ja.«

Ehe sie losfuhren, nahm Bark Kontakt zur Leitungszentrale der Region auf. Henrik in kritischen Situationen dabeizuhaben, war zwar nicht gut, doch im Moment hatte er keine andere Wahl. Er brauchte einen Fahrer. Verstärkung war auf dem Weg. Bark wollte, dass die Festnahme ruhig und undramatisch geschah. Mit der Erkenntnis, die er aus Ingrids Erzählungen gewonnen hatte, würde er sich Annika vielleicht nähern und sie dazu bringen können, mitzukommen, ohne dass jemand zu Schaden kam.

Sie setzten sich ins Auto, fuhren nach Süden und bogen dann ins Industriegebiet von Bista ab. Das Fabrikgebäude, in dem man Aluminiumprofile für Ladeneinrichtungen herstellte, war eine lang gezogene Baracke aus weißem Ziegelstein und von einem Zaun umgeben, der mehr eine Markierung als ein Hindernis darstellte. Bark bat Henrik, im Auto zu warten und Kontakt übers Handy zu halten. Er stieg aus, bog die Zaunpfosten auseinander und betrat das Grundstück. Auf dem Parkplatz stand ein einsamer weißer Saab. Er fotografierte das Kennzeichen und bat Henrik herauszufinden, auf wen das Auto angemeldet war. Über der Eingangstür leuchtete schwach eine Lampe, ansonsten war das Gebäude völlig dunkel. Die Tür sah aus, als wäre sie abgeschlossen, die Schließkolben blinkten im Lichtschein.

Von Henrik kam eine SMS.

> Das Auto ist auf Kajsa Lovik gemeldet. Die Eingangstür zum Gebäude ist verschlossen. Der Code ist 5467. Habe mit dem Besitzer der Immobilie gesprochen. Er schaltet den Alarm aus. Willst du nicht auf Verstärkung warten?

Bark betrat die Eingangshalle. Dann stand er ganz still und horchte. Kein Geräusch war zu hören. Er öffnete die erste Tür, die in einen Raum mit großen Maschinen und weiteren Türen zu Toiletten und Umkleideräumen führte. Er schloss die Tür wieder und ging in einen Korridor. Ein schwacher Duft von Kaffee und nasse Streifen auf dem Boden wie von einem Mob bezeugten, dass hier kürzlich jemand gewesen war und geputzt hatte. Annika war also möglicherweise noch da. Er ging den Flur hinunter und öffnete die Tür zu einem Lagerraum. Es roch nach Holz, Lösungsmittel und Malerfarbe. Seine Schritte hallten auf dem Betonfußboden wider.

Plötzlich ging eine Tür auf, und da stand Eva Lovik alias Annika Vendelskog mit einem Gasbrenner in der Hand.

»Bleiben Sie, wo Sie sind!« Sie hatte eine Kappe über das kurze, helle Haar gezogen und trug Trainingshosen und eine Kapuzenjacke.

Er streckte die Hände hoch, um zu zeigen, dass er unbewaffnet kam. Seit dem Verlust seiner Tochter hatte er sich in gewisser Weise mit dem Gedanken zu sterben angefreundet. Er verspürte in solchen Situationen keine Angst mehr, sondern nur Wehmut, wenn er an das kleine Mädchen dachte, das Annika einmal gewesen war, und was dieses Kind hatte mitmachen müssen.

»Ich bin Kristoffer Bark von der Polizei, wir haben schon mal miteinander gesprochen. Erinnern Sie sich an mich?«

»Fahren Sie zur Hölle!« Eva Loviks Blick funkelte schwarz. In diesem Moment erinnerte sie sehr an ihre explosive Tochter.

»Jenny hat erzählt, dass Sie wahrscheinlich hier sind. Wir haben Kerstin gefunden, denn so hat sie ja wohl geheißen, Ihre Mutter, nicht wahr?«

»Ich habe sie nicht getötet. Sie ist einfach gestorben. Hatte einen Herzinfarkt.«

»Warum haben Sie Ihre Mutter in die Kühltruhe gelegt?«

»Um ihre Rente und das Wohngeld zu bekommen und weiter in der Wohnung wohnen zu können. Das Geld war ziemlich knapp, aber wir haben es geschafft.« Annikas Miene verwandelte sich, und er konnte ein schlaues Lächeln erahnen. »Ich habe einfach niemandem erzählt, dass sie tot ist, nicht einmal Jenny wusste das. Ich hatte ihren Ausweis und habe eine Vollmacht besorgt, um Geld abheben zu können. Die Miete und die anderen Rechnungen sind über Bankeinzug bezahlt worden.« Sie erzählte das, als wäre sie stolz auf ihre Tat.

Bark wiederholte ihre Worte, um zu kontrollieren, dass er richtig verstanden hatte. »Sie haben sie in die Kühltruhe gelegt, um ihre Rente und ihr Wohngeld zu bekommen?«

»Ja. Mama hätte mir ein Dach über dem Kopf und Essen auf dem Tisch gegönnt, das weiß ich.«

»Kreativ«, sagte Bark und versuchte, auch wenn es in seinen Mundwinkeln zuckte, die ernste Miene beizubehalten, die sein Beruf von ihm verlangte. »Ich weiß, dass Sie Annika sind, und ich weiß, was Sie und Ingrid und die anderen Mädchen haben durchmachen müssen. Es gibt keine Geheimnisse mehr. Sie waren Kinder, und das, was sie erduldet haben, war psychische und physische Folter.«

»Halten Sie die Schnauze, ich will nicht über diese verdammte Zeit reden!« Annika machte eine unzweideutige Geste mit dem Gasbrenner.

»Sie sind manipuliert und gezwungen worden, eine von Ihnen auszuwählen, die Blut abgeben sollte.«

»Ich will nicht, dass Jenny erfährt, was ich getan habe.«

»Dafür ist es jetzt zu spät. Sie haben noch weitere Leben auf Ihrem Gewissen.«

»Dieser verdammte Inspektor vom Jugendamt, der mit Konrad gesoffen hat, der wusste es. Er muss es gesehen haben. Ich bereue nicht, dass ich ihn getötet habe.«

»Damals waren Sie immer noch ein Kind, Sie waren nicht strafmündig.«

»Ich will nicht, dass jemand in meinem Leben herumgräbt, in der Hölle meiner Kindheit. Können Sie das mal kapieren?«

»Haben Sie Elvira deshalb getötet?«

»Ja, sie hat Magdalena offensichtlich alles erzählt. Wer zum Teufel ist denn so blöd zu glauben, Magdalena könnte mit den Toten reden?«

»Sie haben Elvira also eine tödliche Dosis Morphium gespritzt«, stellte er fest.

»Dazu hatte ich ja wohl jede Menge Grund, oder? Sie hätte Konrad aufhalten können, hätte die Polizei anrufen und uns retten können. Aber sie hat geschwiegen. Ich bereue gar nichts.«

»Nicht einmal, dass Sie versucht haben, Ingrid und Lena zum Schweigen zu bringen, und Ingrids Haus angezündet haben?«

»Woher wissen Sie denn, dass ich das war?«

»Ingrid hat Sie gesehen. Es gibt nichts mehr zu verbergen, nichts mehr zu verlieren.« Vorsichtig wand er den Gasbrenner aus Annikas erstarrtem Griff und legte beschützend den Arm um sie. »Wie ist Sofia gestorben?«

Annika schloss die Augen und schluckte ein paarmal.

Die Stimme veränderte sich und wurde zu der eines Kindes.

»Ich war so einsam, niemand wollte mit mir zusammen sein.«

»Es ist vorbei, Annika. Was passiert ist, als Sie ein Kind waren, ist nicht Ihre Schuld«, erklärte Bark und führte sie zu den Kollegen, die draußen warteten. Über das, was Sofia zugestoßen war, würden sie später noch einmal sprechen müssen.

50

Als Ingrid erfuhr, dass Annika Vendelskog im Verhör bei der Polizei saß, weinte sie vor Erleichterung.

»Warum wollte sie mir so Böses? Warum wollte sie mich und Lena töten?«, fragte sie Mia. »Sie hat uns doch gerettet.«

»Vielleicht war das Schuldgefühl wegen Sofias Tod zu groß.«

»Wir haben das alle drei getan, um zu überleben. Wir haben entschieden, dass nur sie Blut geben sollte. Doch während ich hier im Krankenhaus lag, habe ich noch etwas anderes gedacht. Sofia wollte, dass die beiden Hilfe holen, dass sie der Polizei erzählen, was passiert ist. Annika wollte das nicht. Vielleicht hat Sofia versucht, aus der Grotte abzuhauen, um Hilfe zu holen. Jedes Mal, wenn Sofia versucht hatte, ohne sie wegzulaufen, war Annika außer sich vor Zorn. Vielleicht ist es so gewesen. Ich dachte die ganze Zeit, sie sei gestorben, weil wir für sie gestimmt haben. Mein ganzes Leben lang habe ich das gedacht. Oder hat sie noch gelebt, und Konrad hat sie gefunden?«

»Ich hoffe, nach dem kommenden Verhör Klarheit darüber zu haben«, sagte Mia.

Ingrid schloss die Augen und fuhr sich mit der Hand über das Gesicht. Sie hatte keine Tränen mehr.

»Ich verstehe immer noch nicht, warum sie mein Haus angezündet hat.«

Mia hatte eine mögliche Erklärung: »Es kann zum Zwang werden, ein Trauma zu wiederholen. Das Haus eurer Pflegefamilie ist niedergebrannt. Was ist denn passiert? Versuch mir mal davon zu erzählen, als wärest du dort und würdest es jetzt erleben.«

Ingrid hatte die Augen immer noch geschlossen. Es war offenbar sehr schmerzhaft, die Bilder zurückkommen zu lassen. So lange hatte sie alles verdrängt.

Annika ist zurück und wieder gefangen wie wir, aber Sofia ist nicht dabei. Konrad hat Angst, was sie erzählen könnte, wo sie jetzt auf freiem Fuß ist. Der Inspektor vom Jugendamt ist gekommen. Sie sitzen in Konrads Büro und reden. Er fragt, warum wir nicht in die Schule gekommen sind, und Konrad erklärt, dass wir zu Hause unterrichtet werden.

»Elvira ist ausgebildete Lehrerin«, sagt er, und ich weiß nicht, ob das wahr ist oder eine Lüge, die mit dieser Leichtigkeit ausgesprochen wird.

»Aber das klingt doch gut«, sagt der Inspektor lachend, und Konrad fährt fort. »Die Kinder sind, wie Sie wissen, großem Leid ausgesetzt gewesen, und wir finden es am besten, wenn sie in einer ruhigen, vertrauten und naturnahen Umgebung unterrichtet werden. Wie wäre es mit einer kleinen Stärkung?«

Ich höre das Klirren von Gläsern, während ich mit dem Ohr an die Tür gedrückt stehe, um nicht zu verpassen, was sie sagen. Sie reden weiter, und die Stimmen werden immer lauter.

»Ich habe nur drei Mädchen gesehen«, sagt der Inspektor. »Wo ist das vierte?«

»Sofia ist mit dem Bus in die Stadt gefahren, aber sie wird bald wieder zu Hause sein.«

Das ist eine reine Lüge. Am liebsten möchte ich die Tür aufreißen und protestieren, aber natürlich wage ich das nicht. Konrad hat Annika gezwungen, mit ihm und Elvira im Auto wegzufahren, damit sie ihnen die Grotte zeigt, in der die beiden gewohnt haben. Lena und ich waren so lange im Keller eingeschlossen. Elvira nimmt nicht mehr diese weißen Tabletten, die sie so langsam und den Blick so leblos machen. Jetzt sieht sie mich an, wenn ich zu ihr schaue, sodass ich zu hoffen begonnen habe, dass sie bald den Mut haben wird, uns und sich selbst zur Flucht zu verhelfen.

Konrad kommt von der Nachtschicht im Krankenhaus zurück, und wir drei Mädchen werden aus dem Keller gelassen, wo es nach Tod und Verwesung stinkt. Elvira macht Frühstück. Ich sehe, dass Annika dasitzt und an einer Streichholzschachtel fingert, die sie in ihrem Schoß unter der Tischdecke versteckt hat. Als Elvira zu Konrad geht, um ihm zu sagen, dass das Frühstück fertig ist, dreht sich Annika zu uns um und flüstert: »Ich tue es, ich werde diesen Teufel töten!«

Konrad isst seinen Haferbrei und schlürft seinen Kaffee. Er sieht müde aus und ist unfreundlich zu uns und zu Elvira richtig gemein. Als er endlich hochgeht, um zu schlafen, bleiben wir schweigend am Tisch sitzen. Annika sieht uns an, doch Elvira weigert sich, ihrem Blick zu begegnen. Lena geht in unser Schlafzimmer, um sich anzuziehen. Ich bin bereits angezo-

gen. Nach einer Weile hört man Konrads lautes Schnarchen. Da verschwindet Annika die Treppe hinauf. Ich frage mich, was sie wohl vorhat. Ich höre nicht, wie sie sich bewegt. Sie kann wie ein Schatten über den Fußboden schleichen und weiß genau, welche Dielen knarren. Es ist ganz still, dann höre ich wieder ihre Schritte auf der Treppe. Und plötzlich steht sie mit einer triumphierenden Miene in der Küche, wenn auch ihre Bewegungen immer noch von Furcht zeugen.

»Ich habe ihn eingeschlossen, ich habe den verdammten alten Teufel eingeschlossen, habe eine Flasche Spiritus ausgegossen und angezündet. Da oben brennt es wie verrückt. Ich hoffe, dass er aufwacht, damit er spüren kann, wie er verbrennt.«

Elvira steht wie versteinert. Sie öffnet den Mund und schließt ihn wieder. Da erwache ich zum Leben.

»Aber Lena ist noch da oben. Sie wollte …« Ich rase die Treppe hinauf. Rauch schlägt mir entgegen. »Lena, Lena, komm her.« Ich krieche über den Boden, wo der Rauch nicht so dicht ist.

»Ich kann meine Puppe nicht finden«, weint sie.

»Lass sie, wir müssen raus! Es brennt!« Ich packe sie am Arm und zerre sie mit mir. Sie wehrt sich.

»Ich muss meine Puppe haben, sie ist unter dem Bett. Ich habe sie da hingelegt, damit Konrad sie nicht kaputtmacht, wie er es mit der von Sofia und mit Annikas Lovik-Puppe gemacht hat.«

»Hast du *Lovik-Puppe* gesagt?«, fragte Mia. »Sie haben den Namen Lovik angenommen.«

Ingrid antwortet nicht auf die Frage. Sie ist tief in der

Vergangenheit versunken, erfüllt von ihrem verzweifelten Kampf, dem Brand zu entkommen.

Ich zerre so fest an Lena, wie ich nur kann. Ich huste. Es brennt im Hals. Plötzlich fangen meine Haare Feuer. Da erst begreift sie es und hört auf, sich zu wehren. Ich nehme eine Decke und ersticke das Feuer. Überall ist Rauch. Die Haut auf meinem Kopf brennt, als wir mit der Wolldecke als Schutz die Treppe hinuntereilen. Da hören wir Konrad um Hilfe rufen.

»Elvira, es brennt!«

Doch Elvira sitzt schon im Auto. Sie startet es, ohne sich umzudrehen. Und ich sehe eine Staubwolke aufwirbeln, als sie mit Annika neben sich auf dem Beifahrersitz, aber ohne uns, wegfährt. Ich stolpere aus dem Haus und breche zusammen. Meine Haut hat schwere Verbrennungen, mein Haar ist weg. Ich werde hier sterben.

Mia legt die Arme um Ingrid, und die kehrt in das Zimmer auf der Station zurück. Mia sieht sie mit braunen, sanften Augen an und schaltet das Tonbandgerät aus.

»Jetzt, da ich deine Zeugenaussage habe, kann ich dir berichten, dass wir von Annika heute ein Geständnis erhalten haben. Du hattest vollkommen recht mit deinem Verdacht, was geschehen ist. Annika hat Sofia getötet, weil die ohne sie aus der Grotte verschwinden wollte.«

51

Zwei Monate waren seit Annika Vendelskogs Festnahme vergangen. Kristoffer Bark fühlte sich leer und traurig, als er zum Turmzimmer hinaufstieg. Das Gerichtsverfahren war vorüber. Annika Vendelskog war für die Morde an Magdalena Fernåker und Elvira Gastin verurteilt worden. Zu der Liste von Verbrechen kamen dann noch die Brandstiftung in Ingrids Haus und die Fälschung einer Vollmacht hinzu. Bei den Verbrechen aus der Zeit in der Pflegefamilie war sie noch nicht strafmündig gewesen. Somit blieben die Brandstiftung, bei der ihr Pflegevater Konrad Gastin in den Flammen umgekommen war, und die Tatsache, dass sie Sofia Arensjö erwürgt und Mats Jordbro vom Jugendamt ermordet hatte, ohne Folgen für sie. Während des Verfahrens hatte sich herausgestellt, dass Elvira und Annika den Inspektor gemeinsam ums Leben gebracht hatten. Danach hatte Elvira Annika in die Stadt gefahren, wo sie ihre Mutter traf, mit der sie dann nach Kopenhagen reiste und verschwand. Nach einigen Jahren in Christiania war Annikas Mutter an einen persönlichen Wendepunkt gelangt. Sie hatte sich eine Arbeit gesucht und sich darum bemüht, ihr Kind bei sich behalten zu können. Später bekam sie ein Enkelkind, Jenny. Es waren schwere Jahre gewesen, doch als sie vor fünf Jahren nach Schweden zurückkehrten, war ihr Leben sehr geordnet und ruhig gewesen, bis Annika die Reportage in der Zeitschrift *Grenzland* sah und Panik bekam.

Das Gericht hatte eine Unterbringung in der forensischen Psychiatrie angeordnet. Annika Vendelskog war während des Verfahrens sehr unbeherrscht und unstet gewesen. Sie war zwischen Raserei, reinem Wahnsinn und der Angst eines kleinen Mädchens vor Dunkelheit, Blut und Tod hin und her gependelt. Die Dissoziative Persönlichkeitsstörung mit psychotischen Zügen und Zornausbrüchen, in denen sie sich von ihren Erlebnissen und ihrer eigenen Person entfernte, hatte den Ausschlag für die Entscheidung des Gerichts gegeben. Sie brauchte Hilfe. Bark dachte mit Bestürzung an Jenny und die Kindheit, die sie erlebt hatte. Wie würde wohl ihr restliches Leben nun aussehen? Sicher würde sie noch lange Unterstützung benötigen, um ihren eigenen Weg finden zu können.

Bark nahm die letzten Stufen der wackeligen Wendeltreppe und wurde von angenehmem Kaffeeduft begrüßt. Ingrid saß in ihrer Abseite und sah fast so aus wie immer, mit Perücke, erdfarbener Tunika und Lesebrille auf der Nasenspitze. Bei ihrer Zeugenaussage während des Gerichtsverfahrens hatte sie geweint, und Bark hätte am liebsten den Arm um sie gelegt, um ihr Mut und Kraft zu geben, hatte sich aber beherrschen müssen. Jetzt tat er es.

»Ich bin froh, dass du zurück bist«, sagte er und umarmte sie. »Unglaublich froh.«

»Ich auch, aber ich bin sehr erschöpft.«

»Nimm dir die Zeit, die du brauchst, und arbeite in deinem eigenen Tempo.«

»Das Ganze war ein psychischer Marathon, aber meine

Albträume verblassen langsam. Zum ersten Mal, seit ich mich erinnern kann, habe ich eine ganze Nacht durchgeschlafen. Lena wird zum Wochenende entlassen, und dann kommen auch unsere anderen Geschwister. Wir sind uns alle in den letzten Wochen nähergekommen.« Ingrid schob die Brille hoch und sah ihn an. »Ich habe ein Häuschen für dich gefunden, ein Ufergrundstück an einem Angelsee. In einsamer Lage, mit holzbefeuertem Herd, offenem Kamin, eigenem Steg, Sauna und Brunnen. Der Verkäufer, den ich persönlich kenne, hat eine anstrengende Scheidung hinter sich und möchte es verkaufen. Preis 800.000 Kronen.«

»Und der Haken? Wo ist der Haken?«, fragte Bark lachend. »Selbst wenn es ohne Strom und Abfluss und mit gestampftem Erdfußboden ist, wäre das immer noch unfassbar preiswert. Allein für das Grundstück.«

»Das herauszufinden, überlasse ich dir. Wenn es in heller Südlage ist, dann könntest du vielleicht dort Weintrauben züchten. Deine Pflanze muss in die Erde und Wurzeln schlagen, ehe der Winter kommt.« Ingrid rief im Netz eine Karte auf und zeigte darauf. »Es liegt zwischen Filipstad und Kopparberg. Ich finde, du solltest hinfahren und es dir ansehen, und deshalb habe ich Alex gefragt, ob er dich bringen kann. Aber er hatte ein paar andere Sachen am Laufen und meinte, er würde seine Mutter fragen.«

»Er wollte Mia fragen, ob sie mich zu einem Grundstück im Wald fahren kann?« Bark kriegte fast keine Luft mehr.

Aber Ingrid lächelte bloß. »Ja … das ist also geklärt. Sie holt dich morgen früh um neun Uhr ab, denn du hast ja wohl keine anderen Wochenendpläne, oder?«

»Nein, keine anderen Pläne«, echote er – immer noch überrumpelt.

Um neun Uhr am Samstagmorgen ging Bark mit Schmetterlingen im Bauch zum Parkplatz hinaus. Er hatte den Schlüssel zum Häuschen dabei. Der Besitzer hatte ihm über Ingrid mitteilen lassen, es sei okay, wenn sie den Holzherd und den Kamin ausprobieren wollten, und am Steg läge das Boot, wenn sie einen Ausflug machen wollten. *Das hier hast du absichtlich eingefädelt, Ingrid*, dachte er laut, als er den Kopf hob und Mia am Steuer sitzen sah. Sie lächelte ihn an, und die Wärme ihres Lächelns und der fröhliche braune Blick ließen alle Sorgen dahinschmelzen. Und er spürte, dass er sie liebte, mehr als irgendjemanden zuvor, und dass es trotz allem eine kleine Chance gab, dass auch sie ihn gerne in ihrer Nähe hatte.

Während der Fahrt gab es viel zu besprechen. Alle Wendungen und Zeugenaussagen des Gerichtsverfahrens mussten analysiert werden. Mia hatte den Weg über Karlskoga gewählt, und sie hielten in Filipstad und besorgten, was man für ein nettes Picknick brauchte, ehe sie dann auf verschlungenen Schotterwegen durch Wald und Ackerlandschaft, an Bächen und Seen vorbei zum Häuschen fuhren.

Die Lage war schöner, als Bark sich je hätte vorstellen können. Eine kleine rote Hütte, mit einer weiß gestrichenen, verglasten Veranda mit Sprossenfenstern. Die Stille am See. Der Wald um sie herum, eine grüne Umarmung, die Wärme und Windschatten spendete. Es war Fichtenwald mit einzelnen Laubbäumen dazwischen, die schon gelb wurden. Ein Schwanenpärchen schwamm dicht beisammen auf dem Wasser. Es fühlte sich ganz natürlich an, den Arm um Mia zu legen, als sie aus dem Auto stieg, und er machte mit dem anderen Arm eine weite Bewegung, um zu unterstreichen, wie schön die Aussicht war.

»Es ist einfach fantastisch«, sagte sie, als sie die kleine Hütte betraten, wo es herrlich nach grüner Seife und Birkenholz duftete. Auf dem Holzfußboden lagen Flickenteppiche in fröhlichen Farben, und ein Klapptisch mit vier Stühlen stand am Fenster, sodass man eine Aussicht über den See hatte. Über dem Tisch hing eine Petroleumlampe. Bark stellte fest, dass es keinen Strom gab. In der Küche stand der mit Holz zu befeuernde Herd. Dazu gab es ein Schlafzimmer mit einem Doppelbett aus Fichtenholz mit schön geschnitztem Kopfende, das ein wenig an Schneewittchen und die sieben Zwerge erinnerte. Mia sah ihn an und lächelte flüchtig. Er sah das Glimmen in ihren braunen Augen, und sein Herz schlug einen Purzelbaum. War da irgendetwas im Gange, würde es jetzt passieren? Sie traten auf die große Veranda hinaus und gingen hinunter zum Steg. Mit einem Blick aufs Thermometer stellten sie fest, dass in der Luft 16 Grad herrschten. Es war ein ungewöhnlich warmer Herbsttag.

»Was hältst du von einem kleinen Bad?«, fragte er und ertrank in ihrem Blick, als sie sich auf Zehenspitzen stellte und ihn küsste. Der Kuss vertiefte sich. Er hielt sie mit all seiner Sehnsucht, all seiner Liebe fest.

»Ich finde, wir springen rein«, sagte sie und holte Luft. Langsam, den Blick fest auf seinen gerichtet, zog sie sich aus und stand in BH und Slip vor ihm. Da war ein Glitzern in ihren Augen, und das Lächeln wurde breiter, als sie den einen BH-Träger über die Schulter schob.

»Ich habe keine Badesachen mit«, sagte er.

»Ich auch nicht«, erwiderte Mia mit einem verlockenden Augenaufschlag. In dem Moment klingelte Barks Handy. Er hätte nicht rangehen sollen. Er hätte in diesem Augenblick des Glücks verweilen sollen. Doch die Pflicht saß ihm wie eine Feuergabel im Rücken. Ohne den Blick von Mia zu wenden, nahm er das Gespräch an.

»Es geht um Sara!« Es war Antonia, Saras Schwägerin, die Moa über Nacht bei sich gehabt hatte. Ihre Stimme klang rau und verändert.

Bark befürchtete das Schlimmste.

»Was ist passiert?«

»Sara ist tot!«, sagte Antonia mit erstickter Stimme.

»Sind Sie sicher? Haben Sie es mit Erste-Hilfe-Maßnahmen versucht?« Es musste doch einen Ausweg geben, es durfte nicht einfach so sein. Er dachte an die kleine Moa. Er dachte so vieles in den Sekunden, die vorüberzuckten, ehe Antonia antwortete: »Die Leichenstarre ist schon eingetreten. Sie ist nicht zu retten.«

»Sind Sie sicher?«, fragte er noch einmal, obwohl er wusste, dass Antonia eine erfahrene Krankenschwester war.

»Die Schachtel mit Schlaftabletten ist leer. Die Blister sind alle leer und liegen auf dem Fußboden.«

Eine Stunde später stand Bark im Schutzanzug in Saras Wohnung. Wie ein schlafendes Dornröschen lag sie auf dem Rücken in ihrem Bett, mit dem langen Haar zu beiden Seiten auf dem Kissen. Die Gardinen waren halb geschlossen, Licht und Schatten spielten über ihr Gesicht. Er spürte, wie sich seine Kehle zusammenschnürte und alles sich vor Weinen verkrampfte. Neben den leeren Blistern auf dem Fußboden lag Moas Teddy. Hatte Sara den im Arm gehalten, als sie starb?

Nachdem Bark von Mia nach Hause gebracht worden war, sah er, dass er einen Brief vom Verwaltungsgericht in Karlstad bekommen hatte. Als Saras Vertreter vor Gericht ließ man ihm eine Kopie der Entscheidung zukommen. Mit zitternden Händen riss er den Umschlag auf, und die Nachricht zog ihm die Knie weg, und er sackte mit dem Kopf in den Händen in die Hocke. Sie hatten den Prozess gegen die Krankenkasse gewonnen. Sara hatte das Recht, krankgeschrieben zu sein, und das Geld, das zurückgehalten worden war, musste ausbezahlt werden. Die Entscheidung trug das Datum vom Vortag.